Freya Hammond ist an Luxus gewöhnt. Was sie sich wünscht, bekommt sie – sofort. Aber hinter ihrem glamourösen Lebensstil, den Partys und Dates verbirgt sie, wie verletzt und allein sie sich fühlt. Im Schweizer Chalet ihres Vaters ist es besonders der neue Bodyguard, der sie verunsichert. Offensichtlich hält Miles Murray nichts von ihrem Leben als It-Girl. Um ihn zu provozieren, stellt sie ihm absurde Aufgaben, die er widerspruchslos ausführt. Auch als sie ihm befiehlt, sie trotz eines Schneesturms über die schmale Gebirgsstraße zum nächsten Flughafen zu fahren, gehorcht er. Doch auf der Strecke kommt es zu einem Unfall. Miles muss Freya aus dem Autowrack retten. In einer verlassenen Hütte finden sie Schutz. Auf einmal ist es Miles, der die Befehle gibt. Freya muss sich fügen. Heftige Gefühle, nie gekanntes Begehren brechen in ihr auf. In dieser abgeschiedenen Welt gelten die alten Regeln auf einmal nicht mehr. Und nur hier können Freya und Miles dem Sog einer Leidenschaft verfallen, der keine Grenzen mehr gesetzt sind …

Weitere Bücher der Autorin:
›Fire after Dark – Dunkle Sehnsucht‹
›Fire after Dark – Tiefes Begehren‹
›Fire after Dark – Gefährliche Erfüllung‹

Sadie Matthews ist mit ihrer Trilogie ›Fire after Dark‹ direkt auf die Bestsellerlisten eingestiegen und international erfolgreich. Auch in ihrer neuen Romanserie ›Seasons of Desire‹ erforscht sie intime, intensive Gefühle und Beziehungen. Die Welt exponierter, berühmter Persönlichkeiten kennt sie genau. Sie ist verheiratet und lebt in London.

Weitere Informationen, auch zu E-Book-Ausgaben, finden Sie bei www.fischerverlage.de

Sadie Matthews

Season of Desire – Band 1

Momente des Verlangens

Aus dem Englischen von
Tatjana Kruse

FISCHER Taschenbuch

Erschienen bei FISCHER Taschenbuch
Frankfurt am Main, Mai 2014

Die Originalausgabe erschien unter dem Titel
›Season of Desire‹ im Verlag Hodder & Stoughton, London

Satz: Pinkuin Satz und Datentechnik, Berlin
Druck und Bindung: CPI books GmbH, Leck
Printed in Germany
ISBN 978-3-596-03020-0

Season of Desire – Band 1

Momente des Verlangens

1. Kapitel

Ich stürme aus dem Arbeitszimmer und knalle die Tür hinter mir zu, die Stimme meines Vaters im Nacken: »Freya, es reicht, komm zurück!«, dann lässt die schwere Eichentür alle Geräusche verstummen.

»Verdammt!« In mir brodelt es vor Frust und Wut. Ich hätte noch etwas viel Schlimmeres gesagt, aber das Hausmädchen putzt gerade die riesigen, goldenen Lampen auf den Beistelltischen im Flur. Sie schaut zu mir auf, besorgt, als ob sie fürchtet, ich könnte in meinem Zorn mit etwas werfen. Ich schaue ihr direkt in die Augen und verkünde laut: »Ich bin kein Baby!«

»Aber nein, Miss«, stimmt sie mir rasch zu und macht sich wieder an das Polieren der Lampe.

»So lasse ich mich nicht behandeln!«

»Natürlich nicht, Miss.«

Sofort schäme ich mich, dass ich sie in unsere Familienstreitigkeiten hineinziehe – dafür verdient sie längst nicht genug –, also versuche ich, mich wieder zu beruhigen. Ich seufze und gehe den schwach beleuchteten Flur entlang zu meinen Zimmern. Mir gefällt es hier nicht. Mein Vater hat die Villa vor ein paar Jahren bauen lassen, aber ich konnte mich nie für sie erwärmen. Früher hatten wir ein gemütliches Chalet vor den Toren von St Moritz, ein altmodisches, bezauberndes Gebäude, das ich liebte. Aber mein Vater fand, es sei nicht neu oder bemerkenswert genug, und bald schon arbeiteten sechs verschiedene Architekten an Plänen für etwas ganz Besonderes. Es dauerte Jahre, bis es fertig wurde, aber zu guter Letzt bekam mein Vater, was er sich immer gewünscht hatte: einen hochmodernen, mit allem technischen Komfort ausgestatteten Adlerhorst wie aus einem James-Bond-Film – der allerdings genauso aussah wie der Sitz des Bösewichts. Diese Bemerkung verkniff ich mir wohlweislich.

In mancher Hinsicht fürchte ich mich vor meinem Vater, ebenso wie ich mich früher vor den höhnisch grinsenden, kahlköpfigen Schurken fürchtete, die James Bond stets auf langsame, einfallsreiche Weise töten wollten, was ihm jedes Mal reichlich Zeit verschaffte, sich in Sicherheit zu bringen. Schließlich kennt man meinen Vater in aller Welt. Er hat mit Flughafenbauten ein Vermögen verdient, diversifizierte anschließend in Frachtunternehmen und baute ein gewaltiges Imperium auf, was bedeutet, dass unser Name – Hammond – zu einem Synonym für Geld im Überfluss wurde. So viel Erfolg erzielt man nur, wenn man knallhart ist. Und dann ist da noch die Kontrollsucht meines Vaters. Er hat nicht die Absicht, meine Schwestern und mich jemals erwachsen werden zu lassen. Wo immer ich mich auf diesem Globus aufhalte, er hat ein wachsames Auge auf mich. Es mag den Anschein haben, dass ich ein beneidenswertes Leben führe, aber in Wirklichkeit gibt es keine Freiheit für mich, selbst wenn ich weit von ihm entfernt bin.

Ich reiße die Tür zu meinen Räumen auf und knalle sie kräftig hinter mir zu. Meine Koffer stehen mitten im Raum, auf meine Anweisung hin gepackt. Ich weiß, dass zwischen den Kleidungsstücken feines, säurefreies Zellstoffpapier liegt. Meine Schuhe sind ebenfalls mit Zellstoffpapier ausgestopft und achtsam in weiche Baumwollhüllen gesteckt. Mein Schmuck – ich reise nur mit einigen wenigen Stücken, außer es steht eine große Party an – ruht sicher in meiner Asprey-Schatulle, deren Schlüssel an meinem Armband baumelt.

Ich starre die Koffer an und rufe laut: »Verdammte Scheiße!«

»Wo liegt das Problem?«, fragt eine kühle Stimme hinter mir.

Ich drehe mich um und stehe meiner Schwester Summer gegenüber. Sie ist die Jüngste von uns und auch die Schönste, wie ich finde, mit ihrem blonden Haar, der gertenschlanken Figur und der entzückenden Lücke zwischen ihren Vorderzähnen. Aber meiner Meinung nach ist sie auch die Verzogenste von uns. Sie ist mit Abstand Daddys Liebling.

»Es gibt kein Problem«, sage ich und wende ihr wieder den Rücken zu. »Ich bin auf dem Weg zum Flughafen.«

»Ach ja, stimmt.« Summer schlendert in den Raum. Sie ist die Verkörperung von Schick und Schönheit, in einem cremefarbenen Kaschmirpulli und dunklen Skihosen zu Ballerinas mit Leopardenmuster. Ihr glänzendes, blondes Haar fällt ihr weich auf die Schultern. »Wohin geht's denn?«

Ich beiße mir auf die Zunge. Ich bin jetzt nicht in Stimmung für Summer. Und was zum Teufel hat sie hier bei mir zu suchen? Gibt es in dieser verrückten Konstruktion aus Glas und Stahl nicht genug Platz, damit sie mir aus dem Weg gehen kann? »Los Angeles«, antworte ich kurz angebunden. »Zu Jimmy.«

»Aha.« Sie nickt. Und versteht. Wir alle lieben Jimmy. Er war unser Polo-Trainer, als wir in den Staaten lebten, und ist einer der schönsten Männer, dem wir je begegnet sind. Er steckt jeden Filmstar und jedes Männermodel locker in die Tasche. Wenn ich nur daran dachte, wie er aussah, wenn er eine Chukka absolvierte, musste ich schon lächeln: sonnengebräunt, das dunkle Haar windzerzaust, ein galoppierendes Pony zwischen seinen muskulösen Schenkeln, wie sich sein Bizeps wölbte, wenn er den Schläger schwang, die Schweißtropfen auf seiner perfekten Nase. Wir waren alle total verknallt in ihn, aber Flora, meine mittlere Schwester, liebte ihn am meisten. Sie glaubte ehrlich, sie würden heiraten. Als

Jimmy verkündete, dass er schwul sei und nach Los Angeles ziehen wolle, um Schauspieler zu werden, überraschte das niemanden, mit Ausnahme von Flora. Als sie es erfuhr, sank sie glatt ohnmächtig zu Boden. Alles unglaublich dramatisch, wie bei Flora nicht anders zu erwarten.

»Grüß Jimmy von mir«, sagt Summer und betrachtet mein Gepäck. Über dem größten Koffer ist ein blutroter Wollschal drapiert, auf den schwarze Totenschädel gestickt sind. Sie nimmt ihn in die Hand. »Der ist nett.«

»Leg ihn wieder hin, den nehme ich mit.«

»McQueen?«

»Was kümmert's dich? Das ist meiner.«

Sie wirft mir einen Blick zu. »Mach dich locker! Ich frage doch nur. Ehrlich, Freya, was hast du bloß? Du bist so was von empfindlich!« Ihre blauen Augen werden zu schmalen Schlitzen. »Hast du dich mit Dad gestritten?«

»Was glaubst du wohl?«, fauche ich. Auseinandersetzungen zwischen Dad und mir sind in letzter Zeit der Normalfall.

»Worum ging es dieses Mal?« Ich kann praktisch hören, wie sie mit den Augen rollt, obwohl Summer mir den Rücken zukehrt, während sie mein Gepäck inspiziert. Ihr kann es egal sein. Sie kommt bestens mit Dad aus, so wie ich früher auch – bevor ich frecherweise wagte, ein bisschen mehr Unabhängigkeit anzustreben.

»Das geht dich nichts an.«

»Hat es mit Estella zu tun?«

»Das geht dich nichts an!«, wiederhole ich. Mittlerweile bin ich richtig wütend. Schon allein die Erwähnung von Estellas Namen lässt meinen Zorn weiter hochkochen. »Ich muss jetzt los. Also verschwinde. Geh in dein Zimmer zurück.«

Summer zuckt mit den Schultern und schreitet langsam auf die Tür zu. Plötzlich tut mir mein Ausbruch leid. Schließlich ist sie noch sehr jung, erst achtzehn. Und vielleicht ist sie einsam, wie ich auch, weggesperrt auf einem verdammten Berg. Wir haben hier alles, was wir uns nur wünschen können – solange es ein Wunsch ist, den man mit Geld erfüllen kann.

Ich lege mir den blutroten Schal um die Schultern und gehe ihr nach. »Warte – du kannst mich zum Aufzug begleiten, wenn du möchtest.«

Sie schenkt mir ein Lächeln, und ich sehe die niedliche Lücke zwischen ihren Vorderzähnen. Dad wollte immer, dass sie eine Spange trägt, aber sie hat sich stets geweigert. Jetzt verstehe ich, warum. Die Zahnlücke verleiht ihrem guten Aussehen etwas ganz Besonderes. Charakter, vermutlich.

»Wie lange wirst du weg sein?«, will sie wissen, während wir meine Suite verlassen und durch den stillen Flur mit dem grauen Teppichboden laufen. Hier ist es immer still und dunkel. Wahrscheinlich weil das Haus in den Fels gebaut wurde. Die eine Hälfte verschwindet im Berg, die andere Hälfte trotzt der Schwerkraft, weil sie über dem Abgrund hängt, mit einer phantastischen Aussicht auf die Alpentäler und -gipfel durch die Glaswände und -böden. »Nicht lange«, erwidere ich. »Aber ich glaube, hierher komme ich nicht zurück. Das Wetter macht mich fertig.«

Summer nickt. »Es hat die ganze Nacht geschneit. Und es heißt, dass es noch schlimmer werden soll. Bist du denn sicher, dass du heute überhaupt fliegen kannst?«

»Aber ja. So schlimm ist es nicht. Es muss schon hammerhart kommen, bevor sie die Flugzeuge am Boden lassen, und im Moment schneit es ja auch gar nicht mehr. Ich bin sicher, sie haben das Flugfeld geräumt.«

»Und wohin fährst du nach L. A. als Nächstes?«

Ich zucke mit den Schultern. »Irgendwohin, wo es warm ist.«

»Ich fahre vielleicht nach London«, meint Summer zögernd. »Glaubst du, dass du dort auch hinkommst?«

Ich schaue sie mitfühlend an. Sie ist wirklich noch ein Kind. Sie braucht mich, rufe ich mir in Erinnerung. Seit unsere Mutter starb, orientiert Summer sich an mir, aber ich fühlte mich dem nie gewachsen, weil ich mir selbst so hilflos und verloren vorkomme. Doch vermutlich ist das jetzt meine Pflicht. Wenigstens hängt sie sich nicht an Estella – man muss ja schon für solche Kleinigkeiten dankbar sein. »Wäre schon möglich. Halte mich auf dem Laufenden. Schick mir eine E-Mail, sobald du weißt, wo du unterkommen wirst.«

So funktioniert das in unserer Familie. Jeder von uns kann sich jederzeit überall auf der Welt aufhalten. Wenn unsere Mutter noch am Leben wäre, hätten wir vielleicht eher das Gefühl, irgendwo ein Zuhause zu haben, aber so sind wir ständig in Bewegung. Immer stehen unsere Koffer herum, wollen gepackt oder ausgepackt werden, während wir auf dem Sprung zu einem der vielen Anwesen sind, die Dad rund um den Globus gekauft hat. Manchmal begegnen wir uns eher zufällig, es sei denn, wir werden zu einem bestimmten Termin an einen bestimmten Ort gerufen. Wir wissen alle, dass wir gut daran tun, solchen Anordnungen Folge zu leisten.

»Wer bringt dich zum Flughafen?«, fragt Summer, als das Aufzuglicht aufleuchtet. Die Türen gleiten auf.

Ich schaue mürrisch, meine Vorfreude auf die Reise löst sich in Luft auf. »Der Neue.«

»Miles?« Summers porzellanblaue Augen werden groß.

»Wenn er so heißt …« Ich trete in die mit dicken Teppichen ausgelegte und mit Spiegeln ausgekleidete Kabine und drücke auf den Knopf zum Erdgeschoss.

»Was hast du gegen ihn? Magst du ihn nicht?«, will sie wissen, aber bevor ich etwas sagen kann, gleiten die Türen zu, und sie verschwindet aus meinem Blickfeld, und ich sehe nur noch das glänzende Aluminium der Aufzugtüren.

»Nein, ich mag ihn nicht!«, verkünde ich meinem Spiegelbild. Meine blauen Augen starren mich finster an, und mir fällt auf, wie verärgert ich aussehe. Zwischen meinen Augenbrauen stellt sich eine Falte auf, und meine Lippen sind fest aufeinandergepresst. Ich trage nicht viel Make-up, abgesehen von etwas Wimperntusche und Lipgloss, dazu meine Reisekleidung – Jeans und schwarze Stiefel, deren Absätze etwas zu hoch sind, um praktisch zu sein, und eine rote Tunika unter einem schwarzen Steppmantel. Über meiner Schulter hängt eine schwarze Lackledertasche. Meine braunen Haare sind zu einem kurzen Bob geschnitten, der Pony reicht bis zu meinen Augenbrauen, und auf meinem Scheitel ruht eine Sonnenbrille. Die brauche ich nicht zum Schutz gegen die Sonne – schließlich ist der Himmel draußen grau in grau –, sondern für den Fall, dass ich am Flughafen fotografiert werde. Die Presse- und Flughafenfotografen haben es immer auf mich abgesehen, und wenn sie mich entdecken, tauche ich ausnahmslos wenige Minuten später auf irgendeiner Webseite auf. Ich werde für mein schickes Outfit gelobt oder für meine Figur bewundert oder wegen meines mürrischen Gesichtsausdrucks gescholten (als ob ich glücklich dreinschauen müsste, wenn Leute ein Foto von mir schießen, ohne mich vorher zu fragen) oder niedergemacht wegen meines luxuriösen Jetsetlebens. Ich weiß nie, in welche Richtung die Berichterstattung gehen wird, und vermutlich weiß es die Gegenseite auch nicht. *Hammond-Tochter urlaubt zum achten Mal in diesem Jahr! Die reiche Erbin hat ja keine Ahnung, wie der Rest von uns lebt …*

In Wahrheit hat keiner von denen auch nur einen Schimmer, wie es in meinem Leben wirklich aussieht. In letzter Zeit fragen sich alle, warum Jacob und ich uns getrennt haben. Alle sind scharf auf die Details, aber bislang ist es ein Geheimnis. Nichts ist an die Öffentlichkeit gedrungen. Vielleicht ist es selbst für die Klatschblätter ein zu heißes Eisen. Die Medien wissen, dass die Rechtsanwälte sie mit Unterlassungsklagen überziehen und die Anwaltskosten in astronomische Höhen treiben würden.

Wenn sie ahnen könnten, was sich auf dem Film befindet, der im Safe meines Vaters liegt, dann würden sie wahrscheinlich jede Summe zahlen, um den Film in die Finger zu bekommen.

Bilder tauchen vor meinem inneren Auge auf. Es war schrecklich, als ich gezwungen war, mir diesen Film anzuschauen, zwischen meinem Vater und dem Anwalt sitzend, während die Aufnahme über den Computerbildschirm flackerte. Ich war entsetzt über das, was ich da sah. Und zutiefst beschämt.

»Ist er das?«, hatte mein Vater gefragt.

Ich hatte genickt, obwohl ich wie erstarrt und unfähig war, meinen Blick davon abzuwenden, was Jacob da tat, auch wenn es mich ekelte.

»Sind Sie sicher?«, hakte der Anwalt nach. »Wirklich sicher? Obwohl man sein Gesicht nicht sehen kann?«

»Die Tätowierung«, flüsterte ich. Mir brach das Herz, als ich sah, wie der Mann, den ich hatte heiraten wollen, seinen erigierten Penis in den Mund eines willigen Mädchens schob. »Auf seinem Oberschenkel.«

Wenn man nicht wusste, dass sie da war, dann bemerkte man sie kaum: der Buchstabe F in geringelter Schreibschrift innerhalb eines winzigen Vorhängeschlosses.

»Da siehst du es!«, hatte mein Vater triumphierend gerufen. »Ich habe es dir ja die ganze Zeit gesagt, aber du wolltest nicht auf mich hören! Er hat es nur auf dein Geld abgesehen. Glaubst du mir jetzt?«

»Ja«, hatte ich geflüstert und mich mit zitternden Knien erhoben. »Aber ich habe ihn geliebt!« Dann war ich in Tränen ausgebrochen.

Ich weiß, mein Vater wollte nur das Beste für mich, aber ich hasste ihn dafür, dass er so in mein Leben eingriff, dass er mich mit der Wahrheit konfrontierte und mir solches Leid bereitete. Vielleicht wäre es besser gewesen, wenn ich niemals von Jacobs Vorliebe für Prostituierte erfahren hätte – und für all die Dinge, die sie für ihn taten. Vermutlich hätte ich es eines schönen Tages herausgefunden: Schließlich hatten wir den Film zusammen mit einer erpresserischen Forderung erhalten, um die sich die Anwälte umgehend kümmerten. Es ist nun einmal eine Tatsache, dass das Hammond-Vermögen haufenweise zwielichtige Gestalten anlockte, die hofften, sich davon eine Scheibe abschneiden zu können. Ich hatte diese Lektion schon einmal gelernt, und nun musste ich sie mit Jacob erneut lernen.

Mein Blick ist nicht länger finster, sondern gequält, als ich an unsere schreckliche Trennung denke. Es ist erst wenige Monate her, und ich habe es noch längst nicht verwunden. Ganz und gar nicht.

»Deshalb fahre ich ja nach Los Angeles«, sage ich mit fester Stimme zu mir selbst. »Ein paar Tage mit Jimmy, dann geht es mir wieder gut. Ich will hier nur weg. Einfach weg.«

Ich schaue zur Decke der Aufzugkabine und frage mich, ob sich dort eine Abhöranlage befindet. Eine Kamera gibt es, das weiß ich. Kameras sind hier überall. Ihre kleinen, roten Lämpchen leuchten, während sie das Kommen und Gehen der Menschen im Haus aufzeichnen. Zur Sicherheit, sagt Dad. Wir können nicht vorsichtig genug sein, das wissen wir alle. Angeblich gibt es keine Kameras in den Schlaf- und Badezimmern, aber ich würde es ihm durchaus zutrauen, dass er hinter den Spiegeln oder in den Apparaturen diese kleinen Glasaugen verstecken ließ, um jederzeit zu wissen, was im Haus vor sich geht. Big Brother ist nichts gegen meinen Dad. Infolgedessen verhalten wir uns jederzeit so, als würde jemand zuschauen, und das Ergebnis ist ein verstohlenes, unspontanes, misstrauisches Leben.

Der Aufzug gleitet zügig die sechs Stockwerke in den Keller hinunter. Im ersten und zweiten Stock des Hauses war ich noch nie, dort befinden sich die Maschinenräume des Hauses mit den Heizungskesseln, den Elektronikanlagen und der Klimaanlage, außerdem Vorratsräume und das Sicherheitszentrum. Dort unten liegen auch die Räume des Personals und eine Industrieküche. Aber ich war noch nie dort.

Die Aufzugtüren öffnen sich und geben den Blick frei auf ein schwach beleuchtetes Foyer, das zum Keller und zu den Garagen führt. Ein Mann sitzt auf einem schwarzen Ledersofa und schaut auf sein Handy. Er runzelt die Stirn. Eine Falte taucht über seiner schmalen Nase zwischen den dunklen Augenbrauen auf. Als ich ins Foyer trete, steht er auf und lässt das Handy in seine Jackentasche gleiten. Dann sieht er mich mit diesem herausfordernden Blick an, der typisch für ihn ist. Das ärgert mich schon seit jenem Moment vor zwei Wochen, als ich ihm zum ersten Mal begegnete, und meine Verärgerung nimmt mit der Zeit zu, nicht ab. Er sagt jedoch nichts, sondern wartet, bis ich das Wort ergreife.

»Wird mein Gepäck schon heruntergebracht?«, verlange ich zu wissen.

Er hebt fragend die Augenbrauen, dann schüttelt er den Kopf. »Ich habe keine Ahnung. Haben Sie denn darum gebeten, dass es heruntergebracht wird?« Er spricht mit einem Akzent, den ich noch nicht zuordnen kann.

Ich hole laut und vernehmlich Luft. »Das hielt ich nicht für nötig. Ist denn niemandem der Gedanke gekommen, dass ich meine Sachen brauche?«

Er geht zu einem kleinen Beistelltisch, auf dem sich ein schickes, schwarzes Haustelefon befindet. »Es ist immer weitaus effektiver, den Leuten zu sagen, was man will, anstatt einfach anzunehmen, dass sie Ihre Gedanken lesen können.« Bevor ich darauf etwas erwidern kann, drückt er eine Kurzwahlnummer und sagt gleich darauf: »Hallo, könnten Sie bitte das Gepäck von Miss Freya sofort in die Garage bringen? Es steht vermutlich in ihren Räumen. Danke.« Er legt den Hörer auf und sieht mich an. »Möchten Sie im Wagen warten?«

Ich starre ihn an, meine Verärgerung verursacht mir Gänsehaut. Warum regt mich jedes einzelne Wort von ihm so auf? Es muss seine Einstellung sein. Sie ist miserabel. Alle anderen behandeln mich respektvoll. Sie können gar nicht genug für mich tun. Aber dieser Mann … etwas an ihm vermittelt den Eindruck, dass er mich eigentlich für lächerlich hält. Ich hasse das! Wie kann er es wagen? Mein Vater bezahlt sein Gehalt, das sollte er gefälligst nicht vergessen. Darum nenne ich ihn auch so gut wie nie beim Namen. Wie heißt er doch gleich wieder? Summer hat es mir doch eben erst gesagt. Ach ja, stimmt. Er heißt Miles. Tja, solange er nicht lernt, wie er sich angemessen zu verhalten hat, werde ich ihn überhaupt nicht anreden.

Ich beschließe, im Foyer zu bleiben, weil es genau das Gegenteil von dem ist, was er vorgeschlagen hat, aber hier gibt es nichts zu lesen außer seinem teilnahmslosen Gesichtsausdruck. Er starrt mich einfach an und wartet darauf, dass ich etwas sage.

»Ich werde hier warten«, erkläre ich lässig und gehe zu dem schwarzen Sofa.

»Sehr wohl«, sagt er. Ich glaube, sein Akzent ist schottisch. *Wen interessiert's?* Ich setze mich. Meinetwegen kann er aus dem Land der sieben Zwerge kommen, das ist mir egal. Mag ja sein, dass er etwas besser aussieht als die anderen – seine bemerkenswert blauen Augen, die markanten Wangenknochen und der kräftige Kiefer sind nicht zu übersehen, ebenso nicht die breiten Schultern unter seinem dunklen Jackett –, aber er ist einfach ein weiterer Bodyguard aus der endlosen Reihe von Leibwächtern, die – seit ich denken kann – Teil meines

Lebens sind. Er wird eine Weile in unseren Diensten stehen, dann wird er gehen, wie alle anderen auch. Nur Pierre, die graue Eminenz unter den Sicherheitsleuten meines Vaters, ist geblieben.

Ich sehe auf meinem Handy, dass in den vergangenen zwanzig Minuten ein Dutzend Nachrichten eingegangen sind, Beweise des komplexen, gesellschaftlichen Lebens, das mich und meine Freunde und Freundinnen verbindet. Unsere Spielplätze finden sich überall auf der Welt, und wenn wir uns beispielsweise zu einem Mädelsabend treffen wollen, kann es gut sein, dass wir dafür ein Flugzeug brauchen – und vor Ort eine Yacht, auf der wir übernachten können. Wir Schwestern hatten früher eine Assistentin – Estella –, die uns beim Organisieren unseres komplizierten Lebens half. Aber seit Estella die Geliebte meines Vaters wurde, haben wir dafür die Privatsekretärin von Dad, Jane-Elizabeth, eingespannt. Wir lieben sie für ihren Humor und ihre Vorliebe für extrem teure Schuhe, und obwohl sie ununterbrochen über uns jammert, liebt sie uns auch.

Warum nur hat sich Dad nicht in Jane-Elizabeth verliebt, denke ich wehmütig. Insgeheim hatten wir das alle gehofft, und es ist auch offensichtlich, wie wundervoll sie ihn findet. Aber sobald Estella auftauchte und ihre Netze nach Dad auswarf, hatte Jane-Elizabeth keine Chance mehr. Dad war wie verzaubert von Estellas grünen Bambi-Augen, ihrem blutroten Schmollmund und ihrer vollbusigen Gestalt, die sie gern in enge Kleider und hohe Absätze zwängte.

Estella. Ich verabscheue sie. Das tun wir alle.

Die Aufzugtüren gleiten auf, und ein Mann tritt mit meinen Koffern heraus. Ich stehe auf, den Blick immer noch auf mein Handy gerichtet. Alle drei gehen wir stumm zur Garage, einem gewaltigen, dunklen Areal, in der auf Hochglanz polierte Fahrzeuge stehen und es nach Benzin riecht. Der Bodyguard führt mich zu einem schwarzen Mercedes. Mit diesem Modell fahren wir meistens. Dad hat uns die Sicherheitsvorteile erläutert: Der Wagen ist offenbar bomben- und kugelsicher. Supersicher.

Der Leibwächter öffnet mir die hintere Wagentür, und ich gleite auf den Rücksitz, während ich eine Nachricht in mein Handy tippe. Es duftet nach Politur und neuem Leder. Ich höre, wie der Kofferraum geschlossen wird, dann nimmt der Bodyguard auf dem Fahrersitz Platz und lässt den Motor an. Vage bemerke ich, dass wir uns in Bewegung setzen und der kraftvolle Wagen leise schnurrend die Garage verlässt. Dann sind wir im Freien.

Großartig, denke ich und muss im hellen Licht blinzeln. In wenigen Stunden werde ich im sonnigen Kalifornien sein. *Endlich frei.*

Oder doch wenigstens so frei, wie ich es sein kann.

2. Kapitel

Ich höre ein Murmeln. Der Leibwächter sagt etwas. Ich schaue von meinem Handy auf.

»Was?«

Seine blauen Augen fixieren mich im Rückspiegel. »Ich sagte, das Wetter ist furchtbar.«

»Ach ja?« Ich sehe aus dem Wagen. Er hat recht, die Welt draußen scheint komplett weiß. Es ist ein einziges, großes Schneetreiben. Die Gebirgsstraße ist geräumt und gestreut worden, aber die Fahrbahn ist dennoch vereist. Ich schaue mit einer Art distanzierter Neugier hinaus. Dinge wie das Wetter haben nur selten Auswirkungen auf mein Leben. Wenn ich Sonne oder Schnee oder was immer will, dann reise ich einfach dorthin, wo man Sonne oder Schnee findet. Vor Ereignissen wie Überflutungen oder Wirbelstürmen bin ich bestens abgeschottet, die passieren nur anderen Menschen. Meine Welt ist dermaßen behütet, dass ich das Wetter nur gelegentlich als leichte Störung wahrnehme. So wie heute.

»Warum fahren wir so langsam?«, frage ich und schaue auf meine Armbanduhr. Die üblichen Check-in-Zeiten sind mir egal. Ich fliege so häufig und habe so viele VIP-Mitgliedschaften, dass ich normalerweise vom Wagen direkt zum Flugzeug geleitet werde. Und wenn ich zu spät komme, dann wartet der Flieger durchaus auch schon einmal auf mich.

Die blauen Augen nehmen mich wieder ins Visier, der Blick so eisig wie das Wetter draußen. Dann sieht der Bodyguard wieder auf die Straße. »Wir fahren so langsam, weil es da draußen irrsinnig gefährlich ist. Die Straße ist eine verdammte Eisbahn.«

»Dafür sind Sie aber doch ausgebildet worden, oder nicht?«, schieße ich zurück. »Treten Sie aufs Gas. Falls ich den Flieger verpassen sollte, wäre ich echt sauer.«

»Ihr Flugzeug fliegt höchstwahrscheinlich sowieso nirgendwohin. Der Schneefall nimmt immer mehr zu.«

Panik steigt in mir auf bei dem Gedanken, dass ich mich womöglich nicht schon in ein paar Stunden unter der kalifornischen Sonne aalen könnte. Der Gedanke, in das verhasste Chalet zurückkehren zu müssen, beschert mir feuchte Hände. »Nein, Sie müssen mich zum Flughafen bringen. Fahren Sie schneller. Ich darf mich nicht verspäten. Möglicherweise wartet der Flieger nicht auf mich.«

Bis eben war mir nicht klar gewesen, wie sehnsüchtig ich Jimmy wiedersehen wollte. Er ist einer der wenigen Freunde, denen ich wirklich vertrauen kann, ihm kann ich alles über Jacob und diese ganze gruslige Geschichte erzählen, und er wird mich verstehen. Das brauche ich jetzt.

»Hören Sie«, fängt der Leibwächter barsch an. Sein Akzent ist definitiv schottisch und wird zunehmend ausgeprägter. »Vielleicht haben Sie mich nicht richtig verstanden. Wir haben sehr schlechtes Wetter, und die Straßenverhältnisse sind tückisch. Ich kann nicht wie durch Zauberhand dafür sorgen, dass Sie zum Flughafen kommen oder Ihr Flieger auch tatsächlich abhebt, falls wir es schaffen. Tut mir ja echt leid, aber so ist es nun einmal. Gutes Wetter können nicht einmal *Sie* sich kaufen.«

Er macht sich nicht die Mühe, mich im Rückspiegel anzuschauen, während er das sagt. Der Zorn läuft in heißen Wellen über meinen Hals und meine Schultern, und ich spüre, wie meine Hände plötzlich zittern. *Wie kann er es wagen?*

»*Unterstehen Sie sich*, so mit mir zu reden!« Vor lauter Wut bricht meine Stimme beinahe, anstatt so streng und autoritär zu klingen, wie ich es beabsichtigt hatte.

Es tritt eine lange Pause ein, dann trifft mich der Blick seiner blauen Augen. »Es tut mir leid, wenn ich unhöflich war«, sagt er langsam, bedächtig. »Ich wollte Ihnen nur erklären, dass wir gegen die Naturgewalten nun mal nicht viel tun können.«

»Das ist mir klar!«, rufe ich. »Ich bin ja kein Idiot. Aber Sie sind doch angeblich für alle Wetterverhältnisse ausgebildet! Wir zahlen für Ihr fahrerisches Können, doch wenn Sie dem hier nicht gewachsen sind …«

Er antwortet nicht, aber sein Kopf zuckt kurz, als ob ein ärgerlicher Ausdruck über sein Gesicht huscht, aber natürlich kann ich das vom Rücksitz aus nicht sehen. Die Straße schlängelt sich in steilen Serpentinen den Berg hinunter. Den Straßenrand begrenzt eine Leitplanke, mehr ist nicht zwischen uns und dem Abgrund. Für gewöhnlich ist die Aussicht spektakulär. Man sieht das Tal, zu dessen Seiten sich kilometerweit die Bergketten erstrecken. Angst habe ich nie. Die Bodyguards sind allesamt ehemalige Elitesoldaten und geschult für das Fahren unter widrigsten Bedingungen. Ich weiß, dass sie sich von den Gebirgsstraßen nie aus der Ruhe bringen lassen, und nach den ersten Malen verliert die Fahrt an Bedrohlichkeit.

Aber an diesem Tag gibt es nichts zu sehen. Das kalte, graue Licht verblasst bereits, und aus dem Tal unten steigt ein eisiger Nebel auf. Er ist dicht und scheint überall zu sein, man kann kaum noch die Hand vor Augen sehen.

O Gott, ist das bescheuert! Wir fahren nicht einmal halb so schnell wie sonst. Wenn wir so weitermachen, schaffe ich den Flieger garantiert nicht rechtzeitig. Und ich muss ihn einfach bekommen!

Verzweifelt klammere ich mich an die Hoffnung, dass alles gut wird, wenn wir es nur bis zum Flughafen schaffen. Alles ist besser, als zum Chalet zurückzukehren. Selbst wenn ich nicht nach Los Angeles fliegen kann, finde ich vielleicht an einem anderen Ort ein paar Freunde, mit denen ich Party machen und tanzen und Champagner trinken und mich in die Action stürzen kann, um zu vergessen, was war.

Ich beuge mich nach vorn zum Fahrer, und jetzt sehe ich sein Profil. Er ist ganz anders als die anderen Leibwächter – für gewöhnlich stattliche, vierschrötige Kerle, die beinahe aus ihren Anzügen zu platzen scheinen wie der unglaubliche Hulk. Dieser Mann hat scharf geschnittene Gesichtszüge, und er strahlt eine Eleganz aus, die ich normalerweise nicht mit Kraft in Verbindung bringe – aber er ist definitiv stark. An seinen Schultern und der Art, wie er das Lenkrad hält, sehe ich, dass er zäh und muskulös ist. Seine dunkelbraunen Haare sind kurz geschnitten, stehen aber zum Glück nicht bürstenartig ab.

Ich bemühe mich, nicht so zu klingen, als ob ich ihm Anweisungen erteile. »Hören Sie, ich weiß, dass sich das Wetter nicht kontrollieren lässt. Aber bitte – wenn es Ihnen irgend möglich ist – könnten Sie versuchen, mich zum Flughafen zu bringen?« Ich warte. Er wendet seinen Blick nicht von der Straße ab, und jetzt merke ich, wie fest er das Lenkrad umklammert, während er uns durch die endlosen Haarnadelkurven steuert. Ich sehe, wie ein Muskel in seiner Wange zuckt, und zum ersten Mal flackert Angst in mir auf. Und mir wird klar, dass er inzwischen nicht einmal mehr den Straßenrand mit der Leitplanke sehen kann, und auch nicht den Berg, der die andere Seite begrenzt. Vor uns liegt eine weiße Wand aus Schnee und Nebel. Er kann nichts weiter tun, als langsam und extrem vorsichtig auf dem vereisten Boden entlangzurollen.

»O Gott«, rutscht es mir heraus, als mir das Ausmaß der Straßenverhältnisse dämmert. Im warmen, sicheren Innenraum des Mercedes war mir das zuvor gar nicht klar gewesen.

Schließlich sagt der Bodyguard etwas. »Glauben Sie mir, ich tue mein Bestes. Eins ist jedenfalls sicher – zurück, den

Berg hinauf, kommen wir nicht mehr. Zumindest nicht für eine Weile.«

Er hat recht. Gleich fühle ich mich schon besser. Wenn wir es nur ins Tal schaffen, dann checke ich in einem Hotel in der Nähe des Flughafens ein und warte, bis sich das Wetter bessert. Falls ich einen Tag später in Los Angeles ankomme, ist das nicht weiter schlimm. Jimmy versteht das.

Jetzt stelle ich mir eine andere Frage, obwohl ich die Verstimmung des Leibwächters spüre. »Was glauben Sie, wie lange …«

Und dann geschieht es. Ich weiß nicht genau, wie es beginnt. Eben fahren wir noch auf der Straße, dann plötzlich ist alles anders. Es ist, als ob die Straße unter uns sich in Glas verwandelt, und anstatt fest auf dem Boden zu fahren, fangen die Reifen an zu schlittern. Jetzt dreht sich der Wagen wie von selbst, scheinbar völlig losgelöst von dem, was der Leibwächter mit dem Lenkrad anstellt. Seine Fingerknöchel sind weiß vor Anstrengung, und man spürt deutlich, wie sehr er sich bemüht, die Kontrolle zurückzuerlangen, aber wir drehen uns immer weiter, der Fond des Mercedes driftet, und gleich darauf rutschen wir rückwärts die Straße entlang.

»O Gott, was passiert hier?«, kreische ich ängstlich. »Drehen Sie wieder um!«

Er sagt nichts, schlägt jedoch das Lenkrad in die Richtung ein, in die wir rutschen. Was soll das bringen?

»Anders herum!«, rufe ich. Adrenalin schießt mir durch die Adern, meine Hände prickeln und zittern, und in mir verkrampft sich alles vor Furcht. Der Wagen schlingert immer noch, rutscht die Straße entlang. Wie lange wird der Fahrer die Situation noch im Griff haben? Bestimmt knallen wir gleich gegen den Berg oder schlittern über die niedrige Fahrbahnbegrenzung.

»Ruhig! Ich weiß, was ich tue«, sagt er mit zusammengebissenen Zähnen. »Um Himmels willen, setzen Sie sich vernünftig hin, und legen Sie den Sicherheitsgurt an!«

Er hat recht, natürlich hat er recht. Mir ist übel und schwindelig, als wir eine zweite Volldrehung einlegen. Ich setze mich wie befohlen zurück auf meinen Platz und taste nach dem Gurt. Es scheint ewig zu dauern, bevor ich ihn in Position bringen kann, so sehr zittern meine Hände, aber gerade, als er in die Verankerung klickt, ändert sich erneut alles. Ich spüre, wie die Räder wieder Bodenhaftung bekommen. Wir schlittern nicht länger, sondern rutschen über eine Schicht aus Schotter und Streusalz, und eine Art chaotischer Kraft scheint sich des Wagens zu bemächtigen, und aus dem Rutschen wird der pure, ruckelnde, holpernde Wahnsinn. Die weiße Welt draußen flackert an den Scheiben vorbei.

Ich höre, wie er etwas ruft – es klingt, als ob er flucht.

Der Wagen schaukelt heftig, als er auf die Bremse tritt. Das Fahrzeug will ihm trotz der Mächte, die jede Kontrolle aufheben wollen, gehorchen. Während Panik meinen Brustkorb und meinen Hals so sehr zusammenpresst, dass ich kaum noch atmen kann, spüre ich, wie wir in eine Kurve schleudern. Mit einem widerlichen Knirschen gibt die Fahrbahnbegrenzung nach, die Straße unter uns verschwindet, und wir treten in eine große, weiße Leere ein.

Es geschieht alles so langsam, jeder Augenblick zieht sich zehnfach in die Länge, während ich nach Luft schnappe und entsetzt aufschreie. Ich weiß, dass er kommt. Der Aufprall. Und ich kann seine gewaltige Wucht beinahe körperlich vorausahnen. Ich weiß, er wird mich zerquetschen. Mein Körper wappnet sich bereits, presst sich gegen den Gurt, als sich das Vorderteil des Wagens nach unten senkt und wir in die Tiefe stürzen. Der Mercedes neigt sich zur Seite, prallt an etwas ab, schnellt zur anderen Seite. Verschwommen nehme ich wahr, wie der Mann auf dem Fahrersitz immer noch mit dem

Lenkrad kämpft. Ich frage mich, was er damit bezweckt, und gleichzeitig überlege ich, wie es sein wird, wenn dieses lange Hinabstürzen endet und wir am Fuß des Berges im Nichts zerschellen werden.

Ich schreie immer noch, und doch höre ich in mir eine leise, ängstliche Stimme sagen: »Wird es weh tun, wenn ich sterbe? Wird es schnell gehen? Ich will nicht, dass es weh tut. Bitte, lass es schnell vorüber sein …«

Und dann ruft eine andere Stimme voller Panik: »Ich will noch nicht sterben! Das darf nicht passieren, nicht mir. Das geht nicht. Ich will HIER RAUS!«

»Lassen Sie mich raus!«, rufe ich. »O Gott, bitte nicht, nein, nein, nein!«

Und dann kommt sie: eine gewaltige, elementare Erschütterung, die mich gegen den Sitzgurt presst. Schmerz wallt in meiner Brust auf, dann werde ich nach oben geschleudert, hinein in stille, absolute Schwärze.

Als ich wieder zu mir komme, habe ich keine Ahnung, wo ich bin oder warum. Es ist, als wäre ein Teil meines Gedächtnisses ausgelöscht. Mir fällt die Fahrt im Aufzug des Chalets ein, doch jetzt bin ich hier, liege an einem fremden, kalten, ungemütlichen Ort. Wo bin ich? Es ist mehr als nur ungemütlich. *Es tut weh.*

Eine Stimme spricht zu mir. Sie klingt nachdrücklich, dringt durch den Nebel meines Bewusstseins.

»Kommen Sie schon, Freya«, sagt sie, »kommen Sie, Schätzchen. Sie müssen sich bewegen. Tun Sie es für mich. Wir müssen hier weg.«

Ich stoße einen Seufzer aus, und ein brennender Schmerz breitet sich in meiner Brust aus. Mein Gesicht verzieht sich.

»Alles in Ordnung?«, fragt die Stimme, eine Spur Sorge im ansonsten gefassten Tonfall. »Wo tut es weh?«

Ich bin zu müde und zu verwirrt, um etwas zu sagen. Stattdessen hebe ich mühsam die Hand an meine Brust, um zu zeigen, wo der Schmerz sitzt. Jeder Atemzug ist eine Qual.

»Ist schon gut«, sagt die Stimme. Sie ist tief und maskulin, und ihr Timbre hat etwas Tröstliches. »Nicht aufregen. Atmen Sie so flach Sie nur können.«

Ich rieche etwas Starkes, Scharfes. Es riecht auch metallisch, mit einem Hauch von verbranntem Gummi, und mir wird klar, dass es Benzin ist. Ich versuche, die Augen zu öffnen. Die Welt ist ein Wirrwarr aus Schwarz und Weiß. *Ich bin ja so müde. Ich will, dass alles verschwindet. Ich will nur schlafen, auch wenn es so kalt ist …*

»Aufwachen, Schätzchen!« Wieder diese Stimme, dieses Mal ganz nah an meinem Ohr. »Nicht einschlafen, hören Sie mich? Sie müssen Ihren Arm um meinen Hals legen.«

Eine starke Hand packt mich am Handgelenk und hebt meinen Arm. Wieder schießt ein brennender Schmerz durch meine Brust, und ich schreie auf, aber er ignoriert das, legt trotz meines gepeinigten Schluchzens meinen Arm um seinen Hals. Dann schiebt sich sein Arm unter mich, der andere Arm legt sich um meinen Rücken, und ich werde hochgehoben. Mein Kopf sinkt an seine Schulter, als er mit mir in seinen Armen problemlos aufsteht. Dann setzen wir uns in Bewegung. Er geht unter Mühen, schwankt bei jedem unsicheren Schritt. Er trägt mich durch eine tiefe Schneeverwehung. Eine weiße Decke hat sich über den unebenen, steinigen Boden gelegt. Auf einmal zittere ich vor Kälte. Habe das Gefühl zu erfrieren. Warum war mir bis eben nicht so kalt wie jetzt?

Er geht schneller, offenbar haben wir die tiefste Stelle der Schneeverwehung hinter uns. Ich schaukele in seinen Armen. Er presst mich beim Gehen fest an sich. Der Schmerz in meiner Brust ist quälend, jeder Schritt scheint mir ein Messer in den Körper zu rammen. Hinter mir höre ich ein Geräusch, ein knirschendes, malmendes Geräusch. Ich öffne die Augen und blinzele und schaue dahin, wo wir eben noch waren, konzentriere mich. Er bleibt stehen und dreht sich um, damit wir es beide sehen können. Der Mercedes sieht aus wie eine Ziehharmonika, ist nur noch zusammengedrücktes Metall. Ich schnappe entsetzt nach Luft. Die schwarze, verbogene Karosserie gerät in Bewegung, langsam zuerst, driftet auf den schneebedeckten Felsvorsprung wie eine dunkle Gletscherzunge, nimmt dann an Geschwindigkeit zu und gleitet über den Rand des Vorsprungs und stürzt in einer Wolke aus Schnee mehr als fünfzig Meter in die Tiefe, bevor sie auf dem weißen Teppich unten im Tal aufschlägt. Beim Aufprall stiebt der Schnee wie in einem Gestöber hoch und hüllt das Wrack ein.

Ich spüre, wie sich die Brust des Leibwächters hebt und senkt, während er heftig atmet. Beinahe kann ich seinen Herzschlag hören.

»Das war knapp«, murmelt er, mehr zu sich selbst.

Erst ganz allmählich begreife ich die Situation. Und damit packt mich erneut die wilde Panik in jenen letzten Minuten, bevor der Wagen von der Straße abkam. Ich weiß nicht, wie lange das her ist, denn ich war bestimmt eine Weile bewusstlos. Aber jetzt sind wir hier, an diesem eisigen Winternachmittag, von der Straße abgestürzt, der Wagen zerstört. Meine Körperwärme schwindet rasch. Eine Seite von mir ist warm aufgrund der Nähe zum Leibwächter, aber die andere ist abgekühlt, und trotz meines Steppmantels zittere ich vor Kälte. Er spürt das und versucht mit einer Hand, mir meinen Schal etwas fester umzulegen. »Besser?«

Ich merke keinen Unterschied, höchstens die angenehme Weichheit der Kaschmirwolle, aber ich nicke trotzdem.

Er schaut mich mit ernster Miene an. Sein Gesicht ist meinem so nah, und ich schaue in die Tiefe seines Blicks. Seine

Augen sind hellblau, mit einem dunklen Rand um die Iris und voller stahlharter Entschlossenheit. »Haben Sie noch Ihr Handy?«

Ich überlege, dann schüttele ich den Kopf. »Es ist in der Handtasche«, stoße ich hervor, hole gerade so viel Luft, dass ich etwas sagen kann, aber nicht so viel, dass der Schmerz in meiner Brust wieder aufwallt. »Und die ist im Auto.«

Wir schauen beide wieder hinunter zu der Stelle, an der das Auto gelandet ist. Nur ein paar dunkle Flecke im Schnee lassen es noch erahnen. Für jemand, der von dem Unfall nichts mitbekommen hat, sieht es aus wie ein paar gezackte Felsen, die aus dem Weiß herausragen, nicht wie ein vergrabener Mercedes.

»Also gut.« Seine Stimme verrät nichts, aber ich vermute, das ist nicht die Antwort, die er sich erhofft hatte.

»Wo ist Ihr Handy?«, frage ich mit rauem Flüstern.

Eine kurze Pause tritt ein, dann antwortet er: »Lädt auf dem Vordersitz auf.«

»Oh.«

»Ja. Nicht gerade ideal.«

Bis zu diesem Moment war ich viel zu benommen, um etwas anderes als Erleichterung zu verspüren, dass ich noch am Leben bin, obwohl der Wagen von der Straße abkam. Es ist ein Wunder, dass wir es aus dem verbogenen Metallwrack geschafft haben, das ich in den Abgrund stürzen sah. Aber als mir allmählich das Ausmaß unserer Situation dämmert, keimt erneut Angst in mir auf.

»Was machen wir jetzt?«, frage ich und schaue ihn voller Sorge an. Je klarer mein Bewusstsein wird, desto mehr begreife ich, was da gerade geschehen ist.

»Keine Sorge«, erwidert er rasch. »Man wird bald merken, dass wir nicht am Flughafen eingetroffen sind. Jeden Augenblick schicken die einen Suchtrupp los. Ihr Vater gehört zu den Männern, die Himmel und Erde in Bewegung setzen, um Sie zu finden, da können Sie ganz beruhigt sein.«

Ich frage mich, wie gut er meinen Vater kennt, schiebe diesen Gedanken aber rasch beiseite. Natürlich wird Dad ausrasten, sobald ihm klar wird, was passiert ist.

»Können wir zur Straße hochklettern?«, frage ich und recke den Kopf zu dem über uns dräuenden Gipfel.

Der Bodyguard erwidert meinen Blick und meint lapidar: »Ich glaube nicht. Außer, Sie hätten unter Ihrer Jacke ein paar Steigeisen und Seile versteckt.«

Ich weiß, was er meint: Hinter uns erhebt sich eine steile Felswand, die in dem weißen Nebel verschwindet, der alles umhüllt, was mehr als ein paar Meter entfernt ist. Es gibt keinerlei Hinweise, wo genau sich die Straße befinden könnte.

»Was machen wir stattdessen? Hier bleiben?«

Er antwortet nicht sofort. Schließlich sagt er: »Das wäre wohl am vernünftigsten. Der Wagen wird noch eine Weile Wärme abgeben. Wenn man uns mit Wärmesuchgeräten sucht, findet man uns rasch. Und vielleicht sieht man den Wagen aus der Luft besser als vom Boden.«

»Sehen?« Ich schaue mich in der weißen, nebligen Welt um, in der wir verloren sind. Die Vorstellung, gesehen zu werden, scheint völlig abwegig. Ich flüstere: »O mein Gott.«

»Hören Sie, bislang hatten wir Glück«, sagt er barsch. »Wir sind auf einem Felsvorsprung gelandet, anstatt ins Tal zu stürzen – das war eine Frage von wenigen Metern. Und ich konnte uns aus dem Wagen befreien, bevor er abstürzte. Es gibt keinen Grund, warum wir nicht auch weiterhin Glück haben sollten. Da wir nicht nach oben können, ist es vielleicht sinnvoller, nach unten abzusteigen.«

»Nach unten?« Die Vorstellung entsetzt mich. »Das ist nicht Ihr Ernst!« Ich komme sonst nur auf eine Art und Weise einen Berg hinunter – und zwar auf Skiern.

Er sieht mich wieder an, und plötzlich wird mir bewusst, dass ich in den Armen eines völlig Fremden liege, und obwohl er eingestellt wurde, um für meine Sicherheit zu sorgen, verlasse ich mich in diesem Moment weitaus mehr auf ihn, als ich das jemals hätte ahnen können. Sein Gesichtsausdruck ist nicht zu lesen. Während er nachdenkt, presst er die Lippen fest aufeinander. Dann dreht er sich abrupt um und trägt mich rasch über den verschneiten Hang näher an den Berg. In der vergleichsweisen Sicherheit der Wand setzt er mich ab. Ich fürchte, dass mir die Kraft fehlen könnte, um mich auf den Beinen zu halten, aber ich stelle fest, dass es doch geht, obwohl sich meine Brust vor Schmerz verkrampft, als ich zu stehen komme. Unwillkürlich muss ich wimmern.

»Hier«, sagt er, »wir errichten uns einen kleinen Unterstand, damit Sie sich setzen können.«

In der Schneeverwehung an der Bergwand gräbt er mit bloßen Händen eine ovale Kuhle. Während er das tut, spricht er mit diesem tiefen, schottischen Brummen in einem Singsang, der mich vermutlich beruhigen soll. »Also, man wird uns finden, da müssen Sie sich gar keine Sorgen machen … aber für den Fall, dass es länger dauern sollte, als es uns recht ist, muss ich dafür sorgen, dass Ihnen etwas wärmer wird. Ich werde es Ihnen hier so bequem wie möglich machen und dann losziehen und mich umschauen. Ich will herausfinden, wo wir von der Straße abkamen und ob es für uns einen Weg heraus gibt oder wo wir unterkommen können, falls es doch ein wenig länger dauern sollte …«

Er redet immer weiter, aber ab der Stelle, wo er sagt, dass er mich in diesem kleinen Schneeloch zurücklassen will, höre ich ihm nicht länger zu.

»Moment mal!«, rufe ich und lege eine Hand auf seinen Arm. »Sie können mich hier nicht zurücklassen!«

Er schaut mich an, und ein Lächeln umspielt seine Mundwinkel. Er hat einen sehr schönen Mund, wie ich bemerke, mit wohlgeformten Lippen über einem kräftigen Unterkiefer.

»Sie können ja nicht mitkommen, Sie sind verletzt – nicht schwer, wie ich glaube, aber schwer genug, um nicht gehen zu können.«

»Ich kann gehen!«, erkläre ich panisch. Ich mache ein paar Schritte, gerate jedoch ins Stolpern und schreie vor Schmerz auf. Er streckt die Arme aus und gibt mir Halt. »Das denke ich nicht«, widerspricht er sanft. »Ohne Sie komme ich schneller voran, verstanden? Sie warten hier und ruhen sich aus. Ich bin in Nullkommanichts wieder zurück. Keine Angst, ich lasse Sie nicht zurück.«

»Ich habe keine Angst«, kontere ich. Das stimmt genaugenommen nicht, aber es widerstrebt mir, hilflos und mitleiderregend zu wirken. »Falls Sie in Schwierigkeiten geraten, brauchen Sie vielleicht meine Hilfe.«

Kurz huscht ein Lächeln über seine Lippen, aber man muss ihm zugute halten, dass er es sofort verbirgt. »Gutes Argument«, sagt er mit ernster Stimme. »Aber Sie müssen mir hier einfach vertrauen. Glauben Sie mir, man hat mich für Situationen wie diese speziell ausgebildet.«

Ich schaue mir an, was er trägt: Jeans, einen schwarzen Pulli über dem Hemd und darüber ein gut geschnittenes Jackett mit einem gerade noch wahrnehmbaren, grauen Streifen in der schwarzen Wolle. An den Füßen polierte Lederschuhe, auf denen sich bereits der Schnee häuft. »In diesem Outfit?«, erkundige ich mich sarkastisch.

Er bedenkt mich mit einem eisenharten Blick. »In jedem Outfit. Und jetzt setzen Sie sich, und lassen Sie mich eine Lösung für diese wenig angenehme Situation finden. Mein Gott, sehen Sie sich nur an.«

Ich zittere vor Kälte, und meine Zähne klappern. Meine Finger sind taub, und gleichzeitig brennen sie vor Eiseskälte.

In meinen lächerlich dünnen, hochhackigen schwarzen Stiefeln geht es meinen Zehen ebenso. Der Bodyguard führt mich zu der Schneegrube, die er ausgehoben hat, und drückt mich nach unten, bis ich sitze. Dann schiebt er meine Hände in die Ärmel meines Steppmantels – Gott sei Dank habe ich mich für ihn entschieden und nicht für die weiße Tweedjacke – und wickelt meinen blutroten Schal wieder etwas fester um mich. Plötzlich habe ich keine Kraft mehr, mich zu widersetzen.

Er geht in die Knie, auf Augenhöhe schaut er mir ins Gesicht. Jetzt ist er sehr ernst. So ernst, dass sich kalte Angst in mir breitmacht. »Ich lasse Sie kurz allein, aber wirklich nicht für lange, das verspreche ich. Wenn Sie einen Hubschrauber hören, dann stehen Sie auf und winken so kräftig mit Ihrem roten Schal, wie Sie nur können, verstanden?«

Ich nicke, versuche, mein Zittern zu unterdrücken.

»Gut. Sie sind sehr tapfer. Es dauert nicht lange.«

Dann ist er weg. Seine dunkle Gestalt stapft durch den Schnee, dann verliert sie sich im Nebel. Ich bin jetzt ganz allein, in einer eisigen Bergwand. Und kein Mensch weiß, wo ich mich aufhalte.

Ich warte zitternd, versuche, mich an alles zu erinnern, was ich über das Überleben in der Kälte gelernt habe. Ich darf nicht einschlafen, das weiß ich noch. Sofort werde ich unglaublich müde und sehne mich danach, die Augen zu schließen und mich der Müdigkeit hinzugeben.

Nein – nein, das darfst du nicht! Bleib um Himmels willen wach, Freya!

Ich weiß auch, dass ich keinen Alkohol trinken darf, weil die Wärme, die er vermittelt, eine Illusion ist.

Tja, das ist wirklich hilfreich, sage ich höhnisch zu mir selbst. *Für mich kein Gin Tonic, Barkeeper! Ich darf nicht angeheitert sein, wenn ich erfriere.*

Was sonst noch? Warm halten. Wach bleiben. Versuchen, möglichen Rettern einen Hinweis auf den Aufenthaltsort zu geben. Ich habe weiter nichts als meinen blutroten McQueen-Kaschmirschal mit den schwarzen Totenschädeln. Wenn der sich nicht vom Schnee abhebt, dann weiß ich auch nicht. Als Flagge wird er mir mehr nützen denn als Kälteschutz.

Ich will aufstehen, muss aber gegen den beißenden Schmerz ankämpfen, der mich packt, kaum dass ich mich bewege. Was ist nur mit meiner Brust? Habe ich mir eine Rippe gebrochen? Mir einen Lungenflügel durchbohrt? Ein tödlicher Schrecken überfällt mich, dass ich an der Verletzung, die ich mir bei dem Unfall zugezogen habe, sterben könnte.

Hör auf, ermahne ich mich fest, *Angst hilft dir nicht. Selbst wenn du sterben solltest, musst du jetzt erst einmal all deine Kraft zusammennehmen, um dir so gut es geht zu helfen. Sonst kannst du dich hier gleich einrollen und einfach aufgeben.*

Ich atme flach und rasch, um den Schmerz möglichst gering zu halten, dann hieve ich mich aus dem Schneeloch und torkele durch den Schnee von der Bergwand weg. Ich bin nervös. Ich bin oft genug Ski gefahren, um zu wissen, dass es tückische Schneewächten geben kann, die für das Auge nicht zu erkennen sind. Jetzt ist mir klar, dass der Bodyguard recht hatte – wir hatten unglaubliches Glück. Dieser kleine Felsüberhang hat den Sturz des Wagens gebremst. Die mehrfache Innenraumverstärkung des Fahrzeugs hatte dafür gesorgt, dass zwar die Außenhülle heftig verzogen wurde, wir jedoch relativ sicher waren, als der Mercedes über die Fahrbahnbegrenzung schoss und kurz hier zwischenlandete, bevor er dann weiter ins Tal stürzte.

Während mir bewusst wird, wie knapp wir davongekommen sind, zittere ich noch heftiger, und nicht nur wegen der Kälte.

O mein Gott, ich hätte tot sein können.

Aber ich bin nicht tot. Noch nicht jedenfalls. Und solange ich es noch nicht bin, werde ich verdammt noch mal alles versuchen, um das zu verhindern.

Ich nehme den blutroten Schal ab und lege ihn in den Schnee. Es dauert eine Weile, bis ich ihn komplett ausgebreitet habe. Er misst ungefähr einen Meter im Quadrat, das Rot und Schwarz hebt sich deutlich vom Schnee ab. Nachdem ich den Schal so gut es geht befestigt habe, schleppe ich mich zu der Schneegrube zurück und lasse mich hineinfallen, erschöpft von der Anstrengung und unter enormen Schmerzen in der Brust.

Wie lange ist er schon weg?

Es müssen mindestens zwanzig Minuten sein, vielleicht mehr. Ich starre angestrengt in den Nebel, hoffe, eine dunkle Gestalt daraus auftauchen zu sehen, aber nein. Ich schlinge die Arme um meinen Körper, stecke die Hände wieder in die Ärmel meines Mantels. Zum ersten Mal stelle ich mir vor, wie es sein wird, zu erfrieren. Meine Körperwärme wird immer weiter abnehmen, bis nichts mehr übrig ist. Meine Körperfunktionen werden eine nach der anderen aussetzen. Die Blutzufuhr zu meinen Händen und Füßen wird abgeschnitten, mein Herz wird langsamer schlagen. Dann tritt vielleicht das Delirium ein, wenn nicht mehr genug Sauerstoff ins Gehirn kommt, oder vielleicht überkommt mich auch nur segensreicher Schlaf, der im Nichts endet.

Aber ich will nicht sterben. Ich bin noch zu jung!

Mein Leben mag vielen Menschen sinnlos erscheinen, aber wie alle anderen auch will ich leben. Ich will lieben, eine Beziehung und Kinder haben, alt werden.

Wird all das nie passieren?

Ich sehne mich von ganzem Herzen nach meinem Zuhause – sogar nach diesem schrecklichen Chalet in den Bergen. Ich schließe die Augen und denke an meine Mutter.

»He! Da sind Sie ja!«

Ich öffne die Augen. Noch nie war ich so glücklich, die Stimme eines Menschen zu hören. »Sie sind wieder da.«

Und da steht er, direkt vor mir. Sein Gesicht ist grau vor Kälte, aber seine Augen strahlen blau. Er legt einen Arm um mich. »Natürlich«, sagt er lachend. »Habe ich nicht gesagt, dass ich zurückkomme? Und ich habe gute Nachrichten.«

»Man hat uns gefunden!«, rufe ich, und die Erleichterung überkommt mich wie eine herrliche, warme Welle.

»Nicht direkt«, sagt er rasch, klingt aber trotzdem guter Dinge. »Aber falls wir hier draußen bleiben müssen, habe ich genau das Richtige für uns gefunden. Und ich will ehrlich zu Ihnen sein – man wird uns sicher noch eine ganze Weile nicht finden.«

»Nicht?« Meine Stimmung stürzt ins Bodenlose, und ich fühle mich niedergeschlagener denn je.

»Erst, wenn das hier vorbei ist.« Er zeigt hinter sich, und ich sehe, dass dichter Schnee aus den tiefhängenden Wolken fällt. »Ein Schneesturm. Darum müssen wir auch los. Jetzt sofort. Hören Sie mich, Freya? Wir müssen los. Sofort!«

3. Kapitel

Der Weg scheint sich endlos hinzuziehen. Für mich ist es ein einziges Straucheln über vereiste Schneeflächen. Mir ist jetzt kalt – richtig kalt, bis auf die Knochen – auf eine Weise, wie ich es nie zuvor erlebt habe. Der herumwirbelnde Schnee wird vom schneidenden Wind in unsere Gesichter geblasen, und es gibt nur noch eins, dessen ich mir sicher bin: der Hand, die mich hält und mich führt.

Wenigstens sterbe ich nicht allein.

Es scheint unvorstellbar, dass wir diesen Sturm überleben. Mit jeder Sekunde gewinnt er an Kraft, der Wind heult, und das Schneetreiben wird so dicht, dass man das Gefühl hat, gegen eine weiße Wattewand anzukämpfen. Ich weiß nicht, wohin wir gehen, und es ist mir auch egal. Wir steigen jetzt ab, klettern irgendwie nach unten, und ich stecke bis zur Taille im Schnee, dann wieder nicht, dann tauche ich erneut ein. Der Bodyguard zieht mich aus dem Schnee und treibt mich voran. Ich bewege mich in einer Art erstarrter Trance vorwärts, bin mir kaum meiner eigenen Schmerzen bewusst. Ich will nur, dass es aufhört.

Und dann, es fühlt sich an, als seien Stunden vergangen, bleibt er stehen. Er sagt etwas, aber der Wind weht seine Worte fort, bevor ich sie verstehen kann. Vor uns mache ich einen Umriss aus, aber ich kann nicht erkennen, was es ist. Dann schiebt mich der Leibwächter nach vorn, und zu meinem Erstaunen befinde ich mich nicht länger im Heulen des Schneesturms, sondern in halbdunkler Stille.

Ich zittere so sehr, dass ich kaum sprechen kann. Ich blinzele, sehe mich um. Langsam gewöhnen sich meine Augen an die Dunkelheit. »W-w-wo sind wir?«

Er streicht sich den Schnee vom Jackett, aus dem Gesicht und den Augen. »Wir haben schon wieder Glück«, erklärt er. »Schon zum dritten Mal in Folge. Womöglich sind wir damit am Ende unserer Glückssträhne angekommen, aber mehr brauchen wir vielleicht auch nicht.«

Ich starre nach unten auf den Lehmboden. Wir sind in einem Gebäude, das habe ich begriffen. Aber wo?

»Kommen Sie, wir müssen es Ihnen warm machen«, sagt er.

»Wo sind wir hier?«, stoße ich hervor. Diesmal dreht er sich mit einem strahlendem Lächeln zu mir um, dessen glücklicher Optimismus mich einen Augenblick lang tatsächlich wärmt.

»Das ist eine Sennerhütte«, erläutert er. »Früher haben die Hirten im Sommer hier gewohnt. Sie kamen mit ihren Herden hoch, damit die hier grasen konnten, und blieben den Sommer über hier, bevor sie sie dann für den Winter wieder hinunter in die Dörfer brachten. Allerdings war in dieser Hütte offenbar seit Jahren kein Hirte mehr. Jetzt wird sie von Bergsteigern und Wanderern als Unterschlupf genutzt, wenn sich das Wetter ändert. Ich kenne noch mehr Hütten wie diese in den Alpen: kleine Steinhütten – in Schottland nennen wir sie *Bothys* –, die nur aus einem Raum bestehen.« Er geht herum, sucht jeden Winkel des kleinen Raumes ab. Neben der Tür, durch die wir gerade kamen, befindet sich ein großer Kamin. Ich kann die angekokelten Holzscheite eines früheren Feuers ausmachen. An den anderen Wänden stehen Bettgestelle, grob aus Brettern und Latten gezimmert. Es gibt ein kleines Glasfenster an der Seite zum Berg, aber man sieht nur Weiß und sonst nichts. Die Mauern der Hütte sind dick – das Fensterbrett misst über einen halben Meter –, und der Wind scheint nicht durch sie hindurch zu kommen, obwohl sie nur aus Stein bestehen. »Aha!«, ruft der Bodyguard plötzlich und hebt eine Streichholzschachtel sowie eine große, silberne Taschenlampe hoch.

»Genau darauf hatte ich spekuliert. Sehen Sie sich das an!«

Er nimmt eine laminierte Karte zur Hand und liest laut vor: »Willkommen. Diese Hütte steht allen offen, die sie brauchen. Bitte hinterlassen Sie sie so, wie Sie sie vorzufinden wünschen. Wenn Sie für Dinge, die Sie verwenden, etwas Geld hinterlegen können, dann tun Sie das bitte. Ansonsten bedienen Sie sich einfach. Diese Hütte ist nicht für Urlauber gedacht, sondern für Menschen in Not, darum gehen Sie bitte sorgfältig damit um. Es schaut regelmäßig jemand nach dem Rechten. Bitte tragen Sie sich auch im Gästebuch ein. Dankeschön.«

Meine Augen haben sich jetzt an das Halbdunkel gewöhnt. Immer noch heftig vor Kälte zitternd schaue ich den Bodyguard an. Er lässt seinen Blick über mich streifen, und seine Fröhlichkeit verblasst ein wenig.

»Also gut«, sagt er mit Entschlossenheit in der Stimme. »Legen wir los.«

Er führt mich zu einem der grob gezimmerten Betten, und ich sehe, dass sich auf beiden Bettgestellen Schlafsäcke befinden. Er hilft mir, mich zu setzen, packt einen der beiden – schmierig aussehenden – blauen Schlafsäcke und zieht den Reißverschluss auf.

»Was machen Sie da?«, frage ich.

»Ich sagte doch, wir müssen dafür sorgen, dass Ihnen wieder warm wird. Das hier hilft, bis wir Feuer im Kamin haben.«

»Nein!« Ich stoße den Schlafsack von mir, den er mir um die Schultern legen will. »Das ist ekelhaft! Wie viele Menschen haben darin schon geschlafen? Er sieht schmutzig aus! Ich will das nicht!«

Sein Blick wird hart. »Seien Sie nicht albern. Was macht das jetzt schon aus? Sie brauchen Wärme!«

»Nicht damit, das ist widerlich! Es geht mir gut«, erkläre ich. Ich verstehe selbst nicht, warum es mir so wichtig ist, aber der Gedanke, dass ich in direktem Kontakt mit diesem Schlafsack komme, macht mich ganz panisch. Ich bin sicher, dass er riecht – nach Schweiß, Schmutz, dem Mief ungewaschener Körper. Der Bodyguard schüttelt den Kopf und versucht dennoch, mir den Schlafsack umzulegen. »Nein!«, rufe ich und schlage um mich. »Hören Sie auf!«

Er lehnt sich zurück, und wir funkeln einander an. Ich schlinge wütend die Arme um meinen Oberkörper und senke den Kopf. »Ich will das nicht«, murmele ich.

»Um Himmels willen, Sie dumme …« Er schweigt abrupt, starrt mich an, dann wirft er den Schlafsack zur Seite. »Wie Sie wollen. Sie werden Ihre Meinung schon noch ändern.«

Seine gute Laune hat sich in Nichts aufgelöst. Er macht sich in der Hütte zu schaffen. Ich bleibe sitzen, hilflos vor Müdigkeit und Schmerz.

Es wird doch alles gut, rede ich mir ein. Wir konnten dem Sturm entfliehen. Wir sind an einem trockenen Ort. Ich bin nicht allein. Vielleicht muss ich doch nicht sterben.

Aber eine dunkle Verzweiflung hüllt mich ein. Ich sollte erleichtert sein, dass wir die Schutzhütte hier gefunden haben, aber mir ist elend zumute. Ich will, dass das aufhört. Ich begreife nicht, warum sich so vehement das Gefühl ärgerlicher Frustration in mir aufbaut, aber ich kann nichts dagegen tun. Wenn ich nur daran denke, dass Jimmy am Flughafen von Los Angeles auf mich wartet, damit wir lachen und uns Geschichten erzählen können, und er mir hilft, diesen verdammten Jacob zu vergessen … Ich sehe zu, wie der Bodyguard eine Kiste öffnet und durchwühlt, aber anstatt froh zu sein, dass er die Initiative übernommen hat, keimt Wut auf ihn in mir auf.

Er ist schuld, dass wir hier sind. Wenn er nicht die Kontrolle über den Wagen verloren hätte, wären wir noch vor dem Aufziehen des Sturms am Flughafen gewesen. Angeblich ist er doch so ein knallharter, mit allen Wassern gewaschener Soldat, aber er schafft es nicht einmal einen Berg hinunter!

Der Bodyguard arbeitet zügig. Zwischen Trübsal und Zorn

schwankend sehe ich zu, wie er die Asche aus dem Kamin entfernt. Neben dem Kamin findet er einen Stapel Zeitungen. Er formt ein paar Seiten zu Papierbällen. Dann nimmt er einige schmale Holzscheite aus einer alten Kiste und legt sie sorgfältig auf das Papier. Anschließend entzündet er ein Streichholz. Die kleine, gelblila Flamme am Ende des Streichholzes ist das Schönste, was ich an diesem Tag gesehen habe. Die Flamme streicht über das Papier, beißt hinein und glüht dann flackernd auf. Der Bodyguard entzündet rasch noch einige andere Zeitungsbälle, dann erlischt das Streichholz. Die Flammen werden größer, das Feuer verzehrt das Papier und ist schließlich heiß genug, das Holz zum Brennen zu bringen.

»Das sollte reichen«, sagt der Bodyguard, »solange wir ein Auge darauf haben. Ein Feuer ist anfällig. Man muss es füttern, wenn es hungrig ist, sonst geht es aus. Wir brauchen einen heißen Kern, nur so bekommt man ein anständiges Feuer.«

Ich starre ihn an, immer noch vor Kälte zitternd, und frage mich, ob er spürt, wie wütend ich auf ihn bin.

Wen kümmert Ihr dämliches Kaminfeuer? Es ist Ihre Schuld, dass wir hier sind!

Vom Kopf her weiß ich sehr wohl, dass wir ein Feuer brauchen und dass er sich genau richtig verhält und alles tut, um mir zu helfen. Aber mein Bauch brodelt vor Wut über unsere Situation.

Der Bodyguard scheint keine Antwort zu erwarten. Er schaut unter das zweite Bettgestell und zieht eine weitere, große Kiste hervor. Er öffnet sie problemlos und pfeift. Seine gute Laune scheint teilweise zurückzukehren. Er schaut über die Schulter zu mir und sagt: »Vorräte.«

Kaum hat er das ausgesprochen, merke ich, wie ausgehungert ich bin. Seit dem Frühstück habe ich nichts zu mir genommen, und das bestand nur aus einer Schale Müsli mit Joghurt und Kaffee. Das muss schon Stunden her sein. Über das Essen habe ich mir überhaupt keine Gedanken gemacht. Vage bin ich erleichtert, dass dieses Problem gelöst zu sein scheint – auch wenn ich noch gar nicht weiß, welche Vorräte er gefunden hat.

Wahrscheinlich kein Sushi, denke ich verbittert. Ich hatte am Flughafen in die Sushi Bar gehen wollen, um zu einem Glas Champagner ein leichtes Mittagessen einzunehmen. *Tja, statt dessen bin ich hier gelandet.*

»Wissen Sie, die Hütte ist eigentlich ziemlich genial«, sagt er im leichten Plauderton. »Wir haben ein Feuer …« Er schaut zum Kamin, in dem die Flammen knisternd die Holzscheite entlanglecken, »… wir haben etwas zu essen. Es gibt Wasser. Und sogar einen Topf und einen Wasserkessel.« Er zeigt auf ein paar Utensilien neben der Feuerstelle.

Ich kann es mir nicht erklären, aber während er versucht, Optimismus auszustrahlen, fühle ich mich nur umso elender.

»Das sieht alles ekelerregend aus«, fauche ich. »Sie erwarten doch nicht ernsthaft, dass ich etwas davon zu mir nehme. Wann wurde hier zuletzt saubergemacht? Womöglich waren Ratten oder Mäuse hier!« Ich schaudere. »Mir fehlen die Worte, so widerwärtig ist das.«

Er starrt mich an, und ich sehe die kaum zu verhehlende Wut in seinem Gesicht. Er sitzt auf dem Boden, scheint sich um den Dreck nicht zu kümmern. Die Kiste steht aufgeklappt vor ihm. Es liegt kein Schnee mehr auf seinem Jackett, aber es wirkt feucht und klamm, auch wenn er kein Wort darüber verloren hat. Sein dunkles Haar ist nass, und weil er mit den Fingern hindurchgefahren ist, steht es in Zacken ab, was ihm ein jungenhaftes Aussehen verleiht. Aber sein Mund ist schmal vor Missbilligung, und seine blauen Augen funkeln mich an, die Lider vor Verärgerung leicht gesenkt. Seiner Haltung ist anzumerken, wie sehr er sich anstrengen muss, um nicht die Kontrolle zu verlieren.

Als er endlich etwas sagt, trieft der Hohn aus diesem einen Wort. »Was?«

»Sie haben mich gehört!«, schieße ich zurück. »Die Sachen sind ein Gesundheitsrisiko! Ich weigere mich, etwas davon zu mir zu nehmen.«

Er lacht kühl auf und sagt dann bedächtig, wobei sein schottischer Akzent von Wort zu Wort ausgeprägter wird: »Ein *Gesundheits*risiko? Das ist echt unschlagbar. Soll ich Ihnen sagen, was wirklich ein Gesundheitsrisiko ist? Unterkühlung, zum Beispiel. Dann gibt es noch Verdursten und Verhungern. Daran stirbt es sich schneller als an einer mangelhaft gespülten Pfanne. Sie können von Glück sagen, dass das Risiko, an den drei Erstgenannten zu sterben, sich hier signifikant verringert hat. Wenn ich Sie wäre, würde ich es riskieren, mir den Magen zu verderben. Außer Sie ziehen es vor, draußen allein im Sturm zu erfrieren. Da besteht immerhin nicht die Gefahr einer Lebensmittelvergiftung.«

Er spricht voll Verachtung, und mein Widerspruchsgeist lodert auf, als habe er Öl auf ein schwelendes Feuer geschüttet.

»Wie können Sie es wagen, so mit mir zu reden?«, rufe ich.

»Haben Sie den Verstand verloren?« Seine Augen sind jetzt schmal vor Zorn. »Ich hätte gedacht, dass Sie in einer solchen Situation möglicherweise – nur möglicherweise – Ihre Rolle der verwöhnten Prinzessin fallenlassen. Ich habe mich immer gefragt, ob das wirklich *Sie* sind, wenn Sie auf andere Leute herabschauen, und bis zum heutigen Tag habe ich zu Ihren Gunsten geurteilt. Mir ist zu Ohren gekommen, dass es für Sie nicht immer ganz leicht war, und Sie sind zudem noch sehr jung. Aber das hier … das ist echt ohne Worte!« Er ist jetzt auf den Beinen. Mit einem einzigen Schritt steht er vor mir, die Lippen fest aufeinandergepresst. »Hören Sie, Schätzchen, Sie müssen gar nichts von mir annehmen. Sie müssen nichts trinken, nichts essen und auch nicht im Schlafsack schlafen. Wenn Sie wollen, dürfen Sie meinetwegen einfach aus der Hütte marschieren. Das wäre Selbstmord, aber es ist allein Ihre Entscheidung. Ich habe mein Bestes versucht, aber ich kann Sie nicht zwingen. Ich kümmere mich jetzt um das Feuer, mache etwas zu essen und denke anschließend darüber nach, was wir nach dem Sturm tun sollten. Sie dürfen mich bei all diesen Schritten gern unterstützen.«

Ich erwidere wütend seinen Blick. »Wenn Sie weiter in diesem Ton mit mir sprechen«, sage ich so drohend, wie ich nur kann, »dann werde ich Sie feuern.«

Er hebt eine Augenbraue und muss wider Willen lachen. »Wie bitte?«

»Sie haben es gehört. Ich werde Sie feuern. An Ort und Stelle.«

»Okay, ist gut.« Er nickt, als wolle er mir recht geben. »Nur zu, feuern Sie mich. Dann marschiere ich einfach in die Nacht hinaus und lasse Sie hier allein zurück. Dann können Sie ganz ungestört die verzogene kleine Prinzessin geben.«

»Ich bin Ihr Boss!«, brülle ich. Ich fühle mich total machtlos, aber ich will unbedingt eine gewisse Kontrolle über diese Situation behalten.

»Wenn mein Vater nicht hier ist, haben Sie Ihre Befehle von mir entgegenzunehmen. Ist das klar?«

»Klar.« Seine Stimme klingt halb sarkastisch, halb amüsiert. »Sie sind der Kapitän an Bord? Also schön. Wie lauten Ihre Anweisungen? Aber bitten Sie mich nicht um eisgekühlten Champagner. Das wäre momentan etwas viel verlangt.«

Ich lasse meinen Blick schweifen, suche etwas, das ich ihm auftragen kann, nur um meine Autorität unter Beweis zu stellen. Ich verstehe selbst nicht, warum mir das gerade so verzweifelt wichtig ist, aber er muss unbedingt begreifen, dass ich hier das Sagen habe. Meine Familie bezahlt schließlich sein Gehalt.

Er steht immer noch vor mir. Da fällt mir etwas ein. Ich hebe das Kinn und erkläre leichthin: »Holen Sie meinen Schal.«

Er runzelt die Stirn, seine blauen Augen schauen verständnislos. Mir fallen die dunklen Bartstoppeln auf seinem Kinn auf. »Was?«

»Mir ist kalt, und ich will meinen Schal. Ich brauche ihn außerdem als Kissen. Ich kann meinen Kopf ja wohl kaum auf das nackte Holz legen.« Ich zeige auf die Bretter des Bettgestells, auf dem ich sitze. »Ich will meinen Kaschmirschal.«

»Und wo zum Teufel ist er?«

»Ich habe ihn als Signal in den Schnee gelegt. Sie wissen schon, an der Stelle, an der Sie mich zurückgelassen haben, als Sie sich auf die Suche nach dieser Hütte machten.«

Der Bodyguard schaut mich schweigend an. Schließlich sagt er: »Sie machen Witze, oder? Draußen stürmt es. Die Nacht bricht herein. Der Schal liegt längst unter einer Schneedecke. Und selbst wenn nicht, das Risiko ist viel zu groß.«

»Ich will meinen Schal«, erkläre ich stur. Ich höre selbst, wie verstockt das klingt, aber aus irgendeinem Grund ist es für mich von allergrößter Wichtigkeit, dass er tut, was ich sage. Ich bin der Chef. Das muss er lernen.

»Das ist verrückt und dumm und ein verdammtes Risiko«, erklärt er leise. »Ich wäre dämlich, wenn ich das tue. Außerdem ist der Schal mittlerweile ohnehin klatschnass.«

Ich springe auf und rufe: »Sie tun gefälligst, was ich Ihnen sage!« Augenblicklich krampfe ich mich zusammen, weil sich meine Brust anfühlt, als würde sie von der Hand eines Riesen zusammengequetscht.

Der Bodyguard nimmt sofort meinen Arm, damit ich nicht falle. »Alles in Ordnung? Wo tut es weh?«

Trotz des Schmerzes kann ich drei Wörter hervorstoßen. »In … meiner … Brust.« Er stützt mich, während ich meine Arme um die Brust schlinge in dem Versuch, den Schmerz zu lindern. Flehentlich schaue ich zu ihm auf. Unter dem erneuten Ansturm der Angst ist meine Wut verraucht. »Glauben Sie, dass ich sterben muss?«

Die Tatsache, dass er nicht sofort darauf antwortet, lässt meine Angst noch wachsen. Dann sagt er mit ernster Stimme: »Es ist möglich, dass Sie sich eine Rippe gebrochen haben.«

»Das habe ich auch gedacht«, stoße ich zwischen kurzen, flachen Atemzügen hervor. »Glauben Sie, dass mein Lungenflügel durchbohrt ist?«

»Keine Ahnung. Ich muss mir das anschauen.«

»Wie meinen Sie das?«

»Sie müssen mir erlauben, Ihre Verletzung zu inspizieren. Ich habe eine medizinische Grundausbildung. Vielleicht kann ich etwas tun.«

Ich blinzele, muss das erst einmal verdauen. Der Schmerz sitzt mitten in meiner Brust, das bedeutet, ich würde mein Top ausziehen müssen. »Ich … ich weiß nicht recht …«, stammele ich.

»Ist schon gut«, sagt er. »Ich werde ganz vorsichtig sein und Ihnen nicht weh tun.«

Ich wende mein Gesicht ab, damit er nicht sehen kann, wie ich bei dem Gedanken erröte, mich vor ihm auszuziehen. »Ich … halte das für keine gute Idee.«

Er schweigt einen Moment, dann nimmt er die Hand von meinem Arm und sagt leise: »Schon gut, ich verstehe. Ich mache uns jetzt etwas zu essen. Den Schal hole ich morgen, wenn es hell ist.« Er zeigt mit dem Kopf auf das kleine Fenster. Draußen ist es nicht länger weiß. Der kleine Raum wird inzwischen durch das orangene Glühen des Feuers erhellt. »Die Dämmerung bricht schon herein.«

»Wie spät ist es?« Ich bin so müde, dass ich mich kaum auf den Beinen halten kann.

»Fast fünf Uhr.«

Wir haben das Chalet erst vor wenigen Stunden verlassen. Länger hat es nicht gedauert, um mein Leben völlig aus dem Ruder laufen zu lassen. Ich sinke wieder auf das Bettgestell. Das Feuer brennt hell. Der Bodyguard geht hinüber und legt noch ein paar Scheite auf. Dann dreht er sich zu mir um.

»Übrigens, falls Sie müssen, da steht ein Eimer in der Ecke.«

Ich schaue in die Ecke, in die er zeigt, und entdecke einen dreckigen Aluminiumeimer zwischen den Bettgestellen. Ich bin entsetzt. »Wie bitte? In Ihrer Anwesenheit?«

»Ja, in meiner Anwesenheit. Mir macht das nichts. Ich schaue auch nicht hin.«

Ich beiße mir beklommen auf die Lippen. *Ich kann diesen Eimer nicht benutzen!* Das wäre demütigend. *Ich muss es mir einfach verkneifen.*

Der Bodyguard beobachtet mich. Sein Blick ist so sanft wie schon lange nicht mehr. »Ich schaue gleich mal nach, ob es draußen einen Holzstapel gibt«, sagt er und stößt an einen kleineren Scheit, bis dieser in die Flamme rutscht. »Sie können dann den Eimer in der Zeit benutzen.«

»Und ihn einfach so stehen lassen?« Ich schaudere.

»Wir decken ihn mit irgendetwas zu.« Zum ersten Mal schaut er mich mit so etwas wie Mitgefühl an. »Ich weiß, Sie sind all das nicht gewöhnt. Aber glauben Sie mir, das geht schon. Wir sind da alle gleich. Ich halte nicht weniger von Ihnen, nur weil Sie müssen.«

Mein Trotz erwacht erneut. »Darüber mache ich mir keine Gedanken«, fauche ich. »Ich bin es einfach nur gewöhnt, wie ein zivilisiertes Wesen zu leben, mehr nicht. Möglicherweise macht es Sie ja glücklich, Ihren Körperfunktionen in aller Öffentlichkeit nachzukommen, mich jedenfalls nicht.«

Ironisch lachend streckt er die Hände nach oben. »Ist ja gut! Ich weiß, Sie stehen weit über all dem hier. Ich bin ein tumber Bauer, und Sie sind eine feine Dame. Aber selbst feine

Damen müssen dem Ruf der Natur folgen. Ich schaue jetzt also nach, ob es einen Holzstapel gibt, okay?«

Er nimmt die Taschenlampe und geht zur Tür. Als er sie öffnet, dringt das Heulen des Sturms laut in die Hütte. Plötzlich bin ich erleichtert, dass er meiner Anweisung, den Schal zu holen, nicht gefolgt ist. Meine Angst steigt gewaltig, während ich zusehe, wie er in die eisige Dunkelheit hinausgeht. Er schaut über seine Schulter zurück und meint scherzhaft: »Ich gehe nur mal raus und könnte etwas länger brauchen.«

»Was?«, rufe ich ängstlich. »Wie lange? Wann kommen Sie wieder?«

»Das ist ein Zitat … von Captain Oates. Sie wissen schon, die Antarktis-Expedition unter Captain Scott?« Er lächelt angesichts meiner Ratlosigkeit. »Schon gut, eines Tages erzähle ich Ihnen alles darüber. Ich brauche nicht lange. Aber Sie haben ausreichend Zeit, solange auf die Damentoilette zu gehen.«

Ich runzele die Stirn. Das hätte er jetzt nicht schon wieder ansprechen müssen. Doch kaum hat er die Tür hinter sich geschlossen, stehe ich auf – langsam, wegen der Schmerzen in meiner Brust – und greife in meine Manteltasche. Meine Finger tasten sich zu der frischen Packung Taschentücher. Gut. Jetzt, da die Erleichterung so nah ist, kann es mir gar nicht schnell genug gehen. Ich springe beinahe zu dem Eimer, ziehe ihn in die Raumesmitte und öffne meinen Mantel. Mir wird klar, dass ich nicht mehr so sehr friere. Ich zittere auch nicht mehr so heftig. Das Feuer wärmt den kleinen Raum, und die Wärme hat mich eingehüllt, ohne dass ich es bemerkt habe. Ich öffne den Reißverschluss meiner Jeans und ziehe sie bis hinunter zu meinen Stiefeln, dann kauere ich mich über den Eimer. Ich bin entsetzt, wie laut es hineinplätschert, wie Regen auf einem Blechdach. *Das kann er doch sicher sogar draußen hören, oder?*

Auch wenn mein Verstand sagt, dass er es unmöglich hören

kann, werde ich rot vor Scham. Als ich fertig bin, trockne ich mich mit einem Taschentuch und ziehe die Jeans wieder hoch.

Unfassbar, dass ich gerade in einen Eimer gepinkelt habe, der auf dem Lehmboden einer Bruchbude steht! Das ist nicht mein Leben. Mein Leben ist voll von Luxus und Genüssen und Komfort. Es ging mir noch nie so schlecht wie in diesem Moment. Aber was kann ich schon dagegen tun?

Als sich einige Minuten später die Tür öffnet, steht der Eimer wieder in seiner Ecke, zugedeckt mit einer alten Zeitung, und ich sitze auf dem Bettgestell, schaue in die Flammen und fühle mich gleichzeitig schläfrig und unglaublich hungrig. Der Bodyguard tritt ein. Er hält nasse, schneebedeckte Holzscheite im Arm. Seine Haare sind voller Schnee, als ob ihm jemand eine Handvoll weißes Konfetti auf den Kopf geworfen hätte.

»Triumph!« Er lächelt mich an. »Es gibt tatsächlich einen Holzstapel neben der Hütte. Er ist schwer zu finden, aber ich hatte so eine Ahnung, dass es ihn geben musste. Das Holz muss natürlich erst trocknen.« Er schaut mich an. »Alles in Ordnung?«

»Ja, danke«, sage ich etwas zimperlich und peinlich berührt. Der Eimer in der Ecke ist mir überdeutlich bewusst, aber ich gebe mich cool. »Ich bin froh, dass Sie noch mehr Holz zum Feuern gefunden haben.«

Er geht zum Kamin und legt die Holzscheite daneben, damit sie trocknen können. Das Feuer brennt mittlerweile heiter vor sich hin, und er stapelt noch etwas vom trockenen Holz darauf.

»Zeit fürs Essen«, sagt er. »Ich weiß nicht, wie es Ihnen geht, aber ich habe einen Bärenhunger.«

Mein Magen knurrt schmerzhaft, aber ich weiß nicht, ob er das gehört hat. Ich sehe zu, wie er zwei Konservendosen aus der Vorratskiste nimmt und den Inhalt in den geschwärzten Topf gibt. Mittlerweile bin ich so hungrig, dass mir der

Zustand des Topfes egal ist, und der Duft, der aus dem Topf steigt, während er sich langsam erwärmt, ist einfach köstlich. Mir läuft das Wasser im Mund zusammen. Ich habe einen Riesenhunger.

So hungrig bin ich selten, denke ich plötzlich. In meinem Leben werden all meine Bedürfnisse normalerweise schon erfüllt, bevor sie mir richtig bewusst werden. Die Mahlzeiten werden mir serviert, ohne dass ich einen Finger rühren muss. Wenn ich hungrig bin, sage ich, was ich möchte, und gleich darauf steht es vor mir. Es mag nur ein Salat oder etwas Obst sein, aber was immer ich mir wünsche, wird mir erfüllt: Teller mit Austern, Kaviar, Räucherlachs, Rührei mit Trüffeln, Salat Niçoise …

Und jetzt sabbere ich angesichts eines Doseneintopfs! Ich weiß, dass ich zu Hause über so etwas die Nase gerümpft hätte. Aber hier bin ich so gierig auf das Essen, dass ich kaum an etwas anderes denken kann.

»Fertig«, verkündet der Bodyguard. Er gibt etwas von dem Eintopf zurück in die Dose und reicht sie mir. »Vorsichtig, es ist heiß. Aber Sie können sich daran wunderbar die Hände wärmen.«

Ich nehme die Dose und starre in ihre dunklen Tiefen. Ich muss die Ärmel des Mantels über meine Handflächen ziehen, um die Dose halten zu können. »Wie soll ich das essen?«, frage ich »Wo ist das Besteck?«

Er zuckt mit den Schultern. »Es gibt kein Besteck. Sie müssen mit den Fingern essen. Es ist nicht ideal, das weiß ich.« Er verstummt, überlegt, dann reicht er mir den Deckel der Dose. »Nehmen Sie das. Aber achten Sie auf die Kanten, die sind scharf.«

Ich nehme den Deckel, löffele den Eintopf damit heraus und schlecke ihn vorsichtig auf. Es ist klebrig und salzig, aber nachgerade köstlich. Die Fleischbrocken füllen meinen leeren

Magen und wärmen mein Inneres. Allzu schnell ist die Dose leer.

Der Bodyguard isst ebenfalls, direkt aus dem Topf und mit raschen, großen Bissen. Er grinst mich an. »Schmeckt gut, nicht?«

Vielleicht liegt es am Essen, dass sich meine Stimmung hebt, aber plötzlich überkommt mich ein Gefühl der Geborgenheit. Der Bodyguard ... *wie heißt er gleich noch mal? Miles, ja genau* ... Miles sitzt vor dem Feuer. Ich sehe, wie sein Jackett dampft, während es trocknet. Das Feuer erhellt ihn, das goldene und orangene Licht verleiht seinem klassischen Profil fast eine cineastische Wirkung. Er ist sich dessen überhaupt nicht bewusst, was es nur umso attraktiver macht. Unwillkürlich bin ich davon verzaubert, wie das Licht seine Züge umspielt, wie markant seine Wangen mit den dunklen Schatten wirken, wie seine Augen glühen, wenn er mit diesen erstaunlich weißen Zähnen lächelt.

Er sieht nicht einfach nur gut aus. Er ist eine echte Augenweide.

Jetzt spricht er, ohne zu ahnen, was ich denke. Ihm ist auch nicht klar, dass mit jeder Bewegung seines Kopfes seine markanten Gesichtszüge deutlicher zutage treten, seine Schultern im Licht des Feuers noch breiter wirken. Er scheint den kleinen Raum mit seinem Körper und seiner Kraft völlig auszufüllen.

»Vermutlich sind Sie an Konservenessen nicht gewöhnt, aber lassen Sie mich Ihnen sagen, am Ende eines langen, schweren Tages im Freien ist man dankbar für alles, was heiß und schmackhaft ist. Zum Teufel mit dem ganzen organischen, yogischen, makrobiotischen Zeugs.« Er verstummt, schaut mich an und muss wieder lachen. »Tut mir leid. Soweit ich weiß, sind Sie süchtig nach freilaufenden Avocados mit Jurten-Kartoffeln und linksdrehendem Joghurt. Aber vertrauen Sie mir, der Körper kennt nur hungrig und satt.«

Ich starre ihn an, sage nichts. In der Stille hören wir das Heulen des Sturms. Ständig bläst der Wind Schnee knisternd gegen das Fenster. Plötzlich steigt Verlegenheit in mir auf.

»Ist alles in Ordnung mit Ihnen?«, fragt er und runzelt die Stirn. So wie das Licht fällt, werfen seine Falten dunkle Schatten.

»Ja«, sage ich und stelle die leere Dose ab. »Das war ein absolut seltsamer Tag.« Mir ist warm, und ich habe gegessen. Meine wilde Wut und mein Groll lassen nach, werden ersetzt von ungläubigem Staunen über die Situation, in der ich mich befinde. Es ist, als ob ich aus allem, was ich je kannte, herausgetreten bin, als ob ich mein übliches Leben hinter mir gelassen habe und in eine völlig andere Welt eingetreten bin. Alles Vertraute ist wie weggewischt, einfach so. Hier sitze ich mit einem Mann, der mir das Leben gerettet hat. Und für ihn bin ich einfach nur eine Zicke. Ich sehe ihn an. »Glauben Sie, dass man uns finden wird?«

Er schiebt den Topf beiseite und sieht mich mit ernster Miene an. »Ja, das glaube ich.«

»Sagen Sie das nur, damit ich mich besser fühle?«

»Ich glaube es wirklich. Der Sturm wird bald nachlassen. Man wird uns beide vermissen. Ich hätte am späten Nachmittag wieder im Chalet sein sollen, Sie haben Ihren Flug verpasst. Das wird auffallen. Jemand wird die richtigen Schlüsse ziehen. Ich wette, man sucht schon jetzt in diesem Augenblick nach uns.«

»Ehrlich?«, frage ich sehnsüchtig.

»Natürlich.« Er klingt aufrichtig, tröstlich. »Wir müssen nur diese eine Nacht überstehen, das ist alles. Sie müssen müde sein.«

Es ist bestimmt erst kurz nach sechs. Gerade mal Cocktailstunde. Und doch bin ich müde. Sehr sogar. Ich stoße einen langen, erschöpften Seufzer aus.

»Sie müssen schlafen.« Er spricht leise, monoton, beinahe hypnotisch. »Sie hatten einen Schock. Es wird helfen, wenn Sie wieder etwas zu Kräften kommen.«

»Ja.«

»Kommen Sie, lassen Sie mich Ihnen helfen.«

Er steht auf und kommt auf mich zu. Ich verspanne mich. Ich kann nicht anders.

»He, he, he«, sagt er. »Was ist los?«

Ich schaue auf. Sein Körper zeichnet sich vor dem Kaminfeuer ab, blockiert einen Großteil des Lichts. Eine Welle der Angst läuft durch mich, und ich kann es nicht verbergen.

»Was ist los?«, fragt er erneut.

»Nichts«, flüstere ich jämmerlich. »Nichts.«

»Sind Sie sicher?«

»Ja.«

»Dann machen wir es Ihnen jetzt gemütlich.«

Man kann sich kaum vorstellen, dass ich es auf diesem Bretterverschlag, wo es nichts Weiches gibt, jemals gemütlich haben könnte, aber ich muss dringend schlafen, und darum ist mir alles recht. Miles steht neben mir, nimmt den anderen Schlafsack zur Hand, öffnet den Reißverschluss und legt ihn auf die Bretter. Dann drückt er mich sanft nach hinten, bis ich auf der Fleece-Innenseite liege, und hebt meine Beine auf das Bettgestell. Ich rieche die Muffigkeit des viel benutzten Schlafsacks, aber jetzt symbolisiert der Geruch nicht ungewaschene Fremde, sondern das menschliche Bedürfnis nach Wärme, Schlaf und Trost. Ich bin jetzt nur ein weiterer Reisender, der vom Weg abgekommen ist und dank des Wohlwollens anderer Unterschlupf gefunden hat.

»Na also«, sagt Miles. Er setzt sich auf den Rand des Bettes, wie ein Erwachsener, der nach einem Kind sieht, bevor er das Licht löscht. »Das sollte gehen, oder nicht? Glauben Sie, dass Sie so schlafen können?«

Ich nicke und bringe ein Lächeln zustande. »Das sind nicht meine üblichen Einschlafrituale. Ich habe mir noch nicht einmal das Gesicht gewaschen.«

»Ausnahmsweise wird es auch ohne gehen«, sagt er und erwidert mein Lächeln. Ich schaue zu ihm auf. »Brauchen Sie den Eimer?«

Er lacht leise. »Das ist wirklich lieb, Schätzchen, aber das habe ich bereits draußen erledigt. Da sind wir Männer besser dran.«

Etwas liegt in der Luft, als mir klar wird, dass er ein Mann ist und ich eine Frau bin und wir hier allein sind.

Sei nicht albern!, mahne ich mich. *Er ist dein Bodyguard! Ich bin seine Chefin. Es ist völlig undenkbar.*

Seine Nähe weckt alle möglichen Empfindungen in meinem Körper. Es ist, als ob meine Nervenenden in erhöhter Wachsamkeit sind, seit ich praktisch fast erfroren und dann wieder aufgetaut bin. Meine Haut fühlt sich lebendig an, prickelt unter den Stromstößen, die über sie hinweglaufen als Reaktion auf diesen extrem attraktiven Männerkörper neben mir, der Wärme und Kraft ausstrahlt.

»Freya«, murmelt er beinahe nachdenklich. Meine Nerven kribbeln, als er mit seiner tiefen Stimme meinen Namen sagt. »Das ist hübsch. Skandinavisch, nicht wahr?«

Ich nicke. »Eine nordische Göttin. Nach ihr wurde der ›Freitag‹ benannt. Sie ist die Göttin des Winters.«

Er hebt eine Augenbraue. »Ach ja? Irgendwie passend, oder? Vielleicht hat Ihre Göttin deshalb auf Sie aufgepasst, es ist schließlich ihre Jahreszeit.«

»Vielleicht.« Ich erwidere sein Lächeln.

»Tja.« Wir starren einander an, unbeholfen in diesem intimen Moment. Schließlich sind wir uns fast völlig fremd, aber nun sind wir hier zusammen, haben niemand außer uns selbst. »Gute Nacht, Göttin Freya.«

»Gute Nacht, Miles.«

Er wirkt erstaunt. »Sie haben mich zum ersten Mal beim Namen genannt.«

»Wirklich?« Es ist mir peinlich, dass ihm das aufgefallen ist.

»Sie haben mich noch nie beim Namen genannt. Immer nur ›Sie‹.«

»Jetzt habe ich Sie ja beim Namen genannt«, kontere ich. »Ist das wirklich so eine große Sache?«

»Ziehen Sie Ihre Krallen wieder ein, Kätzchen, ich bin nicht auf einen Kampf aus. Ich freue mich einfach, dass Sie mich beim Namen genannt haben, mehr nicht. Das ist ein Fortschritt.«

Meine Empfindlichkeit verebbt so rasch, wie sie aufgewallt ist. »Es ... tut mir leid. Und ... danke für alles. Für alles, was Sie für mich getan haben. Ich weiß das zu schätzen. Ehrlich.«

»Schon gut«, erwidert er leise. Seine blauen Augen wirken im Schatten schwarz, das Kaminlicht lässt seine Wangen golden wirken. »Das ist schließlich mein Job.« Er schaut mich schräg von der Seite an. »Außer ich bin noch gefeuert?«

»Nein ... nein.« Ich muss unwillkürlich lachen. »Ich möchte, dass Sie den Job behalten – wenn Sie noch wollen.«

»Ich habe ohnehin eine dreimonatige Kündigungsfrist«, sagt er lächelnd. »Wir müssen es also noch eine Weile miteinander aushalten.« Er beugt sich vor und zieht den Schlafsack über mir zurecht. »Schlafen Sie gut, Schätzchen. Bis morgen früh.«

Die Berührung seiner Hände schickt seltsame Gefühle durch meinen Körper, und eine seltsame Erregung macht sich in meinem Bauch breit.

Aufhören, befehle ich mir. Laut murmele ich: »Gute Nacht.«

Er steht auf und geht zum Feuer, dort setzt er sich und liest etwas, das er aus einer der Kisten gezogen hat. Ich beobachte ihn, solange ich kann, betrachte seinen dunklen Umriss vor dem orangenen Feuer, aber innerhalb von Minuten werden mir die Lider schwer. Dann bin ich auch schon eingeschlafen.

4. Kapitel

Mitten in der Nacht wache ich auf, ohne zu wissen, wo ich bin. Ich liege in völliger Dunkelheit, mein Körper ist steif von den Holzbrettern, und ich friere, trotz meines Mantels und des Schlafsacks, in den ich eingewickelt bin. Der Schmerz in meiner Brust lässt mich aufstöhnen. Es ist ein pochender Schmerz, als ob mich jemand unablässig fest drückt und dabei zielsicher die empfindlichste Stelle trifft.

Mit der Verwirrung geht Panik einher. *Was ist los? Wo bin ich?*

Ich bin natürlich an unterschiedliche Betten gewöhnt, so oft wie ich durch die Welt reise, von Hotels zu Wohnungen zu Villen und Chalets. Aber gleichgültig, wo die Betten stehen, sie sind stets luxuriös mit weicher Matratze und frisch gewaschener Bettwäsche. Doch hier ist es völlig anders – unnachgiebige Bretter, Kälte, Dunkelheit. Das ist mir in meinem ganzen Leben erst ein einziges Mal passiert, und die Erinnerung daran erhebt sich in meinem Gedächtnis wie ein finsteres Monster.

Ich bin wieder dort, denke ich, gelähmt vor Angst. Ich bin wieder zurück. Ich schreie auf. »Mama! Bist du da, Mama?« Abrupt setze ich mich voller Panik auf, und sacke vor Schmerz gleich darauf wieder zusammen.

Im nächsten Augenblick ist Miles neben mir, redet beruhigend auf mich ein, legt seine Arme um mich und wiegt mich sanft. Seine Wange liegt an meinem Kopf, und ich lasse mich in seine Umarmung fallen, leise schluchzend, während der Schrecken langsam abebbt.

»He, ist ja gut, Schätzchen, alles ist gut«, sagt er. »Sie sind in Sicherheit. Ich bin bei Ihnen.«

»Ich dachte …« Die Stimme versagt mir. Ich kann meine Gefühle auch nicht im Ansatz erklären.

»Ich weiß, Sie haben Angst. Aber es geschieht Ihnen nichts, das verspreche ich.«

Das ist es nicht. Ich will ihm erklären, dass ich mich nicht einfach nur vor dieser Situation hier fürchte, ich will ihm meine Angst verständlich machen, aber es fehlen mir die Worte. Noch nie habe ich mit jemandem darüber geredet, noch nicht einmal mit den Seelenklempnern, zu denen man mich geschickt hat.

Ich kann ihn in der Dunkelheit nicht sehen, aber das macht es irgendwie leichter, den Trost seines Körpers zu akzeptieren. Ich presse mich an seine starke Brust, atme seinen tröstend maskulinen Duft ein, spüre seine rauen Bartstoppeln auf meinem Scheitel. Er murmelt etwas mit seinem schottischen Akzent. »Sie haben nach Ihrer Mutter gerufen. Sie starb, als Sie noch klein waren, nicht wahr?«

Ich bringe kein Wort heraus. Es fühlt sich an, als sei mein Hals wie zugeschnürt. Wenn ich jetzt etwas sage, wird sich der Druck in meinem Kopf in Form von Tränen abbauen, darum nicke ich nur.

»Armes Mädchen, es tut mir leid. Das ist echt hart.«

Ich hole tief Luft und bringe ein paar Worte zustande: »Seien Sie bitte nicht so nett zu mir.«

Er lacht, und ich spüre das Vibrieren in seiner Brust. »Freya, Sie sind mir eine! Ich soll nicht nett zu Ihnen sein?«

»Sonst … falle ich völlig zusammen.« Meine Stimme klingt belegt. Ich will jetzt wirklich nicht weinen.

»Schon klar. Sie sind taff. Aber es ist vollkommen in Ordnung, Angst zu haben. Wir befinden uns in einer schwierigen Situation, ich will das nicht beschönigen. Aber unsere Chancen stehen gut, versprochen!«

»Was glauben Sie, wie lange es dauert, bis man uns findet?«

Er schweigt einen Moment. Ich spüre, wie er den Kopf zum

Fenster dreht, obwohl man draußen nur Dunkelheit sieht. »Das hängt vom Sturm ab. Momentan ist er abgeflaut. Das könnte bedeuten, dass man jetzt schon nach uns sucht. Ansonsten hätte es gar keinen Sinn, bei einer Sicht von fast null. He …« Ich spüre, wie er sich wieder zu mir dreht. »… Sie sind ja ganz kalt.«

Mir wird bewusst, dass ich leicht zittere. Das Feuer ist ausgegangen, und so kehrt die bittere Kälte zurück.

»Kommen Sie«, sagt er, »so geht das nicht. Ich lege mich zu Ihnen, damit wir unsere Körperwärme teilen können. Ich hole den zweiten Schlafsack.« Er steht auf, bewegt sich vorsichtig in Richtung der Feuerstelle und holt seinen Schlafsack.

Ich fühle mich getröstet. Direkter Körperkontakt ist genau das, was ich jetzt brauche. Ich rutsche zur Seite, um ihm auf dem schmalen Bettgestell Platz zu machen, und schnappe nach Luft.

»Was ist?« Miles kommt mit seinem Schlafsack zurück.

»Meine Brust. Es tut immer noch weh.«

»Also schön.« Jetzt klingt er wieder ernst. »Ich schaue mir das jetzt an.«

»Aber …«

»Kein aber. Es dauert auch keine Minute.«

Vielleicht wird es im Dunkeln leichter sein. Dann kann er mein Gesicht nicht sehen.

Er geht zum Kamin, wo er offenbar die Taschenlampe deponiert hat. Dann kommt er zurück. Er hilft mir in eine aufrechte Position, und ich protestiere nicht länger. Die Schmerzen machen mir Sorgen, und ich will wissen, was mit mir los ist. Er schaltet die Taschenlampe ein, und der kalte Lichtstrahl durchschneidet die Dunkelheit. Kurzzeitig bin ich geblendet, dann wandert das Licht von meinen Augen zu meinem Körper. Miles setzt sich neben mich und legt die Taschenlampe so auf das Bett, dass ich in ihrem Lichtschein sitze.

»So, jetzt den Mantel ausziehen. Es dauert nicht lang …« Er öffnet den Reißverschluss meines Steppmantels und schiebt ihn mir sanft über die Schultern. Mein Pulli kommt zum Vorschein. »Würden Sie den bitte hochrollen?«

Ich nicke und ziehe den weichen Kaschmirpulli nach oben, entblöße erst meinen Bauch, dann meine Brust. Ich trage einen schlichten weißen BH aus Baumwolle. Als die Kälte mich trifft, bekomme ich eine Gänsehaut. Miles hebt die Taschenlampe hoch und richtet den Lichtstrahl auf meinen Busen. Ich schaue nach unten und sehe, wie der kühle Strahl über mein Fleisch huscht, das in diesem Licht weiß wirkt. Die sanften Hügel meiner Brüste erheben sich aus meinen BH-Körbchen, aber da ist noch etwas anderes.

»Habe ich es mir doch gedacht«, sagt Miles. Er richtet den Lichtstrahl auf einen dunkelvioletten Bluterguss, der sich von oberhalb meiner linken Brust in diagonaler Linie bis zu meinem Brustbein zieht. »Der Gurt hat Sie gequetscht. Sie müssen mit voller Wucht hineingepresst worden sein.«

Eine Welle der Erleichterung durchläuft mich. »Ist das alles?«

»Das nehme ich an. Wir würden es merken, wenn Ihr Lungenflügel durchbohrt worden wäre – Ihr Puls wäre beschleunigt, Sie würden keuchend atmen, und die Schmerzen wären beträchtlich stärker. Eventuell könnten Sie sich eine Rippe angeknackst haben, aber dann wäre es ein steter Schmerz. Ich vermute, Sie haben nur eine schwere Quetschung mit Bluterguss. Das wird mit der Zeit von allein besser. Wir könnten etwas Eis darauf packen …«

Der Gedanke lässt mich schaudern. »Danke, nein.«

»Tja … Sie müssen sich schonen, das ist alles. Und sobald als möglich soll ein richtiger Arzt sich das anschauen.« Er lenkt den Lichtstrahl von meiner Brust weg, und ich ziehe den Pulli wieder nach unten. »Wir sollten noch etwas schlafen. Etwas anderes bleibt uns ohnehin nicht zu tun.« Miles kriecht auf das Bett und legt sich zwischen mich und die Steinwand. »Kommen Sie«, sagt er, »rutschen Sie näher an mich heran.«

Ich lege mich mit dem Rücken zu ihm und schiebe mich an seinen Körper. Die Wärme und Kraft, die er ausstrahlt, sind enorm tröstlich. Er breitet seinen Schlafsack über uns beiden aus und legt den Arm um mich. Aus irgendeinem Grund fängt mein Herz an zu pochen, und ich erinnere mich daran, dass er von einem beschleunigten Puls sprach. Ist mein Lungenflügel doch durchbohrt?

Vielleicht ist es ja auch etwas ganz anderes …

Eine seltsame Leichtigkeit erfüllt meinen Körper, eine Art berauschender Erregung. Zum ersten Mal fühle ich mich hier wohl, beinahe komfortabel.

»Alles in Ordnung?«, murmelt er, und ich spüre seinen Atem in meinem Nacken. Er sendet Wellen fast unerträglichen Prickelns über meine Haut. Ich fange an zu zittern.

Was geschieht hier mit mir?

»Ja.« Ich flüstere es beinahe. »Alles in Ordnung.« Aber in mir steigt der heftige Drang auf, mich umzudrehen, damit wir uns Auge in Auge gegenüber liegen, meinen Körper an seinen zu pressen, ihm meinen Mund anzubieten.

Wie kann ich so etwas empfinden? Es kränkt mich, dass mein Körper meine Gedanken in diese Richtung drängt. Es wäre ein grauenhafter Fehler, diese Grenze zu überschreiten. Schlimm genug, dass Miles in den letzten zwölf Stunden miterlebt hat, wie ich meine Würde verlor. Soll ich mich jetzt durch den Versuch, ihn zu küssen, vollends demütigen?

Mir fallen seine Worte von vorhin wieder ein. *Er hält mich für eine verzogene Prinzessin. Er hält mich für hochnäsig und unhöflich.*

Ein innerer Tumult bricht in mir aus. Zum einen will ich den

Statusunterschied zwischen uns aufrechterhalten: Er ist der Angestellte, ich bin die Herrin des Hauses, der er Respekt und Ehrerbietung zu zeigen hat. Ungeachtet der Situation muss ihm klar sein, dass ich das Sagen habe. Und doch … brauche ich ihn. Jetzt gerade brauche ich seine Kraft und seinen Trost, und die Art und Weise, wie er mich auf ein Häufchen Gefühle reduziert, ist gleichermaßen tröstlich wie herrlich angenehm. Das Licht der Taschenlampe auf meinen Brüsten habe ich so intensiv gespürt, als ob er mit den Fingerspitzen über meine Haut gefahren wäre. Jetzt ruft mein Körper nach Berührung, Zärtlichkeiten, Küssen, leidenschaftlichen Küssen …

O Gott! Hör auf damit! Unwillkürlich muss ich angesichts der Kraft meiner Gefühle zucken. Eine verräterische Wärme breitet sich in meinem Schoß aus.

»Ist wirklich alles in Ordnung?«, fragt er. Seine Stimme lässt neue Schauer über meine Haut laufen. »Haben Sie Schmerzen?«

»Nein.« *Nicht so, wie du denkst.* »Mir geht es gut. Ehrlich.«

Er darf es nicht wissen. Auf keinen Fall! Offensichtlich habe ich überhaupt keine Wirkung auf ihn. Ich darf ihm nicht die Genugtuung geben, mich abweisen zu können.

Mir fällt wieder ein, wie ich zum letzten Mal Sex hatte. Es war mit Jacob. Wir tobten die ganze Nacht durch die Federn, nachdem wir zuvor in einem Club in St. Tropez getanzt hatten. Das war, bevor ich erfuhr, dass er gewohnheitsmäßig mit Prostituierten und Callgirls verkehrte. Hinterher, nachdem alles ans Licht kam, musste ich mich allen möglichen Tests unterziehen. Gott sei Dank war alles in Ordnung. Sein Anblick war mir danach unerträglich, besonders nach dem, was ich in dem Film gesehen hatte. Aber ich hatte ihn geliebt, und den Sex mit ihm hatte ich genossen. Ich sehe Jacob vor mir, nackt, mit erigiertem Penis, wie er meine Beine auseinanderschiebt und sich daran macht, in mich einzudringen …

Ich schaudere erneut, und Miles presst seinen Arm daraufhin fester um mich. *Er denkt, ich friere.*

Ich befehle mir, nicht länger an Sex zu denken. Es hilft nichts. Ich muss es mir aus dem Kopf schlagen und endlich schlafen. Am Morgen kann ich der verstörenden Nähe von Miles entfliehen. Dann wird er niemals mein dunkles Geheimnis erfahren, das darin besteht, dass mich heißes Verlangen verzehrt.

Ich weiß nicht, wie lange ich wach liege, aber irgendwann dämmere ich weg, und als ich wieder aufwache, muss ich angesichts des blassen Lichts blinzeln, das durch das winzige Fenster fällt. Mir ist warm, zum ersten Mal seit langem richtig warm. Miles' Körper presst sich immer noch an meinen, und ich kann nicht anders, ich muss mich an ihn kuscheln, muss seine muskulöse Stärke genießen. Er schläft, das weiß ich, denn er atmet tief und gleichmäßig. Ich rutsche leicht nach hinten, presse meinen Hintern an seine Lenden. Etwas Hartes drückt gegen meine Pobacken. Ich runzele die Stirn, frage mich, ob er etwas in der Hosentasche hat, dann laufe ich rot an, weil mir klar wird, was es ist. Ich presse mich an seine Morgenlatte.

Ich erstarre, weiß nicht, was ich tun soll. Die Härte ist nicht zu verkennen. Unwillkürlich stelle ich mir vor, wie ich ihn heraushole, ihn befreie, damit er tun kann, was immer er will … Die ganzen Gefühle der Nacht sind auf einmal wieder da, und langsam spüre ich eine begehrliche Feuchtigkeit zwischen meinen Beinen. Wir sind uns so nahe. Seine Erektion ist nur wenige Zentimeter von der Stelle entfernt, an der mein Verlangen schwelt.

Miles stöhnt leise im Schlaf, und sein Arm, den er um mich gelegt hat, zieht mich näher, so dass seine Erektion jetzt gegen den Spalt zwischen meinen Hinterbacken gepresst wird. Er bewegt sich auf mich zu, seine Hüften rotieren, und sein Schwanz reibt an mir.

Ist er wach oder schläft er? Nein, er schläft bestimmt. Das passiert unbewusst …

Ich schwelge in dem Gefühl, ihn so nah an der Stelle zu spüren, an der ich ihn mir wünsche. Dann stöhnt Miles und dreht sich etwas von mir weg, der Druck zwischen uns wird weniger. Ich bin enttäuscht, hungere immer noch nach Erfüllung. Mein Verlangen brennt heiß. Aber er schläft offensichtlich, ist sich nicht bewusst, was zwischen uns passiert.

Das macht mich noch wahnsinnig.

Einem Impuls folgend drehe ich mich um. »Miles?«

Sofort reißt er die Augen auf und ist hellwach. »Ja? Alles in Ordnung?«

Ich hatte recht. Er hat geschlafen und hat nichts mitbekommen.

»Ich … ich muss …« Ich stolpere über die Worte. »Könnten Sie einen Moment nach draußen gehen?«

Sein verwirrter Gesichtsausdruck löst sich auf, als er begreift, was ich will. »Klar. Natürlich.« Plötzlich scheint er sich seiner Morgenlatte bewusst zu werden. Er wirkt unsicher, und eine Andeutung von Verlegenheit huscht über sein Gesicht. Rasch steigt er über mich hinweg, steht auf und streckt sich, wobei er mir den Rücken zuwendet. Dann geht er zur Tür und tritt hinaus. Eine eisige Windböe fährt herein, als er die Hütte verlässt. Ich setze mich auf, spüre den mittlerweile vertrauten Schmerz in der Brust, der aber seit gestern deutlich nachgelassen hat. Miles hatte recht – es ist nur eine Quetschung. Ich habe unglaubliches Glück gehabt.

Während er draußen ist, erleichtere ich mich in den Eimer.

Gott, das ist widerlich. Wie gut, dass Miles nur einen Schritt vor die Hütte tun muss.

Ich stelle mir vor, wie er draußen darauf wartet, dass seine Erektion abklingt. Die kalte Luft wird das Ihre dazu beitragen. Angesichts dieser Vorstellung muss ich die Augen schließen. *Was ist nur los mit mir?* Ich frage mich, ob mein Verlangen so stark angefacht ist, weil ich gestern dem Tod ins Auge geblickt habe. Es heißt doch immer, dass auf einer Beerdigung die natürliche Reaktion darin besteht, Sex haben zu wollen, um angesichts des Todes zu beweisen, dass man noch lebt …

Als Miles wieder in die Hütte tritt, die Wangen gerötet vom eisigen Wind draußen, glaube ich, mich im Griff zu haben.

»Der Sturm ist vorbei«, verkündet er bestens gelaunt. »Sehr gut. Aber ich fürchte, es braut sich weiterer Schneefall zusammen. Es sind bestimmt keine Spuren unseres Unfalls mehr zu sehen.«

»Was machen wir jetzt?« Ich beiße mir besorgt auf die Unterlippe. »Ich weiß nicht, wie lange ich das hier noch aushalte.«

»Ich weiß.« Er schaut mitfühlend. »Es ist nicht einfach. Aber wir sind am Leben. Und in der Zwischenzeit sucht man auch nach uns. Folgender Plan: Ich setze das Feuer wieder in Gang und mache uns Kaffee und etwas zu essen, und anschließend bringe ich draußen eine Markierung an, damit man uns finden kann.«

»Wie denn? Was für eine Markierung?«

Er zeigt mit dem Kopf zum Kamin. »Wir haben schwarz verkokelte Holzscheite. Ich werde sie auf dem Dach der Hütte ausbreiten, das sticht heraus wie schwarze Schrift auf weißem Papier. Wenn sie über die Hütte fliegen, werden sie es sehen.«

»Es wäre alles viel einfacher, wenn wir unsere Handys hätten«, sage ich verzagt.

»Ich weiß, natürlich wäre es das. Aber leider wurden sie zusammen mit dem Auto im Schnee begraben. Also müssen wir uns ein paar altmodischere Lösungen einfallen lassen, das ist alles.« Er bedenkt mich mit einem wissenden Blick. »Wenn Sie so bedrückt aussehen, ist das für gewöhnlich ein Zeichen dafür, dass Sie etwas zu essen brauchen. Ich mache uns Frühstück.«

»Erstaunlich, wie gut Sie mich nach weniger als 24 Stunden kennen«, spotte ich, aber ohne die sonst übliche Schärfe in meiner Stimme.

Miles ignoriert mich und entzündet das Feuer. Er hat es am Abend zuvor sorgfältig mit Scheiten abgedeckt, damit die Glut nicht erlischt. Schon nach wenigen Minuten lodern die Flammen, und die Holzscheite knistern. Er gießt einen halben Liter Wasser in den Kessel und hängt diesen über dem Feuer an einen Haken, der mir bis zu diesem Moment noch gar nicht aufgefallen war. Es gibt keine Tassen, darum spült er die Konservendosen vom Vorabend aus, schüttet das Wasser aus der Tür ins Freie und gibt etwas Instantkaffee in die Dosen. Nach einer Viertelstunde halten wir Konservendosen mit heißem, schwarzem Kaffee in den Händen, und im Topf kochen Bohnen. Er mischt sie mit den Resten des Eintopfs von gestern, und es duftet verführerisch.

»Sagen Sie nicht, ich würde Ihnen die kleinen Schwelgereien des Lebens vorenthalten«, sagt Miles fröhlich, und ich muss lachen. Nachdem wir gegessen haben, geht Miles mit einem Arm voller schwarzer Holzscheite und den Dosen voller Asche nach draußen. Ich höre, wie er auf das Dach der Hütte klettert. Ich kann nur hoffen, dass es ihn trägt. Ein Loch im Dach würde die Annehmlichkeiten der Hütte nicht gerade erhöhen. In der Zwischenzeit gehe ich die Kisten durch und entdecke das Gästebuch, ein schlichtes Schulheft, in das viele Leute mit unterschiedlichen Handschriften Einträge hinterlassen haben. Eine Reihe von Schutzsuchenden hat sich offenbar hierher verirrt, einige von ihnen waren sichtlich dankbar für den Unterschlupf und die Vorräte. Sie haben ihren Dank auf Französisch, Italienisch, Deutsch, Englisch und in anderen Sprachen ausgedrückt. Der letzte Eintrag wurde von wenigen Monaten getätigt, von drei Bergsteigern, die in der Hütte unterkamen, als sich einer von ihnen verletzte und sie auf Hilfe warten mussten.

Kein Problem, wenn man die Rettungszentrale auf dem Handy anrufen kann, um den genauen Aufenthaltsort durchzugeben.

Ich denke über unsere Rettung nach, als die Tür aufgeht und Miles hereinkommt.

»Fertig«, sagt er, allerdings mit grimmiger Miene.

»Was ist los?«, frage ich nervös.

Er verzieht das Gesicht, zögert sichtlich, es mir zu sagen, weil es mich beunruhigen könnte.

»Nur zu, ich bin ein großes Mädchen, ich kann das ab. Behandeln Sie mich nicht wie ein Baby.«

Er nickt. »Sie haben recht, tut mir leid. Es ist nur so, dass die Wetterlage alles andere als rosig ist. Es zieht ein neuer Sturm auf, und die Sicht ist miserabel. Ich bezweifele, dass man die Markierung auf dem Dach sehen kann, außer man fliegt direkt darüber, und ich kann kein Anzeichen von Helikoptern ausmachen.«

Ich starre ihn erschüttert an. »Wollen Sie damit sagen – man sucht nicht nach uns?«

»Ganz ehrlich? Ich habe keine Ahnung. So, wie die Dinge liegen, sind sie uns vielleicht ganz nahe, aber wir können sie weder sehen noch hören.«

»O Gott!« Ich sinke auf das Bettgestell. »Wie lange reichen unsere Vorräte noch?«

»Wenn wir sie rationieren, reicht es noch für ein paar Tage.«

Ich schaue zu ihm auf. »Was ist, wenn wir hier wochenlang durchhalten müssen? Was ist, wenn wir hier den Rest des Winters ausharren müssen?«

Er erwidert meinen Blick mit ernstem Gesichtsausdruck. Seine Lippen pressen sich auf diese Art und Weise zusammen, die, wie ich mittlerweile gelernt habe, bedeutet, dass er es ernst meint. Wir wissen beide, wie hoch die Wahrscheinlichkeit ist, dass wir hier lange Zeit gestrandet sind. Wenn das Wetter wirklich umschlägt, könnten wir wochenlang eingeschneit bleiben. Die Leute, die in dieser Gegend wohnen, sind für solche Eventualitäten normalerweise gerüstet, haben prall gefüllte Vorratskammern, Schneeketten für ihre Autoreifen und Schneepflüge für die Straßen. Aber in dieser Hütte ist all das nicht vorgesehen. Miles kommt zu mir und kauert sich vor mich. Er nimmt meine Hände. »Ich bringe uns hier raus, das verspreche ich. Wir werden hier nicht sterben. Das lasse ich nicht zu.«

Ich starre ihn an, meine Angst macht mich aggressiv. »Ach ja?«, sage ich eisig. »Sie konnten den Unfall nicht verhindern. Sie konnten nicht unterbinden, dass wir diesen verdammten Berg hinuntergeschlittert sind. Warum also sollten Sie verhindern können, dass wir in diesem elenden Schuppen verhungern oder erfrieren?«

Er zuckt zusammen, als hätte ich ihm eine Ohrfeige versetzt. Seine blauen Augen schauen hart, und er lässt meine Hände los. »Sie wissen genau, dass ich keine Kontrolle über den Unfall hatte. Ich denke sogar, dass ich einen sehr viel schlimmeren Ausgang vermeiden konnte. Ich habe Sie immerhin aus dem Wagen bekommen, bevor er in die Tiefe stürzte.«

»Erinnern Sie mich daran, Ihnen einen Orden verleihen zu lassen«, erwidere ich sarkastisch. Ich höre mich selbst reden, und ich will nicht so sein, aber meine Panik tritt als Wut und Rachsucht zutage. Ich brauche Miles. Und wie. Ich will, dass er mich mag. Heute morgen kochte mir das Blut in den Adern vor lauter Verlangen nach ihm, und jetzt behandele ich ihn mit kalter Verachtung. *Was zum Teufel stimmt nicht mit mir? Warum tue ich das?*

»Hören Sie«, sagt er, und seine Stimme klingt wütend. »Ich wollte bei diesen Wetterbedingungen von Anfang an nicht mit dem Wagen los. Ich habe Ihnen abgeraten. Aber meine Anweisungen waren eindeutig. Freya Hammond wollte zum Flughafen, und Freya Hammond bekommt *immer*, was sie will. Niemand sagt dieser verzogenen Prinzessin, sich zur Abwechslung die Gucci-Schlafmaske von den Augen zu ziehen und die Welt einmal so zu sehen, wie sie wirklich ist.« Er mustert mich verächtlich. »Haben Sie wirklich geglaubt, Sie könnten das Wetter dazu bringen, Ihnen zu gehorchen? Dass Ihr Geld Ihnen die Kontrolle über die Naturgewalten verleiht? Tja, Pech gehabt. Sie werden das auf die harte Tour lernen müssen, und ich leider auch. Ihre Dummheit könnte uns beide das Leben kosten – und Gott allein weiß, was den armen Trotteln zustößt, die losgeschickt werden, um uns zu suchen. Sie haben das Leben vieler Menschen aufs Spiel gesetzt, nicht nur Ihre eigene sinnlose, verhätschelte Existenz. Ich hoffe, Sie sind jetzt glücklich. Sie haben Ihren Kopf durchgesetzt. Und wenn es Sie umbringt, ist das allein Ihre verdammte Schuld.«

Ich schnappe nach Luft. Niemand – *niemand* – spricht in diesem Ton mit mir. Ich ertrage den Ausdruck der Verachtung nicht, auch nicht die gemeinen Dinge, die er zu mir gesagt hat. Ich hebe die Hand, um ihm eine Ohrfeige zu versetzen, aber als ich zuschlagen will, packt er mich am Handgelenk.

»Wie können Sie es wagen?«, kreische ich und versuche, mich seinem Griff zu entwinden. »So können Sie nicht mit mir sprechen!«

»Und wer sollte mich davon abhalten, Sie kleines Luder?«

Ich will ihn mit der anderen Hand kratzen, aber er packt auch dieses Handgelenk und entzieht sein Gesicht dem Zugriff meiner Nägel. Er steht auf, reißt mich ebenfalls auf die Beine. Vage bin ich mir des Schmerzes in meiner Brust bewusst, aber mein Zorn hat sich zu einer ausgewachsenen Hysterieattacke entwickelt. Ich verliere jedwede Kontrolle, und es ist mir egal. Ich muss der ganzen Angst und Hilflosigkeit der letzten 24 Stunden ein Ventil geben, und Miles ist der Einzige, an dem ich meine Emotionen abreagieren kann. Ich wehre mich gegen seinen Griff, versuche, in seine Hand zu beißen, damit er mich loslässt und ich mit meinen Fäusten auf seine Brust einschlagen kann, um ihn für all meine Gefühle zu bestrafen, aber er weicht mir mühelos aus. Er ist stark, und ohne sich groß anzustrengen hält er mich auf Distanz, während ich kreische und um mich schlage, hilflos angesichts seiner überlegenen Kraft. Ich bin von meiner Verletzlichkeit gleichzeitig frustriert und erregt. Ich weiß, dass er mir nicht weh tun wird. Ich kann meine aufgestauten Emotionen abreagieren und, wie mir irgendwo tief im Innern klar wird, eine Ahnung des Körperkontakts bekommen, nach dem ich mich seit den dunklen Nachtstunden sehne. Seine Gegenwart macht mich wild, und ich muss mich austoben. Ich genieße den festen Griff seiner großen Hände um meine Handgelenke und mit welcher Leichtigkeit er mich unter Kontrolle hat.

»Was zum Teufel ist mit Ihnen los?«, fragt er mit zusammengepressten Zähnen. »Sie sind ja verrückt! Beruhigen Sie sich, um Himmels willen!«

Ich höre auf zu kämpfen und starre ihn keuchend an. Er runzelt fassungslos die Stirn.

»Schon besser«, sagt er und lässt meine Handgelenke los. »Was ist los, Freya? Eben ist noch alles in Ordnung zwischen uns und dann …«

Ich trickse ihn aus, nutze den Vorteil, dass er nicht auf der Hut ist, und stürze mich auf ihn. Er packt mich und ruft: »Jetzt reicht es aber!«

Gleich darauf hat er mich auf das Bettgestell niedergerungen und hält mir die Hände über den Kopf. Unsere Gesichter sind sich ganz nahe. Wir starren einander an, der Blick seiner blauen Augen bohrt sich in mich, und wir keuchen beide angesichts der erhitzten Auseinandersetzung der letzten Minuten. Plötzlich ist die Atmosphäre wie verwandelt. Mein Magen dreht sich vor Erregung. Ich kann nicht verhindern, dass mein Blick zu seinem Mund wandert – zu diesen schönen

Lippen, die meinen so nahe sind –, und meine eigenen Lippen öffnen sich unwillkürlich einladend. Ich schaue wieder in seine Augen. Sein Gesichtsausdruck hat sich verändert. Die fassungslose Wut hat sich in eine Art Staunen verwandelt, und verblüffte Erkenntnis ist in seinem Blick zu lesen.

Spürt er es? Das muss er doch. Ich kann doch nicht als Einzige diese außergewöhnliche Elektrizität zwischen uns wahrnehmen.

Sein Blick wandert über mein Gesicht. Er starrt auf meine Augen, meine Lippen, dann auf meinen hingestreckten Körper, auf meine sich hebende und senkende Brust. Ich gebe mich trotzig, aber signalisiere auch, was ich von ihm will. Das muss er doch jetzt begreifen.

Wir verharren eine lange, herrlich quälende Minute in dem Raum zwischen Verlangen und Umsetzung. Mein Körper pulsiert vor Sehnsucht. Köstliche Empfindungen durchlaufen mich, während ich die Berührung seiner Hände genieße, die Nähe seines Körpers, seinen warmen Atem, der mir über das Gesicht streicht, und die überwältigende Ausstrahlung seiner Männlichkeit. Ich brauche es so sehr, wie ich Sex noch nie zuvor gebraucht habe. Alles an diesem Mann schürt mein Verlangen: Unser komplexes Verhältnis und die verrückte Situation, in der wir uns befinden, entfachen die Flammen der Lust in mir wie Benzin. Ich sehne mich nach seiner Berührung, wie ich mich noch nie zuvor nach einer Berührung gesehnt habe. Mein Verlangen nach Jacob scheint im Vergleich zu diesem elementaren Bedürfnis wie eine kindische, witzlose Schwärmerei. Es ist egal, dass Miles mein Leibwächter ist, ein Angestellter, ein Mensch, über dessen Vergangenheit ich nichts weiß, ein Fremder in meiner Welt aus Reichtum und Müßiggang. Es kommt nur noch darauf an, dass er ein Mann ist, hart und muskulös und absolut männlich, und darauf, dass ich ihn will.

Er weiß es. Das kann ich sehen. Wir keuchen beide noch

immer, aber unsere Atemlosigkeit stammt jetzt weniger von unserem Streit und mehr von unserer wachsenden Erregung.

»Miles«, flüstere ich und schaue in seine blauen Augen.

»Mein Gott, Freya … ich weiß nicht … ich …« Sein Gesichtsausdruck wird grimmig, nicht vor Zorn, sondern vor Begehren. Aber ich lese auch den inneren Kampf heraus. Soll er nachgeben? Was ist mit seinen Pflichten mir gegenüber? Ist das ein Fehler? Bin ich in der Lage, richtig einzuschätzen, was ich da tue?

»Ich bin nicht verrückt«, sage ich lächelnd, »ich weiß, so, wie ich mich gerade benommen habe, könnte man das denken, aber das habe ich nur getan, weil du mich wahnsinnig machst.«

Er schaut verblüfft. »Ich mache dich wahnsinnig?«

Ich nicke. »Ja«, flüstere ich und betrachte sehnsuchtsvoll seinen Mund. Plötzlich kann ich ihm keine Sekunde länger widerstehen. Ich hebe den Kopf und presse meine Lippen auf seine, verspüre eine fiebrige Erleichterung, dass ich meinem überwältigenden Bedürfnis endlich nachgeben kann. Seine Lippen sind weich und kühl, und einen Augenblick lang erwidert er den Kuss nicht, dann nimmt ihn sein eigenes Verlangen in Besitz, und er küsst mich, hart. Ich lasse meinen Kopf auf das hölzerne Bettgestell sinken, öffne meine Lippen, will ihn in mich aufnehmen. Seine Zunge presst sich in meinen Mund, und wir küssen uns leidenschaftlich. All die Gefühle konzentrieren sich auf diesen verzweifelten Kuss. Wir wollen einander verschlingen. Meine Hände werden immer noch über meinem Kopf festgehalten, während wir uns dem extremen Verlangen hingeben, das von uns Besitz ergriffen hat. Er schmeckt köstlich, ein süßer, aber maskuliner Geschmack, der mich vor Verlangen bersten lässt. Ich spüre, wie ich zwischen meinen Beinen anschwelle, während das Blut durch mich pulsiert und meine Nervenenden in Brand steckt. Es gibt nur eine einzige Möglichkeit, das zu beenden. Ich muss ihn haben, sonst explodiere ich vor Lust.

Die fieberhaften Küsse sind zu phantastisch, um sie enden zu lassen, gleichzeitig wollen wir aber mehr. Er entzieht sich mir, mit feuchten Lippen. Sein Blick ist voller Begehren, aber auch fragend.

»Freya«, stößt er keuchend hervor, »willst du das wirklich? Ich muss mir da ganz sicher sein.«

»Wie kannst du das fragen?«, raune ich heiser. »Natürlich will ich es. Du nicht?«

»Doch … o Gott, ja.« Er schließt kurz die Augen, als ob er einen inneren Kampf führt. »Du bist mir ein Rätsel, aber du bist auch unwiderstehlich.« Er schaut zu mir herab und meint heiser: »Jetzt, wo ich dich gekostet habe, gibt es kein Zurück mehr.«

»Dann tu es.« Ich entziehe meine Hände seinem Griff und lege eine Hand auf seinen Hinterkopf, um sein Gesicht zu mir zu ziehen. Ich will seine Lippen erneut schmecken. Meine Zunge findet ihren Weg in seinen Mund, und wir verschlingen einander mit einem Hunger, der größer zu werden scheint, je mehr wir ihn befriedigen. Ich will alles von ihm: seine Hände, seine Haut. Ich will mit meinen Nägeln über seinen breiten Rücken fahren, ich will seine harten Schenkel und seine muskulösen Oberarme spüren, mit denen er mich an sich zieht. Ich will den steifen Schwanz befreien, den ich an diesem Morgen gespürt habe, und ihn heiß und hart in meiner Hand pochen fühlen. Und mehr als alles andere will ich, dass er mich schmeckt, mich anfasst, mich streichelt und mich mit seinen Lippen und seiner Zunge in den Wahnsinn treibt, bevor er mir dann gibt, was ich wirklich will.

»Aber was wird danach sein?«, fragt Miles und löst sich erneut von mir. »Ich will nicht, dass du es bereust.«

»Ich werde es nicht bereuen«, insistiere ich. Mir ist jetzt

ganz schwindelig vor Lust. Ich kann an nichts anderes denken, als daran, den Ruf meines Körpers nach seinem zu beantworten.

»Es wird alles zwischen uns ändern.«

»Ja und? Ich will, dass es sich ändert.«

Sein Mund presst sich wieder auf meinen. Er lässt sich schwer auf mich sinken, und meine Hände streichen über seinen Rücken und ziehen ihn noch fester an mich. Meine Beine öffnen sich, und zum ersten Mal spüre ich seine elektrisierende Härte direkt auf meinem erhitzten Geschlecht. Er fiebert ebenso sehr vor Verlangen wie ich. Ich bin feucht vor süßen Säften. Ich stöhne. Wir sind immer noch vollständig angezogen. Er wandert mit seinem Mund zu der Stelle zwischen meinem Hals und meinen Schultern und beißt mich zart. Das macht mich ganz wild. Ich biege meinen Rücken durch, presse mich gegen seinen Körper. Mit den Händen fahre ich durch seine Haare. Er tastet sich unter meinen Pulli und findet das weiche Fleisch meines Bauches. Das Gefühl seiner Finger auf meiner Haut versetzt mir Stromstöße, hebt meine Erregung auf eine neue Ebene. Ich will, dass er meine Brüste berührt, dass er sie drückt, an den Brustwarzen saugt, mich küsst, seine Finger in meinen Leib presst … die Intensität meines Verlangens lässt mich stöhnen.

Er hebt seinen Kopf an meinen und flüstert: »Jetzt gibt es kein Zurück mehr, Freya …«

»Kein Zurück mehr«, erwidere ich. Mein Blick brennt sich in seinen. »Bitte … kein Zurück mehr.«

5. Kapitel

Unsere Leidenschaft übermannt uns, wir küssen einander zügellos, berühren uns mit verzweifelter Hingabe. Ich schiebe seinen Pulli nach oben. Er schlüpft rasch heraus, und ich komme in den Genuss, seinen nackten Oberkörper zu betrachten. Sein Torso ist umwerfend schön, muskulös und langgestreckt. Bei diesem Anblick muss ich leise stöhnen, während er mir nun seinerseits den Pullover über den Kopf streift und auf diese Weise meinen weißen Baumwoll-BH freilegt. Meine Brustwarzen sind bereits steif und recken sich ihm lustvoll entgegen. Ich öffne meine Jeans und ziehe sie aus. Ich will nicht zu viel Zeit verlieren, sondern gleich zur Sache kommen. Mehr als alles andere will ich ihn in mir spüren. Nur noch in Unterwäsche steige ich wieder auf das Bettgestell, presse mich an ihn und schlinge die Arme um seinen Hals.

»Schnell«, dränge ich ihn mit leuchtenden Augen und küsse seine Lippen, während ich mit der Hand an den Knöpfen seiner Jeans fummele. »Komm schon, ich brauche es jetzt.«

Ein merkwürdiger Ausdruck liegt auf einmal in seinen Augen – eine Art Zweifel. Das spüre ich.

»Was ist los?«, frage ich ihn. »Komm schon, Miles, lass es uns tun!« Ich will meine Lippen auf seine heften.

Er runzelt die Stirn, wendet den Kopf ab und schiebt mich von sich.

»Was ist los?«, dränge ich keuchend. Ich greife nach seinem Arm, will ihn wieder an mich ziehen, aber gegen die Kraft seines muskulösen Körpers komme ich nicht an. »Ich weiß nicht, ob wir das Richtige tun«, murmelt er. »Das geht alles viel zu schnell. Du bist in meiner Obhut. Ich kann das nicht … es geht nicht …«

»Du kannst mich nicht vögeln?«, flüstere ich. Mein Körper pocht vor Lust. Ich will schmutzig sein – schmutzig denken, schmutzig reden, alles zulassen, was wir beide geschehen lassen wollen …

Aber meine Worte heizen ihm nicht ein. Wenn überhaupt, kühlen sie die Atmosphäre nur noch weiter ab.

»Wenn du es so derb ausdrücken willst.« Er sieht mich jetzt an, und ich bemerke, dass seine Augen den verschleierten Blick des Verlangens verloren haben, der mich so ungeheuer erregt hat.

»Miles, bitte!« Meine Stimme ist voller Sehnsucht. Ich starre auf seinen Mund. Wie konnte ich früher nur übersehen, wie perfekt er ist? Zwei herrlich geformte Lippen, die so viel versprechen und, wie ich jetzt weiß, ihr Versprechen auch halten. »Bitte, Miles, hör jetzt nicht auf.«

Er starrt zu Boden. »Aber wenn das alles ist … wenn ich einfach nur Sex mit dir habe … dann ist das falsch, begreifst du das nicht?«

Ich lasse seinen Arm los und stütze mich auf dem Ellbogen ab. Meine lodernde Leidenschaft beginnt zu verglimmen. Er ruiniert gerade diesen Augenblick. Ich sehnte mich so verzweifelt nach ihm, war so entflammt, dass ich mir sicher war, was immer auch geschehen würde, es wäre explosiv für uns beide. Wie kann er sich mir jetzt so einfach entziehen?

»Warum soll es denn bitte schön falsch sein, zu vögeln?«, frage ich. Mein abrupt ersticktes Begehren bringt mich dazu, sehr viel schärfer zu sprechen, als ich es beabsichtigt habe.

»Du weißt, was ich meine.«

Ich zucke mit den Schultern, täusche Unbekümmertheit vor, hoffe, dass ich ihm seine Besorgnis ausreden kann, dass er nicht länger grübelt. Er kann doch unmöglich immun gegen das sein, was sich zwischen uns eben abgespielt hat, oder? Ich habe mir seine Erregung nicht einfach nur eingebildet!

Diese Vorstellung sendet erneut heiße Wellen durch meinen Körper, und mein Magen schlägt einen Purzelbaum.

Innerlich stöhne ich auf. *O mein Gott. Das muss ein Ende haben. Ich halte das nicht länger aus …*

»Die Leute vögeln doch andauernd.« Ich versuche, lässig und weltklug zu klingen. »Wo liegt das Problem?«

Es stimmt schon, in meiner Welt gibt es jede Menge Gelegenheitssex. Geld scheint etwas an sich zu haben, das alle, die damit in Kontakt kommen, unglaublich geil macht. Wenn man viel davon hat, muss man über nichts anderes nachdenken als darüber, wie man sich sein Leben möglichst angenehm gestalten kann, und Geld erlaubt Genüsse wie Alkohol und Drogen und heiße Nächte am Meer in idyllischem Ambiente. Wenn man jung, reich und sorglos ist, ist der Nervenkitzel durch Sex häufig der einzige Kick, der noch übrig ist … Ich kenne Jungs, die zu früh mit zu viel Geld an der Hand erwachsen wurden und feststellen mussten, dass Dutzende Mädchen mit ihnen schlafen wollten. Viele dieser Mädchen waren nur auf das Geld aus, aber infolgedessen erwarteten die Typen von da an Sex quasi kurz nach dem ersten »Hallo«. Mein Problem bestand darin, dass diese Gelegenheitsbegegnungen nicht mein Ding waren. Ich verberge es gut, aber ich bin eine Romantikerin. Meine tastenden, ersten sexuellen Erfahrungen machte ich mit Kerlen, die ich wirklich mochte und von denen ich hoffte, dass sie mich auch mochten. Einige waren Idioten, andere waren wundervoll, aber wann immer ich mich auf intime Entdeckungsreisen einließ, stellte ich mir vor, dass wir ein Paar seien. Gefühle für den anderen aufzubringen und sich von ihm geliebt zu fühlen, war das Höchste für mich. Darum war es mir so wichtig, dass die Liebe zwischen Jacob und mir wirklich gewachsen war, bevor ich mit ihm schlief –

mit ihm, meinem ersten, richtigen Freund. Es bedeutete etwas. Zumindest hatte ich das geglaubt.

Das macht die Situation mit Miles ja so seltsam. Ich kann mir dieses heiße Verlangen nach ihm nicht erklären – ein Mann, der für mich praktisch ein völlig Fremder ist. Er weiß nicht, dass ich normalerweise anders bin. Er weiß nicht, dass ich nicht einfach mal so Sex habe.

»Wo das Problem liegt?«, wiederholt er und runzelt die Stirn. Die Falte zwischen seinen schwarzen Brauen taucht wieder auf. Seit gestern hat er ziemlich oft die Stirn gerunzelt.

»Willst du es denn nicht?«, frage ich fast hilflos. Es ist mir ein Rätsel. Der Mann schien vor Verlangen nach mir zu brennen, und jetzt tritt er auf die Bremse, und die ganze Sache kommt zu einem abrupten Halt. Ich verstehe das nicht. Ich dachte, Männer seien hungrige Tiere, die sich durch nichts aufhalten ließen, wenn es um Sex ging. Jacob war so: Er war ständig scharf und immer sehr entschlossen, sein Begehren für mich auszuleben, und wenn ich mitspielte, war auch alles gut. Wenn ich das nicht tat, war das eben mein Problem. Ist Miles anders?

Seine Lippen pressen sich wieder aufeinander – ein Zeichen seiner inneren Erregung, wie ich mittlerweile gelernt habe. »Natürlich will ich – ich denke, das hast du gemerkt, Freya.«

Mein Gott, ich liebe es, wie er meinen Namen ausspricht.

Sein schottischer Akzent scheint sich sanft um meinen Namen zu legen, ihm eine Schönheit zu verleihen, die ich sonst nicht gewohnt bin. Mein Vater redet mich nur mit Namen an, wenn er wütend ist, darum klingt es wie ein Fluch, wenn er ihn ausspricht. Miles rollt das ›r‹, dehnt es und lässt meinen Namen beinahe lyrisch klingen. Zum ersten Mal ahne ich, warum es der Name einer Göttin ist.

»Warum dann aufhören?«, raune ich.

Miles steht auf und tigert durch den kleinen Raum, insofern

das überhaupt möglich ist, wo er ihn mit einem Schritt schon fast durchquert hat.

»Himmel!«, stößt er hervor. »Du weißt, warum! Dein Vater hat dich meinem Schutz anvertraut. Du magst glauben, dass du es willst, aber überlege doch, wie es auf einen Außenstehenden wirken muss. Ein Leibwächter, der allein für die Sicherheit einer schönen, jungen Frau verantwortlich ist, schläft mit ihr keine 24 Stunden, nachdem sie einen traumatischen Autounfall hatte, bei dem sie sich schwerwiegende Quetschungen zugezogen hat. Im besten Fall wird es so aussehen, als ob ich mir die Lage schamlos zunutze mache.« Er bleibt stehen und schaut fast flehentlich zu mir herunter. »Begreifst du es denn nicht? Wir haben hier ein Lehrer-Schülerin-Verhältnis. Ich könnte meinen Job verlieren, bekomme vielleicht nie wieder eine Stelle, wenn auch nur der Hauch eines Verdachts besteht, dass ich meine Grenzen überschreite.«

Ich erwidere seinen Blick. »Aber ich *will*, dass du es tust! Ich bin diejenige, die die Grenze überschreitet.« Ich stehe auf. Ich trage nur meine Unterwäsche, und die Hitze unserer körperlichen Anstrengungen flaut langsam ab. Die Kälte in der Hütte beschert mir eine Gänsehaut, und meine Brustwarzen zeichnen sich hart unter dem Büstenhalter ab. Ich sehe, wie sein Blick zu meinem Busen wandert, aber er wendet ihn rasch wieder ab. Ich lege meinen Kopf einnehmend schräg. »Miles, bitte …«

Als er spricht, bricht seine Stimme leicht, als ob er über seine inneren Kämpfe anspricht. »Das macht keinen Unterschied. Du magst es wollen, aber es liegt an mir, dem Einhalt zu gebieten. Egal, was du sagst, die Leute werden immer denken, dass ich dich genötigt habe. Oder sie denken, ich hätte es unterbinden müssen. Und damit hätten sie auch recht.«

Ich starre ihn an, und erneut überkommt mich Verlangen. Er ist mir ganz nah, sein Oberkörper ist nackt, und es kostet mich größte Anstrengung, nicht die Hand auszustrecken und ihn zu berühren. Seine Haut ist leicht gebräunt, und seine Muskeln lassen erahnen, dass er regelmäßig trainiert – vermutlich eine Voraussetzung für seinen Job. Ich sehe seinen ausgeprägten Bizeps, seine perfekt definierten Brustmuskeln und seine harten Bauchmuskeln. Muskulöse Männer haben mich noch nie angetörnt – Jacob war hager und jungenhaft –, aber der phantastisch geformte, kraftvolle Körper von Miles beschert mir vor lauter Sehnsucht einen trockenen Mund. Er ist so unglaublich männlich, so anders als Jacobs schlanke Jungenhaftigkeit, und mein Körper reagiert heftig auf ihn.

Miles kann mir eine Welt zeigen, die ich noch nie erlebt habe.

Als dieser Gedanke in mir aufsteigt, bin sofort sicher, dass es so sein wird.

Wie komme ich nur gegen seinen sturen Widerstand an?

Ich kenne bloß einen Weg, das zu bekommen, was ich will. Hochmütig hebe ich das Kinn und schaue ihm direkt in die Augen.

»Das ist mir egal«, erkläre ich leichthin. »Ich befehle dir, es zu tun.«

Er erwidert meinen Blick, Unglauben keimt in seinen Augen auf.

»Ich bin deine Chefin – das haben wir doch schon geklärt. Du musst alles tun, was ich dir befehle. Mein Vater erwartet das. Ich will also …« Meine Stimme schwankt ein wenig. »Ich will, dass du …«

»Dass ich was?« Miles' süffisanter Ton passt zu dem kühlen Ausdruck in seinen blauen Augen.

»Dass du …« Ich will ihm befehlen, mich zu vögeln, aber jetzt, da die Hitze des Augenblicks verpufft ist, bringe ich die Schamlosigkeit, die ich dafür brauche, nicht auf. *Dass du Liebe mit mir machst? Nein, das klingt zu romantisch, zu gefühlvoll – das wird ihn nur noch mehr abschrecken …*

Ich zermartere mir das Hirn, dann sage ich: »… dass du mir Vergnügen bereitest.«

Einen Moment lang hängen meine Worte in der eisigen Luft. Er bleibt ganz still, bis auf einmal – zu meinem Entsetzen – sein Gesichtsausdruck Heiterkeit zeigt. Sein Mund verzieht sich zu einem breiten Lächeln, dann lacht er laut auf.

Die Demütigung lässt mich erröten. Meine Wangen brennen, und die Scham zieht heiß über meine Brust und meine Arme. »Worüber lachst du?«, frage ich frostig, versuche, mein Unbehagen zu verbergen.

»Ich habe ja schon viele seltsame Ansinnen zu hören bekommen«, er lacht immer noch, »aber das ist das erste Mal, dass ich so plump um Sex gebeten werde. Und deine Formulierung ist einfach unbezahlbar. *Dir Vergnügen bereiten.*«

Es kränkt mich, wie er das sagt. Plötzlich wird mir bewusst, dass ich – praktisch nackt vor ihm stehend – von ihm verlangt habe, mit mir zu schlafen. *O Gott, das hätte ich sagen sollen – einfach ›mit mir schlafen‹. Zu spät.* Ich überwinde meine Scham auf die einzige Weise, die ich kenne. Ich werfe den Kopf in den Nacken und erkläre herrisch: »Es freut mich, dass dich das amüsiert, aber das ist mir egal. Ich habe dir gesagt, was ich will. Jetzt tu es gefälligst.«

Er hebt eine Augenbraue. *Mein Gott, ich liebe es, wenn er das tut. Das stellt ganz seltsame Dinge mit mir an.*

»Ich dachte, dieses Thema hätten wir schon hinter uns gelassen, Freya.«

»Tja, haben wir nicht.« Ich bringe all die Würde auf, die ich meistern kann, so in BH und Slip. »Zwischen uns hat sich nichts geändert. Ich bin dein Boss, und du musst tun, was ich sage.«

Ich bereue meine Worte schon, da habe ich sie noch gar nicht ganz ausgesprochen. Ein Teil von mir fragt sich, warum ich mich so benehme, aber dieses Verhalten ist tief in mir verwurzelt. Meinem Bedürfnis, Dinge und Menschen zu kontrollieren, indem ich auf meinen Status poche, bin ich hilflos ausgeliefert.

Die Erheiterung in seinem Blick verschwindet ebenso wie sein Lächeln. Jetzt strahlt er eher Wut aus. Oder ist es Enttäuschung? Zu meiner Bestürzung greift er nach seinem Hemd und streift es sich über. »Du hast vollkommen recht«, sagt er. »Es hat sich nichts geändert. Einen Moment lang dachte ich, ich hätte dich falsch eingeschätzt, dabei war ich die ganze Zeit auf der richtigen Fährte.« Er hält im Zuknöpfen gerade lange genug inne, um mir einen eisigen Blick zuzuwerfen, dann sagt er leise: »Angestellte zu haben ist nicht dasselbe wie sich Leibeigene zu halten, Freya. Offenbar hast du das noch nicht begriffen. Du bist keine römische Kaiserin, die von willigen Sklaven umgeben ist, so sehr du dich auch dafür halten magst.«

Ich hebe das Kinn und stütze die Hände auf den Hüften ab. »Das tue ich keineswegs. Mir ist der Unterschied durchaus bewusst. Ich weiß, wie man ein guter Arbeitgeber ist.«

»Tatsächlich?« Er fährt damit fort, sein Hemd zuzuknöpfen.

So, wie er es sagt, provoziert es mich. »Was meinst du mit *tatsächlich*?«

Er zuckt mit den Schultern. »Das Personal in eurem Alpen-Chalet ist da womöglich anderer Meinung. Nicht, dass dich das interessieren würde.«

»Was willst du damit sagen? Wer ist anderer Meinung?«, verlange ich zu wissen, erbost über die Andeutung, irgendjemand könnte nicht entzückt sein, für die Familie Hammond zu arbeiten.

»Das ist unwichtig. Ich will niemanden in Schwierigkeiten bringen. Aber wenn du wirklich glaubst, dass es den Leuten egal ist, wenn man sie wie gesichtslose, namenlose Sklaven behandelt, sie aus einer Laune heraus bis tief in die Nacht beschäftigt hält oder sie unsinnige Besorgungen erledigen lässt, für die du selbst zu faul bist, oder sie zwingst, hinter dir aufzuräumen, weil du dir selbst für kleinste Tätigkeiten zu fein bist – tja, dann solltest du noch einmal in dich gehen. Die Leute haben Gefühle und Meinungen, und sie haben definitiv eine Meinung zu *dir.*«

Schockiert schnappe ich nach Luft. Ich bin entsetzt und beleidigt. »Was für ein Unsinn! Wie kannst du es wagen, solche gemeinen Anschuldigungen von dir zu geben! Nimm das sofort zurück!«

Er seufzt. »Hörst du eigentlich jemals auf, lächerliche Befehle von dir zu geben? Du bist wie ein Diktator im Westentaschenformat, ein verzogenes Gör, das nur einen einzigen Weg kennt, wie es an die Dinge kommt, die es will. Wenn du mal die Augen aufmachst, dann siehst du vielleicht, wie sich dein Verhalten auf andere Menschen auswirkt.«

Das trifft den Nagel für meinen Geschmack zu genau auf den Kopf. Ich greife meinen Pulli und will ihn überziehen, aber in meinem Zorn verheddere ich mich mit den Ärmeln. Mein Verlangen nach Miles ist wirksam abgekühlt. »Das höre ich mir nicht länger an! Du willst doch nur, dass ich mich schlecht fühle! Ich kann nicht glauben, dass ich tatsächlich mit dir schlafen wollte! Was war ich für ein Dummkopf!«

Ich zwänge mir den Pulli über den Kopf und tauche gerade rechtzeitig wieder auf, um zu sehen, wie seine Augenbraue süffisant nach oben schießt. Vor ein paar Minuten hat mich das noch vor Lust schaudern lassen. Jetzt macht es mich wütend.

»Gehe ich recht in der Annahme, dass Ihre Ladyschaft Ihre früheren Anweisungen hiermit zurückzieht?«, fragt er mit breitem, schottischem Akzent. Jedes Wort wird dabei in die Länge gezogen und strotzt meiner Meinung nach nur so vor Anmaßung. »Werden meine Dienste nicht länger benötigt?«

»Rede gefälligst nicht so mit mir!« Ich stampfe wütend mit dem Fuß auf.

Miles lacht, nimmt seinen Pullover und lässt ihn in einer einzigen, fließenden Bewegung über seinen Kopf gleiten. Dann greift er nach seinem Jackett. »Weißt du, was? Ich komme mir wie ein Idiot vor. Einen Moment lang glaubte ich, dich falsch eingeschätzt zu haben. Ich dachte, zwischen uns hätte sich etwas geändert. Aber du hast überaus deutlich gemacht, dass dem nicht so ist.« Während er sein Jackett überstreift, bedenkt er mich mit einem Blick, der mich kurz verstört: ein Blick voller Kraft, den ich so noch nie zuvor gesehen habe und der mir beinahe den Atem raubt. Ich spüre, wie mich etwas durchläuft. Als ob ich mit einem zahmen Tiger gespielt hätte, der sich gerade umgedreht und mir die gefletschten Zähne gezeigt hat. Die Atmosphäre ist jetzt mit etwas aufgeladen, das ich nicht zuordnen kann. Nicht länger mit fiebriger Wollust, sondern mit dem Gefühl, dass wir uns für eine Schlacht rüsten, und er lässt mich wissen, dass er ein anspruchsvoller Gegner sein wird.

Er dreht sich um und geht zur Tür. Als er sie erreicht, bleibt er reglos stehen und schaut dann zu mir zurück. Seine leuchtend blauen Augen fixieren mich.

»Ich möchte eins klarstellen, Freya Hammond. Ich bin nicht dein Sklave, weder für Sex noch für sonst etwas. Ich bin auch nicht hier, um dir wie ein jämmerlicher Gigolo zu Diensten zu stehen. Niemand kann mir befehlen, Sex zu haben, und du ganz bestimmt nicht.« Er lässt seine Worte einen Moment in der Luft hängen, dann fügt er noch hinzu: »Ich sehe jetzt nach, wie es um das Wetter bestellt ist. Du solltest dich besser anziehen, sonst frierst du dir noch den Hintern ab.«

Mit diesen Worten öffnet er die Tür der Hütte, lässt einen Stoß eiskalter Luft herein und ist gleich darauf verschwunden. Ich starre ihm nach, sprachlos vor ohnmächtiger Wut.

Zuerst bin ich froh, dass Miles weg ist. Ich schlüpfe in meine Jeans.

Er macht mich noch wahnsinnig! Vom ersten Augenblick, als ich ihn sah, wusste ich, dass er überheblich ist – und ich habe recht behalten. Tja, sobald wir hier heraus sind, werde ich ihn mit dem größten Vergnügen feuern!

Ich kann es schon vor mir sehen. Ich werde neben meinem Vater stehen, der an seinem Schreibtisch sitzt – ein Möbel, das zeigt, wer hier das Sagen hat. Miles wird demütig und eingeschüchtert den Raum betreten und vor uns Aufstellung nehmen. Er wird mir einen verängstigten Blick zuwerfen, aus dem ich lesen kann, dass er weiß, was auf ihn zukommt.

»Daddy«, werde ich kaltlächelnd sagen, »das ist er. Du musst ihn auf der Stelle entlassen.«

»Alles, was du willst, Kleines«, wird mein Vater erwidern. »Wenn das dein Wunsch ist, dann soll er dir erfüllt werden. Der Mann ist Geschichte.«

Ich werde meinen Vater anlächeln. »Danke, Daddy.«

Miles wird mit gesenkten Schultern auf seine Hände starren, am Boden zerstört.

Dann wird mein Vater zu mir aufsehen und leicht die Stirn runzeln. »Nur noch eine Sache, Kleines ... warum genau soll ich ihn feuern?«

»Weil ...« Das ist die Stelle, wo ich ein wenig ins Schwanken geraten werde. »Weil ...« Und dann werde ich mit fester Stimme sagen: »Weil er meinen Befehlen nicht gehorchte.«

»Ach ja?« Der Blick meines Vaters wird ernst. »Das geht natürlich nicht. Wenn dem so ist, muss ihm auf jeden Fall gekündigt werden. Wie lauteten doch gleich deine Befehle?«

Ich werde blinzeln und sagen: »Äh ...«

»Ja?«

»Ich ...« Ich habe keine Ahnung, wie ich meinem Vater erklären soll, dass er den Bodyguard zu entlassen hat, weil dieser sich weigerte, mit mir zu schlafen, als ich ihm das befahl. Die Szene vor meinem inneren Auge löst sich auf.

Eine Weile lasse ich meine Wut köcheln, überlege mir, wie ich ihn in die Knie zwingen, ihn demütigen könnte, um es ihm mit gleicher Münze heimzuzahlen.

Sobald ich angezogen bin, wird mir auch wieder wärmer. Die kleine Hütte ist im Schein des Kaminfeuers eigentlich ziemlich gemütlich. Ich nehme einen Holzscheit und werfe ihn in die Flammen. Mir fällt auf, dass nur noch wenige, trockene Scheite übrig sind. Miles wird neues Holz von draußen holen müssen, damit sie in der Wärme der Hütte ihre Feuchtigkeit verlieren. Ich frage mich, wo er bleibt. Er ist jetzt schon eine ganze Weile fort. Ich lege mich hin und versuche mir vorzustellen, was ich alles tun werde, wenn ich hier erst mal weg bin. Ich werde all meinen Freunden von diesem verrückten Abenteuer und unserer Rettung erzählen.

Rettung?, flüstert eine Stimme in meinem Kopf. *Welche Rettung?*

Ich springe auf und schaue aus dem kleinen Fenster. Vorhin sah man aus dem Fenster noch gleißendes Weiß. Jetzt sieht man nur noch eine graugelbe Farbwand, die sich zu bewegen scheint, und mir wird klar, dass es wieder angefangen hat zu schneien. Auch der Wind nimmt zu – ich kann hören, wie er im Kamin heult. Der Sturm ist zurück. Solange er tobt, wird es keine Rettung geben. Wir werden auf jeden Fall noch eine weitere Nacht in der Hütte verbringen müssen.

Ich seufze. Noch eine Nacht. Die Erinnerung daran, wie nahe ich Miles in der Dunkelheit war, kehrt zurück und entfacht wieder das heftige Verlangen.

Was zum Teufel passiert da mit mir?

Ein solches Gefühl habe ich noch nie erlebt: diese intensive Sehnsucht nach Miles' körperlicher Präsenz. Ich dachte, ich würde für Jacob so empfinden, aber meine Gefühle für ihn verblassen im Vergleich zu dem Begehren, Miles nahe zu sein. Ich konnte tagelang problemlos von Jacob getrennt sein, solange wir uns nur Textnachrichten und E-Mails schickten. Aber die magnetische Anziehungskraft von Miles ist etwas völlig anderes: Es reicht mir schon, ihm nur nahe zu sein. Ich sehne mich so sehr nach der Nähe seines Körpers.

Wenn er nur nicht so unglaublich nervig wäre … wenn es ihm nur nicht so viel Freude bereiten würde, mich auf die Palme zu bringen!

Allein der Gedanke an Miles weckt erneut mein Verlangen nach ihm, aber nach allem, was zwischen uns geschah, wird er mir sicher nie wieder nahe sein wollen. Wir hatten diese unglaubliche, herrliche Begegnung, und dann hat er es einfach verdorben.

Wie lange ist er jetzt eigentlich schon weg? Mein Glaube an ihn war so umfassend, mein Vertrauen darauf, dass er unzerstörbar sei, war so groß, dass ich mir keine Sorgen gemacht habe. Aber jetzt wird mir klar, wie lange er schon fort ist. Schon über eine Stunde. Ich schaue wieder aus dem Fenster.

Es schneit ziemlich kräftig. Als er vorhin wegging, hat er gesagt, dass die Sicht gleich null ist, und das war noch, bevor es wieder anfing zu schneien. Er kann bei diesem Wetter keine Erkundungstour machen, er sieht doch rein gar nichts.

In meiner Magengrube keimt Angst auf.

Was hat er gleich noch mal gesagt, was er tun will?

Ich kann mich nicht erinnern. Aus meiner Besorgnis wird pure Angst. Was, wenn ihm etwas zugestoßen ist? Vielleicht ist er gestolpert und hingefallen und hat sich ein Bein gebrochen? Womöglich liegt er da draußen im Schnee …

Ich sehe es förmlich vor mir: Miles, wie er sich durch Schneeverwehungen schleppt, stöhnend angesichts des verletzten Beines. Er kämpft, aber es hat keinen Zweck – ganz langsam erfriert er.

O mein Gott – was soll ich tun?

Aufgewühlt springe ich auf die Beine und tigere durch den kleinen Raum. Ich muss los und ihn finden. Es bleibt keine andere Wahl.

Was bringt es, wenn ihr da draußen beide erfriert?, fragt die Stimme in meinem Kopf. *Und selbst, wenn du ihn findest, kannst du ihn unmöglich zur Hütte tragen. Er ist viel schwerer als du. Du solltest hier warten.*

Aber die Vorstellung, wie Miles allein im Schnee liegt, ist zu viel für mich. Ich ziehe meinen Mantel an. Ich werde da rausgehen! Ich kann nicht hier bleiben und mir das Schlimmste vorstellen. Überhaupt, wie groß ist meine Überlebenschance ohne ihn? Ich stehe vielleicht noch einen oder zwei Tage durch, aber ohne die Hilfe von Miles werde ich es nicht schaffen.

Während ich mich für den Weg hinaus wappne, begreife ich immer deutlicher, wie ungeheuer dumm ich war.

Was habe ich mir nur dabei gedacht, so mit ihm zu reden?

Auf einmal ist mir klar, dass meine Lust auf Miles abgekühlt wäre, wenn er sich meinen Befehlen untergeordnet hätte – wenn er mir so gehorcht hätte, wie ich es von ihm verlangte. Die Feindseligkeit zwischen uns, die immer wieder aufflammt, ist wichtig. Ich glaube, ich begreife das jetzt. Wir versuchen, einander einzuschätzen. Oder vielleicht stelle ich ihn auch nur auf die Probe.

Und ich liefere ihm jeden nur erdenklichen Grund, mich zu hassen.

Wenn ich mir vorstelle, wie ich mit ihm gesprochen habe, schaudert es mich. Wie muss das gewirkt haben, als ich versuchte, ihn mit leeren Drohungen zu manipulieren? Wie bösartig – und wie unreif?

Ob ich wohl jemals lernen werde, mich nicht wie ein verzogenes Gör zu verhalten, wenn ich mich besonders verletzlich fühle? Ob ich Miles dazu bringen kann, mir eine zweite Chance zu geben? Vielleicht kann ich alles wieder ins Lot rücken.

Ich hole tief Luft und gehe zur Tür. Ich weiß, dass ich für diese Mission lächerlich schlecht ausgerüstet bin. Meine Kleidung ist völlig unangemessen. Ich habe mich nie für eine Heldin gehalten, aber ich werde mich jetzt dennoch nach draußen wagen.

Ich öffne die Tür und werde vom Sturmwind empfangen, der mir heulend Schnee ins Gesicht wirbelt. *Diese Wetterbedingungen sind tödlich. Nur ein Idiot würde bei einem solchen Sturm hinausgehen.*

Ich presse meine Hände in die Taschen meines Mantels, senke das Kinn in den hochgestellten Kragen und stapfe hinaus in das weiße Nichts.

6. Kapitel

Ich bin noch nicht weit gekommen, da wird mir jenseits allen Zweifels klar, dass dies das Dümmste ist, was ich je getan habe. Jacob zu vertrauen war nichts dagegen, das hier gewinnt den ersten Preis im Wettbewerb der Dummheiten. Bei diesem Sturm die Hütte zu verlassen, ist töricht und der pure Wahnsinn. Sofort blendet mich der Schnee, ich stolpere in den Wind, der wie Hunderte winziger Messer in mein Gesicht schneidet. Wie soll ich Miles auf diese Weise finden? Er könnte überall sein.

Ich muss es versuchen. Ich kann ihn nicht einfach sich selbst überlassen.

Ich gehe weiter, stemme mich gegen die unerbittliche Kraft des Windes, der auf mich einstürmt. Ich rufe nach Miles, aber meine Stimme wird sofort von dem heulenden Wind verschluckt.

Das hat keinen Zweck! Ich muss wieder zurück.

Ich drehe mich in die Richtung um, aus der ich gekommen bin – und mir wird zu meinem Entsetzen klar, dass ich die Hütte nicht mehr sehen kann. Ich kann mich nicht mehr als ein paar Meter entfernt haben, aber in dem wirbelnden Schnee kann ich rein gar nichts sehen. Ich frage mich, ob ich mich wirklich um genau 180 Grad gedreht habe und jetzt der Richtung zugewandt bin, aus der ich kam – so dass ich auf die Hütte stoße, wenn ich einfach losmarschiere –, aber ich habe völlig die Orientierung verloren. Eine kalte, klamme Erkenntnis dämmert mir. Falls ich mich zu weit gedreht habe und jetzt einfach loslaufe, dann marschiere ich schnurstracks in den Tod. Ohne jeden Zweifel.

Eine verzweifelte Angst überkommt mich. Alles hängt jetzt

davon ab, was ich als Nächstes tue. Eine Welle der Wut auf mich selbst schwappt über mich hinweg, doch dann verbiete ich mir diese Gedanken. Ich kann meine Zeit nicht damit verschwenden, dass ich irgendetwas bereue. Jetzt bin ich hier und muss damit klarkommen. Ich wage einen Schritt voran in dem Wissen, dass mein Schicksal nunmehr besiegelt ist. Ich habe mich festgelegt und muss das jetzt durchziehen.

Ich fange an zu beten. *Bist du da, Göttin Freya? Falls ja, ich befinde mich gerade in einer heiklen Situation und brauche deine Hilfe.* Ich strecke die Arme nach vorn, meine eiskalten Finger tasten nach den Steinen der Hüttenwand. Ich blinzele mir die Schneeflocken aus den Augen, versuche verzweifelt, etwas zu erkennen.

Und dann sehe ich es. Ein dunkler Umriss zeichnet sich im Sturm ab. Das muss die Hütte sein. Ich stolpere weiter, und gleich darauf zeigt sich, dass es nicht die Steinwand der Hütte ist, sondern eine Gestalt, und schon lande ich in zwei starken Armen.

Miles!

Dankbarkeit und Erleichterung erfüllen mich, und ich schicke der Göttin meinen tief empfundenen Dank. *Er ist hier. Alles wird gut.*

Er ruft mir etwas ins Ohr, aber ich kann es nicht verstehen. Dann schlingt er einen Arm um mich und dreht mich leicht nach rechts. Gemeinsam stolpern wir voran, konzentrieren uns ausschließlich darauf, uns gegen den Ansturm des heulenden Windes zu lehnen. Nach wenigen Minuten erhebt sich im tosenden Schneesturm der dunkle Umriss der Hütte, aber gefühlt verstreicht die Zeit weitaus langsamer, und eine Ewigkeit scheint zu vergehen, bis Miles die Tür aufreißt und wir uns in die Stille und relative Wärme der Hütte stürzen.

»Was zum Teufel hast du dir dabei gedacht?«, brüllt Miles. Seine wütende Stimme durchschneidet die Stille.

Ich zucke erschrocken zusammen. Ich bin so glücklich und erleichtert, wieder in der Hütte zu sein, dass sein Zorn völlig unerwartet kommt. »Wie bitte?«

»Du dummes Ding! Warum zur Hölle bist du raus in den Sturm? Wolltest du Selbstmord begehen?« Sein dunkles Haar wirkt weiß, so viel Schnee hat sich auf ihm angesammelt. Schneeflocken hängen an seinen Wimpern und überziehen seine Wangen. Auch seine Schultern sind schneebedeckt. Während er mich tadelt, klopft er sich den Schnee ab. »Dein Gehirn kann nicht größer als eine Erdnuss sein, wenn du so ein verrücktes Risiko eingehst. Wie um alles in der Welt soll ich dich beschützen, wenn du solche Dummheiten begehst? Verdammt!« Er wirkt ernstlich erbost.

Seine Ungerechtigkeit empört mich, und ich will ihn meinerseits anbrüllen, aber weil meine Zähne klappern und ich vor Kälte so sehr zittere, kann ich nur mit bebender Stimme stottern: »Ich bin nicht d-d-dumm, ich habe dich g-g-gesucht!«

Er hört auf, sich den Schnee abzuklopfen, und starrt mich mit verächtlichem Unglauben an. »Du wolltest bei *diesem* Sturm nach mir suchen?«

»I-i-ich dachte … du bist vielleicht … *verletzt*!«

Er runzelt die Stirn, scheint verblüfft.

»Ich wollte … dir helfen.« Ich lasse mich auf das Bettgestell fallen, das dem Kamin am nächsten ist. Das Feuer ist heruntergebrannt, gibt aber immer noch eine schöne Wärme ab.

Als Miles wieder spricht, klingt er besänftigter. »Tja … also schön. Ich weiß deine Sorge zu schätzen. Aber es war der pure Wahnsinn. Tu das nie wieder! Du bist vom Weg abgekommen. Du hättest die Hütte verfehlt und wärst wahrscheinlich in den Abgrund gestürzt.«

»Wo bist du gewesen? Du warst so lange weg. Ich wusste nicht, was ich davon halten sollte!«

Jetzt wirkt er ein wenig kleinlaut. »Also gut – vielleicht war ich länger weg, als ich das hätte sein sollen. Als ich loszog, war der Sturm noch nicht aufgezogen, und ich bin weiter gegangen, als ich das beabsichtigt hatte. Die Wetterverhältnisse änderten sich so rasch, dass ich auf dem Rückweg nur sehr langsam vorankam.«

Mein Zittern lässt etwas nach. »Aber wie hast du zurückgefunden? Man sieht doch absolut nichts.«

Sein Gesichtsausdruck zeugt von Ungeduld, während er sich sein Jackett auszieht und zum Trocknen auf das andere Bettgestell legt. »Ich bin für das Überleben unter solchen Bedingungen ausgebildet. Ich kenne Möglichkeiten, mich zu orientieren. Wichtiger noch, ich habe das hier.« Er rollt den Ärmel seines Pullovers hoch, und ich sehe eine klobige, schwarze Armbanduhr an seinem Handgelenk. »Die Uhr hat einen Kompass«, erklärt er und muss plötzlich lächeln. »Ohne Kompass würde ich unter derart heiklen Bedingungen keinen Schritt vor die Tür tun.«

»Ich werde mir zu Weihnachten einen schenken lassen«, sage ich.

Er lacht. »Das solltest du. Und vielleicht sollte ich dir ein paar Dinge über das Überleben beibringen. Dann überlegst du es dir das nächste Mal vielleicht, bevor du dich ohne Ausrüstung in einen solchen Sturm wagst.«

Leise sage ich: »Es gibt bestimmt viel, was du mir beibringen kannst.«

Sofort ist die Atmosphäre wieder aufgeladen, und er wird sehr still. Er wendet den Blick ab und sagt mit angespannter Stimme: »Ich glaube nicht, dass du dir von mir etwas beibringen lassen willst. Soweit ich mitbekommen habe, ziehst du es vor, selbst Befehle zu erteilen.«

Ich starre ihn an, fordere ihn telepathisch auf, mich anzusehen. Sein Haar glänzt feucht, und mich überkommt das unbändige Verlangen, mit den Fingern hindurchzufahren. Der Blick seiner Augen ist mir hinter seinen Lidern und den Schatten seiner starken Brauen verborgen. Er setzt sich mir gegenüber, die Füße fest auf dem Boden, und faltet die Hände. Sein Mund wird zu einer ernsten, schmalen Linie.

Ich werde nervös und zittere innerlich. Gleich werde ich etwas tun, was mir nicht leichtfällt. »Miles …«

»Mmm?« Er sieht mich immer noch nicht an, starrt stattdessen stirnrunzelnd auf den Boden der Hütte.

»Ich … ich möchte etwas sagen …«

Er unterbricht mich. »Weißt du, wir sollten langsam über das Mittagessen nachdenken. Ich muss auch noch Holz hereinholen. Wir müssen annehmen, dass wir heute nicht mehr gerettet werden, darum sind wir mindestens noch bis morgen hier. Wenn das Wetter danach nicht aufklart, gilt es, Alternativen zu überlegen. Also gut – ich hole Holz. Du könntest die Vorratskiste durchgehen und schauen, was heute auf dem Speiseplan steht.« Er steht auf, weicht meinem Blick immer noch aus.

»Miles – bitte sieh mich an«, flehe ich und strecke ihm die Hand entgegen. »Ich muss dir etwas sagen, bitte …«

Langsam dreht Miles den Kopf. Ich kann den Ausdruck in seinen blauen Augen nicht lesen, aber sie wirken irgendwie dunkler. Die Iris und ihr Rand haben beinahe dieselbe marineblaue Farbe. Seine Lider hängen tiefer als gewöhnlich, als ob er entschlossen wäre, seine innersten Gefühle vor mir zu verbergen. »Was ist?« Er spricht leise, kurz angebunden.

Mir wird die riesige Distanz zwischen uns bewusst. Die Intimität, die wir gestern teilten, die Beziehung, die wir aufgebaut haben, alles ist weg. Und es ist meine Schuld. Wie sehr ich mir wünsche, ich hätte nicht alles, was mir etwas bedeutet, so leichtfertig aufs Spiel gesetzt. Aber noch besteht die Chance, dass ich es wieder geradebiegen kann.

»Miles, ich möchte …« Mein Magen flattert vor Nervosität. Ich habe mich schon früher entschuldigt, aber das hier ist anders. »Ich möchte um Entschuldigung dafür bitten, wie ich vorhin mit dir geredet habe. Das war schrecklich, und du wirst mich deswegen sicher verachten. Ich weiß durchaus, dass ich nicht den großen Macker markieren und mit Befehlen um mich werfen sollte. Dieses kindische Verhalten gehört sich nicht, schon gar nicht, wo ich dir mein Leben verdanke. Darum … tut es mir leid. Das wird nicht wieder vorkommen. Kannst du mir verzeihen?«

Er hört mir zu, ohne mit der Wimper zu zucken.

Ich mustere ihn besorgt. Wird er meine Entschuldigung annehmen oder nicht? Wahrscheinlich ist ihm nicht klar, wie selten ich mich vor anderen erniedrige – vor allem vor Angestellten.

»Natürlich verzeihe ich dir«, erklärt er schließlich rau. »Danke, Freya. Ich weiß das zu schätzen.«

»Dann ist zwischen uns wieder alles in Ordnung?« Ich wage mich an ein Lächeln.

Er zieht die Mundwinkel ein kleines bisschen nach oben, und seine Schultern scheinen sich eine Spur zu entkrampfen. »Ja, klar, alles okay. Also gut, wonach steht dir heute der Appetit? Soll es wieder Eintopf geben oder doch lieber Minestrone?«

Trotz meiner Entschuldigung bleibt die Atmosphäre ein wenig gespannt, und wir halten uns geschäftig, um das zu überdecken. Miles holt die Holzscheite herein und stapelt sie zum Trocknen. Mittags essen wir einen nicht identifizierbaren Auflauf, gefolgt von Instant-Kaffee. Miles redet davon, was er auf seiner Erkundungstour entdeckt hat.

Ich fühle mich durch das leise Murmeln seiner Stimme getröstet. Seine ausgeprägte Maskulinität vermittelt ein Gefühl von Sicherheit, und ich genieße, wie mein Körper auf seine Präsenz reagiert, wie meine Haut kribbelt, wann immer er mir nahe kommt. Immer wieder überlege ich, was zu Hause wohl gerade passiert. Es ist jetzt einen ganzen Tag her, seit ich mit Miles in Richtung Flughafen aufgebrochen bin. Soweit es die Welt betrifft, sind wir beide spurlos verschwunden. Ob es jemandem aufgefallen ist? Ob es jemanden kümmert? Ich stelle mir vor, wie Summer mir eine SMS schickt und sich wundert, warum ich nicht antworte. Möglicherweise hat Flora mir E-Mails geschickt und ist überrascht, keine Reaktion von mir zu bekommen. Hat man meinen Vater wissen lassen, dass ich das Flugzeug nicht bestiegen habe? Versucht er verzweifelt, mich zu finden? Ich hoffe es. Ich wünsche mir sehr, dass er sich Sorgen um mein Wohlbefinden macht.

Leider ist er es gewöhnt, dass ich sang- und klanglos verschwinde, ohne zu sagen, wohin ich gehe und für wie lange.

Möglicherweise ist es niemandem aufgefallen. Vielleicht dauert es Wochen, bevor sich jemand fragt, wo ich bin.

Dieser Gedanke macht mich niedergeschlagen. Ich schaue zu Miles, der seinen Kaffee trinkt und das Gästebuch durchblättert. Vielleicht hat er ja eine Familie, die jetzt völlig aufgelöst ist, weil er nicht nach Hause gekommen ist. Ich schaue auf seine Hand. Er trägt keinen Ring. Soweit ich ihn kennengelernt habe, ist er auch kein Mann, der mit Frauen so intim wird, wie er es mit mir wurde, wenn er verheiratet wäre.

In den endlosen Nachmittagsstunden beobachte ich das Spiel der Flammen und schicke meine Gedanken auf Wanderschaft. Es ist Ewigkeiten her, seit ich das getan habe. Mir graust es so sehr vor Langeweile, dass ich ununterbrochen auf Reisen bin, und wenn ich einmal nicht unterwegs bin oder mit Freunden feiere, dann bin ich mit dem Handy oder dem Tablet oder meinem Laptop zugange oder gehe ins Kino, schaue was im Fernsehen an oder trainiere im Sportstudio. Normalerweise bedeutet Entspannung für mich, dass ich an Deck einer Yacht liege und ein Sonnenbad nehme und mit meinen Freundinnen plaudere, aber dabei planen wir dann schon neue Aktivitäten – mehr Reisen, mehr Partys, mehr von allem.

Doch hier kann ich nirgendwohin. Es gibt nichts zu tun. Es gibt nur mich – und Miles. Ich schaue zu ihm. Er inspiziert jetzt eine alte Karte, die er am Boden der Kiste gefunden hat. Dabei lehnt er an der Wand der Hütte, den Schlafsack um die Schultern gelegt, und schaut gelegentlich übellaunig ins Feuer.

Woran denkt er gerade?

Ich möchte ihn fragen, fürchte aber, aufdringlich zu wirken. Ich habe mich entschuldigt, aber jetzt darf ich nicht schon wieder zu dreist werden.

Draußen wird es dunkel. Ich schaue auf meine Uhr. Es ist erst 15 Uhr, aber der Schneesturm verdunkelt das wenige Licht, das es an diesem Winternachmittag gibt. Bald wird es nachtschwarz sein.

Von meiner hingestreckten Position auf dem Bett aus sehe ich zu Miles und stelle fest, dass sein Blick auf mir ruht. Seine dunkelblauen Augen lassen mich erschauern, und ich frage mich, wie ich seine Nähe aushalten soll, ohne ihn berühren zu dürfen. Ich muss unwillkürlich seufzen.

»Alles in Ordnung?«, fragt er.

Ich nicke.

»Bedrückt dich irgendwas?«

Ich schüttele langsam den Kopf, aber er scheint noch nicht überzeugt, denn er erklärt mit fester Stimme: »Alles wird gut, das verspreche ich. Seit ich mir diese alte Karte genau angesehen habe, glaube ich, ich kann uns hier herausbringen, sobald sich das Wetter bessert. Wir sind nicht allein auf Rettung von außen angewiesen.«

Die Erwähnung unserer Rettung erinnert mich an meine

Angst, dass meine Abwesenheit niemandem aufgefallen sein könnte. Ich kauere mich tiefer in meinen Schlafsack und starre ins Feuer.

Miles beugt sich zu mir. »Mal ehrlich, Freya – ist wirklich alles in Ordnung? Dir scheint deine übliche Energie abzugehen.«

»Es geht mir gut«, erwidere ich leise. »Ich glaube einfach nicht, dass wir gefunden werden. Ich glaube, man sucht nicht einmal nach uns.« Ich drehe den Kopf und sehe ihn an. »Wird deiner Familie aufgefallen sein, dass du verschwunden bist? Meiner sicher nicht. Nicht mehr.«

Er runzelt die Stirn. »Wie meinst du das – nicht mehr?«

Ich spüre, wie meine Gefühle in ein dunkles Loch gesogen werden. Das ist mit ein Grund, warum ich immer so umtriebig bin, warum ich ständig unterwegs bin. Damit ich der schrecklichen Wahrheit nicht ins Gesicht sehen muss.

»Nicht, seit meine Mutter … nun ja … ihr wäre aufgefallen, wenn ich meinen Flug verpasst hätte.«

Er sagt lange nichts, und als er dann spricht, klingt seine Stimme sanfter. »Natürlich wäre ihr das aufgefallen. Aber du kannst nicht einfach annehmen, dass dein Vater nichts gemerkt hat. Ich bin sicher, das hat er sehr wohl. Er ist vor lauter Sorge um dich bestimmt regelrecht in Panik.«

»Du hast keine Ahnung von unserem Familienleben.« Ich klinge freudloser denn je. »Seit wir meine Mutter verloren haben, scheint uns kaum noch etwas zu verbinden. Und jetzt, wo mein Vater eine Freundin hat, verbringt er noch weniger Zeit mit uns.«

»Moment mal.« Miles richtet sich auf. »Ich arbeite noch nicht lange für deine Familie, aber eins ist mir aufgefallen: dein Vater ist besessen davon, dich in Sicherheit zu wissen. Er behält euch alle drei ständig im Auge. Wo immer ihr auch seid. Ich garantiere dir, er weiß, dass du vom Radar verschwunden bist. Ich kann nur erahnen, wie es sein muss, so jung schon seine Mutter zu verlieren, aber du musst mir glauben, dass du deinem Vater wichtig bist.«

Ich seufze erneut. »Ich bin mir nicht sicher, ob er uns ständig beobachten lässt, weil wir ihm wichtig sind – oder ob er nicht einfach nur Angst hat.«

»Angst wovor?«

Ich antworte nicht. Darüber kann ich nicht reden.

»Er hat Angst, dich zu verlieren«, sagt Miles. Er beobachtet mich einen Moment und meint dann: »Wir werden es schaffen. Ich bringe uns hier raus. Ich habe nicht die Absicht, meine Tage in dieser Hütte zu beschließen, auch wenn ich froh bin, sie gefunden zu haben. Es gibt noch ein paar Dinge, die ich in meinem Leben vorhabe.«

Ich wende mich ihm zu. »Ich weiß überhaupt nichts von dir.«

»Warum solltest du auch?«

»Weil es mich interessiert.«

In seinen Augen flackert Erheiterung auf. »Ach ja?«

»Ja. Ich will mehr über dich erfahren. Wir können hier ja auch kaum die ganze Zeit schweigen, oder?« Ich setze mich auf und schaue ihn an. »Erzähle mir von dir.«

»Es gibt nicht viel zu erzählen«, sagt er, aber ich spüre, dass er es einfach nur nicht will.

»Na gut, woher stammst du?«

»Kannst du das nicht aus meinem Dialekt schließen?« Er hebt seine Augenbraue.

»Schottland, ganz klar – aber aus welchem Ort in Schottland?« Ich werde stur bleiben, verdammt. Ich werde ihn dazu bringen, mir etwas von sich zu erzählen.

»Ich hatte keine Ahnung, dass du dich in Schottland auskennst.«

»Es gibt vieles, was du von mir noch nicht weißt«, behaupte ich kess. »Zufälligerweise war ich schon ein- oder zweimal in Schottland. Und zwar in der Nähe von Inverness.«

»Tja, ich komme nicht von dort. Ich stamme aus einem Dorf, ungefähr zwanzig Meilen von Edinburgh entfernt.«

»In Edinburgh war ich auch schon«, werfe ich rasch ein. »Es ist schön dort.«

»*Aye*, es ist ganz nett.« Kaum spricht er von seiner Heimatstadt, wird seine Dialektfärbung ausgeprägter. »Aber ich war lange nicht mehr dort. Vermutlich sieht es da jetzt ganz anders aus.«

»Wann bist du von dort fort?«

Er schaut mich amüsiert an. »Interessiert dich das wirklich?«

»Ja! Natürlich! Erzähl es mir, ich will es wissen.« Ich rutsche in meinem Schlafsack etwas weiter vor und beuge mich mit ernsthaftem Gesichtsausdruck zu ihm. »Bitte.«

Miles wirkt beinahe misstrauisch, als ob ich ihm gegenüber eine Gemeinheit plane, aber dann sagt er: »Also schön, wenn du es unbedingt wissen willst, ich bin als sehr junger Mann von zu Hause fort, um zur Armee zu gehen. Ich war neunzehn und wollte um jeden Preis weg. Versteh mich nicht falsch, zu Hause war es in Ordnung, aber ich wollte die Welt sehen. Ich wäre nie glücklich geworden, wenn ich hätte zu Hause bleiben und das Leben führen müssen, das meine Freunde von früher jetzt führen. Die Armee war mein Freifahrschein. Ich fing als einfacher Soldat an und arbeitete mich bis zum Feldwebel hoch. Es war hart, aber mir hat es gefallen. Ich passte da hin. Dann hat mein vorgesetzter Offizier mich eines Tages beiseite genommen – ein Motivationsgespräch von Mann zu Mann, wenn du so willst –, und als sich dann die Gelegenheit ergab, mich freiwillig für die Spezialeinheiten zu melden, habe ich sie ergriffen. Der Auswahlprozess war das Härteste, was ich je erlebt habe, aber ich war wild entschlossen, zu den

Auserwählten zu gehören. Die körperlichen Anforderungen habe ich alle gemeistert, obwohl sie mörderisch waren – die Querfeldeinläufe in voller Montur, die Flussdurchquerungen, die Nachtaufklärungen –, aber am härtesten waren die Verhöre. 36 Stunden am Stück, um zu sehen, ob ich mental stark genug wäre, um in Feindeshand zu überleben.« Sein Blick schweift in die Ferne, er schüttelt den Kopf, dann sieht er mich wieder an. »Ich wurde ausgewählt. So kam ich zum 22. Regiment der Spezialeinheiten.« Er lächelt. »Und zum Glück für uns beide wurde ich den Gebirgsjägern zugewiesen, was bedeutet, dass ich im Bergsteigen und im Überleben unter arktischen Bedingungen und in großer Höhe ausgebildet wurde. Ich durchlief in Deutschland und Norwegen das härteste Training und habe einige der schwierigsten Gipfel der Welt bezwungen.«

»Sehr praktisch.« Ich erwidere sein Lächeln. »Und was geschah nach deiner Ausbildung? Nachdem du Soldat bei den Spezialeinheiten wurdest?«

Einen Moment lang wirkt er beinahe verträumt. »Es war eine großartige Zeit. Ich fand die Männer in meiner Einheit toll, die Kameradschaft, den Zusammenhalt. Mir gefiel die Herausforderung, mich immer wieder neu bis an meine Grenzen zu treiben. Die Arbeit war für mich fast ein Spiel. Ja ... es war gut ...«

»Und warum bist du dann aus der Armee ausgetreten?«, will ich wissen.

Plötzlich wird sein Gesichtsausdruck finster. »Ich war es leid. Burn-out. Ich hatte keinen Spaß mehr daran, und sobald dieser Fall eintritt, riskiert man, es mit der Angst zu tun zu bekommen, und wenn man etwas *nicht* haben darf, dann Angst. Diesen Weg wollte ich nicht einschlagen, also ging ich.«

»Einfach so? Du bist es einfach leid gewesen?« Unwillkürlich spüre ich, dass mehr hinter dieser Geschichte steckt, als er mir erzählen will. Es ist offensichtlich, wie sehr er die Spezialeinheiten mochte. Warum hat er sie aufgegeben?

Miles seufzt. »Wenn du es unbedingt wissen musst, es passierte nach einem Einsatz in Afghanistan. Man entsandte uns, um gegen Widerstandseinheiten der Taliban in den Bergen vorzugehen. Ich war zwei Jahre dort, und danach war es für mich durch. Ich hatte genug. So einfach ist das.«

»Und warum bist du dann Leibwächter geworden?« Ich sehe ihn jetzt in einem völlig neuen Licht. Ich wusste, dass er stark war, aber ich hatte keine Ahnung, wie qualifiziert und gut ausgebildet er tatsächlich ist. Dieser Mann war schon in Situationen, die ich mir nicht einmal vorstellen kann. Es scheint lächerlich, dass jemand mit seinen Fertigkeiten sich um verwöhnte Gören wie mich und meine Schwestern zu kümmern hat. Mein selbstherrliches Verhalten ihm gegenüber erscheint mir unverzeihlicher denn je.

Miles zuckt mit den Schultern. »Es schien eine gute Übergangslösung zu sein, solange ich mir überlege, was ich mit meinem Leben anfangen will. Einer meiner Kumpel arbeitete als Leibwächter und hat mir dazu geraten – leichte Arbeit für gutes Geld, mit Reisen und angenehmen Unterkünften als Bonus. Eine Menge Ex-Soldaten werden Sicherheitsleute. Wir sind zu den Besten der Welt ausgebildet worden, und Menschen wie dein Vater brauchen uns zu ihrem Schutz. Folglich … bin ich hier.«

»Das ist alles?«

»*Aye.*«

»Dein ganzes Leben in zehn Minuten?« Ich schneide eine Grimasse. »Das glaube ich nicht. Was ist mit einer Ehefrau oder einer Freundin? Was ist mit deiner Familie?«

Sein Gesichtsausdruck verschließt sich. »Keine Ehefrau, im Moment auch keine Freundin. Meine Familie besteht aus meinen Eltern, die nach beinahe vierzig Jahren immer noch glücklich verheiratet sind. Dann gibt es noch meinen Bruder und seine Frau und seine Kinder. Außerdem ein paar Vettern, die ich manchmal zu Weihnachten sehe. Das reicht mir auch, vielen Dank. Ich reise gern mit leichtem Gepäck.«

Hinter dieser Geschichte steckt mehr, aber ich darf ihn nicht drängen. Ich spüre, dass ich schon fast zu weit gegangen bin, und da mir wichtig ist, nicht mehr die Chefin heraushängen zu lassen, kann ich auch nicht weiterbohren. Außerdem hat er ja gerade signalisiert, wie verhasst ihm Verhöre sind. Also schlage ich einen für mich untypischen Weg ein: Ich werde abwarten, bis sich eine bessere Gelegenheit ergibt. Ich muss einfach nur geduldig sein.

Es liegt ja noch eine ganze Nacht vor uns.

Ein köstlicher Schauder durchläuft mich bei dem Gedanken an eine Nacht mit Miles.

Er ist heterosexuell, da habe ich keinen Zweifel. Und er weiß genau, was er tut … Mich überkommt wieder diese Gewissheit, dass Miles mir sehr viel beibringen könnte … *es muss Frauen in seiner Vergangenheit geben.* Ich sehe vor meinem inneren Auge, wie er eine Frau streichelt, wie er kraftvoll in sie eindringt, sie auf den Mund, auf die Brüste und auf die Schultern küsst. *Mein Gott, ich wünschte, ich wäre diese Frau.*

Plötzlich erhebt sich Miles und baut sich vor mir auf. Sein Körper scheint den ganzen Raum auszufüllen. »Genug von mir. Ich bin sicher, du hast bessere Geschichten auf Lager als ich. Unterhalte mich damit, während ich unser Abendessen zubereite.«

»Ist schon Zeit fürs Abendessen?«, frage ich überrascht. »Wir haben doch eben erst zu Mittag gegessen.«

»Viel mehr gibt es ja nicht zu tun«, erwidert er. »Aber wenn du keinen Hunger hast, dann sollten wir das Essen lieber aufsparen.«

»Kaffee würde mir schon reichen.«

»Es gibt auch Tütensuppen. Davon könnten wir uns eine machen.«

Ich nicke, und er füllt den Wasserkessel und hängt ihn über das Feuer. Er stellt mir ein paar Fragen zu meinem Leben, aber wann immer ich das Thema wechseln und wieder zu ihm überleiten will, weicht er aus. Es ist fast so, als spielten wir ein subtiles, kompliziertes Buchstabenrätsel, bei dem man so wenig Hinweise wie möglich geben darf. Am Ende plaudern wir bei zwei Dosen mit Hühnersuppe, in der ein paar Maiskörner schwimmen, über unsere Lieblingsfilme. Ich hätte gedacht, dass Miles Thriller und Kampfkunstfilme mag, stattdessen liebt er den Film Noir der dreißiger und vierziger Jahre.

»Barbara Stanwyck in *Frau ohne Gewissen*«, sagt er und bläst auf seine heiße Suppe. »Eine echte Dame! Und natürlich alle Filme mit James Cagney.«

Ich bin beeindruckt. »Ich kenne mich bei den Filmklassikern nicht so aus. Ich liebe Komödien – alles, was mich zum Lachen bringt. Aber das sind dann eher moderne Filme.«

Er täuscht Empörung vor. »Einige der amüsantesten Filme aller Zeiten wurden in den dreißiger und vierziger Jahren gedreht!«

»Echt?«

»Ja!« Er lacht. »Cary Grant war einer der begnadetsten Komiker der Filmgeschichte. Und was Claudette Colbert oder Carole Lombard angeht …«

»Von Cary Grant habe ich natürlich schon gehört«, sage ich zögernd.

Miles schlägt sich in gespielter Verzweiflung die Hand an die Stirn. »Mein Gott, Kleines, dir muss man wirklich noch eine Menge beibringen!«

Ich sehe ihn aus großen Augen an, hoffe, dass er sieht, wie sehr ich mir wünsche, etwas von ihm zu lernen. Er bemerkt meinen Blick und schaut rasch wieder in seine Suppe.

»Tja, das Gute daran ist, wie viel noch darauf wartet, von dir entdeckt zu werden. Wenn du möchtest, stelle ich dir eine Liste zusammen.«

»Das wäre wirklich toll«, sage ich.

»Prima, abgemacht. Dafür will ich aber hinterher wissen, wie sie dir gefallen haben, einverstanden?«

»Einverstanden.« Ich schenke ihm ein Lächeln.

Während wir die Suppe aus unseren Dosen trinken, erzählt er mir von seinen Lieblingsregisseuren. Dazu zählt er John Houston und Preston Sturges, von denen ich noch nie gehört habe. Der Gedanke, dass ich all das nie von Miles erfahren hätte, wenn die Umstände uns nicht auf diese Weise zusammengewürfelt hätten, ist seltsam. Ich hätte nie gewusst, dass er Taliban-Kämpfer in den Bergen Afghanistans gejagt hat oder dass er verrückt nach alten Filmen ist. Ich würde ihn immer noch mit überheblicher Geringschätzung behandeln und erwarten, dass er meine Befehle befolgt. Doch unsere momentane Lage hat alles verändert. Jetzt hänge ich an seinen Lippen, wenn er mir von sich erzählt, und versuche, etwas über das Leben außerhalb meines eigenen Orbits aus Privilegien und sofortiger Wunscherfüllung zu erfahren.

Nach dem Essen ist es draußen schon dunkel, und das einzige Licht kommt vom Feuer im Kamin. Miles hat beschlossen, dass die Taschenlampe nur im Notfall eingesetzt werden darf. Das macht mir nichts. Ich mag es, wenn die kleine Hütte in samtige Nachtschwärze fällt und nur vom orangenen Glühen der Flammen erhellt wird. Das Knacken und Flackern des Kaminfeuers hat etwas Behagliches. Ich frage mich, ob der Sturm allmählich nachlässt. Der Wind heult allerdings noch.

Ich schaue zu Miles. Er starrt ebenfalls in die Flammen, völlig in Gedanken versunken. Denkt er über die Vergangenheit nach oder darüber, wie er uns hier herausbekommt, oder …

Plötzlich dreht er sich zu mir. »Du warst heute Nachmittag

so anders, Freya. Das hätte ich nicht erwartet. Aber seit du dich entschuldigt hast, scheint es, als ob deine ganze Wut verflogen ist.«

»Komme ich dir wütend vor?«

»Du fühlst dich immer schnell angegriffen und wirkst streitlustig, das ist alles. Ich weiß nie, wann ich bei dir auf den falschen Knopf drücke.«

»Vermutlich ... bin ich es nicht gewohnt, dass es einmal nicht nach meinem Kopf geht. Momentan bin ich an einem Ort, über den ich keinerlei Kontrolle habe, und vielleicht will ich deshalb wenigstens über dich das Sagen haben.« Ich zucke mit den Schultern. »Ich war in Therapie. Mein Vater hat mich dazu gezwungen. Viele Seelenklempner meinten, mein Bedürfnis nach Kontrolle gründe auf Verlustängsten. Keine Ahnung, ob da was dran ist.«

»Seelenklempner«, wiederholt er. »Wie alt bist du?«

»23.«

»Ist das nicht zu jung, um in Therapie zu sein?«

»Kommt darauf an, was man alles schon erlebt hat, nicht wahr?« Ich starre ins Feuer. »Als ich jünger war, musste ich einiges durchmachen. Offenbar brauchte ich deshalb eine Therapie.«

Er drängt nicht weiter in mich. Stattdessen sagt er: »Du hast noch so viel Zeit, die du genießen kannst, Freya. Du bist jung. Das Leben ist auf deiner Seite. Pack es mit beiden Händen, mach etwas draus.«

»Wie alt bist du denn?« Ich sehe ihn an. Er wirkt nicht alt, aber die grauen Fäden in seinem kurzen Haar und die Falten auf seiner Stirn zeigen, dass er schon eine Weile auf diesem Planeten ist.

»35. Einiges älter als du.«

»So viel ist das auch nicht«, widerspreche ich rasch. »Zwölf Jahre, das ist nichts.«

Er bedenkt mich mit einem wissenden Blick. »Wie alt war dein letzter Freund?«

»Nun ja, er war 25, aber …«

»Und ich wette, du hast ihn für den Inbegriff erwachsener Abgeklärtheit gehalten.« Miles lacht.

»Habe ich nicht!«, kontere ich hitzig. »Er war ein dummer, unreifer Junge, der in seinem Leben nie etwas Sinnvolles getan hat! Ihm ging es immer nur um Party machen und darum, jemanden flachzulegen – nicht immer mich, wie ich feststellen musste.« Ich wickele mich aus dem Schlafsack und beuge mich zu Miles. »Das hat mich verletzt, weil ich zu der Zeit glaubte, ihn zu lieben, aber jetzt weiß ich, dass ich nur in ihn verknallt war. Er war selbstsüchtig. Und er konnte mir rein gar nichts über das Leben beibringen.«

Ich spüre eine seltsam bebende Erregung in meinem Bauch. Den ganzen Tag dachte ich unterschwellig stets an den Augenblick, in dem ich Miles verständlich machen kann, was ich will. Jetzt bin ich sicher, dass der Moment gekommen ist. Ich werde all meine Karten auf den Tisch legen. Gleich darauf breite ich vor Miles, der auf dem zweiten Bettgestell sitzt, meinen Schlafsack auf dem Holzboden aus, mit der Fleece-Seite nach oben, und knie mich zu seinen Füßen hin. Er runzelt die Stirn, fragt sich, was ich vorhabe.

»Miles«, sage ich leise, »du weißt doch noch, was heute morgen zwischen uns war, oder?«

Plötzlich scheint ihm unbehaglich zumute. »Natürlich«, erwidert er barsch.

»Ich habe versucht, dich zu verführen. Und hab's verbockt.«

»Mach dir darüber keine Gedanken …« Er wendet den Blick ab, kann mir nicht in die Augen schauen. »Betrachte es als vergessen und vorbei. Wir müssen das nie wieder erwähnen.«

»Aber ich möchte gern darüber sprechen. Die Dinge, die du über mich gesagt hast … wie ich die Leute behandele. Es tat weh, das zu hören, aber du hast recht. Mir ist klargeworden, dass ich ungeheuer vieles völlig falsch angegangen bin.«

Jetzt schaut er mich an, fasziniert von meiner kleinen Rede. »Habe ich das eben richtig gehört? Miss Freya Hammond übt sich in Demut?«

»Ausnahmsweise«, sage ich und lache kurz auf. »Du hast mich dazu gebracht, einen Blick auf mich selbst zu werfen, und mir gefällt nicht besonders, was ich da sehe.«

»Sei nicht zu streng dir selbst gegenüber«, erwidert er. »Du bist noch jung. Und so, wie du erzogen wurdest – nun ja, kein Wunder, dass du so eine ausgeprägt gute Meinung von deiner eigenen Bedeutsamkeit hast. Aber du hast ein gutes Herz, das hast du wirklich. Eines Tages wirst du schon noch begreifen, wo es langgeht.«

Ich hebe das Kinn und schaue ihm in die Augen. »Allein schaffe ich das nicht. Ich brauche Hilfe. Ich brauche … einen Lehrer.«

Er sieht mich von der Seite an. »Was meinst du mit … Lehrer?«

»Jemand, der weiß, wie es in der Welt zugeht, der das Leben kennt. Du weißt so viel – wie man da draußen überlebt, wie man sich um sich selbst kümmert …«

»Das ist mein Job«, unterbricht er mich.

»Schon, aber trotzdem verfügst du über Kenntnisse, die mir fehlen. Ich möchte mir etwas von deiner Lebensweisheit abschneiden.«

»Freya, Lebensweisheit kann man nicht einfach weitergeben. Die muss man sich erwerben«, erklärt er ernsthaft.

»Aber jeder braucht doch einen Lehrer, jemanden, der einem den Weg zeigt.«

»Du willst, dass ich dir etwas über das Überleben am Berg beibringe?« Er runzelt die Stirn.

»Nein. Ich meine etwas anderes. Ich … ich …« Plötzlich

finde ich keine Worte mehr und muss den Blick abwenden. In meinem Kopf schien alles so klar, aber ich kann es nicht richtig formulieren. *Was ich wirklich will? Worum ich dich in Wirklichkeit bitte?* Dann fällt mir die Lösung ein. »Ich möchte, dass du mir etwas darüber beibringst, was Männer und Frauen miteinander tun.«

Es entsteht eine angespannte Pause, dann sagt er leise und mit stärker ausgeprägtem Dialekt denn je: »Ich glaube, du weißt sehr gut, was Männer und Frauen miteinander tun, wenn ich danach gehe, was heute Morgen war.«

Ich lächle zu ihm auf. Sein Ton entspannt mich. »Ich bin keine Jungfrau mehr, aber ich habe das Gefühl, dass es noch sehr, sehr viel mehr zu wissen gibt. Mehr, als mir mein Freund jemals zeigen konnte.«

»Einen Moment mal!« Seine Augen funkeln amüsiert. »Du bist ein listiges Kätzchen, das muss man dir lassen. Du hast mich eingelullt, damit ich mich in Sicherheit wähne, aber in Wirklichkeit sind wir wieder da, wo wir angefangen haben, stimmt's? Als du mich aufgefordert hast, dir … *Vergnügen zu bereiten.*«

Ich senke den Kopf, damit ich ihn nicht direkt ansehen muss. »Ja – es hat sich nichts geändert. Ich sehne mich immer noch mit jeder Faser nach dir. Aber heute morgen habe ich es dir befohlen. Jetzt … bitte ich dich.«

Ich verharre reglos, schaue immer noch zu Boden, habe das Gefühl, dass dies der Moment ist, der alles entscheidet. Ich weiß nicht, ob ich ihn überzeugen konnte, aber die Art und Weise, wie ich ihn gefragt habe, fühlte sich für mich richtig an. Ich möchte, dass er mein Lehrer ist, mein Ausbilder in einer Welt, deren Erforschung mich ungeheuer reizt. Voraussetzung dafür ist, dass ich meine Macht an ihn übertrage – die Macht, die ich in der Außenwelt habe. Ich kann seine Antwort kaum erwarten.

Endlich sagt er etwas. Seine Stimme klingt merkwürdig rau. »Etwas hat sich allerdings nicht geändert. Ich würde immer noch meine Vertrauensstellung ausnützen, wenn ich mit dir schlafe, ganz egal, wie sehr du mich darum bittest.«

Ich hebe den Kopf, schaue ihn von unten an, hoffe, dass er die Aufrichtigkeit in meinen Augen sieht.

»Du hast mein Wort, was immer hier geschehen mag, bleibt ein Geheimnis. Ich werde nie jemandem erzählen, was in dieser Hütte passiert ist. Das verspreche ich von ganzem Herzen.«

Er starrt mich an, mit zusammengepressten Lippen. Seine Augen unter den halb geschlossenen Lidern schauen ernst. »Kann ich deinem Versprechen wirklich trauen?«

»Ja«, versichere ich. »Ich mag unreif sein, aber ich bin keine Lügnerin oder Verräterin. Ich stehe immer zu meinem Wort.«

»Weißt du, was, Freya Hammond? Ich glaube dir.«

»Dann ...« Ich hebe meinen Blick zu ihm. »Wirst du es tun? Wirst du mein Lehrer sein?«

Eine lange Pause tritt ein. Ich weiß, dass er darüber nachdenkt. Er begehrt mich, das habe ich heute morgen gespürt, aber es braucht mehr, damit er sich damit einverstanden erklären kann. Endlich sagt er etwas – mit leiser Stimme, aus der jede Rauheit verschwunden ist. »Es müssten ... bestimmte Voraussetzungen erfüllt werden.«

Mein Atem wird schneller, das Zittern meiner Finger stärker. Verlangen wallt in mir auf.

»Ja«, flüstere ich. Ich hebe meinen Pulli an und ziehe ihn mir in einer einzigen Bewegung über den Kopf. So sitze ich vor ihm, meine Haut erhellt vom orangenen Glühen des Feuers. Das Licht fällt auf meine Brüste, die sich aus meinem Büstenhalter erheben. »Ich bin bereit für meine erste Lektion.«

7. Kapitel

Miles starrt mich an. Sein Blick wandert über meinen Körper, während ich vor ihm sitze und mich ihm anbiete. Die Atmosphäre zwischen uns ist jetzt ungeheuer aufgeladen. Ich spüre, wie elektrische Wellen über mich hinweglaufen und die Zonen erreichen, die sich am meisten nach seiner Berührung sehnen: meine Lippen, meine Brustwarzen und mein Geschlecht. Ich atme heftiger, meine Brust hebt und senkt sich in raschem Wechsel, während ich versuche, meine wachsende Erregung zu zügeln. Mit allem, was ich zu Miles sagte, war es mir ernst: Ich möchte, dass er mein Lehrer wird. Ich will keine seelenlose, schnelle Nummer wie noch heute Morgen. Ich will etwas Schönes, etwas Bedeutungsvolles. Mir kommt der Gedanke, dass Miles mein Leben verändern wird, und im nächsten Moment beginnt er damit.

»Du bist sehr schön«, sagt er. »Weißt du eigentlich, wie schwer es mir heute morgen gefallen ist, mich dir zu entziehen? Ich musste noch nie so sehr darum kämpfen, mich zurückzuhalten.«

»Bei mir war es ebenso«, sage ich leise. »Seit gestern Nacht sehne ich mich so sehr nach dir, wie ich mich noch nie nach jemandem gesehnt habe.«

Sein Blick ist intensiv, es fühlt sich an, als würde er sich in meine Haut brennen.

Meine Güte, wenn seine Augen schon eine solche Wirkung auf mich haben, was wird dann passieren, sobald er mich tatsächlich berührt?

Meine Haut prickelt in köstlicher Vorfreude, allein bei dem Gedanken daran. Mein Verlangen steigert sich, und ich spüre, wie es in Reaktion darauf zwischen meinen Beinen zu pochen beginnt. »Freya …« Seine Stimme liebkost meinen Namen. Ich liebe es, wenn er ihn auf der Zunge zergehen lässt. »Es schmeichelt mir, dass du so für mich empfindest. Ich wäre verrückt, wenn ich dich nicht ebenfalls begehren würde –, aber ich werde die Lage nicht ausnützen. Du bist jung. Wir befinden uns in einer extremen Situation. Die Gefühle kochen hoch. Lass uns also über meine Bedingungen sprechen.«

»Ja?« Ich bin gespannt, wie sie lauten werden.

»Als Erstes – Gesundheit und Sicherheit. Du hast erzählt, dein letzter Freund hat wahllos herumgeschlafen, und du hast dich hinterher durchchecken lassen, also nehme ich an, dass du gesund bist.«

Ich nicke. »Seit den Untersuchungen hatte ich keinen Sex mehr.«

»Ist gut. Ich unterziehe mich jedes Jahr einer medizinischen Generaluntersuchung, die letzte ist erst ein paar Monate her. Solange meine Partnerinnen nicht getestet sind und wir uns nicht auf eine monogame Beziehung geeinigt haben, gibt es für mich ausschließlich Safer Sex. Im Moment bin ich Single.«

Ich bin neugierig, und Fragen brennen mir auf den Lippen, aber ich sage nichts. Ich will erst seine Bedingungen hören.

Miles' Blick verschleiert sich, als er sagt: »Wenn wir miteinander schlafen, gibt es noch ein Thema. Verhütung. Ich habe keine Kondome dabei. Wenn du Single bist, dann nehme ich an, dass du die Pille nicht nimmst?«

Ich schaue zu ihm auf. »Ehrlich gesagt habe ich ein Implantat. Ich möchte noch eine ganze Weile keine Kinder, darum habe ich mir ein Implantat einsetzen lassen, das mich drei Jahre lang unfruchtbar macht.« Ich strecke meinen Arm aus, zeige auf die weiche Unterseite. »Es ist hier unter der Haut.«

Er nickt. »Ich verstehe. Sehr vernünftig. Solange es dich nicht davon abhält, Safer Sex zu praktizieren.«

»Keine Angst, ich bin äußerst sicherheitsbewusst.« Ich lächle.

»Nur gerade jetzt willst du jede Sicherheit in den Wind schießen«, sagt er mit einem schiefen Lächeln.

»Wir sterben hier womöglich«, kontere ich. »Da können wir ruhig ein wenig Spaß haben, während wir auf das Ende warten. Geschützter Sex kommt mir nicht mehr so wichtig vor, wenn man das Ende der Woche ohnehin nicht mehr erlebt.«

»Ich bringe uns hier heraus«, erklärt er mit fester Stimme. »Mach dir darüber keine Gedanken.«

»Wie lauten deine anderen Bedingungen?« Seine Nähe und meine Blöße machen es mir schwer, konzentriert zu bleiben. Der Drang, ihn zu berühren, ist so stark, dass es mich meine ganze Kraft kostet, nicht aufzuspringen und ihn zu küssen.

Er beugt sich zu mir. Der Blick seiner blauen Augen ist ernst, aber es funkelt etwas in ihnen, das mich beinahe unerträglich erregt. »Hier meine Regeln. In dieser Hütte bist du nicht Freya Hammond, reiche Erbin, Tochter meines Chefs. Und ich bin nicht dein Bodyguard, jemand, dem du Befehle erteilen kannst. Zwischen uns laufen die Dinge anders. Sobald wir hier herauskommen, wird der alte Status wiederhergestellt, und alles, was hier geschehen ist, wird vergessen sein. Bist du damit einverstanden?«

Mein Herz pocht mittlerweile wie wild. Meine Phantasie überschlägt sich. »Ich soll … nicht ich sein?«

»Stimmt genau.« Seine Lippen kräuseln sich zu einem Lächeln. »Wenn du wirklich willst, dass ich dein Lehrer werde, dann musst du eine willige und gehorsame Schülerin sein. Du musst tun, was ich sage, ohne meine Autorität in Frage zu stellen. Du darfst im Rahmen deiner Ausbildung Fragen stellen, aber du darfst mir nicht widersprechen oder meine Anweisungen anzweifeln. Hast du das verstanden?«

Kribbelnde Spannung schlängelt sich durch meinen Unterbauch. »Ja«, sage ich.

»Und du bist damit einverstanden?«

Ich nicke.

»Wenn ich mit dir spreche, musst du mir antworten.«

»Ja, ich bin einverstanden.«

»Gut«, sagt er, sichtlich zufrieden. »Um alles zu lernen, was ich dir beibringen kann, musst du meine Anweisungen genauestens befolgen. Es mag Dinge geben, die du nicht tun willst, Dinge, die dich an deine Grenzen bringen. Wenn dieser Fall eintritt, kannst du den Unterricht beenden, indem du *Pause* sagst. Okay?«

Ich nicke erneut, dann antworte ich rasch: »Ja, okay.«

»Die Regeln meines Lernprogramms lauten wie folgt: Du musst mich höflich fragen, wann immer du etwas wissen willst. Du darfst mir nie sagen, was ich zu tun habe, oder meine Entscheidungen in Frage stellen, sondern musst absoluten Gehorsam leisten und die Lektionen annehmen, die ich dir beibringe. Ich wünsche mir eine willige Schülerin. Du wirst meine Anweisungen nicht bereuen. Solltest du jedoch eigensinnig, störend, unhöflich oder ungehorsam sein, werde ich dich bestrafen müssen.«

In meinem Magen flattert es. *»Mich bestrafen?«*, flüstere ich.

»Natürlich«, erwidert er leise. »Aber nur, wenn du es verdient hast. Gutes Verhalten wird belohnt, glaube mir …«

Ein Stöhnen kommt mir über die Lippen. Ich frage mich, wie genau meine Belohnungen aussehen werden. *Ich habe so eine Ahnung, dass sie mir gefallen werden.*

»Bist du mit all dem einverstanden?«

»Ja, das bin ich.«

»Hervorragend. Um dir zu zeigen, dass wir nicht länger in der Außenwelt sind, dass wir hier in der Hütte ausschließlich meinen Regeln folgen, werde ich dir einen anderen Namen geben, den du trägst, solange du meine Schülerin bist.« Er mustert mich intensiv.

Das ist das aufregendste Vorspiel, das ich je erlebt habe – und er hat mich noch nicht einmal berührt.

Schließlich sagt er: »Ich werde dich nach der Jahreszeit deiner Göttin nennen. Von nun an heißt du Winter.«

Ich nicke. »Winter, ich verstehe. Soll ich dich Lehrer nennen?«

»Nein. Das hier ist kein Klassenzimmer. Du bist viel zu alt für die Schule. Es handelt sich mehr um Privatunterricht. Du kannst mich … Meister nennen. Ja, ich glaube, das ist angemessen. Also gut, Winter … bist du bereit für deine erste Lektion?«

Ich lecke mir über die Lippen. Ich bin schon eine ganze Weile bereit, aber diese Einweisung in meine Rolle als Schülerin von Miles habe ich sehr genossen. Sie war anregend. Seine Worte haben meine Knospe zum Erblühen gebracht, und ich habe das Gefühl, als ob er mich nur sacht mit der Fingerspitze anstupsen muss, um mich in Ekstase zu versetzen. »Ja, Meister.«

»Gut. Dann fangen wir jetzt an. Als Erstes muss ich in Erfahrung bringen, was du bereits weißt.« Er mustert mich ernst, sein Blick wandert über meinen Körper. »Steh auf, Winter.«

Langsam erhebe ich mich von meinen Knien. »Ich fürchte, mein voriger Meister war nicht … besonders qualifiziert.«

In seinem Blick flackert Belustigung auf. »Tut mir leid, das zu hören, Winter. Ich werde darauf achten, seine unbeholfene Technik ungeschehen zu machen und dir versiertere Methoden beizubringen. Ich hasse es, wenn eine Frau von deinem Kaliber eine nur zweitklassige Ausbildung genossen hat. Ich denke, du solltest jetzt deine Jeans ausziehen. Ich muss dich anschauen.«

Wow, ich glaube, wir werden bei diesem Spiel viel Spaß haben. Meine Erziehung kann beginnen.

Ich knöpfe meine Jeans auf und schiebe sie nach unten. Dann steige ich heraus. Nur in BH und Slip stehe ich vor ihm und wünsche mir, ich würde nicht die Unterwäsche von gestern tragen. Aber ich habe das herrliche Gefühl, dass ich sie nicht mehr sehr lange tragen werde.

»Du bist sehr schön, Winter«, sagt er anerkennend. »Ich wusste schon immer, was für eine Augenweide du bist, aber mir war nicht klar, welche Schätze du vor mir verborgen hast.«

Ich schaue an meinem Körper herab. Ich bin groß, habe lange Beine, bin schlank, an den richtigen Stellen jedoch anständig gerundet. Ich kann von Glück sagen, dass ich die Figur meiner Mutter geerbt habe, nicht die stämmige Gestalt meines Vaters. Der Anblick meines halbnackten Körpers ist äußerst verführerisch. Die sichtliche Anerkennung durch Miles schickt Wellen der Erregung durch mich. Ich bin froh, dass ich ihn mit meinem Körper glücklich machen kann. »Danke, Meister.«

Er hebt die Augenbrauen. »Dein Umgangston ist hervorragend, Winter. Offensichtlich lernst du, respektvoll zu sein.« Miles steht auf, und die Art, wie er über mir aufragt, erfüllt mich mit Verlangen. Er ist sehr groß, sehr maskulin. Er geht um mich herum, inspiziert mich sorgfältig, als ob ich ein Ausstellungsstück bin oder ein Objekt, dessen Qualität er einschätzen will. Die Vorfreude auf seine Berührung summt in mir, aber er bleibt auf Distanz. Als er mich umrundet hat, setzt er sich wieder auf die Bank.

»Winter – komm her und dreh mir den Rücken zu.«

Ich nähere mich ihm, bis ich fast seine Knie berühre, dann kehre ich ihm den Rücken zu. Jetzt schaue ich auf die gegenüberliegende Bank mit dem winzigen Fenster, das im Licht des Feuers schwarz glänzt. Miles legt die Hände sanft auf meinen Rücken und öffnet rasch meinen BH. Er fällt zu Boden, und Miles legt ihn zur Seite. Meine Brüste liegen jetzt frei, die rosa

Brustwarzen steif vor Erregung. Ich versuche, meinen Atem, der jetzt heftig geht, und das Heben und Senken meiner Brust zu kontrollieren, aber es fällt mir schwer.

»Dreh dich um, und lass mich dich anschauen.« Seine Stimme ist leise, aber gebieterisch. Ich gehorche und wende mich ihm langsam zu. Sein Gesichtsausdruck ist nicht zu deuten, aber sein Blick ruht auf meinen Brüsten, und ich kann das Verlangen in seinen Augen sehen. Er betrachtet mich einige Augenblicke, ohne zu sprechen, und sagt dann: »Du bist wunderschön, Winter. Ich werde es sehr genießen, dein Lehrer zu sein.«

Miles erhebt sich erneut und zieht mich zu sich heran. Er ist sehr groß, und mein Kopf reicht ihm gerade bis an die Schultern. Meine Lippen teilen sich angesichts seiner Nähe und des warmen, maskulinen Dufts seines Körpers. Er schaut zu mir herunter: In der Intensität seiner blauen Augen sehe ich Verlangen und Zärtlichkeit.

»Winter … ich werde dich jetzt küssen. Lass mich dich führen. Bewege deine Zunge erst, wenn ich es dir sage.«

Ich nicke.

Langsam senkt er sein Gesicht zu mir herab. Mein Herz pocht heftig. Meine Lippen kribbeln vor Verlangen. Er zieht den Moment in die Länge, sieht mir zuerst tief in die Augen und studiert dann meinen Mund, als würde er nichts in der Welt mehr begehren. Seine Nase streift meine Wange, und ich seufze vor Lust und lecke mir wieder über die Lippen. Ich spüre seine Haut auf meiner; sie kratzt, weil ihm seit gestern Bartstoppeln gewachsen sind.

Bitte, flehe ich innerlich, *das halte ich nicht länger aus. Bitte küss mich!*

Aber er lässt sich Zeit, presst sein Gesicht an meines, atmet den Duft meiner Haut ein. Dann legt sich seine Hand auf meinen Hinterkopf – sie ist so breit, dass mein Schädel bequem hineinpasst – und er biegt meinen Kopf nach oben, so dass er – endlich – seinen Mund auf meinen pressen kann.

Die Empfindung ist sensationell. Unwillkürlich öffne ich meine Lippen, woraufhin er sich mir sofort entzieht. »Nein. Nein – dein Mund bleibt vorerst geschlossen. Ich werde ihn öffnen.«

Ich gehorche, schließe die Lippen, während er mich sanft und zärtlich küsst. Meine Augen sind geschlossen, damit ich mich ausschließlich auf diese zarte Berührung, wie der Flügelschlag eines Vogels, konzentrieren kann. Er küsst nicht nur meinen Mund, auch mein Gesicht, meine Wangen, sogar mein Kinn und die Stelle, an der mein Unterkiefer auf mein Ohr trifft. Seine Küsse hinterlassen eine brennend heiße Spur, wo immer sie mich berühren. Ich zittere. Immer weiter wandert sein zärtlicher, berückender Mund. Küsse wie die seinen habe ich noch nie zuvor erlebt. Sie heben mich auf eine völlig neue Stufe des Empfindens. Und gerade, als ich denke, dass ich es nicht länger aushalte, verändern sich seine Küsse: Sein Mund wird drängender, presst sich fest auf mich, will mehr. Gleich darauf spüre ich seine Zungenspitze. Sie berührt meine Lippen.

Ich versuche, mich nach seinen Anweisungen zu richten, und halte meinen Mund geschlossen. Seine Zunge fährt über meine Lippen. Er leckt mich sacht, seine Hand an meinem Kopf drückt mich näher an sich. Ich wünsche mir nichts sehnlicher, als endlich meine Lippen öffnen zu dürfen. Es erfordert all meine Willenskraft, sie geschlossen zu halten, während seine Zunge sich zwischen meine Lippen tastet.

Dann wandert er mit seinem Mund an mein Ohr und flüstert: »Jetzt kannst du deinen Mund öffnen – aber deine Zunge darf sich nicht bewegen.«

Sein Flüstern hallt in meinen Nervenenden wider, sendet Schauder über meinen ganzen Körper. Dann liegt sein Mund wieder auf meinem, seine forschende Zunge drängt sich zwischen meine Lippen, die ich endlich für ihn öffnen darf – aber meine Zunge bleibt reglos, wiewohl ich zu gern darauf reagieren würde, als seine Zunge in meinen Mund dringt. Er schmeckt herrlich – moschusartig und maskulin. Er lässt sich Zeit, erforscht mich, schmeckt mich, während ich gegen den Drang ankämpfe, meine Zunge zum Einsatz zu bringen. Dann murmelt er in mein Ohr: »Du darfst sie jetzt bewegen.« Endlich kann ich dem Impuls nachgeben, seiner Zunge mit meiner zu begegnen. Er küsst mich nachgerade schwindelig, während ich mich im Entzücken, das sein Kuss mir bereitet, verliere. Die Hand an meinem Kopf presst mich fester an sich. Mit der anderen Hand fährt Miles über meinen Rücken, entlang der Kurve meiner Taille und meiner Hüfte, streichelt meine Haut und bringt sie zum Brennen, wo immer er sie berührt.

Eine solche Euphorie habe ich noch nie erlebt: Der schlichte Kuss und die Hand auf meiner nackten Haut wecken wildes, aufreizendes Verlangen in mir. Wir küssen uns immer weiter, hungrig nach dem anderen, und jeder Kuss intensiviert unsere Leidenschaft. Ich will meinen ganzen Körper an seinen pressen, aber er lässt Raum zwischen uns. Vermutlich will er die Lektion nicht übereilen – zumindest jetzt noch nicht –, aber das ist mir egal. Soweit es mich betrifft, könnten wir uns stundenlang einfach so weiterküssen. Ich glaube, ich werde es niemals müde werden, denn sein Mund sendet wahre Genusswellen durch meinen Körper. Die Wirkung seiner Küsse auf mich ist so stark, dass ich auf diese Weise sogar kommen könnte, allein durch seine Küsse zum Orgasmus gebracht.

Miles entzieht sich mir für einen Moment, löst seinen Mund von meinen Lippen, tröstet mich aber mit zahlreichen heißen Küssen auf mein Gesicht. Ich öffne die Augen. Ich bin benommen, als ob ich in einer anderen Welt gewesen sei. Er schenkt mir ein Lächeln, zärtlich und süß.

»Du musst lernen, wie man küsst«, murmelt er. »Diese Küsse sollen deine Leidenschaft entfachen. Später wirst du dann unterschiedliche Küsse lernen, wie man sie auf dem Höhepunkt der Ekstase austauscht. Winter, du bist definitiv fürs Küssen geboren.«

»Es gefällt mir sehr«, sage ich und schwelge im *fürs Küssen geboren. So war es mit Jacob nie.*

»Gut. Bislang hast du dich als sehr einsatzfreudige Schülerin erwiesen.«

»Wie sieht meine Belohnung aus?«, frage ich heiser.

Sein Blick wird streng. »Sei nicht voreilig, Winter. Du stehst ja noch ganz am Anfang. Vor dir liegt noch ein weiter Weg.«

Zitternd vor Vorfreude hole ich tief Luft.

»Wenn es an der Zeit ist, wirst du schon belohnt werden. Belohnungen, die zu rasch kommen, bedeuten nichts. Du musst erst ihren Wert ermessen können, bevor du sie erhältst.«

»Ist gut, Meister, ich verstehe.«

Er schaut auf meine Brüste. »Dein Busen ist sehr schön. Du hast herrlich geformte Brüste. Für die Lust geschaffen.«

Ich hebe das Kinn und strecke die Brust vor, bis meine Brüste fast seinen Pullover berühren. Ich sehne mich danach, dass er meinen Busen berührt. Die rosa Warzen haben sich dunkelrot verfärbt, beide sind hart und bereit, liebkost zu werden.

»Langsam, langsam …«, sagt er tadelnd. »Du willst immer alles sofort. Du willst alles übereilen. Ich glaube, du hast nie gelernt, deine Genüsse auszukosten und all deine Sinne einzusetzen, um deine Freuden, wenn sie denn eintreffen, zu steigern.«

»Ich kann nicht anders«, sage ich sehnsüchtig. Ich will ihn sehen und fühlen, will ihn ausziehen, mit meinen Händen über seinen ganzen Körper streichen, jeden Zentimeter seiner warmen Haut küssen. Noch nie war ich so von Begehren für einen Mann erfüllt.

»Du wirst es lernen müssen. Du musst dich unter Kontrolle haben. Das sind meine Bedingungen, schon vergessen?«

Ich nicke.

»Wie bitte?«

»Ja, Meister.«

»Gut. Sei nicht ungeduldig. Du wirst alles bekommen, was du dir wünschst, und noch mehr.«

Mehr! Ich will mehr, und zwar sofort!, ruft eine Stimme in meinem Kopf, aber ich bringe sie zum Schweigen.

Miles küsst meine Schultern und fährt dann mit einem Finger über mein Brustbein, von rechts nach links. »Du darfst nicht gierig werden, Winter. Schlinge deine Mahlzeiten nicht hinunter – genieße sie!«

»Ja, Meister.« Meine Stimme bricht vor Verlangen.

»Also schön, wo waren wir? Ach ja, beim Küssen.« Er drückt seine Lippen wieder auf meine, und sofort verlieren wir uns an diesem herrlichen Ort, an dem unsere Münder vereint sind. Unwillkürlich schlinge ich meine Arme um seinen Hals. Sofort entzieht er sich mir, runzelt dabei die Stirn.

»Habe ich dir erlaubt, das zu tun?« Seine Stimme klingt streng.

»Nein, aber …«

»Kein Aber. Du tust, was man dir sagt, und ergreifst nicht die Initiative. Das sind unsere Bedingungen!«

»Ist gut – es tut mir leid«, sage ich rasch, weil ich mich möglichst schnell wieder seinen Küssen hingeben will.

»Du klingst nicht so, als ob es dir wirklich leidtut, Winter.«

»Doch, klar.« Ich lächele ihn an, erwarte, dass sein Gesichtsausdruck dadurch weicher, sein Blick wieder zärtlich wird, aber er scheint im Gegenteil noch strenger, die Lippen fest aufeinandergepresst.

»Möglicherweise hast du nicht verstanden, was ich von dir will. Ich denke, jetzt wäre eine kleine Bestrafung angemessen.«

»Bestrafung? Was für eine Bestrafung?«

»Ich denke, du wirst noch etwas länger warten müssen, bevor du bekommst, was du dir wünschst.«

»Oh!« Mir wird schwer ums Herz.

Miles sieht mich an und schürzt die Lippen. »Wenn du die Bedingungen nicht akzeptieren kannst, dann ist unsere Vereinbarung geplatzt. Ich habe hier das Sagen. Nur so läuft es.«

Dieser Gedanke macht mir Angst. Ich könnte es nicht ertragen, wenn wir jetzt aufhören. »Es tut mir leid«, rufe ich rasch. »Ich verstehe ja – ich war zu impulsiv, zu forsch. Ich weiß, dass ich nur dann etwas lerne, wenn ich deinen Anweisungen Folge leiste.«

Miles schaut etwas besänftigt. »Das freut mich zu hören«, sagt er. »Aber ich muss meine Position deutlich machen. Setz dich dort drüben hin und warte.«

Ich ertrage das nicht. Ich will nicht von ihm getrennt sein. Aber ich begreife, dass ich ihm meinen Gehorsam zeigen muss, also gehe ich zu dem gegenüberliegenden Bettgestell und setze mich. Miles setzt sich ebenfalls, lehnt sich gegen die Wand und schließt die Augen. Ich kann nichts tun, außer zu warten, bis er beschließt, die Augen wieder zu öffnen.

Ich beobachte ihn, betrachte die Falten in seinem Gesicht, seine gerade Nase, seinen Mund, der wie gemeißelt wirkt. Er ist so schön wie eine griechische Statue. Seine dichten, dunklen Brauen mit dem leichten Bogen verleihen seinem Aussehen einen Hauch von Ironie.

Er ist so hinreißend. Ich kann gar nicht glauben, dass mir das früher nie aufgefallen ist.

Ich habe ihn kaum beachtet, nur seine selbstbewusste Art hat mich auf die Palme gebracht. Und jetzt bin ich hier, stehe kurz davor, ihn anzuflehen, doch die Augen zu öffnen und mich anzusehen, besser noch, mich zu berühren. Die Enttäuschung darüber, dass er so nah und doch so fern ist, scheint mir beinahe unerträglich. Nach einer gefühlten Ewigkeit öffnet er endlich die Augen und schaut mich an. Im Lichtschein des Feuers wirken seine blauen Augen fast schwarz.

»Bist du bereit, Winter?«

»Ja. O ja, das bin ich. Ich werde auch nicht wieder ungehorsam sein.«

»Das war nur eine kleine Strafe, um dir zu zeigen, dass es mir hinsichtlich deines Gehorsams ernst ist. Das hast du jetzt begriffen, nicht wahr?«

»Ja.« Meine Stimme ist schwer von Sehnsucht nach ihm.

Er steht auf. »Komm her.«

Ich gehe die zwei Schritte, die nötig sind, um zu ihm zu gelangen.

»Also schön.« Er schaut zu mir herunter, hebt die rechte Augenbraue um ein paar Millimeter. »Mit seinem Mund spielt man auf dem Körper des anderen wie auf einer Klaviatur, man weckt Empfindungen. Du hast bereits eine erste Ahnung von der Fähigkeit der Lippen, den Partner aufzureizen und ein noch größeres Verlangen zu wecken. Jetzt werde ich dir zeigen, wie mein Mund dir darüber hinaus Lust bereiten kann.«

Miles hebt die Hand und streichelt meinen Oberarm und meine Schultern, dann umfasst er sanft die linke Brust und reibt mit dem Daumen über meine Brustwarze. Mit der anderen Hand greift er nach meiner rechten Brust. Er beugt er sich vor und küsst mich. Unsere Zungen spielen eine Weile miteinander, dann löst er sich von meinen Lippen und küsst meinen Hals und meine Schultern. Er beißt zart in meine Haut, dann wieder saugt und leckt er, und seine Zunge berührt mich so sacht wie ein Vögelchen. Als er mit dem Mund die sanften Hügel meiner Brüste erreicht, wird er langsamer. Mit winzigen Küssen nähert er sich meiner linken Brust. Meine Brustwarze kribbelt vor Vorfreude. Ich sehne mich danach, dass er sie in den Mund nimmt, aber er lässt mich warten, streichelt meine zarte Haut und nähert sich dem Ziel seiner Bemühungen im Schneckentempo. Ich keuche vor Lust, als er endlich den Warzenhof erreicht und rings um meine harte Warze leckt. Wenn Jacob an meinen Warzen saugte, dann fühlte es sich immer so an, als ob er Vergnügen daraus zog. Mir war nie klar, wie viel Genuss ich auch aus meinen Brüsten ziehen konnte. Bis jetzt. Meine Warzen scheinen eine elektrische Verbindung zu meinem innersten, geheimsten Kern zu haben, und sie senden begeisterte Botschaften, die köstliche Lust wecken. Mir stockt der Atem, als er endlich meine komplette Brustwarze in den Mund nimmt und sanft daran zieht. Seine Zunge streichelt die Warze, treibt sie zu noch größerer Härte. Ich keuche leise und schaue auf seinen dunklen Haarschopf, der über meinen Busen gebeugt ist. Er umfasst meine Brüste und saugt mit erhöhtem Druck. Ich bin so angetörnt, dass ich am ganzen Körper zittere. Mir werden die Knie weich. Nach langen, köstlichen Minuten wendet Miles seine Aufmerksamkeit meiner anderen Brust zu und lässt ihrer Warze dieselbe liebevolle Behandlung angedeihen. Ich bin im Rausch der Ekstase. Mein Geschlecht pulsiert, brennt vor beinahe unerträglichem Verlangen.

Schließlich löst er sich von meinen sanften Hügeln und sieht mich lächelnd an. »Du bist entzückend, Winter. Ich glaube, du hast jetzt die Macht des Mundes begriffen, oder?«

Ich nicke, bin unfähig, etwas zu sagen. Die Intensität in seinem Blick sagt mir, dass durch seine Aktion an meinen Brüsten auch seine Lust stimuliert wurde.

Ich wünschte, er würde mir erlauben, ihn zu berühren!

Ich sehne mich verzweifelt nach seiner Haut, will ihn schmecken, will den Beweis seiner Erregung fühlen.

Miles tritt einen Schritt zurück und setzt sich wieder auf das Bettgestell.

Eine Welle der Enttäuschung schwappt über mich hinweg.

Wie jetzt? Was soll das? Will er mich ignorieren? Verwirrung wallt in mir auf: Ich habe nichts falsch gemacht. Ich war gehorsam. Warum werde ich bestraft?

Aber dann murmelt er mit seinem sexy Dialekt: »Komm her.«

Ich nähere mich ihm. Als ich stehenbleibe, sind meine Brüste aufreizend nahe an seinem Mund. Er schnellt mit der Zunge darüber und knabbert mit den Zähnen an den sensiblen Warzen. Als der Blitz der Wonne mich trifft, ziehe ich lautstark die Luft ein. Dann legt er seine Hände auf meinen Rücken und zieht mich an sich. Er streicht mit der Zunge über meine Haut, über die Rundung meiner Brüste, immer tiefer, ohne einen Zentimeter auszulassen. Es treibt mich in den Wahnsinn, aber ich stehe so reglos, wie ich nur kann. Ich sehne mich danach, seinen Kopf in meine Hände zu nehmen und ihn noch fester an mich zu ziehen, aber ich lasse die Arme hängen, balle nur die Fäuste in meinem Bemühen, ihn nicht anzufassen. Die ganze Zeit ist mir bewusst, dass er sich meinem Kernstück nähert, dem Teil von mir, an dem die Ströme des Begehrens wild schäumend fließen.

Ich stöhne, als er meinen Bauchnabel erreicht und ihn mit der Zunge umkreist, was zu einem erlesenen Schauder führt. Er fährt mit der Zunge in meinen Nabel. Ich seufze, auch angesichts der plötzlichen Eingebung, dass seine Zunge einem winzigen Schwanz gleicht, der mich vögelt. Meine Knospe ist geschwollen und steif, giert nach seiner Aufmerksamkeit. Ich spüre die Schwellung an meinem Slip. Selbst der dünne Baumwollstoff stimuliert mich, wann immer er mit meiner Klitoris in Berührung kommt. Ich spüre auch meine Feuchtigkeit, offensichtliches Zeichen dessen, was Miles in mir bewirkt.

Nun zieht sein Mund eine brennende Spur von meinem Bauchnabel hinunter zum Rand meines Slips. Unwillkürlich verwandelt sich mein Atem in erregtes Keuchen, als er mit dem Finger in meinen Slip fährt und den Gummizug von meiner Haut zieht. Ich bin sicher, der Duft meiner sexuellen Erregung muss unmissverständlich sein.

Will er mich wirklich weiterhin stehen lassen? Ich bin nicht sicher, ob ich die Kraft dazu habe!

Sein Arm stützt mich. Ich zittere, während er mit der anderen Hand sanft meinen Slip nach unten zieht, bis mein Geschlecht entblößt ist. Ich war nie schüchtern, aber plötzlich fühle ich mich verletzlicher denn je. Er sagt nichts. Die Gedanken rasen durch meinen Kopf: Findet er mich schön? Gefällt ihm, was er sieht?

Er atmet meinen Duft ein, und sagt – als ob er meine Gedanken lesen könnte: »Du bist umwerfend, Winter. Du machst es mir schwer, mich auf deine Lektion zu konzentrieren, weißt du das? Ich muss mich sehr anstrengen, um die Kontrolle zu behalten.«

Ich stelle mir vor, wie hart er in seinen Jeans ist, muss an seinen kraftvollen Schwanz denken, den ich gespürt, aber nie gesehen habe. Mein Slip ist auf meine Knöchel gerutscht. Er hilft mir, herauszutreten. Dann spreizt er meine Beine sanft mit seinen Händen. Mein Geschlecht befindet sich direkt vor ihm. Er schaut mich an, und jetzt liegt dunkle Erregung in seinen Augen. Er fährt mit einem Finger zärtlich über meine Schamlippen, berührt hauchzart meine geschwollene Knospe, eine federleichte Berührung, die einen Blitz der Erregung durch mich entsendet. Ich taumele, und sofort umfasst mich sein Arm fester, stützt mich ab.

»Ich glaube, du hast genug gestanden«, murmelt er. »Wir sollten das ändern.«

Er steht auf und nimmt mich in die Arme. Ich entspanne mich in seine Umarmung hinein. Wir sehen einander tief in die Augen, dann treffen sich unsere Lippen, und wir küssen uns, leidenschaftlicher denn je. Ich spüre, dass seine Lust jetzt geweckt ist. Meine Lektion könnte nun durchaus eine andere Richtung einschlagen. Er zieht mich an sich, meine Brustwarzen streifen mit beinahe schmerzvoller Empfindsamkeit über die Wolle seines Pullovers. Ich spüre seine Härte an meinem Bauch, und ich verzehre mich mit jeder Faser meines Körpers nach ihm.

Er löst sich von mir und sagt: »Wir sollten es uns so entspannt wie möglich machen.«

Mein Schlafsack liegt immer noch auf dem Boden. Rasch bereitet er aus ihm und seinem eigenen Schlafsack so gut es geht eine Matratze für uns.

»Es ist nicht gerade eine Fünf-Sterne-Unterkunft«, meint er grinsend und kniet auf das improvisierte Bett.

»Das macht mir nichts.« Ich wünsche mir weiter nichts, als von ihm in Besitz genommen zu werden. Ich will mich ihm öffnen. Er winkt mich zu sich, und ich gehe auf ihn zu. Miles nimmt meine Hand und zieht mich nach unten. Ich lege mich auf das Fleece-Futter, von dem meine Haut weiß absticht. Er langt auf das Bettgestell nach meinem Steppmantel, den er zusammenrollt und mir als Kissen unter den Kopf schiebt. Dann legt er sich neben mich, bedeckt meine Schultern mit heißen Küssen und liebkost meine Brüste.

»Also … wo war ich?«, flüstert er. »Ach ja, stimmt …«

Er schiebt meine Beine sanft auseinander und legt sich zwischen sie. Ich stöhne leise, will, dass er seinen Schwanz in mich stößt, damit er endlich das drängende Verlangen, das er so lange geschürt hat, befriedigt … doch das tut er nicht. Stattdessen macht sich sein Mund wieder ans Werk – küsst, leckt und saugt. Er wendet sich erneut meinen Brüsten zu, aber dieses Mal arbeitet er sich schneller zum Bauchnabel vor. Ich bin schon so dermaßen heiß, dass es keinen Grund gibt, mich noch länger zu stimulieren. Ich sehne mich danach, dass seine Zunge meine geheimen Orte sucht und dort neues Vergnügen entfacht. Jetzt hat er meinen Venushügel erreicht. Heiß berührt sein Atem meine Schamlippen. Seine starken Hände packen meine Hüften, während er mit dem Gesicht über mein Geschlecht fährt, ohne es zu berühren. Er atmet nur auf meine geschwollene Klitoris.

Ich schnappe nach Luft. *O mein Gott, das ist phantastisch. Berühre mich mit deiner Zunge, Miles, bitte!*

Wenn er es nicht bald tut, muss ich schreien. Ich spreize meine Beine weiter, damit sich mein Geschlecht ihm wie eine Blume darbietet. Sein Gesicht ist so nahe. Seine Lippen streifen über mich, und er atmet meinen Duft mit sichtlichem Vergnügen ein. Endlich berührt seine Zunge meine Knospe, und ich stöhne vor Verzücken. Es ist einfach grandios, wie sich der Druck des anfangs leichten Züngelns zunehmend erhöht. Ich kann an nichts anderes mehr denken, als an die Wonne, die aus meinen Tiefen hervorsprudelt, während er über meine Klitoris leckt. Seine Zunge presst sich immer härter auf die winzige, harte Knospe in meinem weichen Fleisch. Er presst sein Gesicht tiefer in mein Geschlecht, lässt meine Klit hinter sich, gleitet über und durch meine feuchten Schamlippen, bevor er sich wieder der harten Schwellung widmet und mir mit seiner Zunge noch größere Freuden beschert.

Ich atme keuchend, und mein Ausatmen wird von lautem Stöhnen begleitet. *Ich komme gleich …* es ist unausweichlich, nachdem ich diesen Moment schon so lange ersehnt habe. *Wie soll ich dem noch länger widerstehen können?*

Selbst ohne das langsame Anheizen meines Verlangens würden die Freuden, die mir Miles mit seiner Zunge bereitet, mich unweigerlich meinem Orgasmus ausliefern. Er taucht seine Zunge in meine Spalte, presst sie tief in meine Vagina, kehrt dann zur Klitoris zurück, um sie zu necken. Ich möchte seinen Kopf packen, die rebellische Zunge dazu zwingen, mich von dem immer stärker lodernden Feuer in meinem Innern zu erlösen, aber ich wage es nicht, meinem Drang zu folgen. Die Vorstellung, dass Miles zur Strafe einfach aufhören könnte, ertrage ich nicht.

Ich denke nicht länger an seinen Schwanz oder seine Finger, sondern konzentriere mich ausschließlich auf diesen beharrlichen, leckenden Mund, die flinke Zunge, die den Gipfel meiner Klitoris findet und mit herrlichen Zungenschlägen über meine Schamlippen wandert, bevor sie mich so intensiv vögelt, dass sie sich beinahe wie ein Schwanz anfühlt.

Ich befinde mich im Fieber der Erregung und weiß, dass mein Höhepunkt nicht mehr lange auf sich warten lassen wird. Er baut sich wie ein Tornado in mir auf, und jeden Augenblick wird er mich in sein wirbelndes Zentrum reißen.

Wird Miles mir erlauben, zu kommen! Das muss er einfach! Ich halte das nicht aus!

Ich weiß, dass er mich jetzt vollkommen in seiner Gewalt hat. Vielleicht plant er ein quälendes Spiel, bei dem er mich an den Rand des Höhepunkts bringt, mir aber die Erfüllung vorenthält. Ein Teil von mir hätte nichts dagegen. Ich will nicht, dass es endet. Ich will, dass diese Verzückung ewig währt – oder doch wenigstens ein paar Stunden.

Aber ich komme gegen die Empfindungen, die sich in meinem Inneren aufbauen, einfach nicht an. Ich habe jede Kontrolle verloren, kann an nichts anderes denken als an die intensive Leidenschaft, die in mir brodelt.

Seine Zunge schlingt sich um meine Klitoris, seine Zungenspitze flattert über meine Quelle der Verheißung.

»Ich komme …«, stöhne ich, während sein Mund sein Werk fortsetzt. Er lässt nicht nach, saugt im Gegenteil noch kräftiger, und dann endlich kommen die Konvulsionen, und ich erschauere angesichts der Intensität meines Höhepunkts. Mein Kopf schnellt von links und nach rechts und wieder zurück, und ich kneife meine Augen zusammen, während ich mich auf den explosionsartigen Genuss konzentriere, der meinen Körper erschüttert. Noch nie habe ich einen derart heftigen Orgasmus erlebt – mein ganzer Körper wird durchgeschüttelt, meine Oberschenkel spannen sich an, während sich mein Rücken durchbiegt. Eine gewaltige Kraft treibt mich, während die Zunge mich immer noch beharrlich leckt.

Es scheint minutenlang anzudauern, bevor das Zucken allmählich abebbt. Ich bleibe erschöpft und keuchend liegen. Unter dem Ansturm meines Höhepunkts habe ich alles vergessen. Es überrascht mich beinahe, dass ich mich immer noch in der Hütte befinde, auf Schlafsäcken gebettet, auf dem Boden liegend, den Kopf auf meinem Mantel. Miles taucht zwischen meinen Beinen auf und legt sich neben mich. Er nimmt meine Hand und lächelt mich an, während ich ihn wohlig anblinzele. Mein Atem geht wieder langsamer, mein Herzschlag kehrt zu seiner normalen Rate zurück.

»Und damit, Winter«, sagt Miles, »endet die Lektion.«

8. Kapitel

Ich seufze mit träger, post-orgasmischer Zufriedenheit und kuschele mich an seine Brust.

Dann sehe ich zu ihm auf. »Das war unglaublich.«

»Und das war erst der Einsteigerkurs für den Mund. Glaube mir, es gibt noch sehr viel mehr zu lernen.« Er lächelt zu mir herunter.

»Ich bin sehr gespannt. Aber …« Mit der Hand streiche ich über die weiche Wolle seines Pullovers. »Was ist mit dir? Hast du denn keine Wünsche, die du erfüllt sehen möchtest? Ich habe das Gefühl, dass ich diejenige bin, die die ganze Aufmerksamkeit bekommen hat.«

Er fährt mit dem Finger über meine Wange. »Du bist sehr großzügig, aber momentan bin ich der Lehrer. Ich kann meine eigenen Bedürfnisse zurückstellen und deiner Erziehung Vorrang einräumen.«

»Trotzdem …« Ich möchte meine Hand zu der Härte in seinem Schritt ausstrecken. Ich möchte ihn streicheln und liebkosen, ihm etwas von der Wonne zurückgeben, die er mir geschenkt hat. Aber ohne seine Erlaubnis traue ich mich nicht. »Meister«, sage ich schüchtern, »ich weiß nicht, welche Lektion du als Nächstes für mich geplant hast …«

»Du willst jetzt schon damit anfangen? Ich verneige mich vor deinem Wissensdurst«, murmelt er.

»Ich möchte den Unterricht so schnell als möglich fortsetzen«, erwidere ich rasch.

»Sehr löblich.« Er küsst mich sanft auf die Lippen. »Vielleicht hast du recht – es gibt eine Möglichkeit, deine Erziehung voranzutreiben und mir dabei Erleichterung zu verschaffen.

Es hat auch meinerseits eine gewisse Spannung aufgebaut, dir so viel Freude zu bereiten. Der Orgasmus, den du gerade genossen hast, wirkte stimulierend auf mich. Wirklich äußerst stimulierend ...« Er küsst mich heftiger, und seine Zunge erkundet meine Mundhöhle. Ich schmecke die salzige Süße seiner Lippen. *Meine Säfte.*

Der Orgasmus hat das fieberhafte Verlangen meines Körpers gedämpft, aber nun erwacht es zu neuem Leben, wenn auch dieses Mal ohne den unerträglichen, in die Länge gezogenen Rausch der ersten Entladung. »Darf ich dich berühren?«, flüstere ich. »Du hast mir deinen Körper noch gar nicht gezeigt.«

»Da ist was dran.« Er denkt kurz nach. »Möglicherweise ist es ein wichtiger Bestandteil des Lehrplans, mich zu erkunden. Ja, Winter, das ist eine hervorragende Idee. Unsere nächste Lektion fällt in die Rubrik Biologie.« Er setzt sich auf, zieht seinen Pullover aus und legt seinen Oberkörper frei. Seine Schultern sind breit und kräftig, die Rundungen seines Bizeps scheinen täuschend weich, aber ich weiß, wie hart sie sind. Seine Haut ist glatt und leicht gebräunt. Überall finden sich dunkle Härchen, die sich in seinen Achselhöhlen verführerisch kräuseln. Auch sein Brustkorb ist muskulös, mit kleinen, dunkelroten Brustwarzen über dem Sixpack. Die Spur dunkler Haare um seinen Bauchnabel weist nach unten, wie ein Pfad zu vielversprechenden Freuden. Er spürt, wie ich seinen Anblick genieße. »Der männliche Körper«, sagt er lächelnd.

»Ich glaube nicht, dass du ein durchschnittlicher Vertreter bist.« Ich atme schwer, ehrfurchtsvoll angesichts seiner körperlichen Vollkommenheit.

»Als Anschauungsobjekt reicht es. Achte auf den Unterschied zwischen uns, Winter, aber auch auf die Ähnlichkeiten. Die männliche Brustwarze kann ebenso wie die weibliche Vergnügen bereiten. Der männliche Duft sitzt in den Härchen, die wir auf unserem Körper zulassen – außer man ist der Typ Mann, der seine Brusthaare mit Wachs entfernt, und das bin ich nicht –, und der weibliche Körper reagiert heftig auf den Duft des Mannes. Die sensible Nase der Frau nimmt das Aroma auf, das daraufhin ihre eigene Erregung steigert und ihrerseits die Sexualduftstoffe der Frau freisetzt. Geruch ist enorm wichtig ...« Seine Stimme ist leise, hypnotisch. »Probiere es.«

Ich nähere mein Gesicht seiner nackten Haut, und als ich ihm nahe bin, nahe an der Hitze, die er ausstrahlt, atme ich tief ein. Er hat recht – ich rieche seinen Duft: dunkel, zedernartig, aber mit einem süßen Oberton. Meine Nasenflügel beben, als ich sein Aroma in mich aufnehme. Ich rieche die Erregung und den Hauch von etwas Bitterem, wenn auch Verlockendem. Ich wandere mit meinem Gesicht über seine Brust, und es zieht mich zu den dunklen Haaren in seiner Achselhöhle, wo der Duft intensiver ist, gefangen in den Locken. Es duftet stark nach Moschus und nach Schweiß, und es ist gleichermaßen köstlich und dunkel erregend. Ich muss daran denken, was alles passiert ist – seine Bemühungen, den Unfall zu verhindern, meine Rettung, bevor das Auto in die Tiefe stürzte, der Gang durch den Sturm, bei dem jeder Schritt ein Kampf gegen den tosenden Wind war. Alles, was uns passiert ist, liegt im Duft seines Körpers, und das ist enorm erregend.

»Dein Geruch ist unglaublich«, murmele ich. Er behält auch damit recht, dass mein Körper auf seinen Duft reagiert. Ich spüre ein Summen in meinem innersten Kern, das auf seine Pheromone in meiner Nase antwortet. Ich will ihn lecken und schmecken, aber ich bremse mich. Die Lektion ist noch nicht vorbei.

»Streiche jetzt mit deinen Händen über mich und spüre den Unterschied zwischen uns.«

Endlich darf ich ihn berühren. Danach habe ich mich die

ganze Zeit gesehnt. Ihm so nahe zu sein und ihn nicht berühren zu dürfen, war die pure Folter. Ich strecke die Hand aus und berühre seine Haut. Sie ist geschmeidig und warm, und meine Fingerspitzen kribbeln, als sie in Kontakt mit ihm kommen. Aber wo mein Fleisch weich und nachgiebig ist, ist seines fest. Die Muskeln darunter sind stahlhart. Er bewegt sich leicht, und ich spüre die Kraft in seiner Brust und in seinen Armen. Ich ziehe die Luft ein – die Bewegung hat eine Welle des Verlangens durch meinen Körper geschickt. Mit der Hand streife ich über die ausgeprägten Muskeln seiner Brust, umkreise die beiden dunklen Warzen mit der Fingerspitze und fahre dann den schmalen Weg zwischen seinem Sixpack hinunter zu dem dunklen Pfad seiner Haare. Er beobachtet mich unablässig, unter leicht gesenkten Lidern, darum sehe ich nicht, was er denkt. Aber obwohl er reglos daliegt und regelmäßig und kontrolliert atmet, kommt es mir so vor, als ob ich die beabsichtigte Wirkung erziele. Ich sehe die beeindruckende Wölbung im Schritt seiner Jeans.

»Darf ich dich küssen, Meister?«, frage ich atemlos. »Ich möchte deine Haut berühren.«

»Das darfst du«, sagt er. Ich presse meine Lippen auf die feste Haut seiner Brust, dann fahre ich mit der Zunge über seine linke Brustwarze, umkreise sie vorsichtig, bevor ich das kleine Goldstück in meinen Mund sauge. Ich knabbere daran, beiße mit den Zähnen sacht hinein, sauge daran. Dankbar verhärtet sie sich unter meiner liebevollen Fürsorge. Seine Brust hebt und senkt sich jetzt etwas schneller, und ich streiche mit dem Gesicht darüber, atme den Duft ein, der sich an seine Brusthaare klammert, bevor ich seiner rechten Brustwarze dieselbe Behandlung zuteil werden lasse. Während ich an ihr sauge, fahre ich mit den Händen über seinen Körper. Als ich ihm in die Augen schaue, sind sie noch dunkler als ohnehin schon, die Lust in seinem Blick ist jetzt nicht mehr zu verkennen. Womöglich ist mein Meister doch nicht so beherrscht und kontrolliert, wie er denkt …

Es gibt nur noch eines, was ich machen möchte – ich will sehen, was in seinen Jeans verborgen ist. Ich will jetzt seinem Schwanz meine Aufwartung machen.

»Bist du bereit für die nächste Stufe deines Biologieunterrichts, Winter?« Seine Stimme klingt träge, aber hinter seiner Unbekümmertheit höre ich das Pochen der Leidenschaft.

»Ja«, erwidere ich.

»Hervorragend. Dann darfst du jetzt meine Jeans öffnen und mich befreien.«

Darauf habe ich nur gewartet. Rasch öffne ich den Knopf und ziehe den Reißverschluss nach unten. Er trägt blaue Boxershorts, und ich sehe deutlich, wie sehr er sie ausbeult. Ich kann seinen Penis immer noch nicht sehen, aber ich spüre, welche Hitze er ausstrahlt. Ich sehne mich danach, ihn zu berühren, ihn zu küssen, ihn freizulegen, um ihn zu liebkosen, aber ich weiß nicht, ob ich mich das schon traue. Ich sehe wieder zu Miles auf. Mein Gesicht ist gerötet, und meine Lippen sind nass, weil ich sie in dem Verlangen, ihn in meinem Mund zu schmecken, ständig befeuchtet habe.

»Darf ich?«, frage ich.

»Folge deinem Begehren«, sagt er.

Ich gleite mit meiner Hand in seine Boxershorts, nehme seinen Schwanz in die Hand und ziehe ihn heraus. Er ist glatt und heiß, und sein Umfang lässt mich nach Luft schnappen. Mein Geschlecht zuckt in Reaktion des Versprechens, das sein Schwanz mir gibt. Wie schon seine muskulösen Arme und sein Brustkasten, verbirgt sich hinter der samtigen Glätte eine eiserne Härte. Seine Eichel ist geschwollen, bereit für meine Aufmerksamkeiten. Dieser Beweis, dass er mich begehrt, ist aufregend und heizt meine Leidenschaft weiter ein. Ich werde immer feuchter und bin wieder bereit. Auch meine Knospe schwillt erneut an, ist erpicht auf neuerlichen Genuss. Ich senke den Kopf und nehme seinen Schwanz in den Mund, öffne meine Lippen weit, um ihn in mich aufzunehmen. Gleichzeitig bewege ich meine Hand an seinem Schaft auf und ab, massiere die Haut sanft mit meinen Fingerspitzen. An der Wurzel spüre ich das Nest aus rauen Haaren sowie seine festen Hodensäcke. Auch sie berühre ich mit den Fingerspitzen. Ich höre, wie er schwer atmet, und als ich mit der Zunge über seine Eichel streife, stöhnt er anerkennend. Mein Magen flattert vor Aufregung, weil ich nun weiß, welches Vergnügen ich ihm bereite, auch wenn ich keine Expertin bin. Aber mir gefällt es ebenso sehr wie ihm: Ich genieße das Gefühl und den Geschmack seines Schwanzes in meinem Mund und die Kraft der Erektion, mit der ich da spiele. Ich küsse und sauge noch etwas länger, obwohl ich in der Position, in der ich mich befinde, nicht sehr viel mehr von seinem Penis in mich aufnehmen kann. Währenddessen massiere ich seinen Schaft und spiele mit seinen Eiern.

Endlich spricht er, die Stimme rau vor Lust. »Zieh mir die Jeans und die Boxershorts aus«, befiehlt er.

Nachdem ich das getan habe, genieße ich den Anblick, wie sein Schwanz aus dem lockigen, dunklen Haar ragt und fast zu groß wirkt, als dass ich ihm je ausreichend Platz bieten könnte, aber ich sehne mich danach, es zumindest zu versuchen. Ich senke wieder den Kopf, um ihn erneut zu küssen. Dieses Mal fahre ich mit der Zunge über den aderndurchzogenen Schaft und atme den erregenden Duft seiner Männlichkeit ein.

»Spiele eine Weile damit«, fordert er mich auf. »Sieh zu, ob du mir unter Beweis stellen kannst, was du über den Mund gelernt hast.«

Gern gehorche ich, sauge an ihm, lasse meine Zunge über seine Eichel rollen, knabbere mit den Zähnen vorsichtig daran. Ich massiere den Schaft, während ich an der köstlichen Eichel sauge, und in dem Maß, wie meine eigene Leidenschaft wächst, nimmt auch der Druck meiner Hand zu. Ich weiß nicht, wie lange ich das tun kann, ohne von ihm zu verlangen, mich endlich richtig zu vögeln, aber glücklicherweise empfinden wir beide dasselbe, denn als sein Schwanz steifer aufragt denn je und heiß unter meiner Hand pocht, bewegt Miles sich plötzlich. Er nimmt mich in die Arme und küsst mich, und ich öffne die Lippen, damit sich unsere Zungen berühren können. Wir sind offener denn je, unsere Zungen fahren aus und ein, spielen mit unseren Lippen, lecken über unsere Zähne. Mein Herz pocht schnell, als ich spüre, wie er sich hart an meinen Bauch presst. Er legt mich auf den Rücken, spreizt meine Beine mit seinem Schenkel und kniet sich vor mich.

Wir starren uns jetzt in die Augen, lesen unsere fiebrige Lust in unseren Blicken, und atmen keuchend mit geöffnetem Mund. Ich begehre ihn jetzt so heftig, alles in mir sehnt sich nach dem Gefühl seines Schwanzes in mir. Ich weiß, so etwas habe ich noch nie erlebt.

Wir küssen uns erneut. Unsere Lippen sind heiß, und ich öffne mich ihm noch weiter, hoffe, dass er diese Einladung versteht. Und schon spüre ich ihn, spüre diese herrliche Härte an meinem Venushügel. Meine kleine Knospe reckt sich ihm entgegen, will, dass er sich an ihr reibt. Ich stöhne.

»O bitte … ich will es …«

Seine Augen funkeln gefährlich. Ich weiß, er hält seinen Schwanz in der Hand, kann ihn dahin richten, wo ich so sehnsüchtig auf ihn warte. »Du willst es?«

»Ja, ja«, rufe ich, mutig aufgrund des Begehrens, das er in mir entfacht. »Bitte, tu es. O Miles …«

Sein Blick ist glasig vor Verlangen, als er seine Eichel an meine Vagina setzt. Ich drücke meinen Rücken durch, schiebe ihm meine Hüften entgegen. Ich spüre, wie er sich an meinen

Eingang presst. Ich bin so feucht und schlüpfrig, dass sein Weg bestens bereitet ist, aber aufgrund der Größe und des Umfangs seines Schwanzes gleitet er nicht einfach in mich. Die Eichel drängt sich gegen meine Schamlippen, und ich spüre, wie ich mich immer mehr weite, um ihn in mich aufzunehmen.

»Oh«, seufze ich verzückt, während er einen Zentimeter tiefer in mich dringt. Er bewegt sich langsam nach vorn, sein Schwanz kommt in winzigen, aber absolut hinreißenden Schritten in mir voran. Die Empfindungen, die das in mir verursacht, lassen mich vor Entzücken beinahe schwindelig werden. Ich öffne mich ihm, so weit ich kann, warte darauf, dass er seinen Schwanz komplett in mich stößt. Ich kralle mich mit einer Hand in seinen Rücken, obwohl ich kaum bis zur Wirbelsäule reiche, und mit der anderen klammere ich mich um den Arm, dessen Muskeln vortreten, weil er sich damit abstützt.

»Winter, du bist etwas ganz Besonderes«, keucht er. »Dein Körper ist von innen so schön wie von außen. Du fühlst dich himmlisch an.«

Mir versagt die Stimme. Ich registriere nur die berauschenden Gefühle, die er in mir weckt, während sein Penis immer tiefer in mich eindringt, bis es sich anfühlt, als wolle er zu meinem innersten Kern vordringen. Ich lasse mich von den Empfindungen hinreißen. Dann ist er bis zum Anschlag in mir. Ich seufze genussvoll, als ich seine Hoden an meinem Hintern spüre.

Das Gefühl ist unbeschreiblich.

»Gefällt dir deine Biologiestunde?«, fragt er abgehackt.

»Und wie«, stoße ich hervor.

»Du zeigst ein bemerkenswertes Talent dafür. Wir müssen sehen, wie wir deiner Begabung im weiteren Unterricht gerecht werden.«

Jetzt bewegt er seinen Schwanz in mir, und ich stöhne vor Entzücken. Es fühlt sich an, als ob er unmöglich noch tiefer in mich eindringen könnte. Immer wieder stößt er zu.

»Oh, Miles … mein Gott, das ist unglaublich herrlich … es ist phantastisch … oh …« Die Gefühle, die er mit seinen Stößen in mir wachruft, reißen mich mit sich. Ich hätte nie gedacht, dass ich mich so komplett ausgefüllt fühlen könnte, aber sein Schwanz weitet mich auf köstlichste Weise mehr, als ich mir je hätte träumen lassen. Er stößt jetzt härter zu. Meine Hüften kommen ihm entgegen. Ich spüre, wie sich sein Schambein an meiner Klitoris reibt, spüre, wie seine Hoden an meinen Hintern schlagen, spüre die Kraft seiner Stöße, die mich beinahe körperlich von unserer improvisierten Bettstatt katapultiert.

Selbst wenn ich nie wieder Unterricht bei Miles hätte, habe ich doch unendlich viel darüber gelernt, welche Lust ich empfinden kann, und ich weiß, dass dies erst der Anfang ist. Ich spüre, wie sein Schwanz in mir pocht und weiter anschwillt, während er in mich dringt. Ich kralle mich in seinen Rücken und seinen Arm, während die Leidenschaft mich fast überwältigt. Ich sehe, wie sich sein Kiefer verkrampft und seine Augen angesichts der Kraft seiner Erregung brennen. Er grunzt, während er tief in mich stößt. Wir sind jetzt zwei Tiere, die zu einem wurden, die sich zusammen bewegen, deren Leidenschaft sich im Gleichklang dem Höhepunkt nähert. Seine Stöße werden härter, abgehackter. Meine Knospe erschauert unter dem Druck seines Körpers, während er seinen Penis in mich dringt und zu neuen Gipfeln der Ekstase führt. Trotz der Wellen meines Entzückens spüre ich, dass auch er sich dem Höhepunkt nähert. Und gerade, als mein Orgasmus mich überrollt und ich mich mit den Nägeln tief in das Fleisch seines Armes bohre, schwillt er noch weiter in mir an und entlädt sich. Er lässt sich schwer auf mich sinken, stöhnt unter der Macht seines Höhepunkts, während meine Vagina um ihn zuckt und sich unter meinem kraftvollen Crescendo fest zusammenzieht.

Lange Zeit sagen wir kein Wort. Unser Atem normalisiert sich langsam wieder. Er liegt zwischen meinen Beinen, sein Gewicht ruht schwer auf mir, sein Glied steckt immer noch in meiner Scheide. Ich streiche mit der Hand über seinen breiten Rücken, der jetzt feucht vom Schweiß unseres Liebesspiels ist.

»Das war wunderbar«, flüstere ich.

»Du bist prachtvoll.« Seine Stimme klingt zärtlich. »Ich wollte mich viel mehr zurückhalten, aber ich konnte nicht.« Er küsst mich in die Halsbeuge. »Ich glaube, das war für den Moment genug an Unterricht.«

Ich gebe ein zustimmendes Geräusch von mir. Meine Lider flattern und fallen zu. Die Freuden, die wir gerade genossen haben, haben mich ausgepowert. Das Kaminfeuer ist heruntergebrannt und glüht nur noch rotgolden. Der Raum liegt fast völlig im Dunkeln. Mir ist warm vom Liebesspiel. Miles zieht sich langsam aus mir heraus. Ich bin zu müde, um mich noch zu bewegen. Ich kuschele mich einfach an seine breite, warme Brust und schlafe sofort ein.

Ich weiß nicht, wie lange ich geschlafen habe, aber ich aufwache, scheint es mir mitten in der Nacht zu sein. Ich muss dringend pinkeln. Miles schläft noch, und in der kleinen Hütte ist es fast vollkommen dunkel. Es ist so still, dass es mir beinahe verdächtig vorkommt. Was stimmt nicht? Was fehlt? Und dann wird mir klar: uns umgibt absolute Stille. Ich war es gewohnt, den Wind um unsere Hütte heulen zu hören, doch dieser Lärm ist jetzt weg. Noch nie musste ich so lange ohne Telefon oder E-Mail oder Internet auskommen, aber wie ich feststelle, dreht sich die Welt auch ohne die Ablenkungen, ohne das endlose Chatten weiter. Meine Existenz schien erfüllt und umtriebig, aber vielleicht findet sich das wahre Leben in dieser stillen Isolation, und meine lärmigen, gesellschaftlichen Ausflüge sind die Illusion.

Ich kann in der Dunkelheit einige Umrisse ausmachen und entdecke den Eimer in der Ecke. Mein Gott, wenn er nicht wäre, könnte ich mich hier sehr viel wohler fühlen. Ich pinkele so leise ich kann, dann kehre ich in unser Bett zurück. Es ist jetzt kühler, und alle Schlafsäcke liegen unter uns. Miles' Körper strahlt eine gute Wärme aus. Ich kuschele mich an ihn und schlafe wieder ein.

Als ich aufwache, spüre ich seinen Mund an meinem Ohrläppchen. Er knabbert daran. Miles küsst die Haut unter dem Ohr, dann vergräbt er sein Gesicht in meiner Halsbeuge. Er hat mich in seine starken Arme geschlungen. Ich komme mir in dieser muskulösen Umarmung klein vor. An meiner Hüfte spüre ich heiß seine Erektion.

»Winter, bist du wach?«, murmelt er.

»Mmm.« Ich komme in der Dunkelheit langsam zu mir. Auch meine Haut erwacht unter seiner Berührung.

»Du bist so schön, so bezaubernd. Ich kann dir nicht widerstehen …«

»Habe ich eine Lektion zu lernen?«

»Stell es dir als Vertiefung des Unterrichts vor«, murmelt er. »Es gibt nichts Neues zu lernen, es ist nur eine Festigung durch Wiederholung …« Sein Schwanz presst sich hart an mich. Ich drehe mich um, damit ich ihm ins Gesicht sehen kann, und lege ein Bein auf seinen Schenkel. Er seufzt vor Vergnügen, als ihm klar wird, dass ich jetzt offen für ihn bin. Er führt sein Glied wieder an meinen Eingang. Schon allein das Gefühl, wie sich dieser mächtige Penis an mich presst, sendet verzückte Schauder durch meinen Bauch. Ich glaube, ich werde dieser herrlichen Empfindung niemals müde: wie er sich gegen die Muskeln drückt, die meine Pforte bewachen, wie er sie dehnt, während ich ihn aufnehme.

Plötzlich ist er in mir, stößt in meine Vagina, füllt sie mit seinem Schwanz. Er stößt kraftvoll, und ich schnappe nach Luft. Wieder stößt er zu, wild und hart. Mein Atem entweicht mit einem »Oh!« Er hält mich mit starken Händen fest. Eine Hand umklammert meinen Hintern, mit der anderen hält er meine Taille, so dass er mich an seiner Erektion auf und ab schieben kann. Das langsame Genießen unseres vorherigen Liebesspiels ist verschwunden. Er stößt mit aller Kraft – jetzt begreife ich, was Reiten bedeutet. Er reitet mich – oder ich reite ihn, während ich ihn in meine Tiefen aufnehme und ihm meine Hüften entgegenstemme, um uns beide anzustacheln.

»O mein Gott«, stöhne ich und werfe den Kopf in den Nacken. Miles ist jetzt ganz im Griff seiner Leidenschaft, senkt seinen Schwanz bis zum Anschlag in mir, stößt immer wieder gnadenlos zu. Sein Mund findet meine Lippen. Unsere Zungen sind ineinander verflochten, unser Speichel mischt sich, während wir auf der Hitze unseres Verlangens reiten. Er stößt hart und schnell in mich, und ich weiß, dass es nicht mehr lange dauert, bis er kommt. Das ist kein Teil meiner Ausbildung, es geht darum, sein Begehren zu stillen.

»Du bist herrlich, du bist so sexy«, flüstert er in mein Ohr. »Ich kann dir nicht widerstehen … Winter, du machst, dass ich komme …«

Die Erkenntnis, dass sein Orgasmus bevorsteht, erfüllt mich mit heißer Erregung, aber bevor ich selbst meinen Höhepunkt erreiche, stöhnt er schon laut und ruft »Ja, oh … ich komme jetzt«, und seine Stöße werden kürzer und härter, und dann ergießt er sich in einem kräftigen Strahl in mich.

»Oh … oh …«, stöhne ich, entflammt von seiner Leidenschaft.

Rasch stößt er noch einmal in mich. Mit der Hand greift er

nach unten, und seine Fingerkuppe findet meine pochende Klitoris. Er fängt an, sie kräftig zu massieren und zu streicheln, sie in einen unerträglichen Zustand der Erregung zu bringen. Meine Oberschenkel spannen sich an, meine Fäuste ballen sich, und ich schreie laut auf, als er meine Knospe so heftig erregt hat, dass ein herrlicher spitzer, elektrischer Orgasmus durch mich hindurch schießt, der meine Gliedmaßen wild durchzuckt. Ich bleibe keuchend und zutiefst befriedigt liegen. Miles zieht sich langsam aus mir heraus.

»Danke«, sagt er und küsst mich zärtlich. »Ich genieße es, wenn du kommst.«

»Ich genieße es auch, wenn ich komme«, sage ich, und er lacht.

»Eine willige Schülerin. Mehr kann ich nicht verlangen.«

Wir schlafen eng umschlungen ein.

Als ich aufwache, liegt Miles nicht mehr neben mir. Graues Licht erhellt die Hütte. Der Tag ist angebrochen, und der Sturm ist offenbar vorüber. Ich zittere. Ohne Miles' wärmenden Körper neben mir ist mir kalt. Ich habe mich teilweise in einen der Schlafsäcke gehüllt, aber richtig gemütlich ist das nicht.

Wo ist er?, frage ich mich. Wahrscheinlich musste er austreten. Kein demütigender Eimer für ihn. Diesbezüglich haben Männer Glück. Ich wünschte, er wäre bei mir.

Hatte ich gestern Nacht wirklich drei Orgasmen?

Als ich mit Jacob zusammen war, hatte ich darauf beharrt, dass ich unmöglich mehr als einen Orgasmus pro Nacht haben könne, und wenn er mich vom Gegenteil zu überzeugen suchte, tat mir hinterher alles weh, und ich war schlechter Laune. Aber jetzt ist mir klar, warum das so war. Ich hatte nie erlebt, was wahres Verlangen – oder wahres Vögeln – tatsächlich bedeuten. Jetzt bin ich überzeugt, dass ich möglicherweise vier oder mehr Orgasmen schaffe, solange es nur Miles ist, der mich vögelt.

Ich muss seufzen. Mein Geschlecht kribbelt vor Verlangen. Ich muss über mich selbst lachen. *Bereit für eine weitere Runde?*

Aber ja! Wo bleibt er nur?

Ich möchte mit ihm zusammen sein, Kaffee mit ihm trinken, ihn berühren, ihn küssen, ihn schmecken, ihn vögeln. Ich erinnere mich an den Anblick seines dunklen Haarschopfes zwischen meinen Beinen. Ich werde der köstlichen Gefühle, die er mit seiner Zauberzunge in mir weckt, niemals überdrüssig werden.

Ich zittere, stehe auf, schlinge einen der Schlafsäcke um meine Schultern.

Draußen höre ich ein seltsames Geräusch: eine Art Wummern, wie eine Flagge, die stark im Wind flattert. Ich runzle die Stirn, frage mich, was das sein kann, gehe zum Fenster, um hinauszuschauen, aber ich sehe nichts als Weiß. Das Wummern lässt etwas nach, dann wird es wieder stärker. Ich inspiziere immer noch den Himmel, da geht die Tür zur Hütte auf, und Miles kommt mit einer kalten Brise herein. Er ist wieder angezogen und lächelt mich breit an.

»Guten Morgen, Süße, wie geht es dir? Hast du gut geschlafen?«

Ich nicke, runzle die Stirn. »Ja, aber … kannst du dieses Geräusch hören?«

»Aber sicher doch. Erkennst du es nicht?« Seine Augen funkeln.

»Nein – was ist es?«

»Ein Helikopter. Wenn ich mich nicht sehr irre, hat man uns gefunden. Falls sie ein Wärmesuchgerät an Bord haben, wird unser Kaminfeuer wie ein Weihnachtsbaum auf ihren Monitoren blinken. Falls sie noch nicht wissen, wo wir sind, wird sich das jeden Augenblick ändern.« Er kommt auf mich zu und nimmt mich in die Arme. »Begreifst du es nicht? Wir werden gerettet! Alles wird nun wieder gut.«

»Oh«, sage ich schwach, »das ist großartig.«

Aber mir schwindet der Mut. Seit dem Unfall habe ich mir nichts sehnlicher gewünscht, als gerettet zu werden. Warum bin dann jetzt so furchtbar niedergeschlagen?

9. Kapitel

»Freya, Kleines! O mein Gott, was bin ich froh, dich zu sehen!«

Mein Vater kommt auf mich zu. Er strahlt über das ganze Gesicht, seine kleinen, braunen Augen verlieren sich beinahe in den Falten von Lidern und Wangen.

Ich trage einen weißen Krankenhauskittel und liege in einem Bett mit makelloser Leinenwäsche, eine Blutdruckmanschette um den Oberarm geschlungen, die sich alle paar Minuten automatisch zusammendrückt und die Informationen auf dem Monitor neben mir anpasst. Die Krankenschwester, die regelmäßig vorbeischaut und sie prüft, wirkt nicht besonders besorgt, daraus schließe ich, dass es mir gutgeht. Ich wurde gleich nach unserer Rettung heute morgen hierher gebracht und seitdem gründlich untersucht, getestet und überwacht.

»Hallo, Dad.« Ich lächle schwach, als er an mein Bett tritt, mir einen Kuss auf die Wange gibt und meine Hand nimmt. Er setzt sich auf den Besucherstuhl und lehnt sich zu mir.

»Wie geht es dir, meine Kleine? Alles in Ordnung?« Er betrachtet mich besorgt. Ich meine, Anzeichen von Anspannung in seinem Gesicht zu sehen: Seine Augen sind blutunterlaufen mit dunklen Ringen, seine Stirn liegt in Falten, und er ist blass.

Ich schenke ihm ein Lächeln, getröstet von dem Umstand, dass er sich ganz offenbar Sorgen um mich gemacht hat. »Es geht mir gut, Dad, ehrlich. Ich hatte großes Glück.«

»Ich bin so froh, dass du wieder sicher zu Hause bist, wo du hingehörst. Was zum Teufel ist denn passiert?« Er drückt meine Hand etwas fester, schaut mir in die Augen. »Erzähle mir alles.«

Ich erwidere seinen Blick fast hilflos. Die beiden Tage seit dem Unfall waren die längsten meines Lebens. Es ist so viel geschehen, und jeder einzelne Augenblick ist mir noch lebhaft in Erinnerung. Aber als mein Vater mich jetzt danach befragt, sehe ich nur Miles vor mir: seinen durchdringenden Blick, seine wohldefinierten Muskeln und den Anblick seines dunklen Haarschopfes zwischen meinen Schenkeln … Mein Magen schlägt Purzelbäume angesichts dieser Erinnerungen. Unwillkürlich schließe ich die Augen und hole tief Luft.

»War es so schlimm?«, fragt Dad mitfühlend. »Ich kann mir nicht vorstellen, was du durchmachen musstest.«

Tja, das ist auch besser so …

»Fang mit dem Anfang an«, fährt er fort. »Du wolltest einen Flug nach Los Angeles erreichen, nicht wahr?«

Ich sehe mich wieder auf dem Rücksitz des Mercedes. Als ich daran denke, wie ich Miles ignoriert und ihn mit Geringschätzung behandelt habe, ist es, als sähe ich einen anderen Menschen vor mir. Ich sehe, wie ich meine Befehle belle, sehe seinen dunklen Hinterkopf, die breiten Hände und seine großen Hände auf dem Lenkrad.

Mein Gott, ich war grässlich! Ich schaudere, als ich daran denke. *Was hat er nur von mir gedacht? Er muss mich verachtet haben.*

Ich öffne den Mund, will die ganze Geschichte erzählen, weil mir plötzlich klar wird, dass ich sie unbedingt erzählen muss, aber genau in diesem Augenblick geht die Tür auf, und die Krankenschwester kommt herein. Ich habe gelernt, zu schweigen, solange Fremde anwesend sind, sonst kann ich die Details meines Lebens kurz darauf in irgendwelchen Klatschspalten nachlesen. Auch wenn mir diese Krankenschwester die Art von effizienter, diskreter Person zu sein scheint, die man in einem Schweizer Privatkrankenhaus erwarten darf. Sie tritt an mein Bett und wirft einen prüfenden Blick auf den Monitor, an den ich angeschlossen bin, und nickt.

»Wie geht es ihr?«, will mein Vater wissen.

»Bestens«, erwidert die Krankenschwester mit einem Hauch von Akzent in ihrem Englisch. »Sie müssen sich keinerlei Sorgen machen, alle Werte sind normal.« Sie wendet sich an mich und lächelt. »Wenn man bedenkt, dass Sie soeben zwei Tage bei zweistelligen Minustemperaturen verbracht haben, könnte es Ihnen gar nicht besser gehen. Offensichtlich hat man sich gut um Sie gekümmert.«

Ich erwidere ihr Lächeln, möchte ihr alles über Miles erzählen und wie wunderbar er ist: wie er mein Leben gerettet hat, wie er die Hütte fand, wie er für meine Sicherheit sorgte. Aber ich kann das nicht sagen. Es scheint mir wichtig, dass ich all das vorerst für mich behalte.

Die Krankenschwester wendet sich meinem Vater zu. »Natürlich ist da der Bluterguss, aber er scheint keinen ernsten Schaden angerichtet zu haben.«

Dad runzelt die Stirn. »Bluterguss?«

»Quer über der Brust Ihrer Tochter. Die Ursache ist offenbar der Sicherheitsgurt des Wagens. Der Arzt hat sie gründlich untersucht und ist sicher, dass die Quetschung rasch abheilen wird.«

»Oh, Kleines.« Dad wendet sich mit feuchten Augen zu mir. »Du bist verletzt worden! Das ertrage ich nicht …«

»Es geht mir gut«, versichere ich ihm. »Und es hätte noch viel schlimmer ausgehen können. Ich kann von Glück sagen, mit einer Quetschung davongekommen zu sein.«

Die Krankenschwester verlässt das Zimmer. Der Gesichtsausdruck meines Vaters verdunkelt sich: »Ich habe viel darüber nachgedacht, was alles hätte passieren können. Es ist kaum zu fassen, dass ich dich beinahe verloren hätte. Es wird eine Menge Fragen geben, wie es so weit kommen konnte, da kannst du ganz sicher sein.«

Sein kämpferischer Gesichtsausdruck macht mir Angst,

denn er sagt mir, dass Dad einen Sündenbock für diesen Vorfall suchen wird. Wenn meine Schwestern oder ich auch nur ansatzweise in Gefahr geraten, bringt das immer das Schlimmste in meinem Vater hervor.

O mein Gott, es gibt nur einen Menschen, dem er dafür die Schuld geben wird – und das werde nicht ich sein …

Ich stütze mich auf dem Ellbogen ab, will ihm unbedingt erklären, dass der Unfall ganz allein meine Schuld war, aber da geht die Tür zu meinem Zimmer erneut auf, und was ich nun sehe, lenkt mich nachhaltig von meinem Wunsch ab, Miles zur Rettung zu eilen.

Da ist sie: schlank, mit umwerfenden Kurven, noch dadurch hervorgehoben, dass sie wie immer ein hautenges Kleid trägt. Sie balanciert unsicher auf turmhohen Absätzen, das karamellbraune Haar fällt ihr in glänzenden Wellen auf die Schultern, falsche Wimpern umrahmen ihre großen, grünen Augen. Sie zieht eine Schnute und ruft: »Hallo, Freya, wie geht es dir?« Dann betritt sie hüftwackelnd mein Zimmer und setzt sich auf den zweiten Besucherstuhl direkt neben meinem Bett.

Ich bin sprachlos vor Zorn. Was zum Teufel macht sie hier – in *meinem* Krankenhauszimmer?

Dad wendet sich ihr mit diesem dümmlichen Blick in den Augen zu, den er immer bekommt, wenn Estella in der Nähe ist. »Baby, wie süß von dir. Freya kommt wieder in Ordnung. Das kommst du doch, oder?«

Ich nicke, schaue sie nicht an. Ich weiß, dass mein Gesichtsausdruck mürrisch geworden sein muss, denn mein Vater sagt: »Estella wollte sich selbst versichern, wie es dir geht. Sie hat sich unglaubliche Sorgen gemacht, nicht wahr, Baby?«

Estella zieht erneut eine Schnute und nickt und klimpert mit ihren lächerlichen Wimpern. Ich möchte vor Wut mit den Zähnen knirschen. Wie ist es nur möglich, dass mein

Vater dieses jämmerliche Schauspiel nicht durchschaut? Ich komme mir vor wie im kleinen Einmaleins für Verführerinnen, allerdings mit einer total dämlichen Vorstellung, wie eine Sexbombe auszusehen hat – Cartoon-Rundungen und rauchige Stimme und leerer Gesichtsausdruck. Estella war nicht so, als sie für meine Schwestern und mich als Sekretärin arbeitete; damals war sie eine kluge, aufgeweckte Frau. Das war, bevor sie spürte, dass mein Vater einsam und verletzlich war und empfänglich für ihre Reize, wenn sie nur etwas mehr Aufmerksamkeit auf sich lenkte. Plötzlich durchlief sie eine Veränderung nach der anderen: Ihre Haut wurde ein dunkles Goldbraun, und sie zeigte davon so viel wie möglich, vom aufgepumpten Dekolleté bis zu den langen, glänzenden Beinen. Sie ließ sich Strähnchen blondieren und die Haare verlängern und die Zähne weißen. Sie lackierte ihre langen (falschen) Fingernägel, legte ordentlich Make-up auf und tauschte ihre unauffällige Bekleidung gegen hautenge Kleider und schwindelerregend hohe Absätze. Tatsächlich fiel Dad ihre Verwandlung auf, zumal sie sehr darauf achtete, sich immer in seine Richtung zu lehnen, seinen Arm zu berühren und mädchenhaft zu kichern, wenn er in der Nähe war. Es machte mich wütend, dass er ihr plumpes Spiel nicht durchschaute, aber ich konnte nichts tun. Ich wollte ihn vor ihr warnen, ihm sagen, dass sie es nur auf sein Geld abgesehen hatte, aber zu dem Zeitpunkt, als absehbar war, dass Estellas Tricks funktionierten, hing mein Vater bereits am Haken und duldete es nicht, wenn man etwas gegen sie sagte. Außerdem schien er zu glauben, dass sie ihn wirklich liebte. Wie hätte ich ihm sagen sollen, dass sie das nur spielte? Er würde es doch sicher von allein merken? Ich meine, ich liebe meinen Dad, aber er ist ein etwas zu klein geratener, untersetzter Mann Ende fünfzig mit schütterem Haar und Bäuchlein. Er ist nicht gerade ein Traummann, und wenn er nicht reich wäre, würde eine Frau wie Estella ihm keinen zweiten Blick schenken.

Aber hier ist sie nun, Objekt der Zuneigung meines Vaters. Und wenn er sie sogar mit an mein Krankenbett bringt, dann muss ich wohl annehmen, dass sie zu einem festen Bestandteil unseres Lebens werden könnte.

Vielleicht sogar zu meiner künftigen Stiefmutter?

Dieser Gedanke lässt mich schaudern.

»Ich bin so froh, dass es dir gutgeht«, haucht Estella. »Wir haben uns ja solche Sorgen gemacht!« Ihre großen, grünen Augen starren mich an, weit aufgerissen und scheinbar unschuldig.

»Danke«, sage ich knapp. Ich ertrage ihre Anwesenheit hier nicht.

Das ist doch völlig daneben, ehrlich! Ich liege im Krankenhaus und erhole mich von einem entsetzlichen Martyrium. Der letzte Mensch, den ich hier sehen will, ist Estella.

Ich wende meinen Blick demonstrativ von ihr ab und sage zu Dad: »Wo sind Flora und Summer?«

»Zu Hause. Flora war in Paris, aber sie ist heute zurückgeflogen. Summer ist gar nicht erst weg, anfangs wegen des Wetters, dann, weil du vermisst wurdest. Sie saß die ganze Zeit neben dem Telefon, hoffte verzweifelt, von dir zu hören. Sie wäre natürlich am liebsten mit ins Krankenhaus gekommen, aber ich sagte ihr, es sei besser, wenn sie wartet, bis du dich ein wenig erholt hast. Der Arzt meint, dass du bald entlassen werden kannst.«

Ich nicke. Ich habe auch nicht erwartet, lange im Krankenhaus bleiben zu müssen. Unter anderem deshalb, weil es mir absolut bestens geht. Aber man war fest entschlossen, mich gründlich zu untersuchen, zweifellos um die astronomische Krankenhausrechnung zu rechtfertigen. »Dad …«, sage ich zögernd. Ich wünschte, Estella wäre nicht hier. Trotz ihrer

Süßes-Dummchen-Masche ist sie nicht blöd. Aber ich kann es nicht länger aufschieben, ich muss es einfach fragen: »Wo ist Miles? Geht es ihm gut?«

Der Blick meines Vaters verhärtet sich wieder. »Dem geht es bestens. Er ist wieder im Chalet.«

»Was ist los?«, rufe ich. »Da stimmt doch etwas nicht? Ist Miles ärztlich untersucht worden?«

»O ja, ihm wurde beste Gesundheit bescheinigt. Darum ist er auch absolut in der Lage, auf die Fragen zu antworten, die Pierre und ich ihm stellen werden.«

»Dad, du darfst Miles den Unfall nicht vorwerfen. Es war allein meine Schuld.« Ich schaue ihn flehentlich an. »Ich habe darauf bestanden, dass er mich zum Flughafen fährt, obwohl er mich warnte, dass die Wetterbedingungen keine sichere Fahrt ermöglichten. Ich habe ihn sogar angewiesen, schneller zu fahren. Er hat nur meinen Befehlen gehorcht.«

»Das mag ja sein«, erklärt mein Vater barsch, »aber er ist für solche Situationen ausgebildet. Er hätte sein Urteilsvermögen einsetzen und sich weigern sollen. Dafür bezahle ich ihn schließlich. Er hat dein Leben in Gefahr gebracht, Kleines. Das kann ich ihm nicht verzeihen.«

Ich richte mich auf. »Nein, er hat mich nicht in Gefahr gebracht, er hat mich gerettet! Es ist mein Ernst – ich wollte kein Nein von ihm akzeptieren. Du weißt doch, wie ich bin. Und nachdem der Wagen ins Schlittern geriet … tja, du hättest ihn sehen sollen. Er war großartig. Er konnte nicht verhindern, dass wir durch die Fahrbahnbegrenzung brachen, aber er hat unser Leben gerettet, indem er den Sturz so gut es ging milderte, und dann hat er mich aus dem Wagen gezogen, bevor der in die Tiefe stürzte. Allein ihm ist es zu verdanken, dass wir einen Unterschlupf fanden und bis zu unserer Rettung durchhielten. Ohne ihn wäre ich tot!«

Mein Vater schüttelt den Kopf. »Ohne ihn wärst du zu

Hause in Sicherheit geblieben! Du hättest dich nicht auf eine waghalsige Fahrt zum Flughafen begeben. Nein – glaube mir, Miles Murray muss sich einige ernste Fragen gefallen lassen. Pierre wird ihn gründlich zur Rechenschaft ziehen.«

Das besorgt mich zutiefst. Der Sicherheitschef meines Vaters ist ein knallharter Brocken. Allein sein Anblick jagt mir Angst ein, und ich bin die Letzte, die vor ihm Angst haben sollte, wenn man bedenkt, dass er eine Menge Geld bekommt, um dafür zu sorgen, dass niemand mir Schaden zufügt. Ich hasse die Vorstellung, wie Pierre mit seinem brutalen Gesicht, den kurzgeschorenen, schwarzweißen Haarstoppeln, dem fleischigen Körper im engen Sakko, vor Miles sitzt.

Miles wird mit ihm schon fertig werden. Miles wird mit jedem fertig.

Dieser Gedanke ist tröstlich, aber ich bin trotzdem besorgt. Was ist, wenn mein Vater beschließt, dass die Dienste von Miles nicht länger benötigt werden? Das wäre nicht nur unglaublich unfair, nach allem, was Miles für mich getan hat, mir erstarrt bei dieser Vorstellung auch das Herz. Ich sehne mich danach, ihn wiederzusehen, obwohl wir erst wenige Stunden getrennt sind.

Ich will protestieren, will meinem Vater sagen, dass er Miles auf gar keinen Fall entlassen oder ihn irgendwie bestrafen darf, aber da merke ich, wie Estella mich anschaut. In den meergrünen Tiefen ihrer Augen funkelt Interesse. Sofort beiße ich mir auf die Zunge. Sie ist schlau und hat zweifellos bemerkt, wie viel mir daran liegt, Miles zu verteidigen. Die Zahnräder in ihrem Kopf rattern, und ich will ihr nun wirklich keinen Hinweis darauf geben, was zwischen Miles und mir passiert ist. Ich spüre, dass sie immer darauf aus ist, jede Situation zu ihrem Nutzen auszubeuten. Also sage ich cool: »Tja ... ich bin sicher, Miles wird ausführlich Bericht erstatten. Vielleicht hast du ja recht – er hätte mir die Fahrt zum Flughafen ausreden sollen.«

Estella hört aufmerksam zu. Ich hoffe, sie damit von der Fährte abgebracht zu haben. Da geht die Tür zu meinem Zimmer erneut auf, und einer der Ärzte, die mich an diesem Morgen so gewissenhaft untersucht haben, tritt ein.

»Doktor Schulmann.« Mein Vater steht auf und wirkt ein wenig besorgt. »Ist alles in Ordnung?«

Der Arzt, weißhaarig und mit einer Brille mit goldenem Gestell, lächelt. »Natürlich, Mr Hammond. Ich bin nur hier, um Ihnen zu sagen, dass Miss Hammond das Krankenhaus jederzeit verlassen kann.«

»Sind Sie ganz sicher, Doktor? Sollte sie die Nacht nicht unter Beobachtung verbringen? Ich habe eben erst von der Quetschung gehört, die sie sich zugezogen hat …«

»Hallo«, rufe ich, »ich bin hier! Ihr könnt auch direkt mit mir reden.«

Der Arzt wendet sich mir mit einem freundlichen Lächeln zu. »Miss Hammond, Sie haben vollkommen recht. Wenn Sie es wünschen, können Sie natürlich die Nacht hier …«

»Das wünsche ich nicht«, unterbreche ich ihn. »Ich will nach Hause.«

»Wie ich schon sagte, befinden Sie sich bei bester Gesundheit.« Der Arzt bleibt professionell freundlich.

Mein Vater wirkt immer noch skeptisch. »Ich weiß nicht recht … Mir wäre es lieber, du würdest noch ein wenig länger unter Beobachtung bleiben, Kleines. Diese Verletzung …«

»Dad, es geht mir gut. Bitte, ich will nach Hause. Ich will in meinem eigenen Bett schlafen.« Zu meiner Überraschung entspricht das tatsächlich der Wahrheit. Ich hätte nie gedacht, dass ich diesen Adlerhorst im Gebirge einmal als mein Zuhause bezeichnen würde, aber jetzt sehne ich mich dorthin zurück. Vielleicht hat das aber auch mit dem Umstand zu tun, dass Miles dort ist.

»Tja, Kleines, wenn du das so willst …«

»Will ich.«

Der Arzt deutet eine Verbeugung an. »Ich werde das Personal informieren, dass Sie uns verlassen«, sagt er und geht.

»Also gut. Jane-Elizabeth wartet unten. Ich sage ihr, sie soll einen Wagen organisieren.« Dad steht auf. Estella erhebt sich ebenfalls.

»Wartest du nicht auf mich?« Ich hatte mir vorgestellt, mit meinem Vater nach Hause zu fahren.

Er dreht sich lächelnd zu Estella und kneift sie in die Wange, als wäre sie ein kleines Mädchen. »Ich kann nicht, Kleines. Ich habe meinem Engel versprochen, dass ich heute Morgen mit ihr einkaufen gehe. Sie war in den letzten Tagen mein Fels in der Brandung und hat sich eine kleine Belohnung verdient.« Er wendet sich zu mir, beugt sich nach unten und drückt mir einen Kuss auf die Wange. »Wir sehen uns dann später zu Hause. Wir werden alle zusammen schön zu Abend essen, ja? Du, ich, die Mädchen und Estella.« Er strahlt. Offensichtlich kann er sich nichts Schöneres vorstellen.

Ich schaue Estella nicht an, aber ich spüre ihren triumphierenden Gesichtsausdruck. Sie ist entzückt darüber, wie die Dinge sich entwickeln, und sie weiß, dass ich rein gar nichts daran ändern kann.

»Bis später«, sagt mein Vater und legt seinen Arm um Estellas schmale Taille. Glänzen seine Augen etwa feucht, als er mich ansieht? »Ich bin so froh, dich wiederzuhaben, Freya. Ich kann gar nicht glauben, dass ich dich beinahe verloren hätte.«

»Ich bin immer noch da.« Ich bringe ein Lächeln zustande, obwohl mir innerlich ganz elend zumute ist, als ich sehe, wie er und Estella gemeinsam mein Zimmer verlassen.

Sobald ich wieder allein bin, lasse ich mich auf die Kissen fallen und starre aus dem Fenster mit der Aussicht auf verschneite Berggipfel in der Ferne. Ich sehne mich nach Miles.

Es fühlt sich an, als seien wir schon ewig getrennt. Die ganze Zeit, als wir am Berg feststeckten, wollte ich nur gerettet werden, aber sobald ich das Wummern der Rotorblätter hörte, wurde mir klar, was das bedeutete: Miles und ich würden getrennt werden. Zuletzt waren wir beim Rückflug zusammen, aber wir konnten über die Kopfhörer nicht miteinander sprechen, weil das alle im Hubschrauber mitgehört hätten. Als wir landeten, sah ich zu ihm, und unsere Blicke trafen sich. Der Ausdruck in seinen blauen Augen ließ mich innerlich vor Erregung und Verlangen erzittern, aber es lag noch etwas anderes darin, das mich mit einer dunklen Ahnung erfüllte. Es war, als ob er sich von mir verabschiedete, und der Gedanke daran verursachte mir panisches Entsetzen.

Nach der Landung hatten wir keine Gelegenheit mehr, miteinander zu reden. Ich wurde sofort in einen Rettungswagen gebracht und mit Höchstgeschwindigkeit zum Krankenhaus gefahren. Ich weiß nicht, was aus Miles wurde. Seitdem habe ich ihn nicht mehr gesehen.

Dad sagte, er sei zu Hause. Dort werde ich ihn sehen. Alles wird gut. Da bin ich sicher.

Aber obwohl ich mich davon zu überzeugen versuche, breitet sich eine dunkle Ahnung in meiner Magengrube aus.

Einige Minuten später geht die Tür auf, und Jane-Elizabeth tritt ein. Ich bin so froh, sie zu sehen, dass meine Augen feucht werden, als sie mit ausgestreckten Armen auf mich zukommt. Ich merke, dass auch sie weint.

»Freya, du unartiges Mädchen!«, ruft sie unter Tränen und umarmt mich fest. »Wie konntest du uns das antun? Ich dachte, wir hätten dich verloren! Es war schrecklich. Oh, wie ich mich freue, dich zu sehen!«

Sie drückt mich an sich und küsst meine Haare. Zum ersten Mal, seit Miles und ich getrennt wurden, fühle ich mich richtig getröstet. Jane-Elizabeth ist schon so lange ein Teil meines Lebens, und sie kommt einer Mutter am nächsten. Allein ihr Anblick gibt mir Sicherheit. Sie trägt immer dasselbe: enge, schwarze Hosen, die ihre schlanken Beine betonen, und weite, schwarze Kittel, die ihre etwas breitere Mitte verbergen. Dazu herrliche Schals, die ihr Farbe verleihen – bunte Seidenschals von Hermès im Sommer und weiche, gemusterte Kaschmirschals im Winter. Ihre Haare sind dunkelbraun, allerdings mit grauen Fäden durchzogen. Über der Stirn hat sie eine umwerfende graue Locke, die aussieht, als sei sie gefärbt, die aber absolut natürlich ist. Ihre sanften, braunen Augen wirken bemerkenswert jung. Jane-Elizabeth sagt, das liege daran, dass sie nie Kinder hatte. Ihre graue Locke habe sie nur, weil sie sich um uns gekümmert habe. Jetzt mustert sie mich, sucht nach Anzeichen, dass es mir womöglich doch nicht so gutgeht. »Ist wirklich alles in Ordnung?«, fragt sie. Ich nicke.

Ihre Augenbrauen heben sich. »Was ist mit dir da draußen geschehen, Freya? Wir hielten dich schon für tot.«

»Es war … furchteinflößend«, erwidere ich. In einer Rückblende sehe ich wieder den Moment vor mir, als der Wagen von der Straße kam und nach unten stürzte. Ich erinnere mich an die blinde Panik, die seltsame Zeitlupe, das verzweifelte Verlangen, nicht zu sterben, und angesichts dieser Erinnerungen fange ich an zu zittern. Jane-Elizabeth bemerkt das und greift nach meiner Hand. Tränen wallen wieder in meinen Augen auf, und mich packt das Verlangen, sie einfach strömen zu lassen, aber ich schlucke sie hinunter. »Ich dachte, es sei mit mir vorbei, ehrlich. Aber Gott sei Dank war Miles da und hat mich gerettet.«

Jetzt erinnere ich mich an das Gefühl seiner Arme um mich, seine besänftigenden Worte, die Freude in seinen Augen, als wir die Hütte entdeckten. Ich sehe sein Gesicht vor mir, den Ausdruck von gekränkter Verwunderung angesichts der Dinge, die ich ihm an den Kopf warf. Und dann verzieht sich mein Inneres vor Sehnsucht, als ich an seine Lippen denke, wie seine Zunge in meine Mundhöhle stieß, die Berührung seiner Hände auf meinem Körper, wie sein Schwanz sich gegen mich presste. O Gott, jetzt ist dieses Verlangen noch hundertmal stärker. Jane-Elizabeth umarmt mich erneut. »Es klingt, als habe Miles sich wie ein Held verhalten.«

Beim Klang seines Namens erfüllt mich eine köstliche Wärme. »Das hat er auch. Aber ich fürchte, Dad will ihm die Schuld für die ganze Sache in die Schuhe schieben.«

»Dein Vater hat sich schreckliche Sorgen gemacht, Freya. Er fürchtete, dass du tot sein könntest. Ich konnte das kaum mit ansehen.« Sie tritt einen Schritt zurück und schaut mir in die Augen. »Der Mann vergöttert dich, Freya, das musst du mir glauben. Ich habe ihn noch nie so kurz vor einem Nervenzusammenbruch gesehen wie in den letzten Tagen. Jetzt will er natürlich jemanden für diese schrecklichen Ängste bestrafen – aber er wird sich auch wieder beruhigen. Ihm wird bald schon klar werden, dass es Miles war, der ihm seine Tochter gesund und wohlbehalten zurückgegeben hat.«

»Das hoffe ich. Es wäre furchtbar, wenn Dad ihn für etwas bestraft, was allein meine Schuld war.«

Jane-Elizabeth wirkt überrascht. Ich werde rot. Vermutlich hat sie noch nicht oft erlebt, dass ich offen einen Fehler eingestanden habe, insbesondere nicht, wenn jemand vom Personal daran beteiligt war.

»Ich meine … nun ja …« Ich bin nicht sicher, wie ich aus der Sache wieder herauskomme. Meine Röte nimmt zu. »Ich hätte wissen müssen, wie schlimm das Wetter ist«, ende ich lahm.

»Hm.« Jane-Elizabeth sieht mich immer noch mit diesem merkwürdigen Blick an. Dann drückt sie meine Hand. »Komm, zieh dich an, dann können wir nach Hause. Unten wartet ein Wagen auf uns. Es ist mir übrigens ernst, was deinen Vater betrifft, Freya. Er war deinetwegen völlig aufgelöst.«

Ich klettere aus dem Bett. »Ja, das ist mir aufgefallen, als er es kaum erwarten konnte, mit Estella zum Shopping zu fahren, anstatt mich nach Hause zu bringen.«

Jane-Elizabeth seufzt. »Ich fürchte, Estella ist ein Kreuz, das wir alle zu tragen haben.« Ich sehe die Traurigkeit in ihren Augen. Mir fällt wieder ein, dass Estella auch ihr Leben mit Füßen getreten hat. Sanft fügt sie hinzu: »Das ändert nichts an den Gefühlen deines Vaters für dich. Das darfst du nie vergessen.«

Ich sage nichts, trage die mitgebrachten frischen Klamotten ins Badezimmer und ziehe mich um.

Zwanzig Minuten später habe ich das Krankenhaus im Blitzlichtgewitter der Fotoapparate, den Scheinwerfern der Fernsehkameras und den gebrüllten Fragen der Zeitungsreporter verlassen. Jane-Elizabeth und ich fahren in einem weiteren schwarzen Mercedes meines Vaters durch die Straßen der Stadt. Ich muss an den Wagen denken, der am Fuße des Berges im Schnee begraben liegt, und frage mich, ob man ihn jemals bergen wird. Der Sturm hat sich verzogen, und die Sonne tut ihr Bestes, um den weißgrauen Himmel zu erhellen. Die Fahrt zum Chalet wird ungefähr eine Stunde dauern. Die Straßen sind geräumt. Man kann sich kaum vorstellen, dass hier noch vor kurzer Zeit ein Sturm tobte, der mein Leben für immer veränderte.

Ich lehne mich zurück gegen die Kopfstütze. Es ist herrlich, sich endlich wieder sauber zu fühlen. Ich habe sehr lange und sehr heiß geduscht, mir den Schmutz zweier Tage vom Körper gewaschen, aber mit Bedauern auch alle Spuren von Miles. Meine Erlebnisse in der Hütte bekommen zunehmend etwas von einem Traum. Obwohl mir noch alles lebhaft vor Augen steht, erscheint es unwirklich. Waren wir wirklich ganz auf uns allein gestellt, nur wir zwei? Haben wir wirklich all diese herrlichen Dinge miteinander angestellt?

Jetzt, da ich wieder in mein altes Leben getreten bin, in einer Luxuslimousine von einem Chauffeur zu meinem Luxus-Chalet in den Bergen gefahren werde, fühle ich mich von den Geschehnissen in der Hütte mehr und mehr distanziert. Aber mein Körper verlangt auf eine Weise nach Miles, die mich wissen lässt, wie real unsere dunkle Leidenschaft war.

Miles, wo bist du? Denkst du gerade an mich? Sehnst du dich nach mir, wie ich mich nach dir sehne?

Plötzlich sehe ich ihn vor mir, wie er in jenen erregenden Momenten mit mir sprach, bevor er mir seine erste Lektion erteilte. Ich höre seine tiefe Stimme im Ohr, und obwohl es nur eine Erinnerung ist, fängt mein Körper unwillkürlich an zu pochen. Er hat gesagt: »Sobald wir hier herauskommen, wird der alte Status wiederhergestellt, und alles, was hier geschehen ist, wird vergessen sein.«

Mein Begehren geht in einer Welle der Panik unter. *Vergessen? Ehrlich?*

Das waren seine Worte. Und ich habe mich damit einverstanden erklärt.

Eine Stimme in meinem Kopf ruft: *Nein! Niemals! Er kann doch nicht einfach alles vergessen … oder doch?*

Ich bin mir absolut sicher, dass ich das nicht kann. Aber die Vorstellung, dass Miles es könnte, erfüllt mich mit Grauen.

»Freya?« Jane-Elizabeth neben mir hat keine Ahnung, wie aufgewühlt ich bin. »Ja?« Meine Stimme klingt atemlos und ängstlich, aber Jane-Elizabeth scheint das nicht weiter aufzufallen. Sie öffnet ihre Handtasche und zieht etwa Kleines, Schmales und Schwarzes heraus.

»Hier. Das ist für dich. Ein neues Handy. Dein altes hast du ja verloren, nicht wahr?«

Ich nicke und nehme das Handy. »Danke. Das ist echt nett.« Ich schaue auf die glatte, funkelnde Oberfläche des Geräts. Ich weiß, es ist bereit, mich mit allen zu verbinden, zu denen ich auch zuvor Kontakt hatte. Ich schalte es nicht ein. Es werden Hunderte E-Mails und Textnachrichten eingegangen sein, seit ich vom Erdboden verschwand. Ich bin nicht sicher, ob ich mich dem jetzt schon stellen kann.

»Ist alles in Ordnung?«, erkundigt sich Jane-Elizabeth und mustert mich, während ich noch immer auf das Handy starre. »All deine Daten sind aufgespielt. Du kannst gleich loslegen.«

»Oh – oh, ja, sehr gut.« Ich stecke es in meine Tasche und schaue aus dem Wagenfenster. Ich will nur nach Hause und Miles finden. Ich muss ihn so bald als möglich sehen. Wenn nicht, werde ich noch verrückt.

10. Kapitel

»Freya, du bist wieder da!«

»Willkommen zu Hause. Wir sind so froh, dich wiederzusehen!«

Kaum sind Jane-Elizabeth und ich aus dem Aufzug in die Haupteingangshalle getreten, werde ich von vier Armen umschlungen, und zwei lächelnde Gesichter pressen sich an mich. Meine Schwestern umarmen mich, so fest sie nur können. Schon lange waren wir uns nicht mehr so nahe. Vermutlich hat es auch sein Gutes, wenn man von den Toten aufersteht: Alle sind froh, einen zu sehen.

Flora löst sich von mir, ein strahlendes Lächeln im Gesicht. »Der Hammer, was du durchmachen musstest! Es ist unglaublich, dass es dir gutgeht. Dad sagte, dein Auto ist in den Abgrund gestürzt!«

»Wir wollen *alles* darüber hören«, fällt Summer ein.

»Es war schon irgendwie unglaublich.« Ich muss über ihre übersprudelnde Begeisterung lachen.

»Mädchen, lasst Freya doch erst einmal zu Atem kommen, bevor ihr sie umlagert!«, tadelt Jane-Elizabeth. »Warum macht ihr es euch nicht gemütlich? Ich lasse euch Tee bringen.«

»Klingt wunderbar«, stimme ich ihr zu. »Aber weißt du, was? Ich hätte zu gern eine heiße Schokolade.«

»Wird erledigt«, sagt Jane-Elizabeth. »Ich lasse euch auch etwas zu essen bringen.«

Sie macht sich auf den Weg zur Köchin, während wir in Richtung des gemütlichsten, lauschigsten Raumes in diesem unterkühlten Glaspalast gehen. Auf dem Weg durch das Chalet habe ich das Gefühl, dass mich das Personal auf eine Weise anlächelt, wie ich es noch nie zuvor erlebt habe – als ob es sie wirklich freuen würde, mich zu sehen.

Mir fällt wieder ein, was Miles über die Menschen gesagt hat, die hier arbeiten, und mir wird ganz heiß vor Scham. Es gefällt mir nicht, wie ich mich dadurch fühle, darum verdränge ich diese Gedanken rasch wieder. Ich werde später darüber nachdenken. In der Zwischenzeit nehme ich mir vor, netter zu sein, wenn es geht. Meine Rettung scheint zumindest alle in gute Stimmung versetzt zu haben, das ist immerhin ein Anfang.

Wo ist er?, frage ich mich. Ein Zittern läuft über meine Haut, als ich mir vorstelle, wie nahe er mir womöglich ist. Dad meinte, er sei hier im Haus, aber in diesem Teil des Chalets werde ich wohl nicht auf ihn treffen. Die Leibwächter kommen nur selten in diesen Stock, auch wenn ich früher nie wirklich darüber nachgedacht habe. Wenn sie nicht gebraucht werden, verschwinden sie einfach und tauchen erst wieder auf, sobald es nötig ist. Ich habe mich nie gefragt, wohin sie gehen. Jetzt stelle ich mir vor, dass sich Miles einige Etagen tiefer befindet, auf einem der Stockwerke, die ich nie aufgesucht habe.

Wenn ich gewusst hätte, was da all die Zeit auf mich wartete. Wenn es mir nur klar gewesen wäre … Wie komme ich jetzt zu ihm? Was macht er gerade?

Ich stelle mir vor, wie Miles jetzt gerade unter der Dusche steht. Er seift sich die muskulösen Arme und den Brustkorb ein, heißes Wasser läuft ihm über die dunklen Haare und über seine Muskeln und die harten Oberschenkel. *Mmm, wie herrlich.* Seine Augen sind geschlossen, während er das Gesicht in den Wasserstrahl hält. Er ist sauber und unglaublich verführerisch. In meiner Vorstellung dreht er mir den Rücken zu, damit ich seine festen Hinterbacken sehen kann, mit ihren Grübchen zu beiden Seiten des Gesäßes. *Dreh dich zu mir um, Miles, zeige mir deinen prachtvollen Schwanz …* Ich stelle mir vor, wie ich nackt zu ihm in die Duschkabine trete, wie ich mich an seinen Rücken presse, wie das heiße Wasser auch über mich strömt. Er dreht sich überrascht um, und ich gehe in die Knie, um ihn steif zu küssen. Wasser läuft in meinen Mund, und ich lasse ihm ein ganz persönliches Bad angedeihen. Er ist großartig. Sein Schwanz ist steif und hart, schwillt immer weiter an, während ich ihn lecke und an ihm sauge …

»Freya, ist alles in Ordnung?« Summer schaut mich fragend an. »Du hast plötzlich so glasige Augen.«

»Was?« Ich zucke zusammen und lande unsanft wieder in der Realität. »Oh … tut mir leid … ich hatte nur gerade einen Flashback.«

Und schon bombardieren mich meine Schwestern mit Fragen. In unserer Kuschelecke setzen wir uns vor den flackernden Kamin. Es gibt drei Sofas, darum hat jede von uns ihr eigenes. Summer sitzt mir direkt gegenüber, mit hochgezogenen Beinen, die Arme um die Knie geschlungen. »Komm schon!«, drängt sie. »Aber von Anfang an.«

Flora räkelt sich auf ihrem Sofa, ihr langes, rotbraunes Haar ist über die Kissen gebreitet. Sie hat eine Vorliebe für eindrucksvolle Posen, das entspricht ihrem theatralischen Temperament. »Wir wollen alles wissen«, verkündet sie.

»Den geheimen Insiderbericht«, fügt Summer hinzu. »Weißt du schon, dass du es in die Nachrichten geschafft hast?«

»Ich hab's mir fast gedacht, als ich das Begrüßungskomitee vor dem Krankenhaus sah. Wie haben die Medien es herausgefunden?«

Flora zuckt mit den Schultern. »Wie finden sie immer wieder alles heraus? Dad hat versucht, es geheim zu halten, aber sobald die Suche lief, sprach es sich sehr schnell herum. Du kannst dir vorstellen, wie der Presse diese Nachricht gefallen hat. Es war schon klasse, als alle dachten, du seist in den Tod gestürzt. Aber jetzt, wo du auf wundersame Weise gerettet worden bist, ist es noch viel besser. Schau.« Sie greift zur Fernbedienung und schaltet das Fernsehgerät ein. Da bin ich, auf dem Bildschirm, wie ich gerade das Krankenhaus verlasse. Jane-Elizabeth geht mit verbissenem Gesichtsausdruck neben mir und hält eine Hand hoch, um mir die Reporter vom Leib zu halten. Unser Chauffeur geht auf der anderen Seite, stützt mich am Ellbogen und führt uns durch das Handgemenge. Ich wirke bleich, aber die dunkle Sonnenbrille bedeckt einen Großteil meines Gesichts. Ich bin nur froh, dass ich mir die Haare gewaschen und etwas Make-up aufgelegt habe.

Eine Stimme aus dem Off erklärt derweil auf dem Bildschirm, dass Freya Hammond zwei Tage lang vermisst wurde, nachdem ihr Wagen während eines Unwetters im Gebirge von der Straße abkam. »Es heißt, Miss Hammond sei nach ihrem schlimmen Erlebnis bei erstaunlich guter Gesundheit. Trotz eines beinahe tödlichen Autounfalls und zwei Tagen bei Temperaturen unter dem Gefrierpunkt gebe es keine äußeren Anzeichen einer Verletzung. Es gibt Quellen, die vermuten, der Unfall sei nichts weiter als eine aufwendige Einlage, um ihren Ex-Freund Jacob Amsell zurückzugewinnen.«

Ich muss laut lachen, als auf dem Bildschirm Fotos von mir und Jacob während unserer gemeinsamen Zeit auftauchen – wie wir auf Yachten herumtollen, an Stränden sonnenbaden und an Filmpremieren teilnehmen. Währenddessen gibt die Stimme aus dem Off eine Zusammenfassung unserer Beziehung zum Besten. Mir ist nie der Gedanke gekommen, dass irgendwer glauben könnte, der Unfall sei nur vorgetäuscht gewesen – und selbst wenn ich diese verrückte Idee gehabt hätte, wäre es doch unglaublich aufwendig gewesen, das durchzuziehen. Ich hätte die Mithilfe von Miles gebraucht, und man kann sich nur schwer vorstellen, dass er einen Wagen meines Vaters in den Abgrund lenkt, nur weil ich es sage. Und dann auch noch zwei Tage lang zusammen mit mir untertaucht. Völlig verrückt, aber mir ist klar, warum das eine so lohnende Nachricht abgibt. Was die Fotos von mir und Jacob angeht, so hätte mich deren Anblick noch vor kurzem in Stücke gerissen, aber jetzt lassen sie mich vollkommen kalt. Das liegt alles in der Vergangenheit. Jacob war ein Arschloch, und jetzt ist er Geschichte. Eine lehrreiche Erfahrung. Einer der Kerle, deren Rolle in unserem Leben darin besteht, uns zu zeigen, was wir in einem Mann *nicht* wollen.

Außerdem … gibt es jetzt Miles.

Ich beuge mich nach vorn und greife nach der Fernbedienung. Der Ton verstummt abrupt, und die Bilder verschwinden.

»Die Nachricht macht wirklich was her«, sagt Flora sanft und schaut zu mir. »Aber da ist nichts dran, oder?« Sie hebt forschend die Augenbrauen.

Gerade will ich die Andeutung, ich könnte einen Autounfall vorgetäuscht haben und meine Familie durch die Hölle gehen lassen, nur um diesen lächerlichen Wicht zurückzugewinnen, heftig zurückweisen, aber dann halte ich inne. Meine Schwestern wissen nicht in vollem Umfang, warum Jacob und ich uns trennten. Auch Miles kennt nicht die ganze Geschichte, obwohl ich ihm einen Teil davon anvertraute. Niemand weiß es, nur Jacob, mein Vater, unsere Anwälte und ich. Ach ja, und noch einige Nutten, falls sie Jacob wiedererkennen und hören, dass wir uns getrennt haben.

Vielleicht ist diese Nachricht ja eine gute Möglichkeit, die Aufmerksamkeit davon abzulenken, was wirklich passiert ist?

Im Augenblick freuen sich einfach alle, mich gesund und munter wiederzusehen, aber mein Vater beabsichtigt, die wahren Hintergründe herauszufinden. Ebenso meine Schwestern. Sobald herauskommt, dass Miles und ich zwei Tage und zwei Nächte in einer eingeschneiten Berghütte verbracht haben, wird es sicher nicht mehr lange dauern, bis die Leute sich fragen, was in diesen langen, kalten Stunden zwischen uns passiert ist …

»Nein!«, ruft Summer ungläubig. »Das hast du nicht alles inszeniert! Oder doch?«

Sie wirkt empört, und ich kann ihr keinen Vorwurf machen. Es ist eine schreckliche Vorstellung, und so verlockend es auch sein mag, ein Täuschungsmanöver zu fahren, kann ich es einfach nicht durchziehen.

»Nein, natürlich nicht. Das ist eine dämliche Idee«, sage ich. »In ein, zwei Tagen haben die Medien die Sache vergessen.«

»Aber ganz unrecht haben sie nicht, oder?« Flora mustert mich intensiv. »Ich meine, du siehst fabelhaft aus. Keine einzige Schramme.«

Ich sage nichts, sondern knöpfe meine Bluse auf und zeige den beiden die Quetschung, die jetzt eine interessante Farbmischung aus Lila, Grün und Gelb angenommen hat. Sie zieht sich quer über meinen Brustkasten, verschwindet unter meinem BH und taucht auf der anderen Seite wieder auf.

Summer zieht lautstark die Luft ein. »Was ist das?«

»Da hat sich der Sicherheitsgurt in meine Brust geschnitten. Wenn ich ihn nicht umgelegt hätte, dann würden wir dieses Gespräch jetzt nicht führen, das könnt ihr mir glauben. Der Wagen hat den Aufprall ziemlich gut abgefangen – aber ihr hättet den Mercedes hinterher sehen sollen. Kaum zu glauben, dass wir da lebend rausgekommen sind.«

Flora beißt sich auf die Lippen, als sie das Hämatom auf meiner Brust sieht. Flora und Summer sind zwar Zwillinge, aber sie ähneln einander überhaupt nicht. Summer ist von blonder, blauäugiger Niedlichkeit, Flora hat blasse Haut und rotbraune Haare und ist eigentlich keine echte Schönheit, aber absolut faszinierend. Ihre mandelförmigen Augen verleihen ihr ein katzenartiges Aussehen. Jetzt wirkt der Blick ihrer Augen – im selben Braunton wie meine, aber mit haselnussbraunen Tupfen – besorgt. »Ich habe nicht ernsthaft geglaubt, dass du den Unfall nur vorgetäuscht hast«, sagt sie beinahe entschuldigend. »Und jetzt, wo ich den Bluterguss sehe …« Sie starrt mich an, während ich meine Bluse wieder zuknöpfe. »Jetzt wird mir klar, wie knapp du davongekommen bist. Du hast wirklich Glück gehabt.«

»Es war kein Glück. Das war zum Großteil das Verdienst von Miles.« Ich versuche, meine Stimme und meinen Gesichtsausdruck neutral zu halten. Ich will nicht, dass Spekulationen über uns kursieren, nicht, solange ich selbst noch keine Ahnung habe, wie es mit uns weitergehen wird. Aber ich muss einfach über ihn reden.

»Miles?«, sagt Summer und runzelt die Stirn. Dann klären sich ihre Züge. »Aber natürlich – du warst mit dem Bodyguard unterwegs, den du nicht leiden kannst.«

»Genau. Aber jetzt bin ich froh, dass es so war.« Ich erzähle ihnen von dem Unfall und dass es das Entsetzlichste war, was mir je zugestoßen ist. Sie hören stumm und mit großen Augen zu, als ich das Gefühl beschreibe, wie der Wagen durch die Luft flog und wie Miles mich aus dem Mercedes zog – nur wenige Sekunden, bevor er in die Tiefe stürzte. Beinahe ist es so, als würde ich alles noch einmal neu durchleben, während ich ihnen von der eisigen, durchdringenden Kälte erzähle und meiner Angst und Verzweiflung, als Miles im Sturm verschwand.

Summer reißt die Augen immer weiter auf, während sie aufmerksam zuhört. »Das muss merkwürdig gewesen sein. Du hasst ihn – und er rettet dein Leben!«

Ich nicke. »Ja.« Ich versuche, beiläufig zu klingen, und lache leichthin. »Vermutlich ist er doch gar nicht so übel. Ich schulde ihm viel.«

Flora war ganz gefesselt von meiner Erzählung. Sie beugt

sich vor und fragt eindringlich: »Und was geschah dann? Hat er einen Unterschlupf gefunden?«

»Natürlich!« Ich muss wieder lachen. »Glaubt ihr, ich wäre in so guter Verfassung, wenn ihm das nicht geglückt wäre? Wir hatten unglaubliches Glück.« Ich erzähle ihnen von der Hütte. Sie lauschen gebannt, während ich von den Entbehrungen spreche.

»Konservenessen.« Flora schneidet eine Grimasse.

»Kein fließendes Wasser!«, haucht Summer entsetzt.

»Kein nichts«, verkünde ich. »Nicht einmal ein Badezimmer …« Die beiden schnappen nach Luft, als ihnen klar wird, was das bedeutet.

»Und wie hast du dann …?«

»In einen Eimer.«

Sie schnappen wieder nach Luft, und Flora schaudert. »Wie entsetzlich! Vor dem Bodyguard?«

»Er ging solange nach draußen.«

»Na, Gott sei Dank«, sagt Flora.

Summer sagt: »Du kannst echt von Glück reden. Wie gut, dass es diese Hütte gab.«

»Und wie gut, dass Miles eine Spezialausbildung im Überleben in den Bergen und bei arktischen Temperaturen hat.« Ich kann nicht anders, ich muss einfach seinen Namen aussprechen. Aber ich will ihnen keinen Hinweis darauf geben, worum es wirklich geht, darum fange ich an, von der Rettung zu reden, und sie lassen sich zügig ablenken. Als ich fertig bin, merke ich, dass Flora weint.

»Was ist denn?«, frage ich. »Es geht mir gut, du musst nicht weinen!«

»Ich weiß, es ist nur …« Sie schluckt schwer und schnieft. »Du hättest tot sein können, wenn du nicht so viel Glück gehabt hättest. Ich denke einfach, dass da jemand auf dich aufgepasst hat.«

Ich stehe auf, setze mich neben sie und nehme sie in den Arm. Sie klammert sich an mich und schluchzt.

»Ich glaube … vielleicht hat Mama dich beschützt«, flüstert sie.

Nun spüre ich, wie auch mir die Tränen kommen. Mein Hals schnürt sich zu. Ich bringe kein Wort heraus. Derselbe Gedanke war mir auch schon eingefallen, aber ich hatte ihn nie zugelassen, bis Flora ihn laut aussprach.

Summer steht auf und setzt sich zu uns. Sie nimmt uns bei den Händen. »Vielleicht ist Mama dein Schutzengel«, sagt sie.

»Wenn sie sich um mich kümmert, dann kümmert sie sich um uns alle drei«, erkläre ich.

Flora schluchzt erneut. »Es tut mir leid. Das ist so ein schöner Gedanke, kein trauriger, und doch …«

»Ich verstehe schon«, sage ich rasch und umarme sie noch fester. »Wir verstehen es alle. Wir sind doch Schwestern.«

Eine Weile sitzen wir stumm beieinander, vereint durch die Erinnerung an unsere Mutter.

Den Rest des Tages habe ich kaum einen Moment für mich. Ich werde mit Anrufen und Textnachrichten überschwemmt, kaum dass ich das Handy eingeschaltet habe. Immer wieder erzähle ich dieselbe Geschichte, bis ich das Gefühl habe, dass sie ein Eigenleben entwickelt hat, weit weg von dem, was tatsächlich passiert ist. Alle verlangen, mich zu sehen, laden mich hierhin und dorthin ein, aber ich habe keine Lust. Als mein Vater vom Einkaufsbummel mit Estella zurückkommt, ruft er mich in sein Arbeitszimmer, wo ich ihm die ganze Geschichte noch einmal von Anfang bis Ende erzählen soll. Aufgeregt eile ich zu ihm, hoffe, Miles dort vorzufinden, aber nein. Stattdessen muss ich die bedrohliche Präsenz von Pierre aushalten, der meiner Berichterstattung schweigend zuhört. Ich weiß, Dad und Pierre wollen herausfinden, welche Rolle Miles bei der ganzen Sache spielte, darum achte ich darauf, besonders zu betonen, dass er mein Leben gerettet hat, ebenso die Tatsache, dass seine Ausbildung und sein Können – zusammen mit einer altmodischen Portion Glück – uns diese Notlage überstehen ließen. Ich zeichne die Beziehung zwischen uns als die zwischen einer Maid in Not und ihrem absolut ritterlichen Helden, der die Situation rettete und die Jungfer mitsamt ihrer Ehre in bedingungsloser Hingabe beschützte. Als ich fertig bin, scheint mein Vater glücklicher. Aber es lässt sich unmöglich sagen, was Pierre denkt: Sein Gesicht ist dermaßen faltig und zerknittert und ramponiert, dass Gefühle sich kaum darin widerspiegeln können, aber darauf kommt es auch nicht an. Er wird den Anweisungen meines Vaters folgen. Es zählt allein, dass Dad glücklich ist.

Nachdenklich lehnt sich Dad hinter seinen gewaltigen Schreibtisch zurück und runzelt die Stirn. »Tja, es hat den Anschein, als ob Murray entscheidend zu deinem Überleben beitrug.«

»Ohne ihn wäre ich jetzt tot«, gebe ich unumwunden zu.

»Ja, aber …« Er presst die Fingerspitzen aneinander. »Das ändert nichts an der Tatsache, dass ihr von der Straße abgekommen seid, als er am Steuer saß. Das gibt mir zu denken. Die ganze Sache ist seine Schuld, auch wenn es ihm anschließend gelang, dich vor den schlimmsten Folgen zu bewahren.«

Ich beuge mich zu meinem Vater vor und sage eindringlich: »Nein, Dad. Du musst mir glauben, es war meine Schuld. Mache Miles nicht dafür verantwortlich. Ich hätte nicht verlangen dürfen, dass er mich zum Flughafen bringt, geschweige denn, dass er unter diesen Bedingungen auch noch aufs Gas tritt. Er hielt sich nur an meine Anweisungen.«

Dad schaut zu Pierre, und sie tauschen bedeutungsschwere Blicke aus, aber ich kann nicht herauslesen, was sie einander sagen.

»Wo ist Miles?«, verlange ich zu wissen. Ich halte es keine Minute länger aus. Den ganzen Tag spukte er mir durch den Kopf, verweilte im Schatten meiner Gedanken, wie ein dunkles, köstliches Geheimnis. »Ich will ihn sehen.«

»Warum?«, fragt mein Vater.

»Warum?« Ich schaue ihn mit frustrierter Fassungslosigkeit an. »Weil er mein Leben gerettet hat! Ich konnte ihm bis jetzt noch nicht dafür danken. Nachdem die Retter eintrafen, hatten wir keinen Moment mehr für uns. Und …« Ich habe versucht, ruhig und überzeugend zu sein, aber jetzt spüre ich, wie die Wut hochsteigt. *Warum kann mich mein Vater einfach nicht als Erwachsene behandeln?* »Ich möchte außerdem sicherstellen, dass du nicht beschließt, ihn für den Vorfall zu bestrafen oder gar zu feuern! Ich habe dir gesagt, dass er nichts dafür kann. Glaubst du mir nun oder nicht?«

Dad schaut erst Pierre an, dann mich. »Natürlich glaube ich dir, Kleines«, sagt er besänftigend, als ob er mit einem Kleinkind redet. »Ich weiß, du willst Miles Murray beschützen, und es ist dir sehr ernst damit. Aber du hast eine Menge durchmachen müssen, und es ist unsere Aufgabe zu überprüfen, dass auch alles seinen korrekten Weg nahm.«

Ich runzele die Stirn, versuche, aus seinen Worten schlau zu werden. »Willst du damit sagen … du denkst, da steckt mehr dahinter als nur ein bedauerlicher Unfall? Ich war dabei, und ich kann dir genau sagen, wie es abgelaufen ist. Es ist allein Miles' Fertigkeiten zu verdanken, dass wir nicht ums Leben kamen. Ich hatte Angst – wirklich und wahrhaftig Todesangst! Da war nichts vorgetäuscht, das kann ich dir versichern.«

»Wir wissen, dass du das glaubst, Kleines.« Der herablassende Ton meines Vaters macht mich noch wütender.

»Das ist doch lächerlich!«, erkläre ich. »Du bist paranoid!«

»Das denke ich nicht«, erwidert mein Vater. »Denke daran, was war.«

Ich schweige, weiß nicht, was ich darauf sagen soll. Vor langer Zeit sind Dinge geschehen, die immer noch bisweilen hochkommen und die Gegenwart beherrschen. Sie werden auch meine Zukunft prägen. Einen Moment lang schließe ich die Augen, im Griff gewaltiger Emotionen: Eine Mischung aus Angst, Verwirrung und Entsetzen. Dinge, die ich meiner Erinnerung zu entreißen gesucht hatte, packen mich, hocherfreut, wieder heraufbeschworen zu sein und beweisen zu können, wie viel Macht sie über mich haben, gleichgültig wie sehr ich auch versuche, ihnen zu entkommen. Unwillkürlich balle ich die Fäuste, und meine Fingernägel bohren sich in meine Handfläche. Ich öffne die Augen und hole tief Luft. »Das damals hat rein gar nichts mit dem zu tun, was mir jetzt zugestoßen ist. Das weiß ich – mit jeder Faser meines Seins.«

Nun ergreift Pierre das Wort. »Wir müssen den Vorfall untersuchen.« Seine raue, kratzende Stimme mit dem ausgeprägten französischen Akzent klingt immer rostig, weil er sie so wenig einsetzt. »Wir müssen ganz sichergehen.«

Ich drehe mich zu ihm. »Sie haben Miles doch eingestellt. Sie haben ihn bereits gründlich durchleuchtet und wissen, dass er zu hundert Prozent vertrauenswürdig ist.«

Pierre hält meinem feurigen Blick stand, ungerührt, wie ein Felsbrocken.

»Und?«, verlange ich. »Stimmt das etwa nicht?«

»Wir müssen ganz sichergehen«, wiederholt er mit einer Endgültigkeit, die mir klarmacht, dass er nichts weiter dazu sagen wird.

Ich wirbele wieder zu meinem Vater herum. »Dad, sag ihm, dass das pure Zeitverschwendung ist. Wo ist Miles? Ich will ihn sehen.«

»Miles bleibt hier, bis wir unsere Untersuchung abgeschlossen haben«, erklärt mein Vater mit ernster Stimme. »Es tut mir leid, aber du kannst ihn nicht sehen.«

»Warum nicht?« Ich starre ihn entgeistert an. »Wir haben unsere Gründe.« Diesen Tonfall meines Vaters kenne ich gut. Ich werde jetzt bei ihm nicht weiterkommen. »Sobald ich sicher bin, dass es dir wirklich gutgeht, solltest du abreisen. An einem anderen Ort bist du besser aufgehoben – ein Tapetenwechsel wird dir guttun. Bis wir das hier geklärt haben.«

Ich starre ihn mit offenem Mund an, erschüttert von der Vorstellung, dass ich von Miles getrennt werden soll. Für wie lange? Für immer?

Nein! Ich muss ihn sehen!

»Dad«, flehe ich. »Bitte … nur fünf Minuten mit Miles …«

Er schüttelt den Kopf. »Nein, Kleines, es tut mir leid, das kann ich nicht zulassen. Das wird nicht geschehen.«

Benommen kehre ich auf mein Zimmer zurück. Mein Vater hegt offenbar den starken Verdacht, dass an dem Unfall etwas faul ist und dass Miles darin verwickelt sein könnte.

Mir fallen die Fernsehberichte wieder ein, die unterstellten, mein Unfall sei nur vorgetäuscht gewesen. *Was ist nur mit den Leuten los? Warum geht ihre Vorstellungskraft mit ihnen durch?*

Mich quält die Erkenntnis, dass mir verboten wurde, Miles wiederzusehen. Ich will nicht zu sehr insistieren, denn das würde meinen Vater nur noch misstrauischer machen. Denn warum sollte ich ihn wiedersehen wollen, außer aus Höflichkeit? Laut meiner Berichterstattung ist er ja nur jemand vom Personal, der seinen Job erledigt hat. Vielleicht ein Held, aber dennoch einer, der für sein Können bezahlt wird. Weniger würde mein Vater auch nicht erwarten.

O Gott, was soll ich jetzt tun? Wie kann ich ihn trotzdem sehen?

Ich werfe mich auf mein Bett und stöhne. Meine Sehnsucht nach Miles ist so intensiv, dass ich es kaum ertrage. Er ist hier irgendwo im Haus. Ich frage mich, ob er gerade an mich denkt, ob er sich auch fragt, wo ich bin. Ich schließe die Augen und tagträume von ihm. Die Ereignisse des Tages haben mich erschöpft, und rasch schlafe ich ein. Aus meinem Tagtraum wird ein lebhafter Traum, realistischer, als ich das je zuvor erlebt habe. Im Traum liege ich auf dem Bett, wie auch in der Realität. Jemand betritt mein Zimmer, und obwohl ich schlafe, spüre ich es, bin mir bewusst, wie er sich mir nähert, wie er an mein Bett tritt. Es ist jemand Großes, Massiges, aber ich kann mich nicht umdrehen, um ihn anzuschauen. Es ist, als ob ich gelähmt wäre. Ich frage mich, wer es ist. Freund oder Feind? Ich wünsche mir so sehr, dass es Miles ist, aber wenn er es wäre, würde er doch etwas sagen. Doch bis auf das Geräusch regelmäßiger Atemzüge schweigt der Eindringling. Jetzt setzt er sich auf mein Bett. Ich spüre, wie sein Gewicht die Matratze nach unten drückt. Der Atem kommt lauter. Ich will etwas sagen, will mich bewegen, aber ich kann nicht. Ich bin wie erstarrt, meine Gliedmaßen sind bleischwer. In mir wächst das Entsetzen, als mir klar wird, dass es sich nicht um eine wohlwollende Person handelt, sondern um jemanden, der mir schaden will. Mein Herz rast vor Furcht. Ich will schreien, kann aber weder meinen Mund öffnen noch sonst einen Muskel rühren. Panik überwältigt mich, als dieser Jemand sich über mich beugt, immer näher und näher kommt und …

Ich reiße die Augen auf. Ich bin hellwach, keuche, mein Herz hämmert. Ich bin allein in meinem dunklen Zimmer. Wer immer es war, er ist fort. Ich habe es nur geträumt. Ich muss es geträumt haben. Es gibt keine andere Erklärung.

Ich fasse mir an die Brust, versuche, wieder langsam und regelmäßig zu atmen. *O Gott, das war furchtbar, einfach furchtbar …*

Obwohl ich versuche mir einzureden, dass es nur ein Traum war, zittere ich immer noch vor Furcht. Ich stehe auf. Es ist spät, nach ein Uhr nachts. Man hat mich schlafen lassen und nicht zum Abendessen geholt. Ich öffne die Tür zu meinem Zimmer und schaue in den Flur. Es ist still da draußen. Alle sind schon zu Bett.

Ohne wirklich darüber nachzudenken, was ich da tue, schleiche ich rasch zum Aufzug. An der Decke blinkt ein kleines, rotes Licht, und mir fällt die kleine, schwarze Sicherheitskamera auf. Ich drücke mich an die Wand, damit die Kamera so wenig von mir einfängt wie möglich, aber es ist sinnlos, mich völlig unsichtbar machen zu wollen. Wenn ich erst einmal vor der Aufzugtür stehe, bin ich voll im Bild. Zudem befindet sich in der Aufzugkabine eine weitere Sicherheitskamera. Wer immer die Überwachungsmonitore beaufsichtigt, kann mich zweifellos sehen.

Warum sollte mir das etwas ausmachen? Das ist mein Zuhause! Ich sollte mich hier so frei bewegen dürfen, wie ich will.

Als sich die Aufzugtüren öffnen, trete ich ein. Einen Moment lang starre ich die Stockwerksknöpfe an, dann drücke ich auf die »Zwei«. Eine Etage, auf der ich noch nie war.

Was zum Teufel tue ich hier? Das ist doch verrückt.

Aber ich kann nicht anders. Die Türen schließen sich, der Aufzug gleitet nach unten und bleibt mit einem leisen Glockenspielton stehen. Die Türen öffnen sich wieder, und ich schaue auf einen Flur, der – anders als im Hauptstockwerk – nicht im goldenen Schein diverser Lampen leuchtet, sondern im kalten, grauen Licht von in die Decke versenkten Leuchtröhren gleißt: funktional, aber wenig einladend. Ich trete aus dem Aufzug und sehe mich um. Es ist niemand zu sehen. Ich schreite den Flur entlang und frage mich, was ich hier mache. Ich sehe nach oben und entdecke das rote Blinken weiterer Überwachungskameras, deren dunkle Linsen den Flur im Auge behalten. In diesem Haus kann ich nirgends hingehen, ohne nicht beobachtet zu werden. Plötzlich muss ich an die

Hütte denken, einsam gelegen und völlig isoliert. Dort gab es die absolute Privatsphäre. Niemand konnte dort meine Schritte überwachen.

Aus einer offenen Tür höre ich Stimmen. Als ich mich nähere, wird mir klar, dass es sich um ein Fernsehgerät handelt. Vor der Tür bleibe ich stehen und luge hinein. Der Raum liegt im Halbdunkel, erhellt nur vom Fernsehbildschirm in der Ecke und vom grauen Licht der Monitore, die die Bilder der Kameras im ganzen Haus zeigen. Ein Wachmann sitzt vor den Monitoren, schenkt ihnen aber keine Beachtung. Seine Aufmerksamkeit gilt der Late Night Show, die er sich ansieht.

Das ist gut. Vielleicht hat er gar nicht mitbekommen, dass ich hier bin. Vermutlich ist es ziemlich langweilig, dauernd auf Flure zu schauen, auf denen sich die meiste Zeit nichts tut.

Als es im Fernsehgerät plötzlich laut zugeht, ergreife ich die Gelegenheit, an der Tür vorbeizuhuschen. Ich fühle mich fast wie eine Spionin. Dabei habe ich doch das Recht, hier zu sein. Oder nicht? Ich habe das Gefühl, losgelöst von dem Leben zu sein, das ich in den oberen Stockwerken in Licht und Luxus führe.

Ich komme an einer Küche vorbei und dann an einem Wohnzimmer, in dem ein weiterer Fernsehbildschirm flackert. Ein Mann, den ich nicht erkenne, schläft direkt davor in einem Sessel.

Ich hatte ja keine Ahnung, dass es in meinem Zuhause so viele Fremde gibt.

Zweifelsohne befinde ich mich im Personaltrakt, aber wie soll ich Miles finden? Ich biege um die Ecke und stoße auf eine kleine Halle, in der ein Tisch an der Wand steht, darüber ein Regal mit zahlreichen Sortierfächern. Hier werden offensichtlich die Post und interne Memos für das Personal hinterlegt. Ich gehe rasch alle Fächer durch, mein Herz schlägt schneller. Und da ist er: M. Murray. Neben seinem Namen steht keine

Zahl. *Die Zahlen stehen für Zimmernummern. Warum hat Miles keine?* Sein Fach ist zudem leer.

Rasch gehe ich die anderen Namen durch. Es sind mindestens zwei Dutzend. Sorgen wirklich so viele Menschen dafür, dass das Leben meiner Familie reibungslos abläuft? Und das hier ist ja nur das Chalet. Mein Vater verfügt weltweit über weitere Häuser. So viele Menschen, die sich um das Wohlergehen von nur vier Leuten kümmern. Ich schüttele den Kopf, so seltsam kommt mir das vor. Dann schiebe ich diesen Gedanken beiseite und gehe im Ausschlussverfahren die Kombination aus Namen und Nummern durch. Drei Zahlen fehlen: 17, 21 und 24. Womöglich ist Miles in einem der drei untergebracht.

Das ist doch komplett verrückt. Aber ich werde tun, was ich tun muss.

Zwei Korridore gehen von der Halle ab, an einem steht 1–15, am anderen 16–25. Ich entscheide mich für den zweiten, und tatsächlich komme ich gleich darauf an einer grauen Tür mit der Aufschrift 16 vorbei. Das erinnert sehr an ein unschönes Hotel, denke ich. Vor der Nummer 17 bleibe ich stehen. Meiner Meinung nach müsste dieser Raum nicht belegt sein.

Mit klammen Finger greife ich zum Türknauf und drehe. Ich bin sehr vorsichtig, aber schon nach einer halben Drehung geht es nicht weiter. Die Tür muss abgeschlossen sein. Ich traue mich nicht, am Griff zu rütteln, falls sich doch jemand in dem Zimmer befindet. Ich lasse los und stoße den Atem aus. Mir war gar nicht bewusst, dass ich ihn angehalten hatte. Dann gehe ich weiter, komme an 18, 19 und 20 vorbei und bleibe vor der 21 stehen. Dieses Mal bin ich noch nervöser.

Ich greife nach dem Türknauf und drehe ihn. Wieder dasselbe. Nach einer viertel Drehung stockt der Knauf. Die Tür ist verschlossen. Ich gehe weiter. Meine törichte Mission habe ich bereits abgehakt, aber wo ich schon so weit gekommen bin, kann ich es auch vollends durchziehen. Der Wachmann schaut sicher immer noch fern, sonst wäre er schon längst aufgetaucht.

Vor dem Zimmer mit der 24 auf der Tür bleibe ich stehen Werde ich hier Miles finden? Es gibt nur eine Möglichkeit, das herauszufinden. Ich will gerade nach dem Knauf greifen, als ich urplötzlich von hinten gepackt werde. Mein Kopf wird in den Nacken gerissen, und eine Hand presst sich auf meinen Mund. Ich habe keine Zeit mehr, ein Geräusch von mir zu geben, und bevor ich herausfinde, was hier los ist, werde ich auch schon den Flur entlang gezerrt, in die Richtung, aus der ich kam. Dann stößt man mich durch eine offene Tür in einen dunklen Raum. Die Tür wird zugeworfen. Vollkommene Dunkelheit hüllt mich ein. Meine Augen sind vor Panik weit aufgerissen, aber ich sehe absolut nichts.

»Was machst du hier?«, fragt eine Stimme an meinem Ohr. »Nicht schreien, verstanden?« Die Hand auf meinem Mund löst ihren Griff.

Ich keuche vor Schock. Das Adrenalin rauscht durch meine Adern und lässt meine Hände zittern. Meine Fingerspitzen kribbeln, als ich mich zu meinem Angreifer umdrehe, aber ich habe die tiefe Stimme und den schottischen Akzent bereits erkannt. »Miles?«, entfährt es mir.

Ein Schalter wird umgelegt, und kühles, weißes Licht scheint auf uns herab. Da steht er, direkt vor mir in einem schmalen Vorraum, den Blick voller Misstrauen.

»Du hast mich gehört«, faucht er. »Was zum Teufel hast du hier zu suchen?«

11. Kapitel

»Ich habe dich gesucht!« Freude wallt bei seinem Anblick in mir auf. Er sieht unglaublich gut aus in seiner locker geschnittenen Baumwollpyjamahose und dem engen T-Shirt, das jeden Muskel zur Geltung bringt. Ich schlinge meine Arme um seinen Hals. »Ich bin so froh, dass ich dich gefunden habe! Ich dachte, sie würden uns auf Distanz halten, und das habe ich nicht ausgehalten. Ich musste dich einfach sehen.«

Miles steht reglos, reagiert nicht auf mich. Dann greift er nach meinen Armen und löst sie von sich.

Ich schaue besorgt in sein Gesicht. Sein Ausdruck ist steinern. In dem weißen Licht der Glühbirne über uns scheinen seine Augen fast schwarz. »Was ist los? Freust du dich nicht, mich zu sehen?«

Es tritt eine Pause ein, die viel zu lange dauert und mich zappelig macht. Dann sagt er: »Ich weiß im Moment nicht, ob es mich freut, irgendeinen der Hammonds zu sehen, wenn ich ganz ehrlich sein soll.« Er wendet sich ab und entfernt sich von mir. Er geht durch den schmalen Vorraum zu einem Hauptraum. Seine Unterkunft wirkt wie eine kleine Suite in einem Hotel, mit einem Doppelbett und nur dem nötigsten Mobiliar. Miles setzt sich in einen Sessel, der viel zu groß für ihn scheint, und legt die Arme auf die Lehnen. Ich folge ihm.

»Warum?«, frage ich bestürzt. »Was ist los?«

»Was los ist?« Er starrt mich finster an. »Wie würdest du es finden, stundenlang bezüglich der Umstände unseres Unfalls verhört zu werden? Wie würde es dir gefallen, wenn man dich wie eine Kriminelle behandelt? Ich habe nicht einmal ein ›danke, dass Sie das Leben meiner Tochter gerettet haben‹ zu hören bekommen.« Miles wirkt jetzt extrem wütend, aber ich kann nur daran denken, wie unglaublich sexy ihn das macht. Seine blauen Augen blitzen, seine Hände ballen sich zu Fäusten. »Dein Vater hat es nicht in Worte gefasst, aber er hat durchblicken lassen, dass ich eine Art Erpresser oder Kidnapper bin – mir ist nicht ganz klargeworden, welche verrückten Ideen ihm durch den Kopf schwirren. Jedenfalls ist er anscheinend fest davon überzeugt, dass ich *irgendwie* schuldig bin. Und jetzt halten sie mich hier in einer Art Hausarrest fest.«

»Hausarrest?«, wiederhole ich. »Aber du kannst doch weg, wenn du das willst, oder? Ich meine, du warst doch eben im Flur. Sie haben dich nicht in deinem Zimmer eingeschlossen.«

»Das wäre ohnehin egal. Wenn ich gehen will, hält mich auch eine verschlossene Tür nicht auf.« Er lacht unfroh. »Aber dieses Arschloch Pierre hat deutlich durchblicken lassen, dass ich mich nicht zu entfernen habe. Ich habe gerade darüber nachgedacht, ob ich seinem Wunsch entspreche oder nicht.« Er schaut zu mir. »Und wie ich hier so sitze und grübele, sehe ich, wie sich der Knauf meiner Tür dreht. Leise und verstohlen. Also frage ich mich, ob da irgendeine Sauerei vor sich geht, und schaue nach. Und da sehe ich dich im Flur. Du kannst von Glück sagen, dass ich dich erkannt habe, sonst hätte es übel ausgehen können.«

Ich starre ihn an, entsetzt angesichts der Implikationen. »Du meinst … du meinst, du hättest mich *umgebracht*?«

Er starrt mich ebenfalls an, dann breitet sich ein Lächeln über sein wütendes Gesicht aus, und schließlich lacht er leise. Zu meiner Erleichterung sagt er: »Ach, hör gar nicht auf mich. Ich habe mich hier in eine Paranoia gegrübelt, die der deines Vaters in nichts nachsteht. Ich bin nicht wütend auf dich. Es ärgert mich nur enorm, wie der Verdächtige in einem mysteriösen Verbrechen behandelt zu werden, obwohl ich die

Tochter des Chefs mit nicht viel mehr als einem blauen Fleck nach Hause gebracht habe.«

Miles schaut mich an, und unsere Blicke versenken sich ineinander. Die Atmosphäre ändert sich, und ich spüre, wie Spannung den Raum erfüllt. Wir erinnern uns beide, dass die Tochter des Chefs mit einer völlig neuen Ausbildung zurückgekehrt ist.

»Du bist also hergekommen, um mich zu suchen«, sagt er leise und sieht mich immer noch an.

Ich nicke. Mein Mund ist trocken. Ich hatte Tagträume von Miles, aber die Wirklichkeit ist unendlich viel komplexer und aufregender. »Vermutlich kennst du diesen Teil des Hauses noch gar nicht, oder?«

Ich schüttele den Kopf, bin unfähig, etwas zu sagen. Er mustert mich, schweift mit den Augen über meinen Körper. Plötzlich wünsche ich mir, ich hätte mich im Spiegel angeschaut, bevor ich mich auf die Suche nach ihm machte, aber es war eine ganz impulsive Sache. Ich hatte nicht daran gedacht, dass ich ja immer noch die Sachen trug, die Jane-Elizabeth für mich herausgesucht hatte: Ballerina-Schuhe, eine enge, schwarze Jeans und eine weit geschnittene Bluse mit Vogelmotiven.

Leise sagt Miles: »Ich fühle mich geehrt. Du hast den Dienstbotentrakt aufgesucht. Vermutlich war noch nie ein Hammond auf diesem Stockwerk.«

Endlich finde ich meine Stimme wieder. »Ich musste dich einfach sehen.«

»Musstest du das?« Er lächelt. Es ist ein schiefes, belustigtes Lächeln. »Wir haben uns doch heute Morgen noch gesehen. Du willst mir jetzt nicht sagen, dass du es keinen Tag ohne mich aushältst, oder?«

Ich kann kaum glauben, dass wir heute Morgen zusammen in der Hütte aufgewacht sind. Hat er schon vergessen, was er in dieser Nacht mit mir anstellte? Ich kann beinahe noch spüren, wie angefüllt ich mich fühlte, noch Stunden, nachdem er mich gevögelt hat. Der Gedanke lässt mich scharf die Luft einziehen. »Ich weiß nicht, wie es zwischen uns steht«, sage ich zu guter Letzt. »Ich wollte wissen, was du denkst.«

»Was ich denke?« Er steht auf. Seine körperliche Präsenz überwältigt mich. Er ist groß und breit, und im Vergleich zu ihm fühle ich mich klein und zerbrechlich. Als er auf mich zutritt, fange ich an zu zittern. Warum nur hat er eine solche Wirkung auf mich? Der fast unwiderstehliche Drang, mich auf ihn zu stürzen, ihn zu küssen, ihn zu umarmen, überkommt mich – aber ich weiß instinktiv, dass dies der falsche Ansatz wäre. Ich sage nichts, schaue nur zu ihm auf. Er fährt mit dem Finger über meinen Unterkiefer, hinterlässt eine Spur kribbelnder Nervenenden überall dort, wo er mich berührt. »Ich dachte, wir hatten eine Vereinbarung«, sagt er. »Was in der Hütte passiert, bleibt in der Hütte.«

»Das hast du gesagt.« Seine Wirkung auf mich ist so stark, dass mir die Stimme bricht. »Tja …« Seine blauen Augen mustern mein Gesicht. »Gibt es dazu noch etwas zu sagen?«

Du weißt ganz genau, dass da noch mehr ist! Das muss es einfach! Das kann noch nicht alles gewesen sein!

Diese Worte hallen gellend in mir wider, aber ich spreche sie nicht aus. Das kann ich nicht. Nicht, während ich so hart darum kämpfen muss, überhaupt regelmäßig zu atmen. Nur mit Mühe kann ich mich zurückhalten, seine Hand zu packen und sie an mein Gesicht zu halten.

Ich konzentriere mich und holte tief Luft. Als ich wieder ausatme, sage ich leise: »Ich glaube nicht, dass meine Ausbildung schon abgeschlossen ist.«

In seinem Blick flackert etwas auf, das ich nicht deuten kann. »Ach ja? Die Bedingungen meiner Lehrtätigkeit waren eindeutig. Willst du sie etwa ändern?«

Ich senke den Blick. »Ja, das möchte ich. Ich möchte weiterführen, was wir angefangen haben.«

Er sagt nichts, und als ich wieder aufschaue, trifft mich sein brennender Blick. »So einfach ist das nicht«, sagt er. »Außerhalb der Hütte liegen die Dinge anders.«

»Das muss nicht so sein«, rufe ich.

»Es ist aber so. Hier bist du Freya Hammond, und ich bin dein Leibwächter. Das ist nicht gerade eine Situation, die einer … Ausbildung … förderlich ist.«

»Bitte«, entgegne ich drängend. »Ich … ich muss … ich will …«

Sein Gesichtsausdruck verändert sich, und er sagt barsch: »Einem solchen Befehlston gehorche ich nicht, das solltest du mittlerweile besser wissen.«

»Es tut mir leid!« Erschreckt sehe ich zu ihm auf. »So habe ich es nicht gemeint! Ich erteile dir keinen Befehl, ehrlich nicht. Das würde ich jetzt nicht mehr tun.«

Er dreht sich um, geht zum Bett und schaltet eine Lampe ein. Ihr Licht ist wärmer als das von oben. Seine Haut bekommt einen goldenen Glanz. »Gut«, erwidert er, »denn das bringt rein gar nichts.«

»Bitte, Miles, ich …« Ich lecke mir über die Lippen, suche nach der richtigen Formulierung. »Wenn du so gut wärst, die Möglichkeit in Betracht zu ziehen, dann wäre es mir sehr recht, dort weiterzumachen, wo wir aufgehört haben. Ich möchte alles lernen, was du mir beizubringen hast.«

Er kommt wieder auf mich zu, sein Gesichtsausdruck ist jetzt schon weicher. »Weißt du, was? Du überraschst mich. Ich dachte, wenn wir hierher zurückkommen, wird alles wieder sein wie zuvor. Du bist wieder die hochmütige Miss Hammond und schaust einfach durch mich hindurch. Als dein Dad mit seinem Verhör anfing, habe ich mich sogar gefragt, ob das auf dein Betreiben hin geschah, damit du mich feuern lassen kannst und nie wieder durch meinen Anblick an die demütigende Episode erinnert wirst, bei der du den Fehler begangen hast, mit dem Personal zu schlafen.«

Ich schnappe nach Luft. »Nein, so ist es nicht«, widerspreche ich rasch. »Überhaupt nicht! Ich habe alles getan, um ihn davon zu überzeugen, dass der Unfall meine Schuld war.«

Die Augenbrauen schießen nach oben. *O Gott, das ist zu viel für mich.* Eine Welle puren Verlangens schießt so schnell durch mich, dass ich beinahe ins Schwanken gerate.

»Ach ja?« Er klingt skeptisch.

»Ja, ehrlich. Ich weiß nicht, was mein Vater denkt, aber ich habe ihm gesagt, dass ich dir mein Leben verdanke. Ich habe ihm außerdem deutlich gemacht, dass du dich absolut ehrenhaft verhalten hast.«

Miles kommt wieder auf mich zu. »Ich weiß nicht recht«, sagt er mit dieser erotischen, tiefen Stimme. Sein schottischer Dialekt lässt das ›r‹ über seine Zunge rollen. »Womöglich ist ›ehrenhaft‹ nicht ganz das richtige Wort.«

Ich schaue zu ihm auf.

»Du willst das wirklich, oder?« Prüfend betrachtet er mein Gesicht, als wolle er meine Gedanken lesen.

Ich nicke.

Er scheint sich ein klein wenig zu entspannen. »Du bist verdammt heiß, Freya Hammond, in mehr als einer Hinsicht. Ein Mann muss vorsichtig sein, bevor er sich auf dich einlässt. Du hast einen schützenden Panzer, der dich wie eine Schutzmauer aus Beton umgibt.«

»Sie wissen nichts«, erkläre ich eifrig. »Außerdem haben sie kein Recht dazu, mich in einen Käfig zu sperren! Ich brauche sie nicht, ich will meine eigenen Entscheidungen treffen. Ich will verdammt sein, wenn ich mich von ihnen kontrollieren lasse.«

Mein Ausbruch scheint ihn zu amüsieren. Sein Gesicht ist

meinem jetzt ganz nahe. Ich kann seine gemeißelten Wangenknochen sehen, seine lange, gerade Nase, die dunklen Bartstoppeln auf seinem Kinn. Plötzlich nimmt er meinen Kopf in seine Hände und zieht mich zu sich. Sein Mund landet unerwartet heftig auf meinem. Alles in mir reagiert auf den Druck seiner Lippen und den Geschmack seiner Zunge, die tief in meine Mundhöhle fährt. Meine Augen schließen sich, als ich mich dem Wunder seines Kusses hingebe, dem Gefühl seiner Hände an meinem Kopf, der Finger, die mit meinen Haaren spielen. Dann greift er mit einer Hand nach meiner Taille. Ich lege meine Hände an sein Kinn, streichele die raue Oberfläche seiner stoppeligen Haut, ziehe seinen Mund so fest an mich, wie ich kann.

Wir küssen uns lange, und als seine Lippen sich schließlich von meinen lösen, kann ich das Verlangen in seinen Augen sehen, die jetzt dunkelblau sind. Ich wünsche mir keuchend mehr, aber er schüttelt den Kopf und lächelt.

»O nein, Winter, mehr gibt es nicht. Nicht hier. Das ist nicht der richtige Ort für uns.« Er dreht sich um, geht zum Schreibtisch an der Wand, nimmt Papier und Stift zur Hand. »Hast du schon ein neues Handy? Gib mir deine Nummer.«

Ich stammele meine Handynummer, benommen von den Empfindungen, die durch meinen Körper laufen. Ich muss erst noch den Umstand verdauen, dass es keine weiteren Küsse geben wird.

Aber er hat mich Winter genannt … Die Erregung trifft mich bis ins Innerste. Ich weiß, was das bedeutet.

»Kommst du von hier weg?«, fragt er und notiert sich die Nummer.

»Ja … ja, klar.«

»Gut. Ich werde nicht mehr lange hier bleiben. Ein neues Handy besorge ich mir demnächst auch. Sobald es so weit ist, nehme ich Kontakt zu dir auf. Verstanden?«

Ich nicke, hin und her gerissen zwischen der Enttäuschung, dass wir sein Bett hier im Zimmer nicht ausnützen werden, und der beglückenden Erkenntnis, dass es weitergehen wird zwischen uns.

Er tritt auf mich zu und nimmt meine Hände. »Es freut mich, dass ich deine Ausbildung fortsetzen werde«, sagt er. »Aber nur zu meinen Bedingungen. Ist das klar?«

»Ja«, flüstere ich.

»Dieses Haus hier macht mich fertig. Wir müssen anderswo weitermachen.«

»Das verstehe ich.«

»Gut. Und jetzt bringen wir dich dahin zurück, wohin du gehörst.«

Mein privater Hubschrauber landet am frühen Nachmittag, und ein Wagen wartet neben der Landebahn auf mich. Es ist ein sonniger Tag. Die schneebedeckten Felsgipfel der Berge heben sich deutlich vom wolkenlosen, blauen Himmel ab. Klosters, das hübsche Dorf, das sich an die mit Föhren bewachsenen Hänge schmiegt, ist eine Ansammlung klassischer Chalets und moderner Hotels, alle unter einer dicken Haube aus weißem Schnee. Wir fahren durch den Ort. Durch die getönten Scheiben des Wagens sehe ich flanierende Touristen vor den Läden und Restaurants. Manche sind auch auf dem Weg zu den Skipisten oder den Wanderrouten. Klosters hat ein wohlhabendes Publikum, und ich frage mich, ob jemand hier ist, den ich kenne. Eine Gruppe Mädchen in schicken Ski-Outfits, Pelzmützen und Sonnenbrillen macht mich nervös, doch dann merke ich, dass ich keine von ihnen wiedererkenne.

Niemand darf von meinem Aufenthalt hier erfahren.

Meinem Vater und meinen Schwestern habe ich erzählt, ich wolle ein paar Nächte bei meiner Freundin Lola in ihrer Wohnung in St. Moritz verbringen, in Wirklichkeit bin ich aber hierher geflogen. Niemand – nicht einmal Jane-Elizabeth – weiß, wo ich wirklich bin. Es war nicht einfach, meinen Vater davon zu überzeugen, mich ohne Bodyguard reisen zu lassen, aber ich musste allein sein, also log ich und erzählte ihm, Lola würde sowohl für den Hubschrauberflug als auch für die Sicherheit sorgen. Er weiß, dass sie aus einer Familie stammt, in der man fast so paranoid in Sachen Sicherheit ist wie in unserer, darum zerstreute das seine Befürchtungen ein wenig. Ich kann nur hoffen, dass er mich nicht überwachen lässt. In Wirklichkeit habe ich eine Firma angerufen, die ich in der Wintersaison immer nutze, wenn ich von einem Wintersportort zum nächsten irrlichtern will, um dort Party zu machen. »Ich weiß, ich habe einen Tapetenwechsel vorgeschlagen«, sagte Dad, als ich ihn von meiner Abreise in Kenntnis setzte. »Aber ich dachte an einen Ort, an dem es heiß ist und der isoliert liegt, damit wir sicher sein können, dass dir keine Gefahr droht. Eine Insel. Ein privater Ferienclub.«

»Nur ein paar Tage«, bettelte ich. »Lola und ich werden nichts weiter unternehmen, nur Massagen und Wellnessbehandlungen. Nach allem, was passiert ist, brauche ich Entspannung.«

Er dachte darüber nach. »Ist gut, Kleines. Du hast recht, du brauchst Erholung, und Lola wird sich um dich kümmern. Aber melde dich regelmäßig, verstanden? Und du bleibst auch nur ein paar Tage.«

»Ist gut.« Ich war so glücklich, meine Freiheit wiedergewonnen zu haben, dass ich meine Verärgerung über die Tatsache, dass mein Vater herrschsüchtiger denn je war, nicht zeigte.

Natürlich hatte er keine Ahnung, dass ich nicht die Absicht hegte, Lola zu besuchen.

Die Chalets, an denen wir jetzt vorüberfahren, sind bildschön, mit Fensterläden und geschnitzten Balkonen, wie aus einem Märchenbuch. Dichte Föhrenwälder ziehen sich entlang der Straße, und als wir an Höhe gewinnen, überkommt mich ein unguter Schauder. Ich erinnere mich, wie es war, als ich das letzte Mal in einem Auto über eine Bergstraße fuhr, obwohl dieser Tag sich in keiner Weise mit jenem stürmischen, verschneiten Morgen vergleichen lässt. Kurz hinter dem Dorf biegt der Fahrer ab, und nach einer weiteren Abzweigung befinden wir uns plötzlich auf ebenem Gelände. Wir folgen einer kurvenreichen Auffahrt, bis wir ein wunderschönes Chalet erreichen. Es ist im klassischen Stil erbaut – das Erdgeschoss aus hellem Stein, die beiden oberen Stockwerke aus dunklem Holz. Rote Fensterläden säumen die Fenster, und es gibt einen Holzbalkon, von dem aus man das Dorf weiter unten im Tal sehr gut sehen kann. Das Schrägdach liegt unter einer zentimeterdicken Schneeschicht verborgen. Rund um das Haus stehen Waldföhren.

Der Fahrer steigt aus und öffnet mir den Wagenschlag. Ich steige aus, muss in der Nachmittagssonne blinzeln. Ich drücke dem Fahrer ein Trinkgeld in die Hand. Gleich darauf fährt er davon, und ich stehe allein vor dem Chalet.

Das ist es also. Erster Schritt erledigt.

Ich nehme meinen Koffer und gehe zur Haustür. Ich bin nervös, und die Erregung lässt meinen Körper kribbeln, als ich auf den Klingelknopf drücke, aber niemand antwortet. Nach ein paar Sekunden drücke ich die Türklinke, und die Tür geht auf.

Ich trete in eine Eingangshalle – Terrakottafliesen, weiß getünchte Wände, Holzbänke. Niemand ist hier. Eine Treppe führt in den ersten Stock. »Hallo?«

Keine Antwort. Verwundert steige ich die Treppe hoch und finde mich in einem großen Raum mit spektakulärer Aussicht auf die Berge wieder. Auf den Holzböden liegen Teppiche, gemütliche Sessel und Sofas voller Kissen sind um einen Kamin platziert, in dem Flammen über Holzscheite züngeln. Durch einen Türbogen sehe ich ein Esszimmer und dahinter eine Küche. Eine weitere Treppe führt in den zweiten Stock. Es ist alles sehr schön, aber nicht die Art von Haus, die ich mit Miles in Verbindung gebracht hätte.

»Hallo?«, rufe ich erneut, aber immer noch kommt keine Antwort. Ich stelle meinen Koffer ab und gehe quer durch den Raum zum Esszimmer, in dem ein Holztisch und gepolsterte Stühle mit rotweißen Kissen stehen. Auf dem Tisch liegt ein Zettel. Ich nehme ihn zur Hand.

Winter,
mach es dir gemütlich. Bereite dich auf deine Unterrichtsstunde vor. Sie beginnt um exakt 16 Uhr.

Mein Magen macht vor freudiger Erregung einen Salto. 16 Uhr. Mir bleibt weniger als eine Stunde. Ich hole meinen Koffer und gehe in den nächsten Stock, wo ich drei Schlafzimmer vorfinde, jedes mit Balkendecke, bequemen Betten, alten Bauernkommoden und weichen Sesseln. Im größten Schlafzimmer steht ein riesiges Bett mit einer herrlich bestickten Überdecke. Lampen stehen zu beiden Seiten des Bettes auf Nachttischen, und gegenüber befindet sich ein gemauerter Kamin. Vor ihm liegt ein weißer Fellteppich. Schon stelle ich mir all die wunderbaren Dinge vor, die Miles mit mir in diesem Raum anstellen wird.

Seit gestern Morgen, als ich seine SMS empfing, reite ich auf einer Welle der Erregung. Es war entsetzlich gewesen, mich in den stillen Fluren des Personaltrakts von ihm zu verabschieden.

»Mach dir keine Gedanken wegen der Sicherheitskameras«, flüsterte er mir zu, als wir den Aufzug erreichten. Er drückte mir einen Kuss auf die Wange. »Ich kümmere mich darum.«

»Was hast du vor? Wie willst du von hier wegkommen?«

»Zerbrich dir darüber nicht den Kopf. Mir fällt schon etwas ein. Warte einfach auf meine SMS.«

Mit einem letzten, raschen Kuss schob er mich in den Aufzug, und ich sah, bebend vor Begehren, zu, wie sich die Türen schlossen. Die nächsten zwei Tage verbrachte ich damit, mich auszuruhen, Anrufe und Textnachrichten zu beantworten und sehnsüchtig auf ein Lebenszeichen von Miles zu warten. Ich hatte keine Ahnung, wo er war.

Während des Frühstücks am dritten Tag sah ich ununterbrochen zu meinem Handy, das sich hartnäckig weigerte, eine Nachricht von Miles anzuzeigen. Flora hatte bereits gefrühstückt, und von Summer war weit und breit nichts zu sehen. Ich überlegte gerade, ob ich zu Jane-Elizabeth gehen und sie fragen sollte, ob mein Handy auch wirklich korrekt funktionierte, als Estella in das Frühstückszimmer rauschte. Sie trug einen weißen Morgenmantel aus Seide, die Haare noch zerzaust vom Schlaf.

Ich warf ihr einen Blick zu. Na toll, nur um uns in Erinnerung zu rufen, dass sie mit unserem Vater schläft.

»Guten Morgen, Freya.« Sie ging zur Anrichte und schenkte sich Kaffee von der Warmhalteplatte ein. »Wie geht es dir?«

»Gut, danke«, sagte ich so kurz angebunden, wie es gerade noch ging, ohne unhöflich zu sein.

»Hast du dich erholt von deiner … Leidenszeit?« Sie betonte das letzte Wort so dezidiert, dass ich abrupt aufschaute.

»Ja, danke.« Ich bemühte mich, beiläufig zu klingen. »So schlimm war es ja nicht. Ich hatte Glück.«

»Das hattest du wirklich.« Estella trat mit ihrem Kaffee in der Hand an den Tisch. Sie setzte sich an einen freien Platz und sah sich ungeduldig um. »Wo ist das Hausmädchen? Ich will meinen Grapefruitsalat.«

Ich versuchte, meine Verärgerung zu verbergen. Es war

noch gar nicht so lange her, da gab Estella sich bescheiden und beflissen, erfüllte all unsere Wünsche eilfertig. Jetzt spielte sie sich als Herrin des Hauses auf. *Lass gut sein, du kannst es nicht ändern.* Ich ignorierte ihre Bemerkung und trank meinen Kaffee. Jetzt, da Estella hier war, wollte ich so schnell wie möglich weg.

Sie bedachte mich mit einem wissenden Blick und sagte in ihrer gedehnten Sprechweise, mit einer weitaus weniger verruchten Stimme, als wenn sie mit meinem Vater sprach: »Na schön … erzähle mir, wie es war, von einem so attraktiven Leibwächter wie Miles Murray vor dem Tod bewahrt zu werden?«

Eine heiße Röte zog sich von meinem Hals nach oben. Ich versuchte, sie in den Griff zu bekommen, indem ich regelmäßig atmete und die Ruhe bewahrte. »Er war extrem professionell. Wie nicht anders zu erwarten.«

»Das bezweifele ich nicht.« Sie grinste. »Es kann nicht so schlimm gewesen sein, zwei Tage mit ihm von der Welt abgeschlossen zu sein. Schließlich … war er doch sicher ein reizender Gesellschafter. Ihr habt sicher *irgendeine* Möglichkeit gefunden, euch die Zeit zu vertreiben.«

Ich starrte sie an und sagte nichts, aber innerlich wurde mir übel. Natürlich musste Estella diese Idee kommen, so funktionierte ihr Denken. Hauptsache, sie beschränkte sich darauf, mir gegenüber ihre Kommentare abzugeben, und äußerte ihre Verdächtigungen nicht meinem Vater gegenüber.

»Wir kamen zurecht«, erwiderte ich. »Die meiste Zeit hatte ich einfach nur schreckliche Angst.«

Ihr Gesichtsausdruck wurde mitfühlend, wirkte aber auf mich alles andere als aufrichtig. »Ja, furchtbar. Wie gut, dass du jemand wie Miles hattest, der dir da hindurchhelfen konnte.«

In diesem Moment ging die Tür auf, und das Hausmädchen trat ein.

»Mein Grapefruitsalat, endlich!«, rief Estella, aber das Hausmädchen kam auf mich zu, keine Schüssel mit Grapefruitsalat in der Hand, sondern eine Schachtel.

»Das ist per Sonderkurier für Sie gekommen.« Das Hausmädchen stellte die Schachtel neben mir auf den Tisch. »Willst du das nicht öffnen?«, fragte Estella, deren Interesse sichtlich geweckt war. »Und bringen Sie mir meinen Grapefruitsalat!«, rief sie dem Hausmädchen hinterher.

»Mal sehen.« Ich steckte einen Finger unter die Geschenkpapierlasche und wollte sie anheben. Da gab mein Handy dieses sausende Geräusch von sich, das mir sagte, dass eine Textnachricht eingegangen war. Ich nahm es zur Hand. Die Nummer sagte mir nichts.

Für dich kommt heute Morgen ein Geschenk an. Öffne es erst, wenn du allein bist.

Beinahe hätte ich laut nach Luft geschnappt, aber ich konnte mich gerade noch bremsen. In der Hoffnung, normal zu wirken, nahm ich meine Kaffeetasse und trank sie aus, dann sagte ich: »Ich glaube, ich gehe erst mal nach oben.«

Estella zuckte mit den Schultern und wirkte enttäuscht.

Gut. Du kannst ruhig neugierig sein.

Ich stand auf, froh, dass die SMS noch rechtzeitig gekommen war. Mit der Schachtel unter dem Arm ging ich auf mein Zimmer. Als ich sie dort öffnete, fand ich darin eine weitere Schachtel, in schwarzes Krepppapier eingeschlagen, mit einer schwarzen Seidenschleife. Unter der Schleife steckte eine Nachricht: *Im Unterricht zu tragen.*

Und jetzt, im luxuriösen Schlafzimmer des Chalets, ziehe ich die Schachtel aus meinem Koffer und lege sie auf das Bett. *Nun gut, hier bin ich also. Und jetzt? Soll ich mich für ihn fertig machen?*

Mir fällt ein kleiner Beistelltisch neben dem Kamin auf, in dem das Holz bereits für ein Feuer aufgeschichtet ist. Auf dem Tisch steht eine Glasvase, in die eine Schriftrolle mit einem roten Band gesteckt wurde. Ich ziehe sie heraus, öffne das Band und entfalte das Papier. In klarer Handschrift steht darauf:

Deine heutigen Lektionen umfassen die vier klassischen Elemente der Welt: Feuer, Wasser, Erde und Luft. Bereite dich auf deinen Unterricht vor.

Ich lese den Text zwei Mal, versuche, ihn zu verstehen. Ich kenne die Elemente, was will mir Miles über sie noch beibringen? Ich hatte an etwas mehr … Körperliches gedacht.

Warte einfach ab. Du wirst den Unterricht genießen.

Ich schaue auf meine Armbanduhr. Es ist immer noch etwas Zeit, bevor Miles eintrifft. Ich beschließe, zu duschen und mich für ihn fertig zu machen. Als ich nur in ein Badetuch gehüllt und mit nassen Haaren aus dem Bad komme, öffne ich die Schachtel auf dem Bett.

Miles möchte, dass ich das für den Unterricht anziehe.

Meine Uniform.

Ich muss lachen. Es sieht überhaupt nicht wie eine Schuluniform für kleine Mädchen mit Faltenrock und langen Socken aus. Eher wie etwas, das eine Göttin tragen würde. Ich lege es sorgfältig auf das Bett und betrachte es. Erregte Vorfreude sendet kribbelnde Botschaften über meine Haut. Nur noch eine halbe Stunde, dann beginnt mein Unterricht. Ich sollte mich jetzt besser vorbereiten.

Zwanzig Minuten später habe ich mir die Haare zu leichten Wellen geföhnt und mich geschminkt. Meine Wimpern sind dank des Mascara leicht gebogen, ein goldener Schimmer lässt meine Lider funkeln und meine braunen Augen samtig wirken. Für meine Lippen habe ich einen dunklen, verführerischen Rotton gewählt, der angemessen scheint für das Göttinnengewand, das Miles mir geschickt hat. Jetzt bin ich bereit, es anzulegen.

Nackt gehe ich zum Bett. Mir fällt ein großer Drehspiegel auf, der gegenüber dem Bett steht. Ich mustere mich, als ich vor dem Bett stehe: mein hochgewachsener Körper mit den weiblichen Kurven, die vollen Brüste und der runde Hintern. Der Bluterguss ist schon fast verschwunden, aber ich betrachte die letzten Spuren mit Zuneigung: Sie sind der Beweis dafür, was zwischen Miles und mir geschah. Ich hoffe, er wird mit seinen Fingern darüber streichen und die Haut dort unter seiner Berührung zum Glühen bringen. Ich habe mich auf heute vorbereitet, mich mit Lotionen und Peelings und Ölen weich und geschmeidig gemacht, und ich hoffe, dass ich so gut wie nur möglich aussehe. Doch jetzt ist es Zeit, mich anzukleiden.

Als Erstes schlüpfe ich in den Slip, ein hauchdünnes, goldenes Maschengeflecht mit silbernen Bändern, die ich zu beiden Seiten meiner Hüfte zu Schleifen binden muss. Eine Welle der Erregung läuft durch mich, als ich hineingleite und die Bänder schließe. Es fällt mir nicht schwer, mir vorzustellen, wie Miles' Finger sie wieder öffnen. Nun zu dem Kleid. Es gibt keinen BH, stattdessen schließt man die beiden goldenen Seidenbahnen im Nacken, woraufhin sie in weichen Falten über beide Brüste fallen und dabei die dunklen Brustwarzen mehr als nur erahnen lassen. In der Mitte meines Bauches treffen die Bahnen aufeinander und verbinden sich mit dem interessantesten Teil des Kleides, einem goldenen Ledergürtel mit zwei goldenen Schnallen. Der Kontrast von Leder und Metall zu der filigranen Weichheit des Seidenstoffes ist apart. An der Taille lässt sich der Seidenstoff am Leder befestigen, von dort fallen die beiden Bahnen wie ein Wasserfall aus Stoff bis zu meinen Füßen. Als ich die kleinen, goldenen Schnallen links und rechts an der Hüfte zuschnappen lasse, fällt mir auf, dass an jeder Schnalle ein goldener Ring hängt. Mein Blick fällt auf die Schachtel, in der noch die Accessoires auf mich warten: ein Paar hochhackige Schuhe und zwei goldene Lederstulpen für meine Handgelenke. Sie wirkten bislang rein dekorativ, aber jetzt sehe ich, dass es winzige Verschlüsse daran gibt, mit denen man sie aneinander befestigen kann. Oder an etwas anderes.

Unwillkürlich schnappe ich nach Luft. *Ist Miles … pervers?*

Ich habe schon von Leuten gehört, die es mögen, sich zu verkleiden, zu verhauen, sich zu fesseln und das ganze Zeugs, aber das hat mich nie angesprochen. Ich habe es mir immer als leicht peinlich und etwas demütigend vorgestellt, jedenfalls alles andere als lustvoll. Aber während ich mir jetzt die hübschen Handgelenkstulpen mit dem funkelnden, harten Metall auf dem schwach glänzenden, dunklen Leder betrachte, fängt mein Herz an zu pochen.

Was wird er mit mir anstellen?

Ich habe versprochen, alles zu tun, was er sagt, und alles mit mir machen zu lassen, was er für mich vorgesehen hat.

Noch nie zuvor habe ich mich jemand anderem derart untergeordnet. Das wollte ich auch nie. Ich habe immer um meine Unabhängigkeit gekämpft, habe mich der Kontrolle meines Vaters wo immer möglich entzogen und einen weiten Bogen um Männer gemacht, die aussahen, als wollten sie mich ebenfalls kontrollieren. So bin ich bei Jacob gelandet, der willensschwachen Jammergestalt.

Meine Finger zittern leicht, als ich die goldenen Lederstulpen an meine Handgelenke anlege. Dann schlüpfe ich in die dunklen Peep-Toes, die ebenfalls noch in der Schachtel liegen. Ich betrachte mich in dem Drehspiegel. Das Gewand ist herrlich, betont meine Kurven, zeigt meine Hüften und den Schimmer meiner Beine. Das Leder und das Metall lassen an eine Prinzessin aus einer Science-Fiction-Geschichte denken, die Seide und die Pumps fügen dem noch einen Hauch von Hollywoodglamour hinzu. Ich fühle mich unglaublich feminin und sehr sexy. Ich hoffe, Miles wird das Ergebnis gefallen.

Miles. Mein Blick fällt auf die Uhr auf dem Kaminsims. Eine Minute vor vier.

Ich gehe zur Treppe und steige langsam hinunter. Im Wohnzimmer brennt der Kamin, die Flammen züngeln über die Holzscheite. Draußen ist es dunkler geworden, und das Licht der Lampen scheint jetzt noch goldener, wirft gelbe Lichtteiche. Ich stelle mich an den Kamin, sehe mich in dem zauberhaften Raum um und frage mich, was jetzt geschehen wird.

Eine weitere Uhr schlägt vier Mal.

Ich höre, wie sich die Haustür öffnet.

Er ist hier.

12. Kapitel

Die Haustür wird geschlossen, und Schritte nähern sich der Treppe. Mein Atem geht schneller, aber ich versuche, ihn unter Kontrolle zu halten. Ich stehe immer noch vor dem Kamin, in einer Model-Pose, um mich von meiner besten Seite zu zeigen.

Miles tritt in den Raum. Als er mich sieht, bleibt er stehen. Sein Blick unter den schwarzen Brauen wird intensiv. Er sieht umwerfend aus, attraktiver, als ich ihn in Erinnerung hatte. An diesem Tag hat er nichts von einem Leibwächter an sich. Er trägt einen gut geschnittenen, dunkelgrauen Mantel, eine dunkle Hose und auf Hochglanz polierte Schuhe und sieht aus, als komme er gerade aus einem Herrenclub oder von einem Geschäftstreffen. Seine blauen Augen funkeln im Licht der Lampen, ein helles Blau vor den dunklen Farben seiner Kleidung. Sein Gesichtsausdruck bleibt reglos, während er mich von oben bis unten inspiziert. Dann nickt er und lächelt.

»Hallo, Winter. Es freut mich, dass du meinen Anweisungen gefolgt bist. Schön, dich zu sehen. Sehr schön.«

»Es ist auch schön, dich zu sehen«, antworte ich leise. »Meister.«

Während er auf mich zukommt, knöpft er seinen Mantel auf. Sein Blick wird weich, als er mich mustert, von dem goldenen Gewand gleichzeitig verborgen und enthüllt. »Ich hoffe, du bist hier, um etwas zu lernen.«

Ich nicke. »Oh, ja.«

»Hervorragend.« Miles zieht seinen Mantel aus und wirft ihn über eine Stuhllehne. Darunter trägt er ein hellblaues Hemd unter einem grauen Kaschmirpullover. Er ist mir jetzt sehr nahe, und meine Haut kribbelt in Vorfreude auf seine Berührung.

Er schaut mir tief in die Augen. »Du hast deine Hingabe an meine Anweisungen unter Beweis gestellt. Ich bin beeindruckt. Weißt du, Winter, ich war mir nicht sicher, ob du auch weiterhin rückhaltlos Einsatz zeigen würdest. Ich hielt dich für eine Dilettantin. Aber du hast mich zu meiner Überraschung eines Besseren belehrt.«

»Ich hoffe, dich auch weiterhin zu überraschen.« Ich senke den Blick. Er soll merken, dass ich bereit bin, ihm für das herrliche Vergnügen, das er mir bereiten wird, für die erotische Lektion, die er mir erteilen wird, die Kontrolle zu überlassen. Als ich wieder zu ihm aufschaue, ertappe ich ihn bei einem seltsamen Gesichtsausdruck: Zärtlichkeit gemischt mit einer Art Überraschung. Kaum bemerkt er, dass ich ihn anschaue, verändert sich sein Gesichtsausdruck erneut, dieses Mal in die kühle Distanz, die ich schon von vorhin kenne.

Miles geht quer durch das Wohnzimmer und das Esszimmer in die Küche. Ich sehe zu, wie er den Kühlschrank öffnet und eine Flasche Champagner herausholt. Einen Augenblick später kehrt er mit der Flasche und zwei Gläsern zurück. Er stellt sie auf einen Beistelltisch, nimmt eine Fernbedienung zur Hand und richtet sie auf ein verborgenes Gerät. Gleich darauf erfüllt Klaviermusik den Raum, leise und angenehm.

»Chopin«, sagt er und lächelt mich an, die Augenbrauen leicht gehoben. »Falls du es nicht erkannt haben solltest.«

»Habe ich nicht.«

»Alles Teil deines Unterrichts.« Er öffnet mit zwei flinken Bewegungen den Champagner und schenkt uns ein. Dann reicht er mir ein Glas, hebt seines und sagt: »Auf dich, Winter. Du bist eine begabte und wunderschöne Schülerin.«

Ich hebe ebenfalls mein Glas und lächle. »Danke.« *Mein Gott, ich begehre ihn so sehr!* Aber ich weiß, diese langsame

Vorbereitung mit mir in diesem unglaublichen Outfit ist alles Teil des Vergnügens.

Wir nippen an unserem Champagner. Die eiskalte Flüssigkeit prickelt in meinem Mund, die Luftbläschen platzen in kleinen Explosionen. Es ist köstlich. Ich sehe mich im Raum um und frage: »Gehört das Chalet dir?«

»Nein.« Er lächelt mich an. »Es gehört einem Freund. Es gefällt mir, aber im Grunde ist es nicht mein Stil.«

»Was ist dein Stil?«, will ich wissen und nehme noch einen Schluck Champagner.

Miles hebt wieder eine Augenbraue. »Ich denke, mit dieser Lektion warten wir noch. Hast du meinen Hinweis gesehen, was wir heute im Unterricht durchnehmen?«

Ich nicke. »Feuer, Wasser, Erde und Luft. Die vier Elemente.«

»Sehr richtig – die Elemente, von denen die alten Griechen glaubten, sie wären die Grundlage allen Lebens auf dieser Welt. Aristoteles fügte noch ein fünftes Element hinzu – die Quintessenz –, die er *Äther* nannte, die himmlische Substanz, die den Weltraum formt und alles, was man damals nicht erklären konnte. Beispielsweise die Sterne.« Miles hebt wieder sein Glas. »Meiner Meinung nach ist alles, was zu den Freuden dieses Lebens beiträgt, Teil dieser himmlischen Substanz.«

Ich nehme noch einen Schluck. Die spritzige, gelbweiße Flüssigkeit perlt über meine Zunge. »Dann sollte Champagner aber auch dazu zählen. Es ist, als würde man lauter kleine Sterne trinken.«

Er lächelt. »Ja, das gefällt mir. Wir denken auf derselben Wellenlänge, Winter.« Sein Blick wandert wieder wohlgefällig über mich. »Du siehst in diesem Kleid selbst wie ein himmlischer Körper aus, Winter. Wie die Göttin, nach der du benannt wurdest.«

»Du hast gut gewählt«, erwidere ich leise.

Sein Blick wird plötzlich intensiv. »Ich denke, wir sollten jetzt anfangen.« Er stellt sein Glas ab und meint träge: »Tja … womit sollen wir anfangen? Erde, Luft, Wasser oder … Feuer?« Seine Lider senken sich ein wenig, verschleiern seinen Blick. Eine Welle des Verlangens läuft durch mich. Miles tritt einen Schritt auf mich zu und sagt: »Ich glaube, wir fangen mit Feuer an … ja. Feuer ist am geeignetsten.« Er nimmt mich an der Hand und führt mich zu dem Kamin. Er beugt sich vor, nimmt neue Holzscheite und wirft sie in das heiße, orangene Herz des Kaminfeuers. Funken fliegen, und es knackt, als neue Flammen auflodern. Miles stellt sich hinter mich, sein Körper ist meinem ganz nahe. Ich kann ihn fast schmerzhaft spüren, das weiche Kaschmir seines Pullovers berührt beinahe meine nackten Schulterblätter. Sein Mund ist direkt neben meinem Ohr.

»Schau in das Feuer, Winter. Erstaunlich, nicht wahr? Es hat die Menschheit fasziniert, seit wir es zum ersten Mal entdeckten. Auch wenn die Griechen uns glauben machen wollten, Prometheus habe es von den Göttern gestohlen, ein Akt, der ihm die spezielle Folter bescherte, dass seine Leber von einem Adler aus seinem Körper herausgepickt wurde, nur um von selbst nachzuwachsen, damit sich die Qual am nächsten Tag wiederholen konnte.«

Das Summen seiner Stimme in meinem Ohr ist auch eine Qual. Ich sehne mich danach, mich zu ihm umzudrehen, damit er mich küssen kann oder ich wenigstens seine Lippen auf meiner Wange spüre, aber ich wage es nicht, mich zu bewegen.

»Heraklit glaubte, die Seele sei eine Mischung aus Feuer und Wasser. Das heiße, trockene Feuer sei der edle Teil, in dem unsere Leidenschaft, Energie und unser Antrieb hausen. Es ist nur angemessen, wenn wir dort beginnen, wo unsere Leidenschaften gehegt werden.«

Sein Mund ist meinem Ohr aufreizend nahe. Ich atme schneller, meine Brüste heben und senken sich rasch unter den leichten, goldenen Seidenbahnen. Ich spüre die Hitze des Feuers auf meiner nackten Haut und die Wärme in meinem Körper.

»Heute beschreiben wir das Feuer mit einer Reihe chemischer Gleichungen, die alles daran erklären: das Licht, die Farbe, die Hitze und das Wachstum der Flammen. Wir wissen, dass es kostbar ist, aber auch tödlich. Es bietet uns Wärme und Behaglichkeit, kann aber auch sengend und zerstörend sein. Vielleicht ist es deshalb ein so passendes Symbol für die Leidenschaft …« Seine Lippen schließen sich um mein Ohrläppchen. Ich ziehe die Luft ein, als ich seine Zähne zart auf meinem Fleisch spüre. Er saugt zärtlich, seine Zunge spielt damit. Ich seufze angesichts der herrlichen Empfindungen, die er in mir weckt, indem er nur ein bisschen an meinem Ohrläppchen saugt und leckt.

Ich spüre eine Bewegung an meiner Taille, und mir wird klar, dass er meine Handgelenke an den goldenen Schlaufen an meinem Gürtel befestigt hat und ich meine Arme nun nicht mehr bewegen kann. Mein Innerstes verkrampft sich vor Überraschung und einem Wirbel der Erregung.

»Kannst du die Hitze spüren?«, fragt er. Seine Hände liegen nun auf meinem Fleisch, streichen über meine Arme. Seine Fingerspitzen ziehen eine Spur über meine Hüfte. »Ja, du bist warm.«

Meine Lippen sind trocken, und ich lecke darüber. Mein Puls rast unter der Berührung seiner Finger. Ich möchte diese Finger auf meinem ganzen Körper spüren. Ich möchte, dass sie in mich eindringen.

»Beim Feuer geht es um Flüchtigkeit, um Transformation.« Er spricht leise, hypnotisch. »Nicht jede Umwandlung ist gut: von unberührt zu verbrannt, von unversehrt zu zerstört. Andere Verwandlungen wiederum führen uns an Orte, die wir uns nie hätten träumen lassen.«

Führe mich an diese Orte, Miles.

Ich will etwas sagen, aber ich kann nicht. Die Hitze des Feuers tanzt über meine Haut, während mein Rücken unter seiner Nähe brennt und prickelt. Ich bin mir überdeutlich bewusst, dass meine Handgelenke an meinen Gürtel gefesselt sind. Was wird er als Nächstes tun?

»Zieh deine Schuhe aus.«

Ich gehorche, trete aus den Pumps und spüre den weichen, weißen Teppich unter meinen Füßen. Ich bin jetzt ungefähr zehn Zentimeter kleiner, und Miles wirkt größer und mächtiger denn je. Plötzlich liegen seine Hände auf meinen Schultern, und er drückt mich sanft nach unten. Ich gehe in die Knie, mein Blick auf das goldene Feuer fixiert, das im Kamin knistert. Dann ist er neben mir, zieht mich nach hinten, bis ich flach auf dem Teppich vor dem Kamin liege, die Beine unter mir abgeknickt, als ob ich mich dem Feuer demütig anbiete. Ich kann ihn jetzt sehen, er kniet halb hinter mir, betrachtet meinen Körper in der goldenen Umhüllung. Meine Brustwarzen sind bereits steif unter dem Seidenstoff, der meine Brüste bedeckt. Ich starre zu ihm auf, sehne mich nach seiner Berührung, fühle mich gleichzeitig verletzlich und seltsamerweise auch so, als hielte ich das Heft in der Hand. Ich will es, und ich biete mich ihm in all meiner strahlenden Weiblichkeit an.

Miles beugt sich vor und küsst mich auf den Mund, seine Zunge gleitet zwischen meine Lippen. Sein Gesicht liegt umgekehrt auf meinem, und sein Kinn berührt meine Nase, während er meinen Mund erforscht. Das Gefühl seiner Zunge verkehrt herum in meinem Mund ist merkwürdig, seine forschenden Küsse verursachen eine außergewöhnliche Erregung. Er küsst mich, während seine Hand sich auf meinen

Venushügel legt. Ich zucke unter dieser unerwarteten, plötzlichen Berührung, so nah an meinem Innersten, zusammen. Er gleitet mit der Hand über mein anschwellendes Geschlecht unter den zarten Maschen des Slips, presst sie dann zwischen meine Schenkel. Sanft, aber nachdrücklich drückt er meine Beine auseinander, erst den einen Schenkel, dann den anderen. Jetzt bin ich offen für die Hitze des Feuers, und ich kann spüren, wie sie über mein Geschlecht streift, mich dort wärmt, wo ich bereits heiß und begierig bin.

Er löst sich von meinem Mund und schaut auf meinen hingestreckten Körper, auf meine Handgelenke, die an meinen Gürtel gefesselt sind. »Du siehst wunderschön aus«, murmelt er. »Und jetzt … bringen wir dir noch ein wenig mehr über das Feuer bei.«

Ich spüre eine Erregung, die einen Funken Angst in sich trägt.

Er fährt fort: »Feuer gilt gemeinhin als männliches Element, und im Heidentum war sein Symbol die Kerze.« Er greift zu dem Kerzenleuchter auf dem Beistelltisch neben dem Kamin und nimmt eine weiße Kerze heraus. »Das ist keine Überraschung, schließlich nährt die Kerze die Flamme.« Miles berührt mit der Kerze sanft meinen Mund, fährt über meine Lippen, so dass ich das glatte Wachs spüre. Mich überkommt der Wunsch, daran zu lecken, aber ich halte mich zurück. Miles fährt mit der Kerze über mein Kinn und den Hals, dann weiter zu meiner rechten Brust. Langsam zieht er mit der Hand die lose Stoffbahn beiseite. Ich höre, wie er den Atem einzieht, als er meinen Busen freigelegt hat, und vermute, dass er die steife Brustwarze betrachtet, die sich zuvor gegen den Stoff gepresst hat. Er nimmt die Kerze und lässt sie um die sensible Stelle rund um meine Brustwarze kreisen, was mich ein wenig kitzelt. Dann zieht er auch den Stoff von der anderen Brust, und ich liege völlig bloß. Ich kann die Hitze vom flackernden

Feuer auf meiner Haut spüren, und meine Brustwarzen werden noch härter, richten sich noch weiter auf. Ich sehne mich danach, Miles oder auch mich selbst zu berühren, aber meine Handgelenke sind gefesselt, und ich kann rein gar nichts tun.

Miles steht auf und geht zum Kamin, beugt sich darüber, so dass seine kräftige Gestalt den Feuerschein ausblendet. Als er sich wieder umdreht, hält er die Kerze aufrecht. Die orangene Flamme der Kerze flackert hoch über den Docht. Miles kniet sich vor mich, zwischen meine gespreizten Schenkel, und ich starre ihn an. Ich bin ihm völlig ausgeliefert, mein Geschlecht ist noch vom Maschengeflecht des Slips und dem Seidenstoff verhüllt, aber meine Brüste liegen frei. Die Stoffbahnen sind zur Seite gerutscht.

Das ist aufregend. Aber was will er mit der Kerze?

Er schaut mich intensiv an, seine Augen dunkel vor Lust. Dann sagt er leise: »Wie so viele Dinge, kann Feuer Schmerz bringen … und Lust. Er hält die flackernde Kerze über meinen Busen. »Man muss nur wissen, wie man es unter Kontrolle hält.«

Die goldene Flamme tanzt vor mir. Darunter sammelt sich eine glänzende Lache aus geschmolzenem Wachs. Miles hält die Kerze nun direkt über meine linke Brust. Dann senkt er ganz behutsam die Spitze. Ein Tropfen Wachs sammelt sich am Rand der Kerze, dann fällt er und landet direkt auf meiner Brustwarze.

Eine stechende, brennende Empfindung nimmt Besitz von der sensiblen Warze, und ich ziehe lautstark die Luft ein.

»Pst«, sagt er besänftigend. »Reagiere nicht sofort. Kontrolliere dich. Gestatte dir, es zu fühlen.«

Ich beiße mir auf die Lippen, damit ich keine weiteren Laute von mir gebe. Stattdessen schließe ich die Augen. Der Schmerz lässt langsam nach, es bleibt nichts als ein köstliches Pochen in meiner Brustwarze, und der Druck weiter unten, wo mein Geschlecht anschwillt und meine Säfte fließen. Ich öffne die Augen. Miles hält die Kerze über meine andere Brust und wiederholt den Vorgang. Er senkt sie zur Seite, und ich sehe, wie sich der Tropfen sammelt und dann fällt und meine Brustwarze mit heißem Wachs überzieht. Als ich erneut nach Luft schnappe, wegen des Schmerzes und des gleich darauf einsetzenden köstlichen Nachhalls, tropft Miles einen Strom aus Wachs in mein Dekolleté und weiter bis zu meiner Taille. Dann bläst er die Kerze aus und wirft sie in den Kamin.

»Feuer führt zu einer Veränderung des Aggregatzustands«, murmelt er. »Von fest zu flüssig. Und wenn man die Hitze entfernt, wird aus flüssig wieder fest.«

Miles nähert sich mit seinem Gesicht meiner linken Brust. Ich sehe die weiße Wachskappe auf meiner Brustwarze. Vorsichtig setzt er Zeigefinger und Daumen an und zieht leicht daran, bis die Kappe sich löst. Meine Brustwarze kitzelt vor Freude, als sie befreit wird. Sofort nimmt er sie in den Mund, saugt und knabbert daran, bis ich nicht anders kann, als laut zu stöhnen. Es ist herrlich. Ich hatte keine Ahnung, dass meine Brustwarzen mir so viel Genuss bereiten können. Es ist höchst erregend, wie er mit seinem Mund an meiner Brust zupft. Unwillkürlich bewege ich meine Hüften im Rhythmus mit seinen Saugbewegungen an meiner Warze. Nachdem er sie in köstliche Ekstase gesaugt hat, wechselt er zur anderen, die er erst aus ihrem Wachsgefängnis befreit und dann ebenfalls in errötende Qual saugt.

Als ich nach unten schaue, sehe ich Miles, der zwischen meinen Beinen kniet, seine dunkle Gestalt vor dem flackernden Feuer, sein Kopf über meine Brüste gebeugt. Ich kann mich unter den wilden Empfindungen, die er in mir weckt, nur krümmen und keuchen.

Ich muss ihn haben. Mein Begehren muss befriedigt werden.

Ich will, dass er meine Fesseln löst, damit ich ihm die Kleider vom Leib reißen, meine Nägel in seinen Rücken krallen, seinen harten Schwanz spüren.

Ich darf es nicht erzwingen. Ich muss warten.

Endlich gibt er meine Brustwarze frei und lenkt seine Aufmerksamkeit von meinen Brüsten ab. Jetzt folgt er der Wachsspur nach unten. Seine Hand spielt mit meinem Gürtel und dann mit den Seidenschleifen meines Slips. Ich beiße mir wieder auf die Lippen, als er mit den Fingern unter die Bänder gleitet, meinem Venushügel quälend nahe, und doch so weit entfernt. Dann nimmt er das Ende einer Schleife und zieht daran, bis sie sich löst.

Ich kann nicht umhin, vor Vorfreude zu wimmern, während er das goldene Maschendreieck von meinem Körper zieht.

»Oh, Winter, du bist jetzt bereit für mich, das spüre ich«, murmelt er. »Du hast die verwandelnde Kraft des Feuers sehr rasch begriffen.«

»Bitte«, flehe ich mit atemloser Stimme, »ich brauche mehr.«

»Alles zu seiner Zeit. Du hast etwas zu lernen, nicht ich. Entspanne dich und gib dich ganz hin.« Seine Stimme ist immer noch leise und hypnotisch. Ich schließe die Augen und entspanne mich, lasse alle Anspannung aus meinem Körper los. »Schon besser«, sagt er, »erst wenn du aufhörst zu kämpfen, kannst du es erfahren.«

Ich weiß, dass ich gegen nichts ankämpfen muss, außer gegen mein eigenes Verlangen und das Bedürfnis, die Dinge in dem hektischen Tempo voranzutreiben, nach dem mein Körper verlangt. Aber ich verstehe: Miles gibt die Reihenfolge der Ereignisse vor, nicht ich. Je mehr ich mich seiner Kontrolle unterwerfe, desto größer die Höhen, die ich erklimmen werde.

»Es gibt viel zu lernen, Winter. Wir haben keine Eile.« Sein Tonfall ist sanft, zärtlich. Jetzt spielt seine Hand mit mir, berührt mich leicht, streichelt mich. Ich fühle mich ihm völlig exponiert, mein Geschlecht ist weit geöffnet für das Feuer und für seinen Blick. Ich öffne die Augen und sehe, dass er mich anschaut, seine dunkelblauen Augen auf meine gerichtet. Er lächelt und sagt leise: »Ich liebe es, das Entzücken in deinem Gesicht zu sehen, wenn ich dich berühre.«

Der Druck seiner Fingerspitzen nimmt zu, während seine Hand über meinen Körper fährt. Jetzt berührt er den feuchten Spalt meines Geschlechts, hinterlässt eine brennende Zickzackspur. Es fühlt sich an, als stünden seine Finger in Flammen, während er mit ihnen über mich streicht, mit mir spielt, während sich das Verlangen in mir unaufhaltsam aufbaut. Ich hebe meine Hüften, um sie seinen forschenden Fingern näher zu bringen, unfähig, unter seiner Hand ruhig liegen zu bleiben. Ich glaube nicht, dass ich es noch lange aushalte. Dann spüre ich, wie er mit seinen Fingern zwischen meine heißen Schamlippen gleitet, bis hin zu meinem Eingang. Fest presst er daraufhin einen Finger in mich, und es fühlt sich so gut an. Ich kann gerade noch an mich halten, um nicht laut aufzuschreien. Er taucht mit seinem Finger tief in mich ein, bewegt ihn mühelos in meiner dunklen Grotte. O Gott, das ist alles, was ich wollte … Er presst einen weiteren Finger in mich, dann noch einen, dehnt mich, vögelt mich kräftig mit seinen Fingern. Ich will ihn, so tief und so hart wie er nur kann, und ich hebe meine Hüften ihm entgegen. Die Tatsache, dass ich meine Arme nicht bewegen kann, macht es unerträglich erregend, weil mein Körper ganz seiner Gnade ausgeliefert ist, und ich kann mich dem Vergnügen, das er mir bereiten will, nicht entziehen. Jetzt liegt sein Daumenballen auf meiner Klitoris, und während er mich mit den Fingern vögelt, reibt sein Ballen über meine Knospe, bringt sie zum Glühen. Ich atme jetzt keuchend, umso mehr, je mehr sich mein Verlangen nach ihm erhöht. Die Hitze des Feuers scheint intensiver zu werden, je heißer und verlangender mein Geschlecht wird.

Miles' Hand schiebt sich in mich und fährt wieder heraus, sein Daumen bearbeitet mich mit zunehmend erregenderem Druck, bis ich es nicht mehr aushalte. Mein ganzer Körper spannt sich an, meine Hüften zucken. Ich werfe meinen Kopf in den Nacken und rufe: »O ja, ich komme, Miles!«

Dann explodiert meine Lust, und ich kann mich ihren herrlichen Strudeln nur hilflos hingeben, bis der kochend heiße Strom abebbt und mich atemlos und erschöpft zurücklässt. Als ich meine Augen wieder öffne und glücklich seufze, sieht Miles mich an.

»Ein sehr guter Anfang«, murmelt er, seine Augen dunkel vor Verlangen. »Denkst du, dass du etwas über das Feuer gelernt hast, Winter?«

Ich nicke. »O ja. Ich habe viel gelernt. Es ... es verwandelt Festes in Flüssiges, mit umwerfender Wirkung.«

Er lächelt. »Sehr gut. Ich merke schon, du bist eine Schülerin, die sich nur Bestnoten verdient. Wir sollten besser nicht allzu lange auf deine nächste Lektion warten.« Er haucht einen Kuss auf meinen Bauch, dann je einen auf meine Brüste und zuletzt auf meinen Mund. »Aber zuerst ... eine kurze Pause.«

Ich fühle mich herrlich befriedigt, als wir uns mit dem Champagner, der immer noch prickelt, vor das Kaminfeuer setzen. Draußen hat sich der Tag in marineblaue Nacht verwandelt, und die blinkenden Lichter von Klosters unter den schneebedeckten Dächern breiten sich vor uns aus. In der Ferne bilden die Berge riesige, dunkle Umrisse.

Miles verschwindet für ein paar Minuten im oberen Stockwerk, lässt mich den Blick genießen. Als er zurückkommt, sage ich: »Was hast du gesagt, wem dieses Chalet gehört?«

»Ich habe gar nichts gesagt, aber es gehört einem Freund von mir. Dominic Stone.«

Der Name sagt mir nichts, aber ich nicke höflich.

Miles setzt sich. »Darf ich sagen, dass du nach deiner Unterrichtseinheit noch umwerfender aussiehst?«

Ich lache. Es ist mir ein wenig peinlich, weil ich daran denken muss, dass ich nur wenige Minuten zuvor wie wild auf dem Teppich zuckte, mit Miles' Fingern tief in mir. Nach meinem heftigen Orgasmus ist die Atmosphäre jetzt entspannt, aber immer noch aufgeladen. Die ersten wilden Wellen des Verlangens mögen abgeebbt sein, aber ich sehne mich immer noch nach dem Anblick von Miles' muskulösem Körper und der Berührung seiner warmen Haut. »Ich habe das Gefühl, dass kein Lippenstift mehr auf meinen Lippen übrig ist«, sage ich kokett. Mein Kleid ist wieder gerichtet, so dass die seidenen Stoffbahnen meine Brüste bedecken. Ich habe auch die Bänder an meinem Slip wieder zu Schleifen gebunden. Aber mein Haar ist sicher noch zerzaust, und die Schuhe liegen noch vor dem Kamin, wo ich sie von den Füßen gestreift habe.

Miles betrachtet mich mit einem Ausdruck in den Augen, den ich nicht deuten kann. »Bist du bereit für die nächste Lektion?«, fragt er.

»Was kommt als Nächstes?«, frage ich spielerisch und nehme noch einen Schluck Champagner. Der Alkohol macht mich lockerer, aber ich will nicht betrunken werden, damit meine Fähigkeit, diese sensorischen Erlebnisse bis zur Neige auszukosten, nicht beeinträchtigt wird. Plötzlich fällt mir wieder ein, wie betrunken Jacob und ich für gewöhnlich waren, wenn wir Sex hatten. Wir pflegten flaschenweise Roederer Cristal und literweise eiskalten Grey Goose Wodka zu trinken. Dann tobten wir über die Matratze und taten so, als hätten wir den besten Sex der Welt, obwohl wir die meiste Zeit gar nicht klar genug im Kopf waren, um zu wissen, was wir taten.

Ich hatte nicht halb so viel Spaß wie mit Miles. Ein einziger Kuss von ihm ist erotischer und erregender als eine ganze Nacht mit Jacob.

Immer mehr erstaunt mich der Gedanke, dass ich Jacob jemals geliebt habe. Es scheint eine Ewigkeit her, und die Frau, die ihn liebte, ist nicht die Frau, die in diesem wunderbaren Chalet vor dem Kamin sitzt, in ein extrem erotisches Gewand gekleidet, neben dem attraktivsten, begehrenswertesten Mann der Welt. Ich sehe hinüber zu Miles, der meinen Blick mit Belustigung erwidert. Sein Mund ist zu diesem typischen, schiefen Lächeln verzogen, das ich so liebe, und eine Augenbraue ist ein wenig angehoben.

Er ist wundervoll. Er ist alles, was ich will.

Der Gedanke überrascht mich. Bislang war ich nur von seinem Körper und seiner überwältigenden körperlichen Präsenz verzaubert. Das dachte ich wenigstens. Aber als wir uns jetzt mit einer Art erotischer, verschwörerischer Belustigung anschauen, wird mir klar, dass er mich seit unserer ersten Begegnung immer wieder neu überrascht hat. Erst ärgerte und störte mich seine Arroganz. Dann fühlte ich mich bei ihm sicher, weil seine ruhige Kompetenz und sein pragmatischer Ansatz mir das Leben retteten. Es ärgerte mich, dass er mich nicht auf Händen trug und mir nicht jeden Wunsch erfüllte, aber im Grunde wünschte ich mir nichts mehr als seine Aufmerksamkeit. Ich wollte, dass er mich als Frau sieht, nicht als die kostbare, unberührbare Tochter des Chefs. Und mehr als alles andere wollte ich, dass er mich will – nicht nur als Sexobjekt, sondern als etwas anderes.

Mein Mund wird trocken, als mir die Erkenntnis dämmert.

O mein Gott, ich will, dass er mich liebt.

Der Gedanke explodiert in mir wie eine Lampe, die man in einem dunklen Zimmer einschaltet. Die Erkenntnis verblüfft mich, und die nächste Frage folgt wie die Nacht auf den Tag.

Liebe ich ihn?

Die Vorstellung stürzt mich in einen Wirbel aus verrückter Hoffnung und völliger Verwirrung.

Wird das die Dinge nicht furchtbar kompliziert machen?

Aber was habe ich hier zu suchen, wenn ich nichts für ihn empfinde? Hätte ich wirklich den weiten Weg und all die Risiken auf mich genommen, nur für Sex?

Für meinen Unterricht, korrigiere ich mich, und eine Stimme erwidert ironisch: *Ja klar – wenn du es so nennen willst.*

Plötzlich merke ich, dass Miles etwas sagt, und ich lenke meine Aufmerksamkeit wieder zu ihm, immer noch benommen von dem, was mir gerade durch den Kopf ging.

»Auf das Feuer wird nun die Luft folgen«, sagt er.

»Oh?« Ich runzle die Stirn. »Luft?« Ich schaue nach draußen, wo die Temperatur eindeutig unter den Gefrierpunkt gefallen ist, wenn man nach der klaren Luft und den glitzernden Schneedächern gehen konnte. Will Miles mit mir im Freien Liebe machen? Ich bin zu so gut wie allem bereit, aber wenn ich nur daran denke, bekomme ich schon eine Gänsehaut.

Er folgt meinem Blick und muss lachen. »Keine Sorge, wir gehen nicht nach draußen. Noch nicht. Ich denke nicht an kalte Luft. Ganz im Gegenteil.« Er steht auf, leert sein Glas und stellt es ab. Dann schaut er mich auffordernd an. »Folge mir, Winter. Es ist Zeit für deine nächste Lektion.«

Ich stehe auf, richte meine Stoffbahnen, damit sie wieder verführerisch über meinen Körper fallen, und folge Miles die Holztreppe hinauf in den nächsten Stock.

Wir gehen ins Schlafzimmer?

Das scheint mir nicht besonders luftig, außer er hätte vor, das Fenster zu öffnen.

Aber Miles führt mich zu einer Tür, die mir noch gar nicht aufgefallen war. Als er sie öffnet, gelangen wir in einen kleinen Vorraum mit einer Bank, Haken an der Wand und einem Regal mit weißen Handtüchern. Auf der anderen Seite befindet sich eine weitere Holztür mit einem kleinen Fenster darin.

Ah, jetzt verstehe ich.

Ich lächele Miles an.

»Ich sehe, dass du jetzt weißt, von welcher Art Luft ich spreche, Winter. Du wirst begreifen, wie angemessen das ist, wenn ich dir erzähle, dass Aristoteles die Luft als heiß und feucht kategorisierte, im Gegensatz zu Feuer, das heiß und trocken ist. Luft wird mit Blut in Verbindung gebracht, und die Heiden sahen im Schwert ein Symbol für die Luft, weil es scharf ist und Dinge durchdringen kann.«

Ich sehe mich um, erwarte beinahe, eine funkelnde Waffe auf der Bank liegen zu sehen.

»Ich möchte nicht, dass du es allzu wörtlich nimmst«, sagt er sanft, und seine Augenbraue hebt sich wieder, während er lächelt. »Und jetzt ziehst du dich bitte ganz aus, hüllst dich in ein Handtuch, gehst hinein und wartest auf mich. Ach ja – du wirst da drin eine Augenbinde finden. Setz sie dir auf und lege dich hin.«

Ich nicke. »Ja, Mil… Meister. Ich werde tun, was du sagst.«

»Gut. Ich bin gleich bei dir.«

Er geht hinaus ins Treppenhaus und schließt die Tür. Als er fort ist, öffne ich mein Kleid und trete heraus. Meine Lederarmbänder sind bereits weg, die hat Miles mir ausgezogen, als er mich vorhin losband. Der Slip fällt zu Boden, als ich die Schleifen löse, und gleich darauf bin ich nackt. Ich wickle mir ein Handtuch um, öffne die zweite Tür und trete auf den heißen Boden in dem kleinen, holzgetäfelten Raum. Es gibt zwei Ebenen mit Holzbänken, die sich über die gesamte gegenüberliegende Wand ziehen. In der Ecke befindet sich ein Haufen heißer, dampfender Steine, daneben ein Eimer Wasser mit einem Holzgriff. Die Luft ist heiß und trocken und duftet zart nach Eukalyptus. Ich atme sie ein, spüre, wie meine Nasenlöcher brennen, als die Hitze sie erreicht.

Die alten Griechen hatten recht – Luft ist scharf.

Ich gehe zu der Bank, und dort liegt tatsächlich eine weiße Augenbinde. Ich setze mich auf die Bank und nehme sie zur Hand. Meine Haut prickelt bereits angesichts der Hitze, Schweißtropfen kullern über meine Nase und meine Beine, während mein Körper sich an die Hitze anpasst. Ich lege die Augenbinde auf meine Augen und verknote sie an meinem Hinterkopf. Die Dunkelheit ist seltsam, und ein Anflug von Panik macht sich in meinem Bauch breit.

Will ich das hier?

Ich habe nie zuvor eine Augenbinde getragen und auch nie verstanden, warum man das tut. Warum sich einen solchen Nachteil aufhalsen? Ich wollte immer diejenige sein, die sucht, nie die, die sich versteckt. Ich bin nicht sicher, ob ich für diese Rolle bereit bin.

Warte ab. Vertrau Miles. Denkst du wirklich, er würde dich auf eine Reise führen, die dir nicht zusagt?

Ich weiß, das stimmt. Das Gefühl, vor dem Feuer gefesselt zu sein, bescherte mir einen brandstiftenden Orgasmus. Ich behalte die Augenbinde auf und atme tief, um mich zu beruhigen.

Ich bin jetzt bereit. Nun kann ich nur noch warten.

13. Kapitel

Ich sitze eine Zeit lang in der Hitze der Sauna, dann lege ich mich – einem Impuls folgend – auf die Bank, immer noch in mein Handtuch gewickelt. Die Augenbinde hüllt die Welt in Dunkelheit.

Es scheint Ewigkeiten zu dauern, bis ich höre, wie sich die Tür öffnet. Das Geräusch der Scharniere und der Schwall kühlerer Luft zeigen mir, dass Miles hereingekommen ist.

Zumindest hoffe ich, dass es Miles ist. Unter der Augenbinde kann ich rein gar nichts sehen.

Ich bemühe mich sehr, ruhig zu bleiben. Es kann sonst niemand sein. Natürlich ist es Miles.

Ich spüre seine Präsenz in dem Raum. Er geht zu den kochenden Steinen, nimmt eine Kelle voll Wasser und schüttet sie über den Steinen aus. Es ertönt lautes Zischen, und Dampf erfüllt die Sauna. Er rollt in meine Nasenlöcher und Lungen, durchbohrt die zarten, inneren Membrane mit seiner Eukalyptusschärfe. Die heiße Luftfeuchtigkeit hüllt meine Haut ein, und mein Körper reagiert mit Schweiß. Mir ist heiß. Sehr heiß. Es ist reinigend, aber kaum auszuhalten, als der Dampf mich außen und innen in Besitz nimmt. Ich versuche, regelmäßig zu atmen und gelassen zu bleiben, trotz der Finsternis hinter der Augenbinde, aber meine Nerven sind in höchster Wachsamkeit. Wo ist Miles? Es scheint unendlich lange zu dauern, bis ich ihn ganz in meiner Nähe spüre. Ich höre ein leises Knacken und nehme eine minimale Bewegung in der Bank wahr. Vermutlich befindet er sich zu meinen Füßen. Plötzlich erinnere ich mich an den Albtraum vor einigen Nächten, an die merkwürdig bedrohliche Präsenz auf meinem Bett. Mein Herz pocht vor Furcht.

Hör auf! So ist es nicht. Sei ruhig und warte ab, was passiert.

Ich rufe das Bild von Miles vor meinem inneren Auge wach: groß, gutaussehend, die gerade Nase, die Wangenknochen, die dunklen Augenbrauen und die strahlenden, blauen Augen mit dem spöttischen Ausdruck, die perfekten Lippen, wie dafür geschaffen, sich auf meine zu pressen.

In diesem Moment spüre ich, wie sich das Handtuch, in das ich eingewickelt bin, bewegt. Ich schnappe nach Luft, als es sanft zur Seite gezogen wird und meinen ganzen Körper freilegt. Heiße Luft umhüllt mich. Der Dampf hat sich mittlerweile fast aufgelöst, hinterlässt nur die heiße, schneidende Luft, die den Schweiß aus meinem Körper zieht, so dass ich mich gleichzeitig feucht und ausgetrocknet fühle. Meine Haare kleben an meinem Gesicht, und ich vermute, dass mein Körper von dem reinigenden, reinen Schweiß der Sauna überzogen ist. Jetzt spüre ich ihn ganz in meiner Nähe. Die zusätzliche Hitze seines Körpers ist beinahe zu viel. Er beugt sich über mich, atmet sanft in mein Gesicht, so dass ein steter Strom kühler Luft über meine Wangen zieht und meine Lider kitzelt. Jetzt atmet er an meinen Hals und meine Brust, hält inne, um meine Brustwarzen anzublasen, herrlich kühlend in der glühend heißen Atmosphäre. Der Luftstrom spielt mit der feuchten Haut meines Bauches und zieht weiter zu meinem Venushügel.

Ich stöhne leise.

Oh, Miles, spiel nicht zu lange mit mir. Ich will dich. Jetzt.

Als ob er meine Gedanken lesen könnte, hält der Luftstrom inne. Jetzt ist er mir wirklich nahe, sein Fleisch streift meines. Mir wird klar, dass auch er nackt ist. Entzücken macht sich in mir breit. Dieser Körper, von dem ich viele Stunden geträumt, nach dem ich mich gesehnt habe, ist mir jetzt nahe, ohne die frustrierende Barriere der Kleidung. Ich greife nach oben, will ihn berühren, und treffe auf das glatte, muskulöse Fleisch in all seiner verlockenden Härte, aber seine Hände packen meine Handgelenke und ziehen meine Arme über den Kopf auf die Holzbank. Während er das tut, presst er seinen Körper auf meinen, seine Lippen finden meinen Mund. Mit einem wonnevollen Seufzer öffne ich ihm meine Lippen, und seine Zunge stößt hart in meinen Mund, findet meine mit suchender Kraft. Wir küssen uns heftig und feucht, als ob die dampfende Atmosphäre uns tollkühn vor Feuchtigkeit gemacht hätte. Sein ganzes Gewicht ruht nun auf mir, sein kompakter Brustkasten presst sich auf meinen weichen Busen, sein fester Bauch auf meinem Bauch, seine prallen, harten Oberschenkel schwer auf meinen Beinen. Doch am Besten von allem ist, dass ich sein Glied spüre, das sich an meinen Bauch presst.

Sein Schwanz.

Gott, es ist herrlich, diese lange, heiße, samtige Rute hart an mir zu spüren. Ich stöhne erneut, das Geräusch scheint in seinem Mund zu verschwinden. Er hält meine Arme immer noch über meinen Kopf gepresst, während er sich fest an mir reibt, mit seiner Erektion über meinen weichen Bauch streicht. So nahe an meinem sehnsüchtigen Geschlecht, und doch so weit entfernt ...

Die Hitze ist so intensiv und so tropisch, sie macht mich wilder, als ich das heißer Luft jemals zugetraut hätte. Ich winde mich unter seinem köstlichen Gewicht, genieße seine gewaltige Männlichkeit an mir. Oh, dieser Körper!

Er ist breit an der Brust, schmal an den Hüften, fest und geschmeidig. Ich möchte spüren, wie er kraftvoll in mich stößt, ich möchte erleben, wie er die Kraft in seinen Oberschenkeln und seinem Rücken einsetzt, um dieses prachtvolle Glied tief in mir zu versenken.

Wir küssen uns immer weiter, unsere Zungen miteinander verschlungen. Jetzt spüre ich, wie er sein Gewicht auf seine Knie verlagert. Sein Schwanz löst sich von meinem Bauch.

Plötzlich drängt er meine Beine mit seinem Schenkel auseinander. Ein Bein wird nun gegen die Wand gepresst, das andere baumelt über den Rand der Bank. Das sollte unbequem sein, ist es aber nicht, es fühlt sich unglaublich erotisch an, in der intensiven Hitze der Sauna auf diese Weise genommen zu werden, auf der einen Seite gegen heißes Holz gepresst, auf der anderen die berauschende Hitze von Miles zu spüren. Und dann ist seine Erektion plötzlich an meinem Eingang.

O Gott, ja, ich erinnere mich …

In dem Augenblick, in dem seine Eichel sich ihren Weg in mein Geschlecht bahnt, erinnere ich mich an das berauschende Gefühl, wie sein Schwanz mich dehnte, um Platz für sich zu schaffen, und gerade, als ich mich erinnere, passiert es erneut. Seine Spitze liegt zwischen meinen Schamlippen, dann stößt sie in die heiße Feuchtigkeit. Als er in mich eindringt, lässt er endlich meine Handgelenke los, um sein Gewicht auf seinen Armen abzustützen, und ich kann meine Hände auf die angespannten Muskeln seiner Oberarme legen, mich dabei selbst nach unten drücken, um ihn tiefer in mich aufzunehmen. Seine Schenkel pressen sich an meine, und ihre Härte ist herrlich aufregend: Ich liebe den Unterschied zwischen seinem festen, maskulinen Körper und meinen weichen Kurven. Ich will mich ihm so weit öffnen, wie ich nur kann, aber die enge Bank gibt mir Grenzen vor. Selbst das beschert mir neue, unerwartete Freuden: ich habe das Gefühl, dass sein Körper auf diese Weise irgendwie enger mit meinem verbunden ist, als ob ich dadurch seinen unglaublichen Schwanz noch fester umschließe, während er hart in mich stößt, und mich bei jedem Stoß nach Luft schnappen lässt. Durch die Augenbinde sind meine anderen Sinne wacher, und ich spüre auf unterschiedlichste Weise, dass sein Körper mich berührt: der Schauer, wenn sein Schambein auf meine Klit trifft, der Druck seiner Eier an meinem Hintern, wenn er sich so weit er nur kann in mich drängt. Ich will ihn in meinem Innersten spüren, ich will, dass wir eins werden und in glorreichem Gleichklang diese einmaligen Empfindungen teilen.

»Oh, Miles«, keuche ich, als dieser unglaubliche Schwanz sich wieder tief in mich bohrt und einen Hunger in mir stillt, den ich bis dahin nie verspürt habe. Ich fühle mich trunken angesichts der Freuden, die er mir in diesem heißen, feuchten Raum bereitet, in dem unsere zunehmend glitschigen Körper aneinanderreiben.

»Sprich nicht, wenn ich dich nicht dazu auffordere«, sagt er. »Wer ist hier der Meister?«

»Du bist es. Oh, du *bist* es.«

»Was lernst du gerade über die Luft, Winter?«

»In heißer Luft zu vögeln ist phantastisch.«

»Dich zu vögeln ist überall phantastisch, Winter.«

»O Gott«, stöhne ich, als er sich wieder tief in mich rammt. Ist es eigentlich legal, einen so wunderbaren Schwanz zu haben? Es ist einfach zu viel, es macht mich verrückt. Ich hatte keine Ahnung, dass ich etwas dieser Größe und Länge in mich aufnehmen kann, aber ich kann es, und ich liebe es. Ich will, dass er härter, schneller zustößt, dass er in mir diese Wellen des Entzückens lostritt, die mich stöhnen und mit den Hüften zucken lassen. Trotz meiner Blindheit habe ich das Gefühl, ihn sehen zu können, seine vor Lust verdunkelten Augen, den zusammengepressten Mund, nicht vor Wut, sondern unter den extremen Empfindungen, die in meinen heißen, engen Tiefen auf ihn einstürmen.

Plötzlich spüre ich seinen Kopf auf meiner Brust, und sein Mund schließt sich über eine meiner Brustwarzen, saugt an ihr im Rhythmus seiner Stöße. Wenn er in mich stößt, zieht er an der Warze, und eine Welle purer Erregung läuft heiß von meiner Brust zu meiner Klitoris.

O Gott, das ist zu viel.

Ich zittere, so kurz vor dem Erklimmen meines Höhepunkts, aber ich will diesen wundervollen Ritt noch länger genießen, ich bin noch nicht bereit dafür, dass er endet, kann nicht genug von Miles' Körper bekommen. Ich streiche mit der Hand über seinen kräftigen Unterarm und dann über die harte Kurve seiner Brust. Meine Hand wandert weiter zu seinem breiten, muskulösen Rücken und hinunter zu den Grübchen auf seinen Pobacken, wo ich das Spiel seiner Muskeln ertaste, während er mich vögelt.

Ich hatte keine Ahnung, wie aufregend es sein kann, die Haut eines anderen zu berühren.

Nach dieser elementaren Erfahrung habe ich mich gesehnt: nach der schlichten, innigen Vereinigung unserer Körper.

Elementar. Irgendwie angemessen.

Er scheint in mir anzuschwellen. Ich hole tief Luft. Ich hätte wirklich nicht gedacht, dass er noch größer werden könnte, aber er ist jetzt breiter, bewegt sich schneller, als ob er seinem Höhepunkt ebenfalls ganz nahe wäre. Ich frage mich, ob wir zusammen kommen: Ich weiß, bei mir kann es jeden Moment so weit sein. Es kostet mich Mühe, nicht sofort in Ekstase zu verfallen. Doch plötzlich zieht er sich aus mir zurück, lässt mich beraubt zurück. Ich strecke die Hand nach ihm aus, wünsche mir nichts sehnlicher, als ihn zu spüren, glitschig von meinen Säften. Aber Miles packt mein Handgelenk und legt meinen Arm über meinen Kopf.

»Noch nicht, Winter«, brummt er. Sein Körper entfernt sich von mir. Ich liege auf der Bank, ohne etwas sehen zu können, keuchend nach all dem, was ich gerade erlebt habe, und in dem Wissen, dass ich völlig ungeschützt vor ihm liege, mit feuchtem, geschwollenen Geschlecht, das vor Lust pocht angesichts des Gedankens, dass er mich jetzt gerade anschaut und den Anblick meines nackten Körper genießt. Ich spüre seine kräftigen Hände an meiner Taille. Er dreht mich um. Ich helfe ihm, stütze mich auf Händen und Knien ab, so anmutig es mir möglich ist, die Handflächen flach auf der glatten Holzbank. Mein Rücken ist schlüpfrig vor Schweiß: ich spüre, wie die Schweißtropfen über mein Kreuz und meinen Po rinnen. Er kniet hinter mich, und ich weiß, dass er ein Bein auf der Bank abgestellt hat und eines auf dem Boden. Er fährt mit den Händen über meine Haut, streicht über die Rundungen meiner Hüften und meines Hintern, gleitet auf der Feuchtigkeit über mein Fleisch. Sein Finger folgt der Spuren der Schweißtropfen, die über meine Haut und in meine Pospalte rinnen. Er lässt seinen Finger weiter und immer weiter wandern, erregt mich, während er sich meinem willigen Geschlecht nähert. Dann spüre ich ihn an meinem Eingang. Vorsichtig dringt er in mich ein, erst mit einem Finger, dann mit zweien. Dann zieht er sich wieder aus mir zurück, fährt mit den Fingern über meine Schamlippen und verreibt meine Säfte auf meiner elektrisch aufgeladenen Klitoris. Ich stöhne, als seine Fingerspitzen mit meiner Knospe spielen, sie mit meinen Säften massieren und sie verführen. Dann verschwindet seine Hand, und zu meinem Erstaunen finde ich sie in meinem Gesicht wieder, seine Finger auf meinen Lippen. Er presst seine Finger in meinen Mund, feucht und würzig mit den Düften meines Geschlechts. Ich öffne den Mund und sauge hungrig an seinen Fingern, schmecke meine eigene Erregung und werde dabei noch erregter. Ich kann nicht anders, als meinen Po nach hinten zu stoßen, während ich an seinen Fingern sauge. Ein Hochgefühl überkommt mich, als ich dabei auf seinen harten Schwanz treffe. Ich würde ihn am liebsten in mich manövrieren, aber ich weiß, dass allein Miles die Kontrolle hat, und wenn er jetzt noch nicht in mich eindringen will, dann muss ich warten und die köstliche Qual ertragen, die er mir so gern bereitet.

Ich sauge kräftig an seinen Fingern, lasse meine Zunge über

sie rollen und spiele mit ihnen, wie ich es vorzugsweise mit seinem Schwanz getan hätte. Ich höre, wie sein Atem schwerer wird und schneller kommt. Er zieht seine Finger aus meinem Mund. Dann spüre ich seine samtige Eichel an meinem Eingang, und ich drücke mich wieder nach hinten, will ihm helfen, den Ort zu finden, an dem ich ihn willkommen heißen werde. Er stößt sanft gegen meine Schamlippen, dann gegen das kleine Stück zwischen meiner Vagina und meinem Po. Dabei berührt er meinen Anus einen seltsamen, aber unerwartet aufregenden Moment lang, bevor er zum Eingang meines Geschlechts zurückkehrt.

Ich will stöhnen, ihn anflehen, mich sofort zu nehmen, aber ich wage nicht, etwas zu sagen. Seine Hand liegt fest auf meiner Taille. Ich versuche, meine Schenkel so weit es mir auf der schmalen Bank möglich ist zu spreizen, und endlich stößt er zu, nimmt mich in einer einzigen Bewegung. Ich schreie auf, als sich sein kompletter Schwanz in mein Inneres zwängt, weiter als es ihm gelang, als ich noch auf dem Rücken lag. Ich bin hingerissen, und doch ist es beinahe unerträglich, da er all seine Kraft einsetzt, um tief in mich einzutauchen. Immer, wenn er sich in mich rammt, schnappe ich unter dem schmerzlichen Vergnügen nach Luft. *Es ist gleichzeitig wunderbar und schrecklich. Oh, Miles, bitte nicht aufhören!*

Ich höre, wie er stöhnt, während er seinen Schwanz in mich treibt, eine Hand immer noch auf meiner Taille, die andere auf meiner Schulter. Mit ihr zwingt er mich auf seine Rute. Dann greift er mit dieser Hand um mich herum, findet meine Klitoris, reibt sie kräftig und doch kontrolliert, mit erregenden Bewegungen, die mich bis an den Rand des Höhepunkts bringen. Er massiert mich, während sein herrlicher Schwanz mich so hart vögelt, wie ich es mir nur wünschen kann. In meiner samtigen Dunkelheit spüre ich, wie sich mein Orgasmus aufbaut.

O ja, mein wundervoller, phantastischer Miles … das ist so herrlich. Ich kann es kaum ertragen, aber ich brauche es so sehr. O ja, berühre mich dort, massiere mich fester, direkt auf der Knospe, mach, dass ich komme …

Ich kann es nicht laut aussprechen, selbst wenn ich es wollte, mein Keuchen ist zu heftig, aber ich flehe ihn an, so weiterzumachen, bis ich unter der Stärke meiner Gefühle laut schreie. Er schwillt wieder in mir an, und ich weiß, dass wir dieses Mal nicht mittendrin aufhören werden. Seine Stöße werden kürzer – schneller und heftiger, wenn das überhaupt noch möglich ist –, und er massiert meine Klit jetzt mit harten Strichen. Ich spüre, wie sich ein gewaltiger Strom aufbaut und mich mitreißt. Ich sinke zusammen, als mein Orgasmus in mir explodiert und Miles gleichzeitig seinen Höhepunkt erreicht. Wir wirbeln in purer Verzückung, sein Orgasmus ergießt sich in mir, während meiner mich krampfhaft zucken und schreien lässt. Dann kommt Miles schwer auf mir zu liegen. Wir keuchen beide, während die Empfindungen abebben.

Es dauert eine Weile, bis wir uns wieder bewegen können.

»Es ist spät.«

Miles betrachtet mich mit einer Zärtlichkeit, die ich an ihm noch nie wahrgenommen habe. Ich sitze ihm gegenüber am Tisch, eingehüllt in einen flauschigen Bademantel, und bediene mich an einem Teller mit köstlichem Essen.

»Ach ja?« Ich lächle ihn breit an. »Das ist mir gar nicht aufgefallen.«

Er lacht, schiebt seinen Teller von sich. »Tja, es ist trotzdem spät.«

»Wir haben erst zwei Elemente abgedeckt«, sage ich schelmisch. »Und wo hast du eigentlich das Essen her?«

»Dominics Koch hat es vorbereitet. Ich musste es nur noch in den Ofen schieben. Ich werde dein Lob weiterleiten.«

»Tu das. Aber vielleicht schmeckt ja alles besser, nachdem man großartigen Sex hatte.«

»Vermutlich.« Miles sieht sich im Esszimmer um, in dem ein Holzofen gemütliche Wärme ausstrahlt und der Blick aus den Fenstern auf das Tal geht. »Hier ist es ein wenig anders als in unserem letzten Quartier, stimmt's, Winter?«

Ich lache und nicke. »Das kann man wohl sagen! Es gibt anständige Badezimmer.« Ich habe unsere Saunasitzung bereits abgeduscht, darum bin ich auch so kuschelig in den weißen Bademantel gehüllt.

»Habe ich mir doch gedacht, dass du das zu schätzen weißt.« Er nimmt einen Schluck Rotwein und meint dann beiläufig: »Wie lange kannst du bleiben?«

»So lange ich will«, antworte ich.

Er bedenkt mich mit einem seiner Blicke. »Ehrlich?«

»Nun ja …« Ich will nicht über das Leben außerhalb dieses verzauberten Chalets sprechen, in dem ich solch himmlische Erfahrungen mache, aber vermutlich müssen wir uns der Realität stellen. »Eigentlich sollte ich nicht zu lange weg bleiben. Mein Vater wird sich fragen, wo ich bin. Er denkt, ich sei gerade mit Lola zusammen, und wenn er herausfindet, dass das nicht stimmt, gibt es Ärger.«

Miles wirkt erstaunt. »Hör zu, ich weiß, ihr Mädchen befindet euch ständig in der Gefahr, entführt zu werden. So wie alle Kinder berühmter, reicher Männer. Aber dein Vater ist einen Tick extrem. Von Anfang an wurde uns aufgetragen, euch Mädchen einen besonderen Schutz angedeihen zu lassen, und zwar in einem höheren Maß, als ich das je erlebt habe. Ihr steht praktisch rund um die Uhr unter Spezialbeobachtung. Warum verhält sich euer Dad so paranoid?«

Ich schaue auf meinen Teller, meine Sorglosigkeit ist auf einen Schlag verpufft. »Es … es ist schwer zu erklären. Das hat mit etwas zu tun … das passiert ist.«

Miles runzelt die Stirn. »Was ist denn passiert? Du weißt, dass du es mir anvertrauen kannst.«

Ich lege die Ellbogen auf den Tisch und stütze meinen Kopf auf einer Hand ab. Innerlich fühle ich mich zittrig. Ich habe noch nie mit jemandem außerhalb der engsten Familie darüber geredet – wenn man die Seelenklempner nicht mitzählt, zu denen ich geschickt wurde. »Es ist nämlich so, dass …« Ich hole tief Luft und starre intensiv auf die Maserung des Holztisches. »Vor vielen Jahren wurde ich entführt. Meine Mutter und ich wurden als Geiseln genommen.«

»Wie bitte?«

Ich schaue auf. Miles sieht mich ehrlich erstaunt an. »Hat man dir das nicht gesagt?«, frage ich.

»Nein, verdammt! Warum hat nie einer etwas erwähnt? Und wie kann es sein, dass ich niemals etwas davon gehört oder gelesen habe?«

Ein seltsam niederdrückendes Gefühl von Verlustangst überkommt mich. So empfinde ich immer, wenn ich an dieses Ereignis meiner Kindheit denke. Darum versuche ich auch, nicht daran zu denken. »Es wurde totgeschwiegen. Das war nicht so schwierig, weil niemand wusste, dass man uns entführt hatte. Es geschah in Italien, wo meine Mutter und ich in einer Villa wohnten. Meine Schwestern waren nicht dabei. Ich weiß gar nicht mehr, warum nicht. Aber nur Mama und ich waren dort. Eines Nachts wachte ich plötzlich auf, und da saß dieser riesige Mann auf meinem Bett und beobachtete mich. Als er merkte, dass ich wach war, presste er seine Hand auf meinen Mund, hob mich hoch und trug mich zu einem Transporter, in dem bereits meine Mutter saß. Sie fesselten uns aneinander und klebten uns den Mund zu. In unseren Schlafanzügen wurden wir in die Berge gefahren. Dort hielten sie uns in einer Höhle fest.«

Miles steht der Mund offen. Als er wieder sprechen kann,

stottert er: »Aber das ist ja furchtbar! Du bist *entführt* worden? Was ist dann passiert?«

Ich fahre mit der Fingerspitze über die Maserung des Tisches. Mein Herz rast angesichts der Erinnerung und der albtraumhaften Bilder vor meinem inneren Auge: meine Mutter in ihrem blauen Morgenmantel, gefesselt, ihr ängstlicher Blick über dem Knebel in ihrem Mund; der dunkle Innenraum des Transporters; die Umrisse der Olivenbäume vor dem grünlichen Himmel, als wir in die Höhle gestoßen wurden, in deren Tiefen uns ängstliche junge Männer mit Waffen bewachten. Ich versuche, Miles das alles zu erzählen, aber ich finde keine Worte, die dem Schrecken gerecht werden. Als ich dann endlich etwas herausbringe, muss ich stottern, und mir versagt die Stimme.

»He, he, he.« Sofort ist er neben mir und legt den Arm um meine Schulter. Er tröstet mich mit der Wärme seines Körpers, mit der Berührung seiner Wange auf meiner. »Pst, pst«, beschwichtigt er, »du musst nichts sagen, wenn du nicht willst. Klingt nach einem echten Albtraum, Süße. Eine schreckliche Erfahrung. Kein Wunder, dass du seitdem verkorkst bist.« Er löst sich von mir und schaut mich aus besorgten, blauen Augen an. »Aber es ging gut aus, oder? Du und deine Mutter haben es überstanden?«

Ich nicke. »Ja. Wir wurden nach einer Weile gerettet.«

»Wie lange?«

»Zwei Wochen.«

»Zwei Wochen?« Er wirkt entsetzt. »Mein Gott, wenn ich gewusst hätte, dass du das durchmachen musstest, dann hätte ich mich bei unserem Unfall anders verhalten. Kein Wunder, dass du solche Angst hattest.«

»Man hat uns letzten Endes gefunden«, erzähle ich mit monotoner Stimme. »Unsere Bewacher widersetzten sich nicht. Sie gaben so schnell auf, dass ich glaube, insgeheim waren sie erleichtert, dass endlich alles vorbei war. Ich hatte schon die ganze Zeit den Verdacht, dass einige von ihnen mit der ganzen Sache nicht glücklich waren. Ihr Anführer hat sie alle dazu getrieben. Aber die Männer, die uns bewachten, waren größtenteils nett. Und sie merkten, dass meine Mutter krank war und auch immer kränker wurde.«

»O nein ...« Miles klingt mitfühlend, als die Erkenntnis in seinem Blick aufglimmt.

Ich nicke. »Sie musste Medikamente gegen eine Krankheit nehmen, von der nicht einmal ich wusste, dass sie daran litt. Ohne die Medikamente ging es ihr rapide schlechter. Am Ende der zwei Wochen war sie ins Koma gefallen. Als man uns fand, war es für sie zu spät.«

»Freya, es tut mir so leid.« Miles zieht mich fester in seine Arme, und mein Kopf kommt auf seiner breiten, Sicherheit ausstrahlenden Brust zu liegen. Ich möchte weinen, aber meine Augen bleiben trocken. Ich habe schon seit Jahren nicht mehr deswegen geweint, nicht, seit ich mir geschworen habe, mich dadurch nicht zerstören zu lassen. Die Erinnerung an die letzten beiden Wochen meiner Mutter hatte ich tief in mir weggeschlossen.

»Das ist eine schreckliche Geschichte.« Einige Minuten lang wiegt er mich in seinen Armen. Dann fragt er leise: »Aber wie konnte das ein Geheimnis bleiben? Warum hat es nie jemand herausgefunden?«

Meine Stimme wird von seiner Brust gedämpft. »Weil es das Werk von Insidern war.«

»Wie bitte?« Er löst sich von mir, um mich anzusehen.

»Einer unserer Leibwächter hat die ganze Sache geplant und durchgeführt. Die Entführer verlangten absolute Verschwiegenheit, und wir gaben sie ihnen. Mein Vater vermutete von Anfang an, dass einer der Bodyguards dahinterstecken musste. Anstatt zur Polizei zu gehen, aktivierte er seine Kontakte vor Ort, um die Entführer mit bestochenen Informanten zu infiltrieren.«

»Hat es funktioniert?«

»Ich weiß nicht. Aber er hat uns gefunden. Letzten Endes.«

Miles starrt mich an, dann sagt er leise: »Dieser Mann war böse. Die Wachen, die du jetzt hast, wir alle … wir sind nicht wie er. Das musst du mir glauben.«

»Ich glaube dir«, erwidere ich leise. »Ich kann mir nicht vorstellen, dass du jemals so etwas tun könntest.«

Er wirkt grimmig. »Natürlich würde ich das nicht! Ich sorge für die Sicherheit und den Schutz der Menschen, für die ich arbeite! Um Himmels willen!« Plötzlich schlägt er auf den Tisch, und ich zucke heftig zusammen. Er atmet schwer, als er mich entschuldigend ansieht. »Tut mir leid, Süße. Ich wollte dir keine Angst einjagen, es ist nur …« Er wendet den Blick ab, sein Gesichtsausdruck ist nicht zu entschlüsseln. »Dreckskerle wie er machen mich einfach verdammt wütend, das ist alles. Bei mir bist du sicher, das weißt du.«

Ich nicke. »Das weiß ich.«

»Gut.« Er streichelt mir sanft das Haar und lächelt, hat sich sichtlich wieder beruhigt. »Das freut mich zu hören. Und jetzt … du musst müde sein.«

»*Du* musst müde sein.« Ich erwidere sein Lächeln, erleichtert, dass wir uns wieder erfreulicheren Themen zuwenden.

»Weißt du, was? Ich glaube, zwei Lektionen reichen für heute. Wir sollten noch etwas für morgen übrig lassen.«

»Hmm, lass mich nachdenken, was ist denn noch übrig? O ja – Wasser und Erde.« Ich kann wieder lächeln, froh, die schrecklichen Erinnerungen wieder an den Ort wegsperren zu können, an den sie gehören, in den Tiefen meiner Erinnerung. »Du hast mich bereits mit Feuer und Luft überrascht. Ich kann es kaum erwarten, was du morgen tun wirst.«

Miles nimmt meine Hand und drückt sie sanft. »Wir lassen

dich noch ein wenig im Ungewissen, einverstanden? Ich habe festgestellt, dass langweilige, vorhersehbare Lektionen nie besonders wirkungsvoll sind. Komm, lass uns zu Bett gehen.«

»Können wir den Lerninhalt vor morgen noch einmal stichprobenartig durchgehen?«, erkundige ich mich demütig und stehe auf, um ihm zu folgen.

»Dein Wissensdurst ist ja wirklich unstillbar.« Er lacht und führt mich an der Hand nach oben. »Das spricht sehr für dich.«

»Das liegt daran, dass ich den allerbesten Lehrer habe«, kontere ich. »Du stimulierst … meinen Verstand.«

Nach einem zärtlichen Liebesspiel liege ich später an diesem Abend im Bett und betrachte durch das Dachfenster die strahlenden Sterne weit über uns. Miles hat seinen Arm um mich gelegt. Ich fahre sanft mit dem Finger über seine geschmeidige Haut.

Ich erinnere mich, wie Miles sagte, dass laut Aristoteles der Weltraum und die Sterne aus Äther bestehen, dem Material himmlischer Substanzen.

Ich drehe mich zu ihm. Er liegt schon im Halbschlaf, die Augen geschlossen, der Atem tief und regelmäßig. »Ich dachte gerade an etwas.«

Miles grunzt. »Hm? Was?«

»Es gibt noch etwas, das aus Äther besteht. Du weißt schon, dem himmlischen Zeugs.«

»Hm.«

Ich weiß, dass er schon so gut wie eingeschlafen ist, aber ich muss es ihm einfach zuflüstern. »Weißt du, ich glaube, einen Orgasmus zu erleben – das ist auch himmlisch. Sollte das nicht der Liste hinzugefügt werden?«

»Mmm. Ja.«

»Gut. Champagner, Sterne und Orgasmen. Aber da ist noch etwas, etwas, das viel besser ist als ein Orgasmus.«

Er holt tief Luft und sagt: »Ach ja?«

»Ja.«

Ich warte lange. Als ich angesichts der Gleichmäßigkeit seines Atems sicher bin, dass er eingeschlafen ist, flüstere ich: »Die Liebe.«

Die Worte hängen in der warmen Dunkelheit, erfüllen mich mit seltsamer Erregung. Ich kann kaum glauben, dass ich gewagt habe, sie auszusprechen. Das habe ich auch nur getan, weil ich sicher war, dass er mich nicht hören konnte, aber ich brauchte die Chance, ihm einen Hinweis zu geben, dass sich meine Gefühle für ihn entwickelten. Ich hole tief Luft, seufze glücklich, zufrieden an Körper und Herz. Irgendwie hat es meine Seele ein wenig erleichtert, ihm von meiner Mutter zu erzählen und dem, was wir zusammen durchgemacht haben. Fünf Minuten mit Miles scheinen bewirkt zu haben, was stundenlange Therapiesitzungen nicht konnten. Mein Körper schwelgt in seiner Nähe, und mein Geschlecht schmerzt ein wenig von dem intensiven Einsatz dieses Tages.

Morgen kommt noch mehr, hoffe ich.

Ich schließe die Augen.

»Gute Nacht, Winter.«

Überrascht reiße ich die Augen wieder auf und drehe mich zu ihm. »Bist du wach?«

Es kommt keine Antwort, nur ein weiterer, tiefer Atemzug.

O Gott, hat er mich etwa gehört? Hat er mitbekommen, dass ich von Liebe sprach?

Ich weiß es nicht. Kann es jetzt nicht herausfinden.

Morgen werde ich mehr erfahren.

14. Kapitel

Ich liege in völliger Dunkelheit, eingehüllt von kalter, übelriechender Schwärze. Neben mir spüre ich die feuchte Kälte einer Steinwand. Ich blinzele, versuche herauszufinden, wo ich bin, wer noch da ist. Ich fühle die Anwesenheit eines anderen Menschen, auch wenn ich nichts sehen kann. Die Dunkelheit lähmt mich, ebenso die wachsende Angst in mir. Dieser Jemand ist mir sehr nahe, ich kann seinen Atem hören.

Endlich gelingt es mir, mich zu bewegen. Ich strecke die Hand aus und berühre etwas. Einen groben Stoff, wie ein Handtuch, darunter etwas Festes. Ich berühre offenbar jemand – einen Körper –, aber dafür ist das, was ich berühre, eigentlich zu kalt. Wo ist die Körperwärme? Warum strahlt er keine Wärme aus? Meine Fingerspitzen streichen vorsichtig über das grobe Material.

»Mama?«, flüstere ich.

Es kommt keine Antwort, nur der Hauch eines schwachen Seufzens in der Nachtluft. Plötzlich greift eine Hand wie aus dem Nichts nach meinem Handgelenk, packt es mit hartem, eisernen Griff. Ich reiße in der Dunkelheit entsetzt die Augen auf und schreie mein Entsetzen heraus …

»Freya, Freya! Wach auf, Süße, es ist alles gut, du hast nur einen Albtraum. Ich bin ja hier, Süße, ich bin hier.«

Starke Arme schlingen sich um mich. Anfangs kämpfe ich dagegen an, versuche, den furchtbaren Griff aus meinem Traum abzuschütteln. Die Angst macht mich blind, lässt mich weinen.

»Freya! Ist ja gut, ich bin hier …«

Endlich dringt seine Stimme zu meinem Bewusstsein durch,

und mein Schrecken ebbt ab. Ich entspanne mich in seinen Armen, keuchend und schluchzend. Mir wird mit überwältigender Erleichterung klar, dass ich in Sicherheit bin. Natürlich weiß ich, wo ich bin. Ich befinde mich in dem wunderschönen Schlafzimmer eines Chalets oberhalb von Klosters. Ich liege in Miles' Armen, nachdem ich die Nacht mit ihm verbracht habe. Ich sollte eigentlich im siebten Himmel schweben, aber hier bin ich nun, immer noch außer Atem von meinem Albtraum, mit Tränen in den Augen.

»O Gott, es tut mir so leid«, stoße ich zwischen meinen hektischen Atemzügen hervor. »Es tut mir leid!«

»Es muss dir nicht leidtun«, beruhigt er mich. »Ist schon gut, alles ist gut. Hattest du einen Albtraum?«

Ich nicke.

»Es liegt es an dem, worüber wir gestern Abend gesprochen haben, nicht wahr?«, sagt Miles leise. Seine blauen Augen betrachten mich zärtlich, aber fragend.

»Vermutlich.« Ich hole tief Luft und stoße sie in einem langen Seufzer aus, versuche, meinen Atem wieder unter Kontrolle zu bekommen und mich zu beruhigen. »Manchmal habe ich diese Flashbacks. Sie sind unglaublich stark. Natürlich sind es Träume, aber sie fühlen sich so real an. Anfangs träume ich, dass ich schlafe, dann wache ich in meinem Traum auf. Und es fühlt sich genauso an wie echtes Aufwachen, und wenn dann schlimme Dinge passieren, glaube ich sie.«

»Das klingt ja schrecklich, du armes, kleines Ding.« Miles' Stimme klingt so zärtlich, sein melodiöser, schottischer Akzent so herrlich tröstend, dass ich mich darin wie in eine Decke einhülle.

»Ich kann die Präsenz in meinem Traum nicht beschreiben – ich sehe sie nie. Sie ist mir nahe, und sie ist so real, ich kann sie atmen hören, spüre ihre Masse – manchmal ihr Gewicht, wenn ich auf einem Bett liege. Sie beobachtet mich, und ich kann mich nicht bewegen. Anfangs weiß ich nie, ob sie gut oder böse ist, sie scheint einfach an mir interessiert. Aber dann … dann … wird mir klar, dass sie mir schaden will.« Das plötzliche Schluchzen in meinem Hals kommt völlig überraschend für mich, und ich zucke zusammen. Miles schlingt seine Arme fester um mich und gibt beruhigende Töne von sich, während ich das schreckliche Gefühl abschüttele, das mit der Erinnerung an diesen entsetzlichen Traum stets einhergeht.

»Man muss nicht Sigmund Freud sein, um diesen Traum interpretieren zu können«, sagt Miles leise und wiegt mich in seinen Armen. »Nicht, wenn man weiß, was du mir von deiner Kindheit erzählt hast.«

Ich nicke niedergeschlagen. »Ich weiß. Ich bin so oft dort – in dieser Höhle. Zusammen mit meiner Mutter.«

»Bei mir bist du sicher«, erklärt er mit fester Stimme. »Ich werde immer auf dich aufpassen.«

»Na ja …« Ich schnüffele und bringe ein Lächeln zustande. »Du bist schließlich Leibwächter. Es ist dein Job.«

Er schaut mich intensiv an, der Blick seiner blauen Augen so ernst, wie ich ihn noch nie sah. »Wir wissen aber beide, dass du allen Grund hast, Leibwächtern nicht zu trauen. Kein Wunder, hast du dich mir und meinen Kollegen gegenüber immer so hochmütig verhalten.«

»Vermutlich fällt es mir schwer, nach dem, was mir zugestoßen ist, noch irgendwem gegenüber Vertrauen aufzubringen. Die Tatsache, dass wir von jemandem betrogen wurden, der uns eigentlich beschützen sollte, hat viel kaputtgemacht.«

»Das ist mir jetzt auch klar.« Er schüttelt den Kopf. »Ich persönlich denke ja, man hätte uns davon erzählen sollen. Das hätte uns geholfen, die Paranoia deines Vaters und seine enorm hohen Anforderungen zu verstehen. Die Sicherheitskontrollen, auf denen er besteht, lassen selbst Militäreinrichtungen alt aussehen. Und das Verhältnis zu euch, unseren Schutzbefohlenen, wäre auch entspannter gewesen, wenn wir über die Hintergründe Bescheid gewusst hätten.«

»Du willst damit also sagen, dass ihr uns alle hasst!«, scherze ich mit einem halbherzigen Lächeln.

Er grinst, mit diesem schiefen Lächeln, bei dessen Anblick mein Herz immer kleine Purzelbäume schlägt. »Wir hassen euch nicht. Aber lass mich einfach sagen, dass ihr es uns nicht immer leicht macht, euch zu mögen.«

»Vermutlich nicht.« Ich bin jetzt schon ruhiger, fast wieder mein altes Selbst. Ich lehne mich gegen mein Kissen. Das Schlafzimmer strahlt eine solche Heiterkeit aus. Es ist luxuriös, aber auch sehr natürlich mit den schlichten, holzvertäfelten Wänden, den bestickten Stoffen und dem handgefertigten Mobiliar – die Edelausgabe eines klassischen Schweizer Chalets. Über mir fällt das Sonnenlicht durch das Dachfenster, taucht den Raum in ein sanftes, goldenes Licht.

»Wir sprechen mit Außenstehenden nicht darüber«, sage ich und schaue nach oben. »Mein Vater kanalisiert all seine Wut und seine Angst in das Unternehmen, uns völlige Sicherheit zu ermöglichen, damit uns nie wieder etwas zustößt. Aber ich glaube, er hat auch schlimme Schuldgefühle, weil er uns nicht rechtzeitig befreien konnte. Trotz all des Geldes und all seiner Macht kam er nicht gegen einen Haufen Entführer in den italienischen Bergen an.« Ich schaue zu Miles. »Er hat sich den Tod meiner Mutter nie vergeben. Er fürchtet, wenn wir mit Außenstehenden darüber reden, könnte das den Eindruck erwecken, wir seien schwach und angreifbar, und dann würde es jemand anderes womöglich wieder versuchen. Also müssen wir so tun, als seien unsere Sicherheitsmaßnahmen noch niemals ausgehebelt worden, als seien wir unangreifbar. Auf diese Weise traut sich keiner, uns Schwierigkeiten zu machen.« Ich zucke mit den Schultern. »Das ist zumindest der Plan.«

Miles nickt. »Ich verstehe.« Er streicht sich mit der Hand über den Kopf, zerzaust sein kurzes, dunkles Haar. Der Muskel an seinem Oberarm ist deutlich zu sehen, und mich packt das Verlangen, ihn zu berühren, mein Gesicht an seine straffe Haut zu pressen und seinen Duft einzuatmen. »Ich verstehe es tatsächlich.«

»Wenn wir es den Angestellten erzählen, würde irgendwann etwas nach außen dringen. Aus irgendeinem Grund sind die Leute von uns fasziniert. Wir sind Menschen wie alle anderen auch, aber die Medien sind förmlich besessen von uns, weil wir so reich sind. Ich suche die Öffentlichkeit nicht, das passiert einfach. Es gibt so viele Klatschgeschichten über uns, manche erfunden, manche wahr. Ich habe keine Ahnung, wo das herkommt.« Ich sehe ihn an. »Das macht uns alle paranoid. Vielleicht verkaufen unsere Freunde hinter unserem Rücken Geschichten an die Medien, oder vielleicht hört jemand unsere Telefonate ab oder hat Wanzen in unseren Zimmern versteckt. Darum reden wir so gut wie nie über das, was in unserem Leben passiert, nicht einmal unter uns, nur für den Fall, dass jemand es belauscht und es dann nach draußen dringt. Stell dir vor, du würdest dein Privatleben auf Celebrity-Webseiten und in den Zeitungen nachlesen können, wo jedermann darüber lacht. Ich bin weder Schauspielerin noch Politiker oder Model. Ich brauche die Aufmerksamkeit der Öffentlichkeit nicht. Ich bin einfach nur eine Frau!«

Miles schenkt mir ein Lächeln. »Nicht ›einfach nur‹, Freya. Das nun wirklich nicht.« Sein Blick wandert über die Rundungen meiner nackten Schultern, die Hügel meiner Brüste unter dem Laken, mein dunkles Haar, das auf dem Kissen ausgebreitet ist. »Mir ist früher nie aufgefallen, wie schön du bist, erst jetzt. Als du noch Miss Hammond warst, habe ich dich nie für besonders attraktiv gehalten.«

Ich muss lachen. »Oh, danke!«

Er ignoriert mich. »Aber jetzt …« Wieder dieser intensive Blick, bei dem mein Innerstes erzittert. Miles' Stimme klingt rau vor Verlangen. »Jetzt halte ich dich für die schönste Frau, die mir je unter die Augen gekommen ist.«

Ein köstlicher Schauder läuft bei seinen Worten über mich hinweg. Ich strahle ihn an, hoffe, dass ich angesichts seines Kompliments nicht zu dümmlich aus der Wäsche schaue. Ich erinnere mich an die vergangene Nacht, als ich der Versuchung nicht widerstehen konnte, mein Herz einen Spaltbreit zu öffnen und ihm das Wort ›Liebe‹ zuzuflüstern. Meine Wangen werden heiß und überziehen sich mit einer beinahe angenehmen Röte. Es besteht die Möglichkeit, dass er es gehört hat, aber ich habe keine Ahnung, wie ich das herausfinden könnte.

»Ist es schon Zeit für den Unterricht?«, frage ich hoffnungsvoll. Mein Blick wandert zur Badezimmertür. Wenn die heutige Lektion sich um das Thema Wasser dreht, wird er mich womöglich bitten, ihm unter die Dusche zu folgen …

Miles lacht. Seine Augen funkeln schelmisch, als er den Kopf schüttelt. »Wir wollen es nicht übereilen. Weißt du, viele Menschen glauben, dass man besser lernt, wenn man vorher Sport getrieben hat.«

Meine Augen strahlen. »Tja, wie gut, dass es sich bei unserem Unterrichtsstoff durchgehend um Sport handelt, nicht wahr? Wir schlagen zwei Fliegen mit einer Klappe.« Ich hebe die Augenbrauen. »Worauf wartest du noch?«

»Ich denke an eine völlig andere Sportart, du unverbesserliches Ding.« Er nimmt ein schneeweißes Kissen zur Hand und wirft es nach mir. »Ich denke, wir gehen nach draußen und holen uns Appetit für nachher – auf mehr als nur das eine.« Seine blauen Augen glitzern. Ich liebe diesen Blick: warm und fröhlich. Ich habe das Gefühl, dass ich eine Seite von Miles sehen darf, die nur wenige Menschen jemals zu Gesicht bekommen haben. *Ich frage mich, wer die anderen sind …* Dieser

Gedanke schießt mir flüchtig durch den Kopf, und ein hässlicher Anflug von etwas wie Eifersucht überkommt mich bei der Vorstellung, mit wem er noch Spaß gehabt haben mochte. Ich verdränge diesen Gedanken, bevor er unseren herrlichen, gemeinsamen Morgen vergiften kann.

»Wir stehen jetzt auf«, sagt Miles, während ich mir das Kissen an die Brust presse. »Ich mache dir Kaffee und Eier, so wie du sie magst. Und dann ziehen wir uns an und gehen auf den Berg.«

»Auf den Berg?« Mitten in meinem Glück überkommt mich ein Anflug von Panik. »Willst du Ski fahren? Was ist, wenn ich jemandem begegne, den ich kenne?«

Miles schürzt die Lippen und runzelt die Stirn. »Wir halten uns so weit wie möglich von den meistbefahrenen Pisten entfernt. Falls du es dir zutraust, können wir uns auch eine Abfahrt ganz abseits der Pisten suchen. Es gibt hier auch das passende Outfit für dich – die Freundin von Dominic hat Sachen hier gelassen, die du dir borgen kannst, dazu eine Schutzbrille. Und wenn wir dann noch die Cafés und Restaurants meiden, sollte alles gutgehen.« Er beugt sich vor und küsst mich. Ich liebe seinen Geschmack auf meinen Lippen und sehne mich nach mehr, aber er entzieht sich mir. »Ich denke, wir können es riskieren. Niemand weiß, dass du hier bist, und das bedeutet, dass auch keiner mit dir rechnet. Meiner Erfahrung nach können sich berühmte Zeitgenossen ganz natürlich bewegen, solange niemand vermutet, dass sie in der Nähe sind.«

»Also gut, lass es uns tun. Ich fahre total gern Ski. Und hast du nicht auch etwas von Eiern gesagt? Ich bin am Verhungern …«

Ein paar Stunden später genieße ich das Gefühl, in hohem Tempo die Abfahrt hinunterzufegen, meine Ski genau so zu lenken, wie ich es will, mit einem Zischen hangabwärts über den Schnee zu gleiten. Vor mir sehe ich den dunklen Umriss von Miles. Ich hielt mich immer für eine ziemlich gute Skifahrerin – schließlich stehe ich auf den Brettern, seit ich drei Jahre alt war –, aber Miles kann ich nicht das Wasser reichen. Er fährt besser als jeder Skilehrer, den ich je hatte, nimmt den Hang in einem Tempo, wie es nur ein echter Könner vermag. Seine Technik ist perfekt, fast schon ehrfurchtgebietend. Sie wirkt täuschend einfach, während er sich in gemächlich scheinenden Zickzackkurven nach unten bewegt. Sein Körper berührt in den Kurven beinahe den Boden, seine Stöcke treffen kaum auf den Schnee. Nur die Wolke aus Schnee, die seine Bretter aufwirbeln, zeigt, wie rasant er unterwegs ist.

Falls er es jemals müde werden sollte, als Bodyguard zu arbeiten, könnte er problemlos Stuntman für Kinofilme werden – in seiner schwarzen Ski-Montur und der Sonnenbrille sieht er aus wie James Bond, der mühelos den Berg abfährt.

Als ich schließlich neben ihm zum Stehen komme, bin ich atemlos, aber beschwingt. Ich liebe diesen Sport. Man ist im Freien, genießt den eisig-blauen Himmel, den flüssigen Sonnenschein und den frischen, weißen Schnee. Skifahren ist auch extrem sexy, vielleicht wegen der hautengen Montur. Miles hat mir ein tolles Outfit herausgesucht: einen Ski-Overall in Rot mit farblich passender Skijacke. Dazu trage ich eine rote Mütze und eine dunkle Sonnenbrille. Ich fühle mich schnittig und sportlich. Miles ist ganz in Schwarz, und wir geben auf den weißen Hängen ein beeindruckendes Paar ab.

»Du bist echt der Hammer!«, keuche ich atemlos, während er mich anlächelt. »Ich hatte ja keine Ahnung, dass du so exzellent Ski fahren kannst.«

»Alles Übung«, meint er trocken. »Viel Übung. Wir haben gelernt, die härtesten Abfahrten der Welt zu nehmen.« Er schaut zum Berg hoch, das Sonnenlicht reflektiert von seiner

Fliegerbrille. »Danach sind solche Abhänge wie der hier das reinste Kinderspiel.«

Ich muss lachen. »Ja klar.« Ich stecke meine Stöcke in den Schnee und nehme meine Sonnenbrille ab. »Was machen wir jetzt? Ich habe einen Bärenhunger.«

»Hunger?« Miles runzelt die Stirn. »Wir hatten doch eben erst gefrühstückt.«

»Das ist vier Stunden her!«, rufe ich. »Und Skifahren macht mich immer heißhungrig.«

»Ich hatte schon Angst, dass du heute Morgen nicht genug bekommen hast.«

»Sei nicht albern, es war lecker, und ich habe reichlich gegessen.« Ich grinse ihn an. »Ich bin froh, dass du dich am Herd so gut geschlagen hast. Ich bin in der Küche nämlich eine völlige Null.«

»Warum überrascht mich das nicht?« Er lacht, stößt seine Stöcke ebenfalls in den Schnee. Dann packt er mich an den Händen und zieht mich zu sich, so dass meine Ski sanft zwischen seine gleiten und mein Körper auf ihn prallt. Er schlingt seine Arme um mich und flüstert mir ins Ohr: »Aber du bist alles andere als eine Null, Winter. Ich weiß zufällig, dass du unglaublich talentiert bist.«

Mein Hals schnürt sich zu, und mein Herz rast. Seine Nähe und das Timbre seiner Stimme so nahe an meinem Ohr sind beinahe unerträglich. Meine Haut prickelt.

»Ehrlich?«, flüstere ich. »Lerne ich so schnell?«

»Unglaublich schnell. Du wirst den Unterricht mit Bestnoten abschließen.« Sein Mund berührt mich jetzt beinahe, macht mich schwindelig vor Verlangen.

»Ich denke, ich bin bereit für meine nächste Lektion.« Meine Stimme bricht unter der Kraft meines Verlangens nach ihm.

Sein Mund senkt sich auf meinen. Meine Lippen öffnen sich, und unsere Zungen stoßen aufeinander. Wir küssen uns leidenschaftlich, achten nicht auf andere – nicht, dass es dort, wo wir sind, umtriebig wäre. Wir befinden uns auf keiner offiziellen Piste, sondern an einem äußerst ruhigen Teil des Berges, und soweit ich sehe, gibt es außer uns niemanden. Ich entspanne mich in die Köstlichkeit seines Kusses, genieße seinen Geschmack, während er meinen Mund in Besitz nimmt.

Als er sich endlich löst, liegt ein Versprechen in seinem Blick. »Sollen wir zurück zum Chalet, Winter? Ich denke, es ist an der Zeit, mit dem Unterricht fortzufahren.«

»Ja, bitte«, sage ich. »Lass uns sofort aufbrechen.«

Als wir wieder zum Chalet kommen, hat der Koch, den Dominic für uns engagiert hat, in unserer Abwesenheit ein köstlich aussehendes Mittagessen für uns bereitgestellt: kaltes Hühnchen und Schinken, verführerisches, warmes Gemüse mit Balsamico-Essig, wilden Reis mit roter Bete sowie Feta-Käse und Rucola-Salat mit süßen Tomaten und Paprika. Frisch gebackenes Brot findet sich in einem Korb, dazu Alpenbutter und diverse Schweizer Käse, mit Schokoladenkeksen als Nachtisch. Es ist viel zu viel für uns zwei, aber das Skifahren hat meinen Appetit wie üblich gesteigert, und ich greife beherzt zu.

»Meine Güte«, sage ich zu guter Letzt und lehne mich auf dem Stuhl zurück. »Ich bin pappsatt. Ich war unglaublich gierig.«

Miles schiebt seinen Teller von sich und lächelt mich an. »Zu satt für unseren Unterricht?«

Ich stöhne. »Weißt du, was? Womöglich bin ich das.« Unerwartet muss ich gähnen. »Die Aktivitäten von gestern haben mich ziemlich schläfrig gemacht.«

»Dann solltest du dich jetzt ausruhen. Ich will nicht, dass du mir nachher mittendrin einschläfst. Komm.« Er steht auf und reicht mir die Hand. »Der Unterricht kann warten. Ich will, dass du für die nächste Lektion in Form bist. Du wirst deine ganze Aufmerksamkeit brauchen.«

Ich stehe auf. Noch vor kurzem war ich unglaublich scharf auf Miles. Jetzt kann ich kaum die Augen aufhalten. »Die Bergluft«, sage ich entschuldigend.

»Das war in letzter Zeit alles ziemlich anstrengend für dich«, sagt er und legt seinen Arm um meine Schulter, während wir zur Treppe gehen. »Ich meine nicht nur unseren Unterricht. Wahrscheinlich musst du dich immer noch vom Trauma unseres Unfalls erholen.«

»Was ist mit dir?« Ich muss erneut gähnen. »Du hast dasselbe Trauma durchlitten.«

»Nicht ganz«, meint er nachsichtig. »Ich bin für Krisensituationen ausgebildet und trage auch nicht ein solches Kindheitstrauma mit mir herum wie du. Jedenfalls werde ich nicht schlafen, sondern über dich wachen.«

Ich lehne meinen Kopf an seine Schulter. Ich liebe es, welche Gefühle er in mir weckt. Ich fühle mich sicher. Beschützt. Nicht überwacht oder beobachtet –, sondern wirklich und wahrhaftig sicher. Ich kann mich nicht erinnern, mich jemals so behütet gefühlt zu haben. »Danke«, flüstere ich.

»Wofür?«

»Oh – für alles.«

Wir erreichen das Schlafzimmer, und ich bin so müde, dass ich fast völlig schlaff bin. Ich setze mich auf das Bett und lasse mir von Miles langsam die Kleider ausziehen, bis ich nur noch ein T-Shirt und meinen Slip trage.

»Das ist beinahe mehr, als ein Mann aus Fleisch und Blut aushalten kann«, sagt er. Seine Augen funkeln, als er mich betrachtet. Er hebt das Laken, damit ich darunterschlüpfen kann. »Du bist eine unglaubliche Versuchung. Ich hoffe, du weißt zu schätzen, welche Selbstkontrolle ich gerade ausübe.«

Ich kichere, während er mich zudeckt. Die Bettwäsche ist

geschmeidig und kühl auf meinen nackten Beinen. »Du darfst dich an mir vergehen, wenn du möchtest«, sage ich einladend. Ich bin schon feucht, wenn ich ihn nur anschaue. Doch dann überfällt mich ein weiteres Gähnen aus dem Hinterhalt.

Er lacht. »Ich glaube, die Aussicht, dass du einschläfst, während ich mit dir Liebe mache, schreckt mich ab. Ich warte, bis du wieder fit bist.« Er drückt einen Kuss auf meine Wange und lächelt. »Schlaf gut.«

Ich seufze glücklich, als er sich umdreht und zur Tür geht. In diesem Moment klingelt sein Handy. Ich höre noch, wie er das Gespräch annimmt, aber bevor ich mehr erfassen kann, schlafe ich schon tief und fest.

15. Kapitel

Als ich aufwache, ist es draußen dunkel. Es ist später Nachmittag, und die Sonne geht hinter den Bergen unter. Ich komme nur langsam zu mir, schüttele das seltsame Gefühl ab, das einen bisweilen beschleicht, wenn man am helllichten Tag schläft.

Ich schlüpfe in einen Morgenmantel und gehe nach unten. Miles sitzt, in eine Daunenjacke gehüllt, mit einem Glas Wein auf dem Balkon, liest und scheint sich des verblüffenden Himmels über ihm gar nicht bewusst zu sein: spektakuläre Streifen aus Rosa, Lila, Blau und Gold über den dunklen Gipfeln.

Ich öffne die Balkontür und strecke den Kopf in die kalte Abendluft. »Brrr, hier draußen ist es ja eiskalt.«

Beim Klang meiner Stimme dreht Miles sich rasch um, und auf seinem Gesicht breitet sich ein Lächeln aus, als er mich sieht. »Na ja, überrascht dich das?« Er zeigt auf die schneebedeckten Gipfel um uns herum.

»Vermutlich nicht.« Ich muss lachen. »Aber ich war bis gerade eben noch wohlig in meine Bettdecke gehüllt. Der Unterschied ist beträchtlich.«

Er legt sein Buch aus der Hand, steht auf und kommt auf mich zu. Gleich darauf umschließen mich seine Arme in einer Umarmung. Ich kuschele mich an seine Jacke, aber sie ist eisig. »Komm doch herein«, schmeichle ich. »Du musst jetzt nicht länger im Kalten sitzen.«

»Wie könnte ich da widerstehen?« Er hebt eine Augenbraue.

Den Kamin im Wohnzimmer hat er bereits angezündet. Sobald die Tür geschlossen ist, entspanne ich mich wieder. Ich setze mich auf das Sofa vor dem Kamin und winke Miles zu mir, dann ziehe ich ihn neben mich.

»Zieh die Jacke aus!«, befehle ich.

Er zieht sie aus, sagt aber: »Vorsicht … fang nicht an, wieder Befehle zu erteilen.«

»Natürlich nicht!«, bekräftige ich rasch. »Es ist kein Befehl – mehr eine Einladung.«

»Einladungen mag ich«, sagt er und zieht mich an seine breite, warme Brust. »Auch wenn ich deshalb mein Buch und meinen Drink draußen zurücklassen musste.«

»Bin ich nicht viel interessanter?«, frage ich und presse meine Lippen auf seine Wange. Seine Haut ist eine verführerische Mischung aus weich und rau, die Weichheit seiner Wange durchsetzt mit kratzigen Bartstoppeln.

»Aber ja«, murmelt er. Seine Umarmung wird fester. »Hör zu, es ist herrlich schnucklig hier mit dir, aber wie würde es dir gefallen, wenn wir zum Abendessen ausgehen? Ich kann zwar Eierspeisen zubereiten, aber sonst nicht viel, also würde es entweder eine enttäuschende Mahlzeit oder wir müssten den Koch wieder einbestellen.«

Ich zögere. Was, wenn wir gesehen werden und sich das bis zu meinem Vater herumspricht? Ich kann ja schlecht mit Skimütze und Sonnenbrille in ein Restaurant, und mein Gesicht ist bekannt, vor allem hier in Klosters. »Ich weiß nicht recht«, sage ich und runzle die Stirn.

»Ich weiß, was du denkst – es ist sicherer, wenn wir hier bleiben. Aber mein Freund Dominic ist in der Stadt …«

»Dominic, dem dieses Chalet gehört?« Ich gerate leicht in Panik. Bedeutet das, dass unser köstlicher Beisammensein *à deux* vorüber ist? Müssen wir das Chalet jetzt mit dem Freund von Miles teilen? Miles deutet meinen Gesichtsausdruck richtig und sagt rasch: »Er will hier nicht übernachten. Er und

Beth sind nur auf der Durchreise, und er hat ein gemeinsames Abendessen vorgeschlagen. Er weiß, dass wir im Chalet sind, und wird hier nicht vorbeischauen. Alles ist gut.«

»Trotzdem …« Ich runzele erneut die Stirn. »In einem Restaurant?«

»Dominic kennt ein entzückendes, kleines Restaurant in den Bergen – wir haben einen Nebenraum nur für uns. Niemand wird uns sehen.«

»Ich will niemand sehen außer dir«, erkläre ich.

»Ich weiß.« Er nimmt meine Hand und drückt sie sanft. »Aber du wirst sie mögen, das verspreche ich. Und du bekommst ein viel besseres Abendessen als hier bei mir, das kann ich dir definitiv versichern!«

Ich lächele ihn an. Plötzlich wird mir klar, dass Miles mich seinem Freund vorstellen will. Das bedeutet doch sicher, ich bin ihm so wichtig, dass er mich seinen Freunden zeigen will. Oder interpretiere ich zu viel hinein? »Na klar. Klingt gut.«

»Prima, dann gehen wir also aus.«

Ich lege gerade Lipgloss auf, als ich draußen das Bimmeln von Glocken höre. Neugierig geworden nehme ich meine Pumps zur Hand und eile die Treppe hinunter, wo Miles wartet. Er trägt einen schwarzen Mantel mit Pelzkragen, dicke Lederhandschuhe und eine schwarze Wollmütze.

»Da bist du ja«, sagt er. »Komm, wir müssen los.«

»Wer ist an der Tür?«, frage ich, schlüpfe in meine Stiefel mit Fleece-Innenfutter und ziehe meinen dicken Schaffellmantel mit dem herrlich weichen Wollkragen an. Meine Pumps stecke ich in eine Tasche, dann setze ich mir eine weiche Baskenmütze aus Kaschmir auf. »Es klang, als sei der Weihnachtsmann eben angekommen.«

»Nicht ganz.« Miles grinst. »Aber ich will nicht mit dem Auto fahren, also müssen wir uns auf die traditionelle Weise fortbewegen.« Er öffnet die Tür des Chalets, und ich erhasche einen Blick auf die dunklen Umrisse zweier Pferde, die ihre Mähnen schütteln, höre das Trappeln von Hufen, leises Wiehern und das gedämpfte Bimmeln von Glocken an dem Pferdegeschirr. Ein Kutscher, in eine Decke gehüllt und mit einem Hut mit breiter Krempe auf dem Kopf, sitzt auf dem Kutschbock und hält eine lange, schmale Peitsche in der Hand. Zwei flackernde Laternen zu beiden Seiten der Kutsche beleuchten seinen Weg.

Lachend trete ich vor das Chalet. Für gewöhnlich überlasse ich Kutschfahrten den Touristen, aber das altmodische Gefährt hat durchaus etwas sehr Charmantes. Miles schließt die Tür zum Chalet ab, dann öffnet er die kleine Tür an der Seite der Kutsche und hilft mir hinein. Die Sitze sind gut gepolstert, und es gibt Felldecken. Er setzt sich neben mich und legt eine Decke über unsere Knie.

»Wir sind so weit«, ruft er dem Kutscher zu. *»Zum Schloss Marika, bitte.«*

»Du sprichst Deutsch«, sage ich bewundernd.

»Ein bisschen.« Er erwidert mein Lächeln. Der Kutscher schnalzt mit der Zunge, und die beiden großen, braunen Pferde schwenken die Köpfe und traben los. Ich seufze glücklich. So eine Kutschfahrt ist zutiefst romantisch, das muss ich zugeben. Der Ausblick ist umwerfend. Über uns strahlt der Mond, und sein eisiges Licht erhellt die schneebedeckten Gipfel und die Föhrenwälder. Hin und wieder treibt der Kutscher die Pferde mit einem Schnalzen an, aber ansonsten ist es still, bis auf das Klappern der Hufe und das Zischen der Kufen über den Schnee. »Es ist wunderschön«, sage ich zu Miles, und er nickt.

»*Aye.* Es lässt mich ein klein wenig an mein Zuhause denken.«

»Ach ja?«

»Nadelgehölze lassen mich immer an Schottland denken.«

Ich kuschele mich an ihn, und er legt seinen Arm um mich. »Ich würde gern einmal dorthin reisen.«

Er lacht, und ich spüre das Beben seiner Brust durch unsere dicken Mäntel hindurch. »Mein Dorf ist auch nicht annähernd so glamourös wie Klosters. Ich liebe es, aber Zuneigung macht ja alles schöner. Die Landschaft ist allerdings herrlich, das lässt sich nicht leugnen.«

Wir sitzen eng an eng, lauschen dem Bimmeln der Glocken und dem Schnauben der Pferde, während die Kutsche sich die kurvenreiche Straße hinaufbewegt. Gerade, als ich mich frage, wohin um alles in der Welt wir fahren, biegt der Kutscher ab, und wir zuckeln durch ein schmiedeeisernes Tor zwischen zwei alten Pfeilern hindurch, auf denen je ein steinerner Greif sitzt.

Ich starre in die Dunkelheit zum Ende der Auffahrt. Ein Teil von mir will nicht ankommen, weil ich Miles dann mit anderen Menschen teilen muss. Doch schon biegen wir um eine Kurve, und ich sehe vor mir die Türmchen und Mauern eines Schlosses.

»Da sind wir, Schloss Marika«, sagt Miles.

Die Fenster des Schlosses glühen golden in der Nacht, und die riesige, hölzerne Rundbogentür steht offen und zeigt eine hell erleuchtete Lobby. Innerhalb weniger Minuten bringt der Kutscher die Kutsche vor den Stufen, die zum Eingang führen, zum Halten. Miles springt hinaus und hilft mir aus der Kutsche. Wir steigen die Treppe zur gewaltigen Eingangshalle hoch. In einem gusseisernen Leuchter brennen Kerzen. Ich ziehe meinen Mantel, meine Mütze und meine Stiefel in der Damengarderobe aus und kehre mit rosa Wangen und in dem Outfit, das ich für diesen Abend gewählt habe, in die Lobby zurück: ein schlichtes, schwarzes Seidenkleid mit roten, strassbesetzten Satinpumps und meine ebenfalls reich bestickte Abendhandtasche.

»Du siehst bezaubernd aus«, flüstert Miles mir zu. Er nimmt mich am Arm, und wir folgen einem Kellner eine Wendeltreppe hinab in einen Gewölbekeller.

»Danke.« Ich spüre eine Welle des Stolzes, dass er sich mit mir am Arm zeigen will.

Als wir den Gewölbekeller betreten, wartet bereits ein Paar auf uns. Er ist groß und dunkel mit bemerkenswert schönen, braunen Augen und olivfarbener Haut. Als er uns entdeckt, steht er mit einem breiten Lächeln im Gesicht auf, breitet die Arme aus und begrüßt Miles fröhlich. Hinter ihm, an einem wundervoll gedeckten Tisch, sitzt eine hübsche, junge Frau: sie ist blond, mit langen Haaren, die ihr in weichen Wellen auf die Schultern fallen, und großen, grauen Augen. Sofort vermute ich, dass sie Engländerin sein muss: Sie hat dieses rosafarben-weiße Aussehen. Als sie sich mit einem Lächeln zu uns dreht, habe ich spontan den Eindruck, dass sie zäher ist, als diese großen Augen und die vollen, fast kussmundartigen Lippen ahnen lassen, auch wenn ich nicht weiß, warum ich zu diesem Schluss komme. Sie lächelt herzlich und scheint förmlich zu strahlen, was aber vielleicht nur an dem Kerzenlicht liegt, das sich in ihrem hellen Haar spiegelt. Sie steht ebenfalls auf, und ich bemerke, dass sie kleiner und kurvenreicher ist als ich. Sie trägt ein knielanges Kleid mit schwarzweißen Streifen, das ihre schmale Taille und ihre runden Hüften betont.

»Miles, altes Haus! Wie geht's dir?« Dominic sieht gut aus und wirkt sportlich, aber für mich besitzt er weder den Magnetismus von Miles noch den muskulösen Körper eines Ex-Soldaten. Er schaut zu mir. »Und du musst Miles' Freundin sein …«

Ich nicke, erwidere sein Lächeln.

»Das ist Freya«, stellt Miles mich vor. Er erklärt unsere Beziehung nicht, und Dominic fragt auch nicht weiter. Vielleicht hat Miles ihn gebeten, er solle keine Fragen stellen – oder vielleicht weiß er schon alles. »Freya – Dominic.«

»Schön, dich kennenzulernen, Freya. Willkommen. Das ist Beth.« Er zeigt auf die junge Frau, die noch am Tisch steht.

Sie lächelt herzlich, und ich fühle mich sofort in ihre Runde aufgenommen. »Hallo, Freya.«

Wir setzen uns, reden über unsere Anreise und das Wetter. Beth erkundigt sich, ob ich mich schon eingewöhnt habe, und macht mir Komplimente zu meinem Kleid. Kaum haben wir die ersten Höflichkeiten ausgetauscht, steht schon ein Kellner bereit, um unsere Getränkebestellung aufzunehmen.

Dominic erklärt mit großer Geste: »Seid ihr damit einverstanden, dass wir uns eine Flasche Champagner bestellen?«

»Aber natürlich«, sagt Miles. Ich nicke zustimmend. In der Gegenwart dieser selbstsicheren, sogar charismatischen Menschen werde ich plötzlich schüchtern. Ich habe keine Ahnung, ob sie wissen, wer ich bin, aber ich genieße das Gefühl der Anonymität. Ich habe den Eindruck, nur um meiner selbst willen beurteilt zu werden, nicht wegen des Geldes meines Vaters oder meiner Medienreputation.

Nachdem Dominic eine Flasche Krug bestellt hat, fragt Miles: »Gibt es etwas zu feiern?«

Mir fällt plötzlich auf, dass Beth nicht nur wegen des Kerzenlichts strahlt, sondern auch aufgrund eines inneren Leuchtens aus purem Glück. Dominic und sie sehen sich an, und ich weiß sofort, dass sie etwas Besonderes teilen.

Dominic wendet den Blick seiner braunen Augen nicht von ihr ab, als er verkündet: »Ehrlich gesagt – ich habe Beth gebeten, mich zu heiraten. Und sie hat ja gesagt.«

Beth lacht fröhlich und greift nach Dominics Hand. Dann sagt sie, ihren Blick fest auf ihn gerichtet: »Stimmt, ich kann es kaum glauben, aber wir sind verlobt.« Sie schüttelt den Kopf. »Ich hätte nicht gedacht, dass es sich so anders anfühlt.«

»Gratuliere!«, ruft Miles herzlich. »Das sind ja wunderbare Neuigkeiten. Ich freue mich für euch! Dominic, du kannst von Glück sagen. Beth – ich hoffe, du weißt, was du dir da aufgehalst hast.«

»Aber natürlich«, sagt sie und lacht.

»Gratuliere!«, sage auch ich, trotz der Tatsache, dass ich die beiden kaum kenne. Es fühlt sich ein wenig seltsam an, diesen bedeutenden Moment mit ihnen zu teilen, obwohl ich eine Fremde für sie bin. Ihr Glück ist beinahe physisch greifbar. Ich lächele Beth an. »Hast du einen Ring?«

Sie nickt, ihre Augen funkeln vor Freude, und sie streckt ihre linke Hand aus. Ein herrlicher Smaragd glänzt an ihrem Finger, mit winzigen Diamanten zu beiden Seiten, in einer Platinfassung.

»Phantastisch«, sage ich aus tiefstem Herzen und bewundere das elegante Stück. Mir fällt auf, dass ihr Verlobungsring über einem weiteren Ring sitzt – einem Reifen aus Diamanten, klein, aber funkelnd. »Oh, du hast zwei Ringe!«

Beth schaut wieder zu Dominic, ihr Blick wird weich. »Ja, stimmt. Mit dem kleineren Ring hat Dominic mir vor einer Weile ein Versprechen gegeben. Wir haben uns gegenseitig etwas damit versprochen.«

Ich bin ein kleines bisschen verwirrt. »Ich dachte, mit dem Verlobungsring gibt man sich ein Versprechen – das Versprechen, dass man einander heiraten will.«

»Das stimmt natürlich. Aber wir haben uns zuvor schon ein Versprechen gegeben – der Ring ist ein Symbol für uns beide.« Sie errötet leicht, und ich habe den Eindruck, dass mehr dahinter steckt als eine übliche Verlobung.

Warum sehen die beiden dann so glücklich aus? Warum brauchen sie überhaupt noch ein anderes Versprechen? Ich werde Miles danach fragen, beschließe ich fasziniert. Er soll mir alles erzählen, was er weiß.

Beth und Dominic schauen sich immer noch an, ganz verloren in dem Glück, das sie so deutlich ausstrahlen. Ich spüre tief in mir einen Stich. *Ich will das auch.* Unwillkürlich kommt mir dieser Gedanke, als ich die reine Liebe zwischen diesen beiden Menschen sehe. Mein Blick wandert zu Miles. Er schaut seine Freunde an, den Mund zu einem Lächeln verzogen, aber ihn umgibt eine Stille, die ich an ihm nicht kenne, auch nicht diesen Blick aus den Tiefen seiner Augen.

»Wann ist der Hochzeitstermin?«, erkundige ich mich, weil ich das Gefühl habe, etwas sagen zu müssen.

Beth sieht mich verblüfft an. Dann lacht sie. »Darüber haben wir noch gar nicht geredet! Dominic hat mich mit der Verlobung völlig überrumpelt. Ich hatte keine Ahnung, dass er ausgerechnet jetzt um meine Hand anhalten würde – er muss derzeit so viel arbeiten, sitzt ständig im Flugzeug. Wir werden das erst noch klären müssen.«

Dominic lehnt sich noch weiter zu ihr, drückt ihre Hand. »War es denn wirklich eine Überraschung?«, fragt er und lächelt sie an.

»Absolut!« Sie lacht fröhlich. »Hast du denn nicht gemerkt, wie perplex ich war?«

»Nun ja, ein klein wenig.«

»Und wo habt ihr euch verlobt?«, frage ich.

»Hier! Vor ungefähr einer Stunde.« Dominic sieht mich an. »Hast du dir das Schloss von außen angesehen?«

Ich schüttele den Kopf. »Nur den Eingangsbereich, aber im Dunkeln war kaum etwas auszumachen.«

»Komm, sieh es dir an.« Er steht auf und führt uns aus dem privaten Gewölbekeller die Wendeltreppe hinauf. Ungefähr nach der Hälfte der Treppe ist ein kleines Fenster in die dicke Steinmauer eingelassen. »Schau«, sagt Dominic.

Vor uns erhellt das kalte, weiße Licht des Mondes den Nadelwald, der sich verschneit den Berg hinaufzieht. Unter uns liegt die Terrasse des Schlosses und ein Turm, der über eine steinerne Treppe mit der Terrasse verbunden ist. Die Zinnen des Turmes werden von Sturmlampen erhellt, in denen große Kerzen brennen. Sie werfen ein goldenes Licht auf den Schnee.

Beth ist hinter mich getreten und schaut mit mir aus dem Fenster. Ihr Gesichtsausdruck ist weich. »Wir standen dort auf dem Turm, mit dieser spektakulären Aussicht, hinter uns das Schloss – und dann nahm er mich in die Arme und küsste mich und sagte … nun ja …« Sie errötet wieder, sieht hübscher denn je aus. »Also … er sagte wunderbare Dinge …«

»Und zum Glück hat sie dann ja gesagt«, fällt Dominic mit einem Lachen ein.

»Den Ring hatte er schon dabei.« Sie schaut auf ihren Verlobungsring, als ob sie es immer noch nicht fassen könnte. »Er ist einfach … perfekt.«

»Das ist ja so romantisch«, hauche ich und betrachte die Zinnen des Turmes. Eine Verlobung auf dem Turm eines Schlosses in den Alpen klingt umwerfend – das ist ein Moment, den man nie vergisst.

»Ich habe allerdings keine Ahnung, wann wir Zeit für die Hochzeit haben. Oder wo sie stattfinden soll«, seufzt Beth, und Dominic legt den Arm um sie.

»Ihr solltet in der Schweiz heiraten«, schlage ich vor. »Es könnte eine herrliche Winterhochzeit in den Alpen werden.«

»Klingt bezaubernd«, sagt Beth, während wir alle wieder die Stufen zum Gewölbekeller hinuntersteigen. »Aber meine Familie lebt in England, Dominic hat eine Schwester in New York, und es wäre ein Albtraum, das zu organisieren.«

»Klingt, als würde das eine komplizierte Angelegenheit, ganz egal, wo ihr heiratet.« Im Gewölbekeller wartet nun schon der Champagner auf uns. »Vielleicht sollten einfach alle zu euch kommen.« Ich setze mich an meinen Platz am Tisch, lege die weiße Damastserviette auf meinen Schoß.

»Guter Vorschlag«, meint Beth. »Irgendwo, wo die Anreise für alle gleichermaßen umständlich ist.«

Wir müssen beide lachen.

»Werdet ihr zwei jetzt den ganzen Abend über die Hochzeit reden?«, fragt Miles lakonisch, während der Sommelier an den Tisch tritt, um die Flasche für uns zu öffnen.

»Ist das nicht zwingend vorgeschrieben?«, sagt Dominic. Seinem Gesicht sind das Glück und der Sinn für Humor abzulesen. Diese ganze Freude ist ansteckend, und ich habe selbst das Gefühl, wie auf Wolken zu schweben. Dominic hebt sein Glas. »Das mag jetzt ein bisschen formell sein, aber es ist schließlich ein besonderer Anlass, darum möchte ich einen Toast ausbringen auf meine wunderschöne, bezaubernde Verlobte Beth. Sie hat sich einverstanden erklärt, meine Frau zu werden.« Er betont das Wort ›Frau‹, als ob es ein kostbares Juwel wäre und er kaum glauben könne, dass es nun ihm gehört. »Ich bin der glücklichste Mann der Welt – und ein Mann, der wirklich von Glück sagen kann. Auf Beth!«

»Auf Beth«, rufen Miles und ich, und dann nippen wir alle an unserem Champagner, während Beth verschämt lächelt.

Miles räuspert sich und sagt: »Ich halte es nur fur angemessen, wenn wir jetzt auf eure Gesundheit anstoßen und auf die gemeinsame Zukunft zweier ganz besonderer Menschen – auf Dominic und Beth und die Zukunft!« Er hebt sein Glas.

»Auf die Zukunft«, sagt Dominic und schaut Beth in die Augen.

»Auf dich«, erwidert Beth. Ihr Gesicht glüht vor Freude.

»Auf die Zukunft«, sage auch ich. Mir wird klar, dass ich mir nicht ganz sicher bin, wessen Zukunft ich meine.

Auf dem Heimweg zieht Miles keine Handschuhe an, sondern greift unter der Decke nach meiner Hand. Sein Daumen reibt zärtlich über meinen Handrücken, in sanften, aber spürbaren

Strichen, die meine Vorfreude auf das erhöhen, was ganz sicher passieren wird, sobald wir nach Hause kommen. Nachdem wir Dominic und Beth im Schloss zurückgelassen hatten und für den Rückweg in die Kutsche geklettert waren, winkte ich den beiden noch einmal zu, aber sie hatten uns bereits vergessen: Dominic hob zärtlich Beths Gesicht an und küsste sie verliebt auf den Mund, während die Lampen im Türrahmen ihre Umrisse in ein goldenes Licht tauchten.

Ich hatte ein seltsames Gefühl, als ich mich wieder der Dunkelheit zuwendete, die nur von den Lampen der Kutsche erhellt wurde. Auf gewisse Weise beneidete ich sie um ihr offensichtliches Glück. Andererseits erfüllte mich eine Art dunkler Vorfreude bei dem Gedanken, dass Miles und ich gleich wieder allein sein würden.

Dominic und Beth hatten höfliches Interesse an mir und meiner Beziehung zu Miles gezeigt, aber natürlich war ihre Verlobung das wichtigste Gesprächsthema. Ich war im Grunde erleichtert – das bedeutete, dass wir keine unangenehmen Fragen zu beantworten hatten. Sie schienen es als selbstverständlich hinzunehmen, dass ich Miles' Freundin war, nicht die Tochter seines Chefs. Als ich Dominic dafür dankte, dass wir in seinem Chalet wohnen durften, meinte er nur beiläufig, dass er sich über unsere Anwesenheit dort freue – Miles brauche zur Abwechslung einen richtigen Urlaub, nachdem er jahrelang durchgearbeitet habe.

»Warum wollte er denn keinen Urlaub nehmen?«, fragte ich Dominic, während Miles gerade mit Beth redete.

»Ach …« Dominic schnitt eine Grimasse und sah auf die Tischdecke. »Du weißt schon … er sollte eigentlich einmal abschalten und zur Ruhe kommen. Aber das will er nicht, er ist zu dickköpfig. Er sagt, wenn er abschaltet, könne er nicht sicher sein, was ihm alles durch den Kopf geht.« Dominic sah mich an, als müsse er nicht mehr dazu sagen. »Aber du weißt ja, wovon ich rede. Die ganze Sache mit Afghanistan …«

»Was?« Miles unterbrach sein Gespräch mit Beth und war plötzlich ganz auf Dominic und mich konzentriert. »Was ist mit Afghanistan?«

»Ach – ich erzählte Freya eben nur, dass du keinen Urlaub mehr hattest seit … nun ja, seit …«

»Jetzt mache ich doch gerade Urlaub, oder nicht?«, sagte Miles freundlich, aber mit einem warnenden Unterton. »Wo wir gerade davon reden, wir sollten uns jetzt wirklich auf den Weg machen …«

Kurz darauf verabschiedeten wir uns voneinander auf den Steinstufen vor dem Haupteingang, und Miles und ich stiegen wieder in die Kutsche.

»Sie scheinen wirklich nett«, sage ich jetzt zu Miles, während sein Daumen über meinen Handrücken streicht. »Ich mag sie beide sehr.«

»Es sind gute Menschen«, erwidert Miles. Er starrt nach vorn, ohne sich anmerken zu lassen, dass er unter der Felldecke meine Hand streichelt.

»Hinter ihrer Beziehung scheint mehr zu stecken …«, deute ich an.

»Steckt nicht hinter jeder Beziehung mehr?«

»Schon, aber …« Miles' Einsilbigkeit ernüchtert mich. »Du weißt, was ich meine.«

Er dreht sich zu mir, wirkt plötzlich beinahe entschuldigend. »Ja, natürlich – du hast recht, für die beiden lief nicht alles glatt. Kennst du Anton Dubrovski?«

»Natürlich!« Ich muss an den äußerst gutaussehenden, russischen Milliardär denken, dem ich gelegentlich auf Partys begegnet bin. »Ich war auf einem Fest, das er in Moskau ausgerichtet hat – ein riesiges Event, um Gelder für ein Waisenhaus zu sammeln, das er unterstützt. Er ist ein Freund meines

Vaters.« Ich runzele die Stirn. »Obwohl ich ihn schon eine ganze Weile nicht mehr gesehen habe.«

»Es ist eine komplizierte Geschichte«, erzählt Miles, »aber Dominic hat eine Zeit lang für Dubrovski gearbeitet. Er ist in eine merkwürdige Gewinnoptimierungs-Kiste geraten, aus der er sich verabschiedete, sobald er konnte. Von da an gingen er und Dubrovski getrennte Wege, aber die ganze Sache endete ungut. Am Schluss verabschiedete sich Dubrovski eine Weile aus der Öffentlichkeit, um sich die Wunden zu lecken und abzuwarten, bis sich der potentielle Skandal im Sande verlaufen hat.«

»Was hat das mit Dominic und Beth zu tun?«, will ich wissen. Ich interessiere mich nicht besonders für Dubrovskis Schicksal. »Ich glaube, die Sache hat die Beziehung von Beth und Dominic belastet. Aber das haben sie jetzt hinter sich. Ich habe sie noch nie glücklicher erlebt. Ich bin überzeugt, das ist für beide die wahre Liebe.«

»Glaubst du, sie wundern sich … über uns?«, frage ich.

Er sieht mich an, sein Blick ist intensiv. »Ich weiß es nicht. Sollen sie sich ruhig wundern. Vielleicht hätten wir nicht herkommen sollen. Vielleicht wäre es besser gewesen, uns von allem abzuschotten.«

»Tja, ich …« Weiter komme ich nicht, weil mich Miles plötzlich in seine Arme reißt und mich leidenschaftlich küsst. Dann löst er sich von mir und sagt: »Wir sind fast zu Hause, Winter. Bist du bereit für deine nächste Lektion?«

Ich spüre, wie meine Knie vor Verlangen ganz weich werden. »Ich bin bereit«, antworte ich flüsternd.

16. Kapitel

Als wir zum Chalet zurückkommen, fordert Miles mich auf, nach oben zu gehen und mich umzuziehen.

Ein Schauder der Vorfreude durchläuft mich, als ich die Treppe nach oben steige, und mich frage, was er meint. Soll ich wieder das Göttinnengewand anlegen, das ich in unserer ersten Nacht hier trug? Aber in unserem Schlafzimmer liegt eine schwarze Schachtel mit einer Notiz darauf. Ich nehme sie zur Hand und lese.

Winter, zieh das an und binde dir das Haar zurück. Dann komm nach unten ins Wohnzimmer. Bring das Band und die andere Schachtel mit.

Ich öffne die Schachtel und entdecke darin blassrosa Unterwäsche – einen BH und einen Slip, beides aus Latex. Darunter liegen mehrere Haarnadeln, eine große Rolle schwarzes Klebeband und eine kleine Schachtel, die mit einem Band aus rosa Latex verschnürt ist. Ich öffne sie nicht, fühle mich aber atemlos. Rasch ziehe ich meine Kleidung aus und schlüpfe in die Unterwäsche. Das Gefühl von Latex auf meiner Haut ist seltsam, aber erregend: Das Material saugt sich an mir fest, klammert sich mit festem Plastikgriff an mich, betont jede Rundung und schafft eine glatte, glänzende Oberfläche. Meine Brüste wirken reifer und runder, wenn sie in rosa Gummi stecken.

Für meine Füße ist nichts vorgesehen, darum stecke ich mir die Haare hoch, streiche sie mit den Haarnadeln fest nach hinten, so dass meine Kurzhaarfrisur noch kürzer wirkt, nehme das Band und die zweite Schachtel und eile wieder nach unten. Ich frage mich, was Miles geplant hat. Ich fühle mich ein wenig benommen durch den Champagner und den edlen Rotwein, den wir zum Essen tranken, aber ich bin nicht betrunken.

Wasser. Was kann er mir über Wasser beibringen? Ich hatte angenommen, dass wir zur Wasser-Lektion ins Badezimmer gehen, vielleicht unter die Dusche, aber offenbar ja nicht, da er mich ins Wohnzimmer bestellt hat. Ich bin fasziniert, was zu meiner Erregung noch weiter beiträgt. Als ich das Wohnzimmer betrete, sitzt Miles dort. Leise Musik rieselt aus den Boxen. Er hält ein Glas Whisky in der Hand und beobachtet die tanzenden Flammen im Kamin. Er hat wieder Feuer gemacht. Als ich eintrete, schaut er auf.

»Ah, Winter«, sagt er. Sein Blick wandert über meinen Körper, von den glänzenden Körbchen meines Latex-Büstenhalters zu dem Dreieck über meinem Venushügel und weiter über meine nackten Beine. »Du siehst entzückend aus – besser, als ich es mir vorgestellt habe, und glaube mir, ich habe die Vorstellung, wie du in diesem Outfit aussehen würdest, sehr genossen.«

Ich drehe mich für ihn im Kreis. »Ich habe noch nie Latex getragen.«

»Wirklich nicht?« Er lächelt, hebt eine Augenbraue. »Das kann sehr reizvoll sein, glaube mir. Und es gibt so angenehm nach.«

Eine köstliche Empfindung überkommt mich, mein Geschlecht erbebt und erwacht zum Leben.

»Komm her, Winter.« Der Blick seiner blauen Augen bohrt sich in mich. Es ist, als ob er weiß, wie bereit und feucht ich da unten für ihn bin. Das Latex reibt beim Gehen an mir, ein köstliches Gefühl, das meine Klit erregt. Ich gehe auf Miles zu, und als ich ihn erreiche, deutet er mit dem Kopf in Richtung Boden. »Setz dich, wo ich dich sehen kann.«

Ich setze mich im Schneidersitz vor ihn und sehe zu ihm auf. Er lächelt mich an und sagt: »Der traditionelle Ort für den Schüler, nicht wahr? Zu Füßen des Meisters.«

Ich liebe es, ihm so nahe zu sein, aber ich darf ihn nicht berühren, obwohl ich ihn zu gern ausziehen möchte, um mich an seinen festen Körper zu pressen und seinen berauschenden Duft einzuatmen.

Miles hebt sein Glas Whisky ins Licht, bis der Inhalt honig- und bernsteinfarben glänzt. Er schwenkt es. »Siehst du das, Winter?«

Ich nicke.

»Whisky. Das hier ist feinster Scotch. In manchen Kulturen werden Spirituosen wie diese ›Wasser des Lebens‹ genannt – die Art von Flüssigkeit, die den Hals und die Zunge verbrennt und das Gehirn auf seltsame Weise transformiert, den Trinkenden offener macht, fröhlicher. Bevor dann eine völlig gegenteilige Wirkung einsetzt.« Er starrt den Whisky an, der in seinem Glas wirbelt. »Zu viel davon, und man wird verrückt. Dann noch ein wenig mehr, und man stirbt.« Er sieht mich mit einem lakonischen Blick an. »Ein Gift, verstehst du. Wir trinken unser Gift mit größter Vorsicht – aber dennoch trinken wir es.«

Er reicht mir das Glas, und ich nehme es. Ich atme das starke, malzige Aroma ein. Ich habe mir noch nie viel aus Whisky gemacht. Ich habe bisweilen Jack Daniels mit Cola getrunken, aber nie Scotch, und ganz gewiss nie pur.

»Probiere ruhig, Winter. Es ist Talisker, der Whisky von der Insel Skye. Er ist 25 Jahre alt, älter als du. Es ist ein Single Malt, was bedeutet, er besteht nur aus gemälzter Gerste und Wasser. Sehr rein. Das Wasser stammt aus den Quellen einer Torfregion. Das verleiht ihm seinen besonderen Geschmack.«

Ich hebe das Glas an meine Lippen, spüre das Brennen der feurigen Flüssigkeit, noch bevor ich einen Schluck genommen habe. Dann nippe ich daran. Ein weicher, seltsamer Geschmack füllt meinen Mund, brennt auf meiner Zunge. Er ist rauchig und intensiv, schmeckt aber auch nach Honig. Ich lasse ihn eine Weile in meinem Mund ruhen, dann schlucke ich. Ich muss husten, weil der Whisky so stark ist, aber gleich darauf füllt eine Wärme meine Adern, und das Brennen nimmt ab und kitzelt nur noch ein wenig. Ich hebe das Glas erneut an meine Lippen.

»Das reicht«, sagt Miles und nimmt mir das Glas ab. »Du wirst schnell betrunken, wenn du an solche Kraft nicht gewöhnt bist. Er ist sehr stark.« Er stellt das Glas auf den Beistelltisch. »Und ich will nicht, dass dir heute Nacht etwas entgeht. Aber wie du siehst, kann Wasser sehr stark sein.« Er steht auf. »Und jetzt setzen wir unseren Unterricht draußen fort.«

»Draußen?« Mein Blick wandert zu der Dunkelheit jenseits der Balkontüren. Ich kann die Lichter des Dorfes unten im Tal sehen und das Mondlicht auf den verschneiten Dächern und die Gipfel der Berge, aber nichtsdestotrotz ist es dunkel und eiskalt. Und ich trage so gut wie nichts.

Miles beobachtet meinen Gesichtsausdruck amüsiert. »Genau.« Er nickt in Richtung eines Bademantels auf dem Sofa. »Zieh dir den an und geh nach draußen. Du wirst schon verstehen, was du zu tun hast.«

Ich wünsche mir die Zusicherung, dass ich nicht erfrieren werde, wenn ich tue, was er verlangt, aber ich weiß, dass das die Stimmung tötet, und außerdem soll ich ja tun, was man mir aufträgt, also stehe ich auf und ziehe den Bademantel an. Dann gehe ich zur Balkontür und schaue hinaus. Eine dicke Schicht Schnee liegt auf dem Balkongeländer, obwohl der Balkon selbst gefegt wurde und schneefrei ist. Doch der Boden glitzert, weil er gefroren ist. Allein der Anblick lässt mich schon zittern, und ich bekomme eine Gänsehaut. Ich schaue zu Miles, der mich aufmerksam beobachtet. Er nickt, darum ziehe ich die Balkontür auf und trete in die eisige Luft hinaus.

Meine Füße berühren den Balkonboden, und ich möchte am liebsten zurück ins Wohnzimmer springen, aber stattdessen hole ich tief Luft und zwinge mich zum Durchhalten. Sofort wird meine Aufmerksamkeit auf ein Licht zu meiner Linken gelenkt, und ich drehe mich zur Seite. Es ist ein beinahe gespenstischer Anblick – ein wirbelnder Nebel, der von unten beleuchtet wird, so dass es fast so wirkt, als würde sich vor mir ein Geist bewegen. Ich schnappe erschrocken nach Luft, aber dann wird mir klar, dass ich auf einen Jacuzzi-Pool schaue, von dem die Überdachung entfernt wurde, so dass der Dampf des heißen Wassers in einer sinnlichen Wolke über dem Becken wabert. Beleuchtet wird der Jacuzzi von einem Dutzend kleiner Laternen mit Kerzen.

Jetzt begreife ich.

Ich gehe auf den Jacuzzi zu, wappne mich gegen die bittere Kälte, lasse den Bademantel von meinen Schultern gleiten und steige die kleine Treppe hoch. Die eisige Luft packt meinen Körper, aber als ich hineinsteige, spüre ich den herrlichen Kontrast des warmen Wassers, das meine Knöchel umspült und dann meine Waden, während ich langsam die Jacuzzi-Stufen hineinsteige und mich ins Wasser sinken lasse, bis ich ganz in die wohltuende Hitze eintauche. Es ist ein herrliches Gefühl, draußen zu sein und doch von Wärme eingehüllt zu werden.

Die Balkontür öffnet sich erneut, und Miles tritt heraus. Er trägt jetzt ebenfalls einen Bademantel, und die Vorstellung, dass er darunter nackt ist, lässt die Schmetterlinge in meinem Bauch auffliegen. Er kommt auf mich zu, und ich merke, dass er die Schachtel und das Klebeband in der einen Hand hält und in der anderen sein Whiskyglas.

Was hat er mit mir vor? Was ist in der Schachtel?

Er stellt die Sachen neben eine Laterne an die Seite des Beckens, wo man sie bequem erreichen kann, dann lässt auch er sich den Bademantel von den Schultern gleiten. Ich sehe seinen muskulösen Oberkörper mit der schwarzen Brustbehaarung und die Ausbuchtungen seiner Oberarmmuskeln. Seine sehr gut definierten Bauchmuskeln sind über der dunklen Badehose, die er trägt, deutlich zu sehen – *er ist nicht nackt, noch nicht* –, und seine Oberschenkel wölben sich fest darunter hervor.

O mein Gott, er ist so verdammt gut gebaut …

Bei seinem Anblick wird mein Mund trocken. Kein Mann hat es je geschafft, mich so zu erregen, einfach nur, indem er mir seinen Körper zeigt. Ich lag an den Tummelplätzen der Millionäre schon auf unzähligen Yachten und habe mehr als genug durchtrainierte Männer gesehen, die mir ihre im Sportstudio gestählten Körper vorführten, aber keiner von denen hat auch nur annähernd ein solches Verlangen in mir geweckt. Etwas an Miles ist für mich die vollkommene Verkörperung von Männlichkeit – oder vielleicht liegt es daran, dass ich weiß, was er mit diesem herrlichen Körper tun kann, zu welchen Höhen er mich damit bringen kann.

Er steigt in den Jacuzzi und setzt sich neben mich. Ich fühle mich unerklärlicherweise schüchtern und schaue nach unten. Im Boden sind Lichter eingelassen, die merkwürdige Schatten im wirbelnden Wasser werfen.

»Winter«, sagt Miles leise mit einer Stimme voller Zärtlichkeit.

Ich schaue zu ihm auf.

»Das hier ist dein Element. Wasser wird nicht nur mit der kalten Jahreszeit in Verbindung gebracht, sondern auch als weibliches Medium betrachtet, das all jenen zu eigen ist, die intuitiv, emotional, einfühlsam und künstlerisch veranlagt sind. Die Wasserzeichen im Sternkreiszeichen zeigen das. Du weißt sicher, dass Wasser lebensspendend ist – eine farblose, geruchlose Mischung aus Wasserstoff und Sauerstoff, die die Basis allen Lebens bildet. Wasser bedeckt 71 Prozent der Erdoberfläche.« Plötzlich grinst er mich an. »Und ich denke, im Augenblick bedeckt es circa 90 Prozent von dir.«

Ich erröte leicht. Ich fühle mich enorm schüchtern, auch wenn mir kein Grund dafür einfällt. Der Talisker ist immer noch in meinem Kreislauf unterwegs, wärmt und entspannt mich. Mir ist bewusst, wie eng meine PVC-Unterwäsche sitzt, die mich im warmen Wasser noch fester einzuschnüren scheint. Meine Brustwarzen, die erst durch die kalte Luft und nun durch die Stimulation des Wassers schon fest aufgerichtet sind, reiben an den Körbchen.

»Wir bestehen zum größten Teil aus Wasser«, fährt Miles fort. Sein schottischer Akzent ist ausgeprägter, wie immer, wenn er seine Stimme senkt. »Stell dir das mal vor, Winter. Du und ich, wir bestehen größtenteils aus Wasser. Wenn ich dich also küsse, dann kommt es einem Wunder gleich, dass wir nicht völlig ineinander zerfließen.«

Er legt die Hand unter mein Kinn und hebt meinen Kopf zu sich an, starrt mir in die Augen. Dann senkt er langsam seinen Mund, berührt sacht meine Lippen mit seinen herrlichen Lippen. Seine Zunge zuckt hervor, und er leckt meine Lippen, presst sich dann mit ihr in meinen Mund, gerade weit genug, um mich aufzureizen. Ein paar köstliche Minuten lang spielt er mit mir, züngelt über meine Lippen und Zähne, als ob er sich nicht entschließen könne, ob er mich nun küssen will oder nicht. Dann zieht er sich zurück und sagt: »Lass uns etwas vom Wasser des Lebens teilen.«

Er langt nach seinem Glas, nimmt einen Schluck der goldbraunen Flüssigkeit und hält sie in seinem Mund. Als sein Mund zu meinem zurückkehrt, öffne ich die Lippen, und dieses Mal dringt seine Zunge stark und fest in mich ein und mit ihr sprudelt die feurige Flüssigkeit in meine Mundhöhle. Es scheint, als ob seine Zunge die meine in Brand setzt. Wir küssen uns, lassen den Whisky von Mund zu Mund fließen und über unsere Zungen gleiten, bis er in unserem Rachen verschwindet. Wir küssen uns jetzt leidenschaftlich, und seine Hände fahren unter Wasser über meinen Körper, ertasten die sanfte Rundung meiner Hüften und meinen Bauch, streicheln meine Arme und tasten sich zu meinen Beinen vor. Ich strecke die Hand aus und fahre über seinen festen, kraftvollen Arm, während sein Mund weiter meinen Mund erkundet. Plötzlich entzieht er sich mir.

»O nein, Winter, jetzt noch nicht. Ich habe dir vorher noch viel beizubringen.«

»Aber ich will dich so sehr. Ich *muss* dich einfach berühren«, erkläre ich sehnsüchtig. Der Hunger, den ich nach der Berührung seines Körpers verspüre, ist beinahe überwältigend.

Er lächelt mich an. »Bald, aber jetzt noch nicht. Leg deine Arme auf den Rand des Beckens.«

Ich tue, wie befohlen, und strecke beide Arme auf den Rand des Jacuzzi. Miles erhebt sich gerade so lange aus dem Wasser, dass er das Klebeband zu fassen bekommt, das er neben dem Whirlpool abgelegt hat. Er nimmt auch ein Handtuch von dem Stapel auf den Stufen. Ich entdecke die Härte in seiner Badehose, als er sich wieder ins Wasser gleiten lässt, und ein Schauder der Erregung läuft durch mein Geschlecht, das in dem engen PVC-Slip gefangen ist. Miles trocknet meine Unterarme und den Rand des Beckens, und gleich darauf hat er ein langes Stück Klebeband abgerissen und fesselt mein eines Handgelenk an den Holzrand des Jacuzzi. Er reißt mehrere Streifen Klebeband ab, bis mein Handgelenk keinen Zentimeter mehr nachgibt. Dann wiederholt er den Vorgang am anderen Handgelenk. Ich fühle mich seltsam erregt, da ich nun keinerlei Kontrolle mehr über meine Arme habe. Gefesselt an den Beckenrand fühlt sich mein Körper ungewohnt schwerelos an, als ob ich auf der Wasseroberfläche treibe, dabei sitze ich im Becken fest.

»So ist es gut«, sagt Miles lächelnd. Er setzt sich mir gegenüber und betrachtet meine Brüste, die in dieser neuen Position nach oben gedrückt werden, das feuchte, tropfende Latex, die Wasserperlen auf meiner Haut. »Du bist so schön«, murmelt er bewundernd. »Umwerfend. Schau dir die nur an.« Er streckt die Hände aus und liebkost meine Brüste, fährt mit den Fingern über die glatte, glänzende Oberfläche meines BH. Meine Brustwarzen sind so hart unter dem engen Latex, dass es beinahe schon schmerzt. »Ich will dir beibringen, welche Freuden man im Wasser genießen kann, mein Liebling. Schließlich ist Wasser unser natürliches Element. Wir bestehen aus Wasser, und wir kommen aus dem Wasser. Kein Wunder ist es das herrlichste Element, in dem man sich lieben kann.«

Mit einer geschickten Bewegung spreizt er meine Beine und gleitet dazwischen, presst sich an mich. Mein Körper wird lebendig vor Erregung, als ich ihn auf mir spüre und wie sein harter Schwanz gegen meinen Venushügel drückt.

Ich will dich – jetzt sofort. Oh, Miles!

Ich will etwas sagen, aber ich kann kaum Luft holen, so heftig pocht mein Herz. Der Druck seines harten Schwanzes auf mir ist unerträglich verführerisch, aber ich weiß, dass er mir jetzt noch nicht geben wird, was ich mir wünsche, und es macht mir nichts aus – ich will nur, dass irgendetwas geschieht, was das heftige Verlangen in mir lindert.

Er küsst mich erneut. Unsere Münder treffen hart aufeinander, unsere Zungen nehmen wild Besitz voneinander. Unsere Gesichter sind feucht, und die Nässe um uns herum scheint uns dazu zu treiben, mit offenem Mund zu küssen, unsere Zungen wandern zu lassen, uns gegenseitig zu lecken. Seine Hände liegen jetzt wieder auf meinen Brüsten, sein Körper presst sich hart an mich, wird vom Wasser davongetrieben, rammt wieder gegen mich. Dann spüre ich seine Hände auf meinem Rücken, und mir wird klar, dass er den BH öffnet, ihn von meinen hoch aufgereckten Brustwarzen hebt. Die Erleichterung, als er das fest sitzende PVC von meiner Haut zieht, ist köstlich, hinterlässt ein Brennen, als ob er ein Heftpflaster abgezogen hätte. Meine Haut kribbelt unter dem warmen Wasser, und meine Brustwarzen beben nach der Gefangenschaft im BH. *Mein Gott, ist das schön.*

Miles senkt den Kopf und nimmt eine Brustwarze in den Mund. Sie ist bereits erregt durch den BH und jetzt das Wasser, und als seine Zähne an ihr knabbern, muss ich unwillkürlich stöhnen. Ich betrachte seinen Kopf, während er an der zarten, rosigen Knospe saugt und gleich darauf so viel von meiner Brust in seinen Mund aufnimmt, wie es nur geht. Seine Finger spielen mit meiner anderen Brustwarze. Mein Geschlecht erbebt vor Begehren, das Kribbeln zwischen meinen Beinen wächst von einem leichten Kitzeln zu einem pulsierenden Strom des Verlangens an. Hin und wieder berührt mich sein Schwanz, und das ist auf köstliche Weise quälend. Sein Mund an meinen Brustwarzen sendet elektrische Wellen der Lust in meine Lenden. Miles löst sich von meinen Brüsten, lässt meine Brustwarze mit einem leisen Plop aus seinem Mund gleiten.

»Bist du bereit, Winter?«, flüstert er mir gleich darauf ins Ohr. »Bist du bereit, herauszufinden, welche Freuden dir das Wasser schenken kann?«

»Ja«, keuche ich, obwohl ich einen Anklang davon schon erlebt habe. »Ich bin bereit.«

»Gut. Bewege dich jetzt nicht.«

Er entzieht sich mir kurz, und ich fühle mich beraubt ohne die Nähe seines Körpers, aber dann ist er auch schon wieder zurück, in der Hand die kleine, schwarze Schachtel, die er an den Rand des Beckens stellt. Er streicht mit den Händen wieder über mich, liebkost meine Haut, entzückt sich an meinen Rundungen. Dann fährt er mit den Fingern unter den Rand meines Slips. Oh, wow … durch das Wasser klebt das PVC so fest an mir, dass ich einen Moment lang nicht sicher bin, ob er mir den Slip ausziehen kann. Aber es dauert nicht lange, und er hat den Plastikstoff von meiner Haut gepellt und zieht ihn langsam nach unten. Er lässt sich Zeit, zieht den Slip genüsslich über jeden Zentimeter Fleisch. Als mein Venushügel frei liegt, spüre ich eine neue Welle der Erregung. Das warme Wasser fließt über meine Haut, spielt sanft mit meinen geschwollenen Körperteilen. Meine Klitoris richtet sich voller Stolz auf. Dann zieht Miles den Slip von meinen Füßen und lässt ihn im Becken treiben. Ich liege jetzt völlig nackt vor ihm. Das Wasser plätschert köstlicher gegen meine Haut, als ich mir das je hätte vorstellen können. Ich habe das Gefühl, als ob die wirbelnden Bewegungen und die sanfte Wärme mich problemlos und rasch zum Orgasmus bringen können. Die Intensität dieser Erfahrung lässt mich nach Luft schnappen.

Miles greift nach der schwarzen Schachtel, öffnet sie und nimmt etwas heraus, das wie schwarzes Silikon aussieht und die Form eines flach gedrückten C hat. Ich frage mich, was das sein kann, als er eine Flasche aus der Schachtel zieht und etwas von deren Inhalt in seine Handfläche gibt. Ich erhasche einen Blick auf seine Hand – sie ist jetzt geschmeidig und glänzt, gut eingeölt. *Was hat er vor?*

Er ist mir jetzt ganz nahe, sein Mund wieder an meinem Ohr. »Bist du bereit, Winter?«

Ich nicke, keuchend.

Er presst seinen Mund auf meine Lippen und küsst mich mit derselben wilden Intensität wie schon vorhin. Unsere Zungen verknoten sich, hungrig aufeinander, und während wir uns küssen, spüre ich seine Hand auf meinem Venushügel, und dann teilen seine Finger meine Schamlippen und spielen mit meiner Scheide. Sein Daumen reibt gleich darauf über meine Klit. Herrliche Empfindungen schießen durch meinen Körper, und ich stöhne leise in seinen Mund. Er reibt mich noch etwas länger, macht meine Knospe unglaublich empfindsam, dann sind seine Finger wieder in meiner Vagina, und er stößt zu, vögelt mich damit.

O ja. Härter. Stoß härter zu, Miles, lass mich dich fühlen …

Dann sind seine Finger plötzlich verschwunden, und zu meiner Überraschung spüre ich etwas anderes an meinem Eingang – dicker, glatter. Mir wird klar, dass es das eingeölte Objekt ist, das Miles vorbereitet hat und mit dessen Ende er nun in mich eindringt. Einen Moment lang ruht es an meinen Schamlippen, dann presst er es mit quälend langsamen Bewegungen vorwärts, und plötzlich gleitet es mühelos in mich. Die eine Seite des C steckt nun tief in mir, und Miles fährt mit der anderen Seite fest über meinen Venushügel, presst sie auf meine Klit.

Oh … oh, das fühlt sich gut an! Ich finde den gleichzeitigen Druck innen und außen höchst angenehm. Er stößt immer wieder in mich, reibt über mich, schickt exquisite Empfindungen durch meinen Körper. Dann drückt er das Teil, so weit es nur geht, in mich und presst es gleichzeitig fest auf meine Klitoris.

»Genieße es«, murmelt Miles und küsst mich.

Plötzlich beginnt das Ding zu meiner Überraschung zu vibrieren.

Heilige Scheiße! Das ist … o wow … das ist …

Ich stöhne auf. Das Ding findet einen Punkt tief in mir, der mich mit den herrlichsten Empfindungen erfüllt, während es ausdauernd in mir surrt. Ich lege meinen Kopf auf den Beckenrand und schließe die Augen, um mich ganz meinem Entzücken hinzugeben. Die Seite des Dings, die sich auf meine Klitoris presst, vibriert einfach herrlich. Ich erschauere im Rhythmus der intensiven, beinahe unerträglichen und unablässig pulsierenden Vibrationen.

Miles kommt mir wieder näher, seine Finger greifen nach

dem kleinen Gerät. Plötzlich verändern sich die Vibrationen: sie kommen in Wellen, die an Intensität erst zunehmen, dann abnehmen, dann wieder zunehmen, anfangs langsam und zart, dann härter. Ich seufze vor Entzücken, während mein ganzer Körper mit den pulsierenden Wellen mitgeht.

Meine Güte, so habe ich mich noch nie gefühlt … Die innere Massage führt mich in ungeahnte Höhen des Verzückens. Ich zittere unter dem Druck auf meine Klit, der unglaublich erotisch ist.

Ich komme gleich … ich kann es nicht verhindern.

Ich öffne die Augen und sehe, dass Miles mir ganz nahe ist und mich beobachtet, während ich meine Hüften im Rhythmus des kleinen, surrenden Freundes bewege, den er in mich gesteckt hat. Ich sehne mich danach, ihn zu berühren, aber meine Arme sind immer noch fest mit schwarzem Klebeband an den Beckenrand geklebt. Da sehe ich, dass seine Badehose verschwunden ist und er seinen Schwanz, der sich unter Wasser in die Höhe reckt, in der Hand hält. Der Anblick seines Penis, lang und phantastisch und zu einem gewaltigen Umfang angeschwollen, bringt mich zum Stöhnen. Ich lecke mir über die Lippen. *Mein Gott, ich will ihn …*

Bevor ich etwas sagen kann, küsst Miles mich. Es ist so wunderbar, ich würde weinen, wenn er nicht bereits Besitz von meinem Mund ergriffen hätte. Ich erschauere unter seiner Zunge und seinem Geschmack, während er mich mit seinem Mund verschlingt und seinen Penis zwischen meine gespreizten Schenkel schiebt.

Ja, Miles, bitte tu es jetzt … ich brauche dich so sehr.

Kann er wirklich in mich eindringen, während das kleine Ding da drin noch vibriert? Ich spüre seine Eichel an meinem Eingang, und dann drückt er seinen Schwanz in mich, zusammen mit dem schmalen Vibrator in mir.

Oh … oh … das ist beinahe zu viel!

Ich strecke mich, um ihn in mich aufzunehmen, habe dieses unglaubliche Gefühl, von seinem riesigen Schwanz völlig angefüllt zu werden, der jetzt noch größer scheint wegen des kleines Objekts, das ihm im Weg ist. Ich stöhne unter unseren leidenschaftlichen Küssen, während er in mich stößt, bis ich das Gefühl habe, dass er meinen ganzen Körper ausfüllt. Ich will es so sehr – alles, was er mir geben kann. Ich will ihn bis zur Wurzel in mir.

Ich höre ihn keuchen und stöhnen, während er bis zum Anschlag in mich stößt, und das Wissen, dass seine Erregung zunimmt, lässt mich noch mehr erschauern. Er liebt es, in mir zu sein, das spüre ich, und ich öffne meine Beine noch weiter, damit er so viel von mir bekommt, wie er sich wünscht. Das warme Wasser, das uns umgibt, ist herrlich – so beruhigend und weich wie ein warmes Bett, und es fühlt sich absolut natürlich und richtig an, in seiner Umarmung Liebe zu machen. Die Reibung unserer Körper ist im Wasser allerdings anders – aber die surrende, kleine Maschine gibt mir alle Reibung, die ich mir für meine geschwollene Knospe wünschen kann. Miles packt mich um die Taille, damit er mich auf seinem Schwanz auf und ab schieben kann. Er fickt mich hart und herrlich. Meine Beine wickeln sich um seine starken Schenkel, damit ich ihn in mich ziehen kann. Sein Schwanz reibt kräftig an dem kleinen, vibrierenden Spielzeug in mir. Er stöhnt vor Hingabe, und ich weiß, dass der Vibrator auch ihm Freude bereitet, während er sich an ihm reibt. Miles küsst mich heftig, während er mich vögelt, dann senkt er den Kopf auf meine Brustwarzen, befeuchtet sie mit seiner Zunge und knabbert mit den Zähnen an ihnen, bevor er sich wieder meinem Mund zuwendet.

Oh, es ist himmlisch … es ist umwerfend …

Unsere Körper zucken, wir reiten die Wellen unserer Leidenschaft. Ich will jetzt noch nicht kommen. Ich öffne die

Augen. Miles hat sein Gesicht an mich gepresst, seine Augen sind geschlossen, während er das Gefühl meiner Enge und der Vibrationen zwischen uns genießt. Ich schaue über seine breiten, nackten Schultern in die Ferne: in die umwerfend schöne Nacht mit ihrem dunkelblauen Himmel, die dräuenden Berge, das kalte Glitzern des Mondlichts auf dem Schnee. Es ist surreal, im Freien zu sein, nackt und doch warm und beseelt, trotz der eisigen Luft, die uns umgibt.

»Oh, Miles«, keuche ich. »Hör nicht auf … o mein Gott, dein Schwanz ist so wundervoll …«

»Ich liebe es, dich zu vögeln«, stößt er hervor. Seine Stimme ist belegt vor Lust. »Du bist umwerfend. Ich kann gar nicht genug von dir bekommen … *oh, Winter* …«

Wir schnappen beide nach Luft und stöhnen vor Ekstase, während seine Stöße immer tiefer und härter werden. Sein Schwanz dringt mit aller Kraft, die er aufbringen kann, in mich. Das Wasser schwappt, spritzt über meine Brüste und meinen Hals.

Ich stehe ganz kurz vor dem Höhepunkt. Der winzige Vibrator summt auf meiner Klitoris, und Miles' Schwanz vibriert in mir. Ich weiß nicht, wie lange wir schon vögeln. Ich bin benommen vor leidenschaftlicher Erregung und nähere mich einem explosiven Orgasmus. Das kleine Ding in mir und an mir wirkt seinen Zauber und würde mich selbst dann in den Wahnsinn treiben, wenn Miles, dessen Erregung durch das Vibrieren noch erhöht wird, nicht so kraftvoll in mich stoßen würde.

»O ja, Miles, ich komme …« Ich starre mit aufgerissenen Augen, glasig vor Wollust, zu ihm auf. »Ich komme … *aaaaaah!*«

Es fängt an. Es ist beinahe nicht auszuhalten. Ich spüre, wie Miles' Schwanz noch dicker wird, weil seine Erregung durch meinen nahenden Orgasmus noch weiter ansteigt. Das Gefühl gibt mir den Rest. Die kleine Maschine hört nicht auf – sie wirft mich in einen Orgasmus von solch unglaublicher Intensität, dass ich laut schreie und meinen Kopf in den Nacken werfe. Mein Körper zuckt unter Miles' Stößen im warmen Wasser. Gewaltige Wellen des Verzückens branden über mich hinweg, wieder und immer wieder. Die Zeit steht still. Eine samtige Dunkelheit extremer Lust, in der Sterne zu explodieren scheinen, hüllt mich ein. Ich erschauere unentwegt unter der Kraft meines Höhepunkts.

Meine Schreie werden leiser, während mein Orgasmus abebbt. Miles' Mund findet mich wieder. Er küsst mich kraftvoll, während seine Finger nach meinem kleinen Silikonfreund tasten. Das Surren endet, und er holt ihn aus mir heraus und legt ihn an den Beckenrand, ohne jedoch seinen Schwanz aus mir zu ziehen. Sein Mund flüstert neben meinem Ohr: »Du machst mich wahnsinnig, Winter. Ich bin jetzt kurz davor.« Dann vögelt er mich wieder mit aller Kraft. Sein Schwanz bewegt sich mühelos in der natürlichen Feuchtigkeit, die mein wilder Orgasmus produziert hat. Er rammt in mich, während ich ihm meinen Körper entgegenrecke und ihm alles anbiete. Sein Bauch presst sich auf meinen, sein Brustkasten drückt auf meinen weichen Busen, seine starken Arme halten mich umschlungen. Ich spüre seinen riesigen Schwanz, der pocht, während Miles sich seinem Orgasmus nähert.

»O Gott«, stöhnt er, »du bist so schön, du bringst mich dazu, dass ich komme …«

»Ja, komm«, dränge ich ihn. »Ergieß dich in mich.«

Mehr braucht er nicht. Miles explodiert in mir mit einem halben Dutzend harter, langsamer Stöße, dann sinkt er erschöpft auf mich, mit geschlossenen Augen, atemlos von der Gewalt seines Höhepunkts. Kurz darauf öffnet er lächelnd die Augen und küsst mich langsam und hingebungsvoll. Unsere Zungen spielen miteinander. Das Wasser schwappt.

»Das war unglaublich, Winter.« Miles streichelt mich und sieht mir tief in die Augen.

»Nächstes Mal möchte ich dich berühren«, sage ich sehnsüchtig.

Er zieht das Klebeband ab, und meine Arme sind wieder frei. Bis zu diesem Augenblick habe ich nicht das kleinste Unbehagen verspürt, aber jetzt empfinde ich meine Oberarmmuskeln plötzlich als steif und angespannt. Ich bewege sie vorsichtig, tauche sie ins Wasser, damit sie wieder lockerer werden.

Miles küsst mich erneut. »Ich denke, das könnte Bestandteil unserer nächsten Lektion werden.«

»Die Lektion über das Wasser hat mir gut gefallen«, sage ich lachend. Ich spüre, wie seine Erektion in mir abflaut.

»Und mir hat es gefallen, dir diese Lektion zu erteilen«, erwidert Miles. »Aber bevor wir jetzt zu Rosinen schrumpeln, sollten wir den Jacuzzi besser verlassen.«

Ich lache und greife nach einem Handtuch.

Später, nachdem wir geduscht und uns abgetrocknet haben, liegen wir Arm in Arm im Bett, angenehm erschöpft. Ich befinde mich in einem Zustand köstlicher Trägheit, wie es nach Sex von solcher Intensität vorkommt. Aber ein Teil von mir fühlt sich elend. Übermorgen müssen wir schon wieder abreisen. Ich kann nicht länger untergetaucht bleiben und meine Nachrichten nicht beantworten. Der Rückflug ist bereits gebucht. Ich habe Miles noch nicht gefragt, was er vorhat, aber ich nehme an, dass er irgendwann in naher Zukunft wieder seinen Pflichten als Bodyguard nachkommen muss.

Was wird dann aus uns?, frage ich mich, während ich immer schläfriger werde. Und dann, kurz bevor ich einschlafe, fällt mir wieder ein, dass noch ein Element aussteht.

Miles muss mir noch etwas über die Erde beibringen.

17. Kapitel

Unsere lange Nacht hat uns müde gemacht, darum schlafen wir aus, manchmal ineinander verschlungen, manchmal getrennt, mal bin ich wach, mal er, bis wir schließlich zusammen aufwachen.

Ich genieße unseren faulen Vormittag. Wir reden viel und lachen, geben uns verspielt. Miles bittet mich, uns Kaffee aufzubrühen, und ich tue so, als ob ich noch schlafe. Er hebt mich hoch, trägt mich ins Badezimmer, stellt mich unter die Dusche und dreht den Duschkopf auf. Als ich unter dem Strahl kalten Wassers aufschreie, lacht er, und ich falle in sein Lachen mit ein. Als ich mir später im Morgenmantel das nasse Haar trockne, sagt er: »Du bist die perfekte Heldin für eine Screwball-Komödie, weißt du das?«

»Bin ich das?« Ich erwidere sein Lächeln. »Wie meinst du das?«

»Du bist eine reiche Erbin – das ist die Voraussetzung für diese verrückten Gesellschaftskomödien der dreißiger Jahre. Echt komisch, wenn man bedenkt, dass die meisten Amerikaner damals die Auswirkungen der Weltwirtschaftskrise voll zu spüren bekamen, aber sie schienen diese jungen Frauen zu lieben, die haufenweise Pelze trugen und mit Diamanten behängt waren und sich ständig verliebten und wieder entliebten.«

»Ich bin nicht mit Diamanten behängt!«, erkläre ich empört. »Und ich trage niemals Echtpelz. Ich bin sogar strikt dagegen.«

Er sieht mich aus den Augenwinkeln an. »Vielleicht keine Pelze und Diamanten, aber deine Handtasche …«

»Prada«, sage ich verwirrt.

»Wie teuer?«

»Wie teuer?« Ich denke nach. »Das weiß ich nicht genau.«

»Vermutlich sehr teuer. So ungefähr 2000 Dollar.«

Ich zucke mit den Schultern. »Mag sein. Ich habe mit Karte bezahlt.«

»Aha.« Er nickt. »Deine Kleider und deine Schuhe – alles Designersachen, nehme ich an.«

»Ja.« Ich verstehe nicht ganz. »Natürlich – wo sollte ich sonst einkaufen? Worauf willst du hinaus?«

»Nicht jeder kann sich das leisten.« Er wendet den Blick ab und scheint plötzlich sehr an dem Toast interessiert, den er gerade mit Butter beschmiert.

»Das weiß ich!«

»Ach ja?«

»Ja!« Die Antwort kommt rasch, und ich bin mir da auch ganz sicher, aber plötzlich nistet sich Zweifel in mir ein. Ist mir wirklich bewusst, welches Glück ich habe? Ist mir wirklich klar, wie es ist, wenn man nicht alles hat, was man sich wünscht? Plötzlich sehe ich den kleinen Miles vor mir, der in einem schottischen Dorf vor den Toren von Edinburgh aufwächst. Ich weiß nichts über seine Herkunft, aber ich gehe davon aus, dass sie sich von meiner grundlegend unterscheidet. Ich bin es gewohnt, von Menschen umgeben zu sein, die so aufgewachsen sind wie ich, mit Geld und Häusern in aller Welt und ständig auf Reisen. Auf Miles muss es dagegen verrückt wirken, dass wir alle so viel besitzen, ohne je groß darüber nachzudenken.

»Siehst du – reich und verwöhnt, aber auch klug und lustig. Wie ich schon sagte, du bist die ideale Screwball-Heldin. Und außerdem noch schön«, meint er beiläufig.

»Ehrlich?« Ich fühle mich auf lächerliche Weise geschmeichelt. *Klug und lustig!* Ich beschließe, das ›verwöhnt‹ zu ignorieren und anzunehmen, dass sich das mehr auf mein Bankkonto als auf meinen Charakter bezieht. *Er hält mich für schön! Nicht nur beim Sex, sondern grundsätzlich.*

»Ja.« Er nickt mit leichtem Schulterzucken, und das entzückt mich noch mehr. »Natürlich denke ich das ohnehin schon.«

»Und du?« Ich schaue ihn kokett an. »Wenn ich die verwöhnte Heldin bin, wer bist dann du?«

»Ach ... der Butler.« Er grinst mich an. »Oder der unpassende Verehrer. Etwas in der Art.«

»Du bist nicht unpassend!«

»Dein Vater ist da sicher anderer Meinung«, hält Miles dagegen.

»Es ist mir egal, was er denkt«, erkläre ich beherzt.

»In einer Screwball-Komödie müsste es aber so sein.«

Ich stütze mich mit den Ellbogen auf dem Tisch ab. Ich habe keine Lust mehr, über meine Herkunft oder meinen Vater zu reden. »Gibt es in Screwball-Komödien auch einen Jacuzzi?«

Er lacht, wirft den Kopf in den Nacken. »Für gewöhnlich nicht.«

Ich nehme einen Bissen Toast und kaue langsam und nachdenklich. »Schuldest du mir nicht noch eine weitere Lektion?«

Miles hebt die Augenbrauen. »Hast du schon verarbeitet, was ich dir beigebracht habe?«

»Hmm, lass mich nachdenken. Feuer war extrem kraftvoll – sehr dynamisch. Luft war heiß und feucht. Und Wasser ...« Ich seufze. »Das Wasser habe ich geliebt.«

»Das Wasser? Oder deinen kleinen Silikonfreund?«

»Er hat mir das Wasser definitiv noch näher gebracht.« Ich nicke zustimmend. »Es hat mir gefallen.«

»Das ist mir aufgefallen, mein Liebling.« Er lächelt mich an, seine blauen Augen strahlen fröhlich.

Meine Seele jubiliert, wenn er mich ›Liebling‹ nennt. *Meint er es wirklich so?* »Und?«, frage ich beiläufig. »Gibt es nun noch eine weitere Lektion? Feuer, Luft, Wasser … was ist mit Erde?«

»Aha.« Er nickt bedächtig. »Erde.«

»Und?«

»Bist du bereit für deine letzte Lektion, Winter?«

»Absolut bereit«, erkläre ich. »Bring mir bei, was ich wissen muss.«

Wir sind im Schlafzimmer. Ich liege auf dem weißen Fellteppich und trage einen BH, der aus dünnen Lederstreifen besteht, die über Kreuz auf meinem Brustkorb verlaufen und meinen Busen sanft stützen, aber mehr oder weniger unbedeckt lassen. Meine Brustwarzen, rosa und bereits steif, lugen durch die schmalen Lederstreifen. Meine Taille wird von einem eng sitzenden Lederkorsett fest, aber nicht unangenehm eingeschnürt. Schmale Strapse verbinden das Korsett an den Oberschenkeln mit Seidenstrümpfen. Dazu trage ich schwarze Stöckelschuhe mit Pfennigabsätzen. Der Bereich zwischen Korsett und Strümpfen ist nackt, den Blicken freigegeben. Ich fühle mich sinnlich und sexy, wie ich so auf dem weißen Teppich liege, dessen Fell meine nackten Pobacken streichelt. Hohe Kerzen auf dem Kaminsims und das Dachfenster spenden das einzige Licht im Raum. Die Nachmittagssonne verblasst jedoch schon in die Dämmerung.

Mein Lehrer steht neben dem Kamin. Er trägt einen schwarzen Seidenmorgenmantel und eine Ledermaske über den Augen. Er wirkt strenger denn je. In der Hand hält er eine lange, schmale Peitsche, an deren Ende sich ein dickes Bündel schwarze Lederwedel befindet.

Ich liege völlig reglos und warte, was mein Meister mit mir vorhat.

»Bislang warst du eine hervorragende Schülerin, Winter«, sagt er und streicht mit dem Griff der Lederpeitsche über seine Handfläche. »Aber eine Lektion steht noch aus. Die Lektion der Erde.«

Ich schaue zu ihm auf. Das Glitzern seiner blauen Augen hinter der Ledermaske ist herrlich erregend, und ein angenehmer Schauder läuft über mich hinweg. Ich liebe das Gefühl, ihm ausgeliefert zu sein und dabei zu wissen, dass die Lektion – wie immer sie auch aussehen mag – mir größtes Vergnügen bereiten wird.

Mein Lehrer fährt fort. »Die Erde ist das letzte Element, das wir erforschen. In der klassischen Lehre wird sie mit den sinnlichen Aspekten des Lebens in Verbindung gebracht, das macht sie für unseren Unterricht ganz besonders geeignet. Sie ist das schwerste aller Elemente und wird gemeinhin mit der Unterwelt verknüpft – sowie mit deren erotischem Potential. Sex ist unser Trost für den Tod, nicht wahr, Winter? Wir wissen alle, dass unser sterblicher Körper eines Tages dahinscheiden wird, aber solange wir ihn bewohnen, soll er unserem Vergnügen dienen. In den klassischen Mythen verkörpern die Göttinnen der Erde Fruchtbarkeit und Landwirtschaft; sie helfen der Erde, ihre Fülle an Nahrungsmitteln zu entwickeln. Mutter Erde ist die Göttin, von der alles Leben und alle guten Dinge kommen.« Mein Lehrer scheint sich für sein Thema zu erwärmen, er fährt mit dem Griff der Peitsche jetzt schneller über seine Handfläche. »Heute trägst du Leder und Seide, Winter – die Tiere der Erde haben uns diese Materialien zur Verfügung gestellt. Ich hoffe, du weißt ihre Schönheit zu schätzen. Du wirst darüber hinaus den Wert einiger Früchte der Erde kennenlernen, zu denen wir nämlich auch die kostbaren Metalle zählen, die aus den Tiefen der Erde gefördert werden.«

Meine Güte … was hat er mit mir nur vor? Ich sehe eine große Schüssel auf dem Tisch neben dem Kamin.

»Aber zuerst wenden wir uns einer anderen, kraftvollen Tradition zu, die mit den klassischen Mythen einhergeht und ebenfalls eng mit der Erde in Verbindung gebracht wird.« Er stellt seine Beine etwas weiter auseinander. »Ich spreche von der Wicca-Tradition der Heiden. Für sie ist das Symbol der Erde der Stab beziehungsweise die Rute.«

Meint er die Peitsche? Ich erzittere leicht. *Ich war eine gute Schülerin. Ich habe alles getan, was er verlangt hat. Wird er mich bestrafen?*

Ich habe keine Angst. Ich weiß, in den Händen meines Meisters bin ich sicher. Ich sehe zu, wie er durch den Raum zu einem großen Sessel geht und sich setzt. Eine Weile betrachtet er mich ernsthaft, und ich spüre, wie sein Blick über meinen Körper wandert, von den aufgerichteten Brustwarzen, die durch die Lederstreifen lugen, über das eng sitzende Korsett und meine nackten Hüften bis hin zu den Beinen in den Seidenstrümpfen und den Stöckelschuhen. Mein Geschlecht kribbelt, und ich spüre, wie meine Säfte brodeln und mich für alles bereitmachen, was vor mir liegt.

Vom Sessel aus sagt mein Meister: »Du willst mich dieses Mal berühren, nicht wahr, Winter?«

»Ja«, flüstere ich.

»Gut. Dann komm auf Händen und Knien zu mir.«

Gehorsam rolle ich mich zur Seite, richte mich auf die Knie und krabbele auf Händen und Füßen langsam auf ihn zu. Ich spüre, wie meine Hüften bei jeder Bewegung wackeln. Ich kann auch förmlich fühlen, wie er auf die Rundungen meines nackten Hinterns starrt, während ich mich ihm nähere, aber ich habe den Kopf gesenkt und kann ihn nicht sehen. Direkt zu seinen Füßen halte ich an.

»Sehr gut«, sagt er leise. »Jetzt werde ich dir deinen Wunsch erfüllen, Winter. Du darfst mich berühren, aber nur unter ganz bestimmten Voraussetzungen. Du darfst nur meine

Rute berühren, verstanden? Meine Rute und die Eier. Und du darfst dafür deinen Mund verwenden. Betrachte es als Fruchtbarkeitsritus der Erdgöttin.«

Ich nicke, Erregung macht sich in meinen Eingeweiden breit. Ich kann es kaum erwarten, ihn zu berühren und zu küssen. So lange schon sehne ich mich danach, mit seinem herrlichen Schwanz zu spielen, aber mein Meister hat das bis jetzt nicht zugelassen. Ich begreife, dass ich seinem Stab meine Verehrung entgegenbringen muss.

»Du darfst anfangen, Winter.« Seine Stimme ist tief, zärtlich.

Ich knie mich vor ihn und ziehe die schwarze Seide seines Morgenmantels beiseite. Unter seiner Maske beobachten mich seine blauen Augen aufmerksam. Bei dem Anblick, der mich begrüßt, ziehe ich laut und vernehmlich die Luft ein. Sein gewaltiger Schwanz steht schon in Bereitschaft; die samtige Eichel reckt sich mir glatt und glänzend entgegen. Es ist ein prachtvoller Anblick: so fest und so dick, darunter die prallen Eier. Ich lecke mir über die Lippen.

Ich nehme den steifen Schwanz in die Hand, genieße seine Hitze und die seidige Haut, dann fahre ich mit der Hand auf und ab. Während ich ihn sanft und rhythmisch massiere, senke ich den Kopf auf seine samtig-weiche Eichel und fahre mit der Zunge darüber. Ich spiele mit ihr, lecke an ihr und kitzele den winzigen Schlitz. Während ich das große Ding massiere und mit der Zunge verwöhne, spüre ich, wie es in meiner Hand zuckt und pocht. Nachdem ich es lange genug mit meiner Zunge befeuchtet habe, lasse ich die Eichel in meinen Mund gleiten, umschließe sie mit meinen Lippen. Mit der einen Hand liebkose ich seine Eier und umfasse dabei die Wurzel seines Schwanzes fest mit der anderen Hand. Sein langer Penis reagiert, indem er noch steifer wird und unter meiner Berührung prachtvoll anschwillt.

»Du machst das sehr gut.« Die Stimme meines Lehrers

klingt angestrengt unter den Empfindungen. »Ich bin stolz auf dich.«

Ein Schauder der Erregung durchläuft mich. Meine Säfte fließen jetzt ungehemmt. Ich spüre die Feuchtigkeit zwischen meinen Beinen, die mich schlüpfrig macht und bereit für sein wunderbares Ding. Aber momentan ist es in meinem Mund, füllt mich ganz aus. Ich fahre mit der Hand wieder höher und massiere kräftiger und rhythmischer. Ich möchte ihn am liebsten bis zur Wurzel in den Mund nehmen, aber das wird mir nie gelingen – er ist viel zu groß für mich. Stattdessen konzentriere ich mich darauf, die Eichel zu lecken und zu verwöhnen. Meine Zunge fährt immer wieder darüber, leckt und kitzelt den Spalt und die Krone, während meine Hände den Stamm und die Eier bearbeiten.

Ich verliere jedes Gefühl für die Zeit, schließe die Augen und huldige dem Schwanz, der mir schon so viel Lust bereitet hat. Ich genieße es, ihn zu berühren, zu schmecken und ihm etwas von der Freude zurückzugeben, die er mir geschenkt hat. Ich höre, wie der Atem meines Lehrers schneller geht, und ich nehme so viel ich nur kann von ihm in den Mund, bin begeistert über sein ekstatisches Stöhnen, während meine Lippen tiefer gleiten. Ich kann ihn nicht lange in mir behalten, er ist einfach zu groß, darum lasse ich seinen Schwanz wieder aus meinem Mund gleiten und konzentriere ich mich auf die Eichel, während ich nun mit beiden Händen den Stamm massiere. Ich weiß nicht, wie lange ich ihm schon einen geblasen habe, wie lange ich ihn massiert, geküsst und verwöhnt habe, aber als ich spüre, wie sein Schwanz unter meinen Händen noch gewaltiger anschwillt und seine Eier angesichts seines nahenden Orgasmus fester werden, bin ich beinahe enttäuscht, dass mein Werk bald getan sein wird. Es hat mir so gut gefallen, ich will nicht, dass er kommt – und doch ist es der ultimative Tribut, dass er sich dem Höhepunkt hingibt, den ich ihm mit meinem Mund und meinen Händen beschert habe. Das Gefühl des herannahenden Orgasmus ist zutiefst erregend, und meine Klitoris zuckt und schwillt ebenfalls an.

Mein Meister bewegt sich jetzt, stößt mit den Hüften nach vorn, damit sein Schwanz noch tiefer in meinen Mund gleitet, während ich kraftvoll an ihm sauge. Mein Kopf wippt rhythmisch im Takt zu meinen Händen, die seinen Schwanz immer fester massieren. Mein Lehrer stöhnt. Mit den Händen hält er meinen Kopf, als ob er mich noch tiefer auf seinen Schwanz drücken will, aber er übt keinen Druck aus.

Das ist wunderbar. Komm für mich, Miles … ich will jeden einzelnen Tropfen, den du mir geben kannst …

Ich weiß, dass er gleich kommt. Er stößt heftig in meinen Mund. Ich packe ihn fester, bearbeite ihn stärker, meine Zunge leckt leidenschaftlich. Er gleicht jetzt einem Eisenstab.

Ja, mein Schatz, gib es mir, bitte …

Plötzlich stöhnt er laut und wirft den Kopf in den Nacken. Sein Mund gleitet auf. Der große Schwanz versteift sich und schießt dann seinen Höhepunkt heraus. Die heiße, salzige Flüssigkeit füllt meinen Mund, während sein Schwanz unter seiner Explosion zuckt.

Ich nehme alles in mich auf, schlucke sein Sperma, lecke über seine Eichel, genieße es.

Als zu guter Letzt seine Erektion nicht länger pocht, lasse ich seinen Schwanz aus meinem Mund gleiten. Ich schaue keuchend zu ihm auf, meine Lippen und mein Kinn feucht vor Spucke und Sperma.

Er schaut mit einem schiefen Lächeln zu mir herunter. Als er spricht, klingt seine Stimme erschöpft. »Sehr gut … das war äußerst erfreulich, Winter.«

Ich lächle mit strahlenden Augen zu ihm auf. Es macht mich so glücklich, dass ich meinen Meister erfreut habe. Aber ich weiß, die Lektion ist noch nicht vorüber.

»Die Erde liefert nicht nur den Samen«, sagt er jetzt. Er steht auf, zieht seinen Morgenmantel zu und tritt an den Beistelltisch hinter mir. »Sie ist auch reich an Metallen, die wir fördern und uns zu Diensten machen. Gold, Silber, Bronze.« Er schaut über die Schulter zu mir. »Wusstest du, dass sich die größten Goldvorkommen der Erde in der Nähe ihres Kerns befinden? Zu tief, als dass wir sie erreichen könnten. Ein Großteil des Goldes, das wir bislang gewonnen haben, kam durch Meteoriten zu uns, die auf die Erde stürzten.« Er zeigt auf das Bett. »Leg dich hin. Du wirst nun erfahren, was das Metall der Erde für dich tun kann.«

Ich folge seinem Befehl, gehe zum Bett und lege mich auf den Rücken. Er tritt mit der Schüssel vom Beistelltisch ans Bett und schaut anerkennend auf mich hinunter.

»Ja«, sagt er. »Ja.« Er stellt die Schüssel auf den Nachttisch und nimmt ein kleines, eckiges Objekt heraus. Es besteht aus mattem Metall, und an jeder seiner Ecken weist ein winziger Zacken nach innen. »Das ist Bronze, Winter. Das Metall alter Zivilisationen, eine Legierung aus Zinn und Kupfer.«

Ich frage mich, wozu das kleine Objekt dienen soll, aber mein Lehrer lässt mich nicht lange warten. Er beugt sich nach vorn und befestigt das Viereck geschickt auf der Warze meiner rechten Brust, bis meine Brustwarze zwischen den vier nach innen gerichteten Zacken auftaucht. Die Zacken drücken spitz und kitzelnd dagegen. Ich schnappe nach Luft. Es tut weh, aber das anfängliche Stechen wird rasch zu einem erregenden Druck. Mit einer raschen Bewegung drückt mein Lehrer ein weiteres Viereck auf meine linke Brustwarze, und ich keuche, als der heiße Schmerz die zarte Knospe erreicht.

»Spürst du den Biss der Bronze?«, fragt er leise.

Ich nicke. »Ja, Meister.«

»Wenn du nicht artig bist, Winter, dann muss ich dafür sorgen, dass sie dich etwas härter beißt.« Er dreht an einem

Viereck, und das Beißen der Zacken auf meiner Brustwarze lässt mich laut stöhnen. »Aber ich denke, es würde dir zu sehr gefallen, als dass es eine wirksame Strafe abgibt. Außerdem warst du so eine brave Schülerin.« Rasch dreht er an dem anderen Viereck, und auch die zweite Brustwarze beginnt zu singen. Ich zucke ein wenig. Das Konzept des ›lustvollen Schmerzes‹ hat mir nie eingeleuchtet. Bis jetzt.

»Das Bronzezeitalter ist eine anerkannte Epoche der Menschheit«, fährt mein Lehrer fort. »Das Goldene und das Silberne Zeitalter sind dagegen mythisch. Trotzdem müssen diese Edelmetalle in unseren Unterricht Eingang finden. Auch sie können große Freuden spenden.« Er nimmt noch einen kleinen Gegenstand aus der Schüssel. Dieser besteht aus Silber. Es ist eine Art längliches Halbrund, mit Einkerbungen am obersten Punkt des Bogens und kleinen, silbernen Ketten zu beiden Enden. Ich habe keine Ahnung, wozu das Teil dient. »Nimm zum Beispiel dieses kleine Objekt.«

Er hält es an meine Brust. Kühl liegt das Metall auf meiner Haut. Die kleinen Ketten schlängeln sich mit köstlichem Kitzeln über meine Haut. Er fährt damit nach unten, über das Lederkorsett um meine Taille bis zu dem Bereich, wo mein Geschlecht reif und bereit wartet. Ich atme schnell, mein Herz rast. Wird er das kleine Objekt in mich stecken? Es scheint mir nicht die richtige Form dafür zu haben. Doch zu meiner Überraschung presst er den halbrunden Bogen auf meine Klitoris. Die Einkerbungen umschließen sie, bis sie fast ganz von dem schmalen Metall umfangen ist. Die Seiten des Bogens laufen bis zu meiner Scheide, die kleinen Quasten legen sich auf meine feuchten Schamlippen. Meine Klitoris pocht unter der engen Umarmung des Metallclips.

»Herrlich«, sagt mein Lehrer. »Spreize die Beine für mich, Winter.«

Ich spreize meine Schenkel noch weiter, damit ich völlig

offen vor ihm liege. Mein Geschlecht trägt jetzt den funkelnden Klitoris-Clip mit den silbernen Kettchen. Meine Seidenstrümpfe reiben angenehm auf meiner Haut, als ich die Beine bewege. Die Nippelhalter aus Bronze beißen sich fest in meine kleinen Knospen, und ich stöhne leise, kralle mich mit beiden Händen in das Laken, ziehe es mit meinen geballten Fäusten nach oben.

»Gold«, fährt mein Lehrer fort. »Jetzt brauchen wir noch etwas Goldenes für dich.«

Er greift wieder in die Schüssel, und dieses Mal zieht er etwas heraus, bei dessen Anblick ich große Augen bekomme: ein riesiger, goldener Dildo mit einem Handgriff. Ich weiß sofort, dass man den Dildo aufgrund des Griffs mit großer Kraft einführen kann.

Ich muss wieder stöhnen.

Mein Meister setzt sich neben mich auf das Bett und packt den Griff auf eine Weise, dass der Dildo aus seiner Hand zu erwachsen scheint. Er ist prall und glänzend. Ich muss bei seinem Anblick keuchen. Meine Klitoris zuckt unter der Klammer, die jedes Pochen noch verstärkt.

»Ich finde, du solltest dieses herrliche Objekt küssen«, sagt er und hält es an meine Lippen. Ich öffne den Mund und lasse das kühle Metall in mich gleiten. Sehnsuchtsvoll sauge ich daran, muss dabei an den gewaltigen Schwanz meines Lehrers denken. Sobald der Dildo mit meinem Speichel gut befeuchtet ist, zieht er ihn aus meinem Mund und fährt damit über meinen Körper. Das harte Ding erregt mich ungemein. Er spielt damit auf meinem Venushügel, presst ihn aufreizend auf meine Klitoris, reibt damit meine nassen Schamlippen, bis er nicht nur von meinem Speichel, sondern auch von meinen Säften feucht ist.

Ich will es, ich muss jetzt angefüllt werden … fick mich damit … bitte …

Ich bringe keine Worte hervor, aber er muss es an meinem Gesicht abgelesen haben, dass ich nichts weiter von ihm will, als diesen goldenen Schwanz tief in mich zu stoßen.

Der kühle Kopf des Dildo ruht gleich darauf an meinem Eingang zwischen den silbernen Kettchen meines Klitoris-Clips, die mich herrlich stimulieren. Dann dringt mein Lehrer in unendlich quälender Langsamkeit mit dem riesigen Dildo in mich ein.

Ich schreie vor Vergnügen auf, als er anfängt, mich mit dem Dildo zu vögeln. Ich zucke und winde mich unter dem Ansturm der Empfindungen: der Biss der Bronzeklammern um meine Brustwarzen, die Umarmung des Silber-Clips um meine Klit und nun das unglaubliche Gefühl des goldenen Dildos, den mein Lehrer rhythmisch in mich stößt. Meine Finger krallen sich noch fester in das Laken, mein Kopf wirft sich vor Entzücken von einer Seite zur anderen. Ich stöhne und breite meine Beine noch weiter für ihn aus, damit er dieses herrliche Ding schneller und fester in mich stoßen kann. Ich halte das nicht mehr lange aus, zu erregt bin ich vom Fortgang der Lektion und wie er mich hinter seiner Maske beobachtet, um zu sehen, wie ich auf seine Handlungen reagiere.

O Gott … das ist zu viel, ich werde kommen … fick mich härter …

Der Clip um meine Klitoris scheint enger zu werden, da sie immer weiter anschwillt. Himmlische Empfindungen schwappen über mich hinweg. Es hat keinen Zweck, ich werde jetzt kommen, ich kann nicht anders …

Mein Meister scheint zu merken, wie nahe ich dem Orgasmus bin, und treibt den Dildo noch tiefer in mich, fest und kraftvoll. Meine Gliedmaßen werden steif, als sich das Entzücken in meinem Becken aufbaut, und dann ergreifen mich auch schon gewaltige Schauder der Hingabe, unter deren ekstatischem Griff ich laut aufschreie. Die Wellen kommen unablässig, bis ich zu guter Letzt keuchend und hilflos liegenbleibe.

Mein Lehrer zieht den glänzenden Dildo aus mir heraus, jetzt nass mit meinen Honigsäften. Dann öffnet er seinen Morgenmantel und präsentiert seinen eigenen, harten Schwanz, der sich in die Höhe reckt.

Ich seufze vor Vergnügen, und meine Knie fallen auseinander. *Oh ja, bitte … ich will es …*

Mit einer geschmeidigen Bewegung ist er zwischen meinen Beinen. Sein Brustkorb presst sich schwer auf mich, verstärkt noch den Druck der kleinen Bronzeteile auf meinen Warzen. Die Klitoris-Klammer ist ebenfalls noch an ihrem Platz, als seine Lenden sich fest gegen mich pressen. Sein Schwanz nimmt an meinem Eingang Aufstellung. Dann gleitet seine herrliche Erektion in mich. Ich stöhne, als er an meinen Muttermund drückt und die kleinen Silberkettchen fest an mein weiches Fleisch presst. Dann vögelt er mich. Sein Mund ergreift Besitz von mir. Ich presse ihn an mich, meine Hände fahren über seinen breiten Rücken unter dem seidenen Morgenmantel, umklammern seine festen Hinterbacken, ziehen ihn fester in mich.

Wir vögeln hart und schnell, küssen und stöhnen. Endlos lange machen wir so weiter, pressen uns rhythmisch aneinander, bis wir schließlich in der Schönheit unseres beiderseitigen Höhepunkts aufgehen und uns der herrlichen Lust hingeben, die wir uns bereitet haben. Wir brechen unter der Kraft unserer Ekstase zusammen und bleiben keuchend und erschöpft zurück.

Nachdem wir uns geduscht und frisch gemacht haben, bereiten wir uns aus den Resten im Kühlschrank ein Mittagessen. Beim Essen plaudern wir müßig und lachen viel. Wir reden nicht über die außergewöhnliche Lektion, die er mir soeben erteilt hat. Der Lehrer und Winter sind Teil einer anderen, besonderen Existenz. Jetzt sind wir Miles und Freya.

Anschließend sehen wir uns einen Film an, eng aneinander gekuschelt auf dem Sofa. Es ist einer seiner Lieblingsfilme, *Sullivans Reisen* in der Regie von Preston Sturges.

Der Film gefällt mir, und ich genieße es, Miles so nahe zu sein und das Pochen seines Herzens unter seinem Kaschmirpulli zu spüren. Plötzlich kommt mir ein seltsamer Gedanke.

Das hier ist keine Lektion. Das hier ist … romantisch.

Seltsame Gefühle überkommen mich, als ob ich aus dem Tritt gekommen wäre oder man mir den Boden unter den Füßen entzogen hätte. Wir haben nur die Vereinbarung, dass er mir etwas beibringt, von mehr war nie die Rede. Und doch – so viele der körperlichen Erfahrungen, die wir in den letzten Tagen geteilt haben, waren spontan voller Zuneigung. Zugegeben, alle umgab das sexuelle Verlangen, das wir füreinander empfinden. Wir können uns nicht nahe sein, ohne dass nicht die Luft unter dem aufgeladenen Hunger, den wir für den Körper des anderen verspüren, knistert. Aber als wir uns gestern am Hang küssten oder in der Kutsche auf dem Heimweg, da hätte uns jeder für ein verliebtes Paar gehalten, nicht einfach für zwei Menschen, die ihre sexuellen Bedürfnisse befriedigen.

Und man sehe mich jetzt nur an – ich trage einen geliehenen Morgenmantel, und wir kuscheln vor dem Kamin. Ich schüttele den Kopf. *Das ist seltsam.*

»Was ist?«, fragt er, weil er merkt, wie ich mich bewege und ich nicht länger auf den Film konzentriert bin. »Alles in Ordnung?«

Plötzlich fühle ich mich scheu. Ich betrachte den Gürtel, den ich um die Taille geschlungen habe, und wie das Muster auf dem Stoff im Knoten verschwindet. »Ja, alles gut«, sage ich leise.

Er drückt die Pausentaste und nimmt mich fester in den

Arm. »Komm schon, Süße. Was ist los? Du kannst es mir sagen.«

»Ich …« Ich hole tief Luft und schaue zu ihm auf, sehe in diese intensiven, blauen Augen und wende dann rasch den Blick ab. Ihre Kraft ist manchmal einfach zu viel für mich. »Ich habe mich nur gefragt, was passiert, wenn das hier vorbei ist.«

Na also. Ich habe es ausgesprochen.

Er schaut mich an, mit ausdruckslosem Gesicht. »Niemand weiß, was geschieht, wenn all das hier vorbei ist. Vielleicht nichts.«

Mir sinkt der Mut. Ich spüre, wie mir die Enttäuschung ins Gesicht geschrieben steht.

Er fährt fort. »Das hängt ganz davon ab, ob man an Gott glaubt oder nicht. Oder an Reinkarnation. Oder daran, dass Bäume und Steine beseelt sind. Aber um ehrlich zu sein, habe ich keine Ahnung.«

Ich sehe das schelmische Funkeln in seinen Augen und versetze ihm einen Schlag gegen die Brust. Trotz allem muss ich lachen. »Nicht, wenn das *Leben* vorbei ist! Ich meine das hier! Unsere Zeit an diesem wunderbaren Ort.« Ich schaue mich in dem hübsch eingerichteten Chalet um, mit seiner Verneigung vor der Schweizer Bauernkultur in Form roter und weißer Kissen und den alten Kommoden. Zuerst waren wir in einer kargen Bruchbude zusammen, abgeschnitten von der Welt und den neugierigen Augen der Welt. Jetzt sind wir hier, in einer schöneren und luxuriöseren Variante derselben Hütte. *Dieses Mal Gott sei Dank mit richtigen Badezimmern. Und ohne die Angst vor dem unmittelbar eintretenden Tod.* Aber ich habe dennoch Angst: Ich fürchte, dass dies das letzte Beisammensein von Miles und mir sein könnte, dass dieser wunderschöne Traum so gut wie vorüber sein könnte. Ich muss demnächst wieder die Rückreise antreten. Bald kommt sicher eine E-Mail von Jane-Elizabeth mit Anweisungen von meinem Vater, der wissen will, wo ich bin und was ich treibe. Ich schaue Miles an, hoffe, dass sich meine Verletzlichkeit nicht in meinem Blick spiegelt. »Was wird aus uns?«

Sein Blick verdunkelt sich, wie ich es befürchtet habe. Wenn das passiert, nimmt seine Augenfarbe einen dunkleren Ton an, fast marineblau, in dem der Rand der Iris untergeht. Er wendet den Blick von mir ab.

Plötzlich ist mein Hals trocken. Ich hätte ihm diese Frage nicht stellen sollen, jetzt noch nicht. Ich hätte meine Sorgen für mich behalten und warten sollen, bis er selbst darauf zu sprechen kommt. Jetzt fühlt er sich unter Druck gesetzt. Unsere wundervolle Vereinbarung, die allein auf dem gegenseitigen Verlangen basierte, ist wegen meiner gedankenlosen Frage ruiniert.

»Ehrlich gesagt, Freya«, sagt er schließlich, »ehrlich gesagt weiß ich das nicht.«

Meine Finger spielen nervös mit dem Knoten meines Gürtels. »Du weißt es nicht?«, hake ich zögernd nach.

Er schüttelt den Kopf, mit fest zusammengepressten Lippen. Er nimmt den Arm von meiner Schulter. »Ich kann dir nichts vorspielen – na ja, vermutlich könnte ich schon, aber ich will es nicht. Was wir hier tun, ist umwerfend, verblüffend, überwältigend.« Es entsteht eine winzige Pause, in der wir beide uns an die herrlichen Momente erinnern, die wir in den letzten beiden Tagen hier zusammen erlebt haben. »Aber …«

Das Aber. O nein, nicht das Aber.

Er zögert. Mein Magen vollführt alle möglichen gymnastischen Übungen, während ich die unendlich lange Zeit warte, die es dauert, bis er wieder das Wort ergreift. Als er es tut, spricht er leise und scheint fasziniert etwas auf dem Boden zu betrachten.

»Ich weiß nicht, was du hören willst. Du bist noch sehr jung, Freya. Ich bin älter als du und der Welt viel müder. Ich habe viele schlimme Dinge gesehen. Glaube mir, du hast keine Ahnung, wie schlimm.« Er stockt kurz, und ich warte ungeduldig, dass er fortfährt. Ich möchte etwas sagen, beiße mir aber auf die Zunge. Ich spüre, dass er von allein reden muss. »Es gibt Gründe, warum es mir ganz recht ist, bei deinem Vater in Diensten zu stehen. Sein enormes Bedürfnis nach Privatsphäre und Sicherheit kommt mir momentan sehr entgegen.«

»Warum?«, erkundige ich mich schüchtern, kann mich nicht länger bremsen. »Bist du auf der Flucht?«

Er wirft mir rasch einen Blick zu und lacht dumpf und humorlos. »So könnte man es ausdrücken, ja.«

»Auf der Flucht …« Ich weiß nicht, warum mir der Gedanke kommt. »… vor einer Frau?«

Ein schrecklicher Ausdruck überschattet sein Gesicht. So kurz, dass ich beinahe glaube, es mir nur eingebildet zu haben, aber ich weiß, was ich gesehen habe: den Ausdruck grenzenlosen Schmerzes.

»Ja«, flüstert er, »auf gewisse Weise schon.«

Mein Mut sinkt noch weiter. Ich betrachte mir diesen flüchtigen Ausdruck noch einmal vor meinem inneren Auge. Es war der Ausdruck eines unerträglichen Traumas. Wer immer die Frau ist, er liebt sie offenbar noch oder hat sie zumindest noch nicht verwunden.

Düstere Enttäuschung macht sich in mir breit. *Darum wollte er also, dass unsere Beziehung in engen Grenzen bleibt. Darum musste ich ihm schwören, dass alles, was in der Hütte passiert, unter uns bleibt. Er gehört einer anderen.*

Kaum schießt mir dieser Gedanke durch den Kopf, staune ich darüber, dass er mir noch nicht früher gekommen ist. Mir fällt wieder ein, wie Miles mir in der Hütte sagte, er habe keine Freundin. *Das muss aber nicht heißen, dass er nicht noch in seine Ex verliebt ist.*

Ein eisiger Gedanke trifft mich wie ein Schlag.

Trotz allem, was zwischen uns war, hat es nicht ausgereicht, sie aus seinem Herzen zu vertreiben. Die ganze Zeit wäre er viel lieber mit ihr zusammen gewesen.

Womit hat diese Frau ihn in der Hand?

Miles schaut mich intensiv an, und vermutlich sieht er eine Vielzahl von Gefühlen über mein Gesicht huschen. »Es ist nicht so, wie du denkst«, sagt er.

Ich blicke hoffnungsvoll zu ihm auf. »Sie ist nicht länger im Bild?«

»Nein.« Er schüttelt den Kopf. »Sie ist tot.«

Ich starre ihn mit offenem Mund an. »O mein Gott, Miles, es tut mir so leid. Das ist ja schrecklich.«

Er wendet den Blick ab. »Schon gut, ehrlich. Macht es dir etwas aus, wenn wir jetzt einfach den Film zu Ende schauen?«

Später in dieser Nacht schlafe ich in Miles' Armen ein, frage mich dabei immer noch, was ihm seine tote Freundin bedeutet. Ich weiß nicht, wie ich mit einer Frau konkurrieren soll, die ihm mittlerweile womöglich wie eine Heilige erscheint. Obwohl mir der Film sehr gut gefallen hat und ich es genossen habe, eine von Miles' Leidenschaften mit ihm zu teilen, kann ich mich gegen die Trostlosigkeit, die von meinem Herzen Besitz ergreift, nicht wehren. All das, was wir hatten, scheint Miles nichts zu bedeuten. Vielleicht war es für ihn ein Trostpflaster für sein verwundetes Herz, aber kaum mehr als das. Sobald wir wieder zu Hause wären, würde alles wieder so sein wie früher.

Wie früher?

Ich muss an meinen Alltag denken, die hektische Abfolge von Aktivitäten, die alle eigentlich nicht von Bedeutung sind: gesellschaftliche Verpflichtungen, Gefiederpflege, Einkaufsbummel, um stets das Neueste vom Neuen zu besitzen. Und wozu das alles? Was erreiche ich damit? Es macht mich nicht glücklich, das weiß ich. Hinter der aufgesetzten Fröhlichkeit, die ich meinen Freunden gegenüber an den Tag lege, bin ich ständig traurig und wütend – etwas, das ich kaum mir selbst eingestehe.

Miles macht mich glücklich. Das macht er wirklich, und nicht nur wegen des göttlichen Liebesspiels, in das er mich eingeführt hat. Obwohl mir immer bewusst war, dass es rein körperlich sein sollte, fühlte ich mich von ihm geschätzt und geliebt, wie ich es seit Jahren nicht mehr so empfunden habe. Solange ich mich erinnere, um ehrlich zu sein. Bei ihm fühlte ich mich auch immer sicher. Die Vorstellung, dieses Gefühl nicht länger zu haben, ist, als ob ich nackt in einen Schneesturm marschieren müsste. Ich will nicht zu der eisigen Einsamkeit meines Alltags zurückkehren.

Ich sehe ihn an, wie er neben mir schläft. Er liegt auf der Seite, die mir zugewendet ist, so dass ich seine fein geformten Lippen sehen kann, seine lange, gerade Nase, seine geschlossenen Augen. Einen Arm hat er unter den Kopf gelegt, der andere ist zu mir ausgestreckt. Die Finger liegen so auf dem Laken, als wolle er mich noch im Schlaf berühren. Ich strecke die Hand aus und lege meine Fingerspitzen auf die seinen. Seine Hand zuckt, und er seufzt.

Oh, Miles, was soll ich nur ohne dich tun?

Ich sage mir, dass er mir trotzdem nahe sein wird. Vielleicht können wir unseren Unterricht andernorts fortsetzen – zu Hause, an geplanten Locations –, aber ich habe das Gefühl, dass Miles davon nichts wird hören wollen. Er hat auch nichts in der Richtung vorgeschlagen.

Eine Träne dringt unter meinen Wimpern hervor, gefolgt von einer weiteren.

Ich will dich nicht verlieren. Ich würde alles dafür geben, wieder in der Hütte während des Sturms zu sein, wenn das bedeutete, dass ich mit dir zusammen sein kann.

18. Kapitel

Am nächsten Tag packen wir unsere Sachen und machen uns für die Abreise bereit.

Erst als unser Gepäck vor der Tür steht und wir oben auf die Limousinen warten, die uns abholen sollen, sage ich beiläufig zu Miles: »Und? Was passiert jetzt?«

Ich sitze auf dem Sofa. Er steht am Fenster und genießt die phantastische Aussicht, die an diesem Tag jedoch leicht bewölkt ist. Schlechtes Wetter kündigt sich an. Miles wirkt in seiner schwarzledernen Fliegerjacke von Belstaff und seiner Fliegerbrille reisefertig. Meine Haut kribbelt bei seinem Anblick. Ich erinnere mich an unseren herrlichen Morgensex gleich nach dem Aufwachen. Es war zwar nicht die ausgedehnte, erotische Erfahrung meiner Lektionen, jedoch die Art von Sex, die ich fast genauso mag: unkompliziert, aber intensiv. Miles küsste mich leidenschaftlich, spreizte meine Beine und stieß seine heiße Morgenlatte in mich. Ich schlang meine Beine um seine Schenkel, und wir vögelten uns kraftvoll und befriedigend, und am Ende explodierten wir in knisternden, elektrisch aufgeladenen Orgasmen.

Ich wollte gleich danach mit ihm reden, als wir uns nach dem Sex schweißgebadet voneinander lösten, aber er sprang sofort aus dem Bett und ging unter die Dusche. Die Zeit war nicht reif für dieses Gespräch.

Jetzt dreht er sich zu mir. Ich kann seinen Gesichtsausdruck nicht lesen, und seine Augen sind hinter den verspiegelten Gläsern der Sonnenbrille verborgen.

»Nach dem hier?« Plötzlich lächelt er, und mich erfasst eine Welle des Glücks. Für dieses Lächeln würde ich alles tun. »Tja, Winter, ich glaube, du hast alles gelernt, was ich dir momentan beibringen kann.«

»Das glaube ich nicht«, widerspreche ich vorsichtig. »Ich denke, es gibt noch viel mehr zu lernen. Außerdem muss ich das Erlernte festigen. Man gibt einer jungen Frau nicht schon nach einer Stunde Fahrschule den Führerschein.«

Er lacht. »Das stimmt.« Er nimmt die Sonnenbrille ab, kommt auf mich zu und setzt sich neben mich auf das Sofa. »Aber wie lange soll das so weitergehen? Wir können unserem Leben nicht ständig auf diese Weise entfliehen – auch wenn es eine wunderbare Erfahrung war.«

»War es das?« Ich flüstere es nur. Mir wird klar, wie sehr ich mir wünsche, dass er mich ebenso sehr liebt wie ich ihn.

Er nimmt meine Hand. »Aber ja.« Mit der anderen Hand streicht er über mein Haar. Er sieht mich voller Zärtlichkeit an. »Du hast mir völlig vertraut, und das hat mir viel bedeutet. Ich kann dir gar nicht sagen, wie viel.«

»Bei dir fühle ich mich sicher.« Ich schaue zu ihm auf, hoffe, dass ich die Dinge, die ich mich nicht zu sagen traue, zumindest in meinen Blick lege.

Der Ausdruck seiner Augen ändert sich erneut, und ich erkenne ein Aufflackern dieser entsetzlichen Traurigkeit, die seinen Blick verdunkelt wie eine Wolke die Sonne ausblendet.

»Was ist?«, frage ich flehentlich, als ob ich versehentlich eine Wunde berührt habe. »Was habe ich gesagt?«

Er wendet den Blick ab. »Nichts. Ehrlich. Es ist nichts.« Er sieht mich wieder an, und ich merke, wie sehr er sich anstrengt, auf andere Gedanken zu kommen. »Freya, ich war ein Feigling. Ich habe es vermieden, mit dir darüber zu reden, weil ich unser gemeinsames Wochenende so sehr genossen habe.«

O nein! Mein Herz pocht heftig, und eine ungute Vorahnung lässt meine Hände feucht werden.

»Aber …« Er steht auf. »… ich habe nicht vor, noch länger für deinen Vater zu arbeiten.«

»Wie bitte?« Ich springe auf. »Warum nicht?«

»Weil er das Vertrauen in mich verloren hat. Das spüre ich. Er und Pierre haben mich irgendwie in Verdacht, obwohl es weder einen Beweis noch irgendein Motiv gibt. Jetzt, wo du mir erklärt hast, was damals passiert ist und dass euch ein Leibwächter verraten hat, verstehe ich, was deinen Vater antreibt. Aber die Jahre haben ihn paranoid gemacht, und Pierre ist da keine Hilfe. Sein Misstrauen ist mindestens ebenso verrückt – ich glaube, sein Job hängt davon ab. Pierre wird extrem gut dafür bezahlt, dass er die Ängste deines Vaters ernst nimmt und dafür sorgt, dass sie niemals Realität werden.« Miles seufzt und geht zum Kamin, der nun kalt ist. Schwarze Asche ist alles, was von dem brennenden Feuer der letzten Nacht noch übrig ist. Er nimmt einen Schürhaken und stochert darin herum, aber sie bleibt kalt und tot.

»Das ist doch lächerlich«, sage ich inständig. »Natürlich musst du weiter für uns arbeiten. Ihnen wird bald klarwerden, wie sehr sie sich irren. Ich rede noch einmal mit meinem Vater, und er wird es begreifen. Ich war dort, als der Unfall geschah. Ich weiß, was passiert ist. Es ist doch verrückt zu glauben, du könntest irgendetwas damit zu tun haben. Was hättest du davon haben sollen?«

Er dreht sich zu mir um und sieht mich lange und eindringlich an. »Dich. Dich natürlich, Freya.«

»Mich?« Ich blinzele. Verblüfft.

»Ja. Während wir von der Welt abgeschnitten waren, warst du zwei Tage lang außerhalb seiner Kontrolle. Hast du jemals vom Stockholm-Syndrom gehört?« Ich schüttele den Kopf, immer noch verwirrt von seinen Worten. »Wenn jemand entführt wird, entwickelt er am Ende eine Beziehung zu seinen Entführern, befürwortet deren Beweggründe und stellt sich ganz auf ihre Seite. Manchmal verlieben sich die Entführten sogar in ihre Entführer.«

Ich spüre, wie ich knallrot werde. »Das ist doch lächerlich.«

Miles scheint meine Röte nicht zu bemerken, aber er sagt: »Dein Vater und Pierre denken womöglich, dass dir etwas in der Art passiert ist. Vielleicht bezweifeln sie sogar, dass es einen Unfall gab. Ich könnte den Wagen in den Abgrund geschoben und dich zur Hütte gebracht haben, um dich dort einer Gehirnwäsche zu unterziehen, damit du meine Version der Geschichte bestätigst.«

»Aber warum? Warum solltest du mich einer Gehirnwäsche unterziehen wollen?«

Er lächelt. »Es gefällt mir, dass dir kein Grund dafür einfällt. Warum sollte ein Mann eine Frau wie dich einer Gehirnwäsche unterziehen wollen?«

Mir wird das Herz schwer, als mir auf einen Schlag alles klar wird: Geld. *Das Vermögen meines Vaters. Das ist der Grund, warum ich meine Mutter verloren habe, warum ich mein Leben in Angst verbringe, warum die Menschen mich erpressen und meine Beziehungen zerstören …*

»Stimmt«, sagt Miles leise, als er den Ausdruck auf meinem Gesicht sieht. »Geld. Sie glauben, darauf hätte ich es abgesehen.«

»Aber …« Ich seufze verzweifelt, schaue mich im Raum um, als sei irgendwo dort eine Antwort versteckt. »Ich weiß, dass das nicht stimmt! Ich kann ihnen das sagen!«

»Je mehr du darauf beharrst, desto weniger werden sie dir glauben und desto schlimmer sieht es für mich aus. Warum solltest du dich auf einmal so dafür einsetzen, einen Leibwächter zu verteidigen, wenn man bedenkt, wie du das Personal sonst immer zu behandeln pflegst? Sie werden das als Beweis meiner Schuld werten und zu dem Schluss gelangen, dass ich dich irgendwie manipuliert habe und dich zu meinen eigenen

Zwecken missbrauche.« Er kommt auf mich zu. Sein Blick ist wieder zärtlich, bringt meine Eingeweide zum Schmelzen und lässt meine Knie weich werden. Allein seine Nähe reicht aus, mein Verlangen zu wecken. »Und weißt du …« Er legt seine Arme um mich, und ich lasse mich mit etwas wie Erleichterung in seine Umarmung fallen. »… sie haben ja nicht ganz unrecht, oder?«

»Wie meinst du das?«, frage ich in seine Jacke hinein, atme den Duft des Leders ein.

»Na ja – schau uns an. So wie wir gerade sind.« Er lächelt zu mir hinunter. »Was würden sie denken, wenn sie uns hier sehen könnten?«

»Aber ich habe dich dazu gebracht!«, erkläre ich hitzig. »Es war allein meine Idee – du hättest das nie getan, wenn ich es nicht vorgeschlagen hätte – und selbst dann wolltest du nicht gegen deinen Moralkodex verstoßen.«

Er lacht. »Wenn du ihnen das erzählst, werden sie glauben, ich sei noch gerissener, als sie mir das zugetraut hätten – dass ich dir eingeredet hätte, *meine* Pläne seien *deine* Idee. Süße, du bist jung, und sie denken, das mache dich leicht beeinflussbar, dass du jemand seist, der keinen starken, eigenen Willen habe. Du hast mir von deinem Freund erzählt …«

»Jacob«, werfe ich ein.

»Ja – du hast erzählt, dass du herausgefunden hast, dass er mit anderen schlief und dich betrogen hat. Weiß dein Vater davon?«

Ich nicke langsam.

»So unfair es auch scheinen mag, aber das wird ihn zu der Schlussfolgerung bringen, dass dein Urteil in Sachen Männer noch ein wenig unreif ist.«

Ich fühle mich gefangen in einem Wirbelwind zunehmender Frustration – ich kann meinen Vater nicht dazu bringen, seine Meinung über Miles zu ändern. Was immer ich tue, es wird seinen Verdacht nur bestätigen. »Aber sie *irren* sich! Wie hast du das gemeint, als du sagtest, sie hätten nicht ganz unrecht?«

Er blinzelt und bedenkt mich mit seinem unwiderstehlichen, schiefen Lächeln. »Wegen dem, was wir zusammen anstellen.«

»Daran ist nichts falsch!«, erkläre ich mit erstickter Stimme. Ich spüre, wie diese verdammten Tränen hinter meinen Lidern brennen. »Wir sind beide erwachsen! Warum können wir nicht unsere eigenen Entscheidungen treffen? Tun, was wir wollen?«

Er streicht mir wieder über das Haar. Ich liebe es, wenn er das tut, wenn ich die tröstliche Berührung seiner Hand spüre, die mich zart liebkost. Dann ist mir innerlich gleich immer viel ruhiger zumute.

»Ich wünschte, es wäre so einfach«, sagt er heiser. »Und vielleicht könnte es so sein, wenn du nicht Freya Hammond wärst. Aber das bist du nun einmal.«

»Ich will es aber nicht sein!« Ich drehe mein Gesicht an seine Brust, so dass meine Stimme von seiner Jacke gedämpft wird. »Ich werde das alles aufgeben, wenn ich muss.«

»Wir wissen beide, dass du nicht einfach aus deinem Leben spazieren kannst.« Seine Umarmung wird fester. »Das kann niemand. Am Ende holt es dich immer ein.«

»Bitte, Miles, bitte … bitte kündige nicht gerade jetzt. Das ertrage ich nicht! Nach allem, was geschehen ist – der Unfall, dass ich mit dir über meine Vergangenheit reden konnte … ich ertrage es einfach nicht, wenn du jetzt gehst!« Ich fange an zu zittern. Mir war gar nicht klar gewesen, wie stark meine Gefühle für ihn sind, aber jetzt bin ich mir sicher, dass ich es nicht überstehe, wenn er geht. »Es geht mir nicht um die Lektionen oder den Sex mit dir – ich meine, das ist natürlich wunderbar, und ich will nicht, dass es aufhört –, aber es ist viel mehr als das! Ich … brauche dich.« Ich löse mein Gesicht von seiner Jacke und schaue zu ihm auf. Meine Augen sind feucht vor unvergossenen Tränen. »Geh noch nicht. Bleib noch eine Weile, bis ich mich wieder stärker fühle. Bitte!«

Er schaut zu mir herab, und ich kann die widersprüchlichen Gefühle in seinen Augen ablesen. Irgendwoher flüstert mir eine leise Stimme zu: *Wenn er dich wirklich lieben würde, dann würde er ohne Aufhebens bleiben. Schau ihn an! Er will ganz offensichtlich nicht bleiben.*

Dann runzelt er die Stirn und stöhnt. »O Gott, Freya Hammond, du bringst mich da in eine Zwickmühle, ehrlich. All meine Instinkte raten mir, mir den Staub deiner Familie von den Füßen zu schütteln und weiterzuziehen. Und ich habe gelernt, meinen Instinkten zu vertrauen. Außerdem …« Sein Gesicht verzieht sich zu einem qualvollen Ausdruck, als ob ihm ein entsetzlicher Gedanke durch den Kopf geht. Ich warte ab, will wissen, was ihm solche Qualen beschert, aber er seufzt nur kurz auf und sagt: »Du bist eine Frau, der man nur schwer widerstehen kann, weißt du das?«

Eine Welle der Hoffnung erfasst mich. »Bin ich das?«

Er nickt. »Aber hör zu: Wenn ich ins Haus deines Vaters zurückkehre, dann nur unter einer Bedingung.«

»Natürlich«, sage ich atemlos. Alles, wenn er nur bleibt. »Unter welcher?«

Miles hebt eine Augenbraue. »Kein Sex.«

Ich schnappe nach Luft. »Was?«

»Nicht im Haus deines Vaters. Ich kann nicht zulassen, dass wir herumschleichen und heimlich Sex haben in der Hoffnung, dass uns keiner bemerkt. Zum einen wird es irgendjemand bemerken, und zum anderen ist das nicht mein Stil. Auf Hammond-Grund und -Boden bleiben wir auf Abstand, verstanden?«

»Meine Güte!«, stöhne ich. »Das wird *nicht* leicht …«

»Vielleicht nicht – aber das ist meine Bedingung. Hast du das verstanden?«

Ich nicke. Allein schon ihn in meiner Nähe zu wissen ist die Mühe wert, mein Verlangen nach ihm geheim zu halten. Außerdem singt mein Herz angesichts der Aussicht, an einem Ort Sex mit ihm zu haben, der nicht meinem Vater gehört. *Dann will er also doch, dass es mit uns weitergeht!* »Ist gut, ich akzeptiere deine Bedingung. Kein Sex unter dem Dach meines Vaters.« Ich lache leise. »Das klingt echt merkwürdig!«

Das Brummen eines Motors ist zu hören. Ein Wagen fährt die Auffahrt hoch und bleibt vor dem Chalet stehen.

»Das wird deine Limousine sein«, sagt Miles lakonisch. »Die dich zu deinem Privatflugzeug bringt.«

»Ich wünschte, ich könnte mit dir fahren«, sage ich schwermütig.

»In einem normalen Flieger? Du wirst weitaus angenehmer reisen.« Er senkt seinen Mund auf meine Lippen und küsst mich, anfangs sanft, dann mit zunehmender Leidenschaft. Schließlich löst er sich von mir und sieht mich mit seinen blauen Augen intensiv an. »Danke für alles, Winter. Diese beiden Tage waren himmlisch. Du warst meine Göttin. Das meine ich ernst.«

»Ich danke dir«, flüstere ich, sehne mich danach, mehr über seine Gefühle zu erfahren. »Ich habe es geliebt.«

Ich will ›dich‹ sagen – ich habe dich geliebt … nein, ich liebe *dich … aber ich kann nicht. Ich habe zu viel Angst.*

Das heisere Hupen der Limousine zerstört die Atmosphäre.

»Ich sehe dich dann im Haus deines Vaters«, murmelt er. »Und jetzt gehst du besser.«

Während des Rückflugs lausche ich mit geschlossenen Augen der Musik aus meinen Kopfhörern. Es sind melancholische Liebeslieder, die meine Stimmung sehr gut einfangen. Ich weiß nicht recht, ob ich glücklich oder traurig sein sollte. Stehe ich am Beginn einer Beziehung oder an deren Ende? Empfindet Miles etwas anderes für mich als Lust, oder wird seine tote Freundin, wer immer sie sein mag, für immer zwischen uns stehen? Ich habe keine Ahnung, und schon allein das reibt mich auf. Wenn ich nur wüsste, wie ich mich fühlen soll! Am Ende schwanke ich zwischen Trauer über unseren Abschied und Freude angesichts der Erinnerung an unsere gemeinsamen Erlebnisse hin und her. Vage quält mich die formlose Angst vor dem Unbekannten, das droht, uns auf ewig zu trennen.

Am Hubschrauberlandeplatz wartet einer der Stamm-Leibwächter meines Vaters mit dem Wagen auf mich. Kurz darauf bin ich auf dem Weg nach Hause. Es fühlt sich bereits an, als sei mein Wiedersehen mit Miles Ewigkeiten her.

Als ich aus dem Aufzug steige und die Halle betrete, kommt Jane-Elizabeth aus dem Wohnzimmer, um mich zu begrüßen.

»Es hieß, du seist angekommen!« Sie strahlt auf dem Weg durch die Halle und streckt die Arme für eine Begrüßungsumarmung aus. »Wie geht es dir, meine Kleine? Hast du dich mit Lola gut amüsiert?«

Ich nicke. Ich will Jane-Elizabeth nicht anlügen, aber ich kann ihr ja kaum die Wahrheit sagen – sie wäre verpflichtet, es meinem Vater zu erzählen. Außerdem würde sie es sicher nicht verstehen. Miles' Erklärung, dass alle denken könnten, er habe mich einer Gehirnwäsche unterzogen, hallt immer noch in mir nach. Ich will seine Position nicht mehr gefährden als unbedingt nötig.

»Geht es dir jetzt besser?«, hakt Jane-Elizabeth nach. Sie mustert mich aufmerksam. »Du siehst jedenfalls sehr viel besser aus, das muss ich sagen. Frischer. Deine Augen strahlen. Ihr zwei Mädels müsst euren Wellnessurlaub echt genossen haben. Was genau habt ihr gemacht? Vielleicht sollte ich das auch einmal probieren.«

Ich erstarre und wende mich ab, gehe einen Stapel ungeöffneter Briefe auf dem Tisch in der Eingangshalle durch, um Zeit zu schinden. »Äh … es hieß … das …« Ich habe einen völligen Aussetzer. »Ich kann mich nicht erinnern. Ich werde Lola um die Details bitten.«

»Ja, tu das«, meint Jane-Elizabeth fröhlich. Sie scheint nichts zu ahnen, und ich bekomme ein furchtbar schlechtes Gewissen. Ich habe sie noch nie zuvor angelogen, aber was bleibt mir übrig?

»Sind die Zwillinge da?«, frage ich, um das Thema zu wechseln.

Jane-Elizabeth schüttelt den Kopf. »Flora ist zurück nach Paris, ihr Schauspielkurs beginnt in Kürze.«

»Ach ja.« Ich habe ganz vergessen, dass Flora es mit einer Karriere als Schauspielerin probieren will. Sie hat das Talent dazu, wenn man nach ihren Auftritten in Theaterstücken an ihrer Uni gehen kann, aber ich weiß, dass Vater gegen diese Idee ist. »Und Summer?«

»Sie ist mit Freunden auf einem Ski-Ausflug und kommt Ende der Woche zurück.«

Dann bin ich also allein im Haus, abgesehen von meinem Vater und Jane-Elizabeth. *Und Estella. Die darf ich nicht vergessen.* Mir sinkt der Mut. Ich habe das Gefühl, dass es nichts gibt, auf das ich mich freuen kann. Was soll ich mit meinem Leben anfangen? Bevor Miles das Bild betrat, wollte ich nach Los Angeles und mich mit Jimmy amüsieren, aber jetzt? Wie sehen meine echten Pläne aus?

Nichts. Absolut nichts. Ich verschwende meine Zeit. Flora hat wenigstens einen Traum und arbeitet daran. Aber ich?

Plötzlich taucht ein Bild vor meinem inneren Auge auf, und ich erinnere mich, wie sich Dominic und Beth im Schloss angesehen haben. Ihre Liebe scheint ihrem Leben eine Bedeutung zu geben, und plötzlich wünsche ich mir mehr als alles, zu wissen, wie es ist, wenn man jemanden so tief liebt wie Dominic seine Beth.

Miles.

Sein Name hallt wie ein Seufzer in mir nach. Plötzlich habe ich den Wunsch, Beth wiederzusehen, um mit ihr zu reden, mich ihr anzuvertrauen, sie um Rat zu bitten. Sie ist der einzige Mensch – abgesehen von Dominic –, mit dem Miles befreundet ist und den ich kenne.

In diesem Augenblick sagt Jane-Elizabeth: »Oh, ich dachte, es würde dich interessieren, dass dein Leibwächter wiederkommt. Miles Murray. Er hatte einige Tage unbezahlten Urlaub, aber Pierre hat mir erzählt, dass er heute Abend seinen Dienst wieder antritt. Ich glaube, es war eine Zeit lang fraglich, ob er bleibt oder nicht, aber offenbar will er bleiben.«

Mein ganzes Wesen jubiliert beim Klang von Miles' Namen und dem Wissen, dass wir heute Nacht wieder unter demselben Dach schlafen. Nicht ganz so, wie wir das im Chalet taten, aber immerhin. Es tröstet mich, dass ich weiß, wie nahe er mir ist.

»Ach«, sage ich beiläufig. »Interessant. Ich bin froh, dass er nicht gekündigt hat.«

»Ja, nach allem, was er getan hat, stehen wir in seiner Schuld, nicht wahr? Das Abendessen gibt es wie immer um acht«, sagt Jane-Elizabeth, während ich zur Treppe gehe. »Dein Vater wird sich sehr freuen, dich zu sehen.«

Mein Vater freut sich, mich zu sehen, wie Jane-Elizabeth es vorhergesagt hat, aber dennoch gilt ein Großteil seiner Aufmerksamkeit Estella, die behauptet, unter schlimmen Kopfschmerzen zu leiden. Wann immer sie stöhnt und ächzt, hat er nur noch Augen für sie, holt ihr Wasser, stellt die Blumen weiter weg, befiehlt, dass man ihre Suppe abräumt und durch Zwieback ersetzt oder was immer sonst sie verlangt. Dazwischen stellt er mir Fragen, die ich auch beantworte. Ich versuche, Estella dankbar zu sein, dass sie die Aufmerksamkeit meines Vaters zumindest teilweise von mir ablenkt, wenn ich ihm neue Lügen über meine Kurzreise auftische und das Bild von Lola und mir entwerfe, wie wir uns, ganz allein im Wellnessbereich, entspannen und uns luxuriöse Verwöhnbehandlungen gönnen.

»Tja, ich bin froh, dass du wieder hier bist«, sagt Dad. »Ist es jetzt besser, mein Schatz?« Letzteres sagt er zu Estella. »Mehr Wasser? Diesmal mit Kohlensäure? Selbstverständlich.« Er wendet sich wieder an mich. »Flora ist in Paris, wie du sicher schon weißt.« Er schüttelt den Kopf. »Lächerlich. Ich bin dagegen.«

»Wir müssen etwas aus unserem Leben machen, Dad«, sage ich. »Flora liebt die Schauspielerei. Für sie ist es perfekt. Vor allem, weil sie sich keine Gedanken machen muss, wie sie mit diesem Beruf ihren Lebensunterhalt finanzieren soll wie die meisten anderen Schauspieler.«

»Es gefällt mir nicht, wie sie Aufmerksamkeit auf sich ziehen will.« Dad runzelt die Stirn.

»Ich will Badoit!«, verlangt Estella und schiebt das Glas von sich, das Dad ihr hingestellt hat. »Nicht diese entsetzliche Jauche. Nur Badoit.«

»Entschuldige, mein Schatz, das habe ich vergessen.« Er bestellt Badoit, und die Hausangestellte läuft los, um es zu holen.

»Ich beneide Flora um ihre Berufung. Ich muss mit meinem Leben auch etwas anfangen«, sage ich und wünsche mir gleich darauf, ich hätte nichts gesagt, denn Estella wendet sich mit einem gezierten Lächeln an mich.

»Ja, das musst du«, sagt sie mit honigsüßer Stimme. »Lass mich nachdenken … was könntest du tun? Wohltätigkeitsarbeit? Das wäre für jemanden wie Freya äußerst passend.«

Ich spüre eine Welle des Zorns. Ich will nicht, dass Estella sich in mein Leben einmischt, und ich habe zudem das Gefühl, dass sie es nicht gut mit mir meint.

»Ja, das wäre wirklich passend«, bekräftigt Dad. »Vielleicht könntest du deine eigene Stiftung ins Leben rufen, Freya. Dich für einen guten Zweck einsetzen.«

Ich sage nichts, zappele nur ein wenig. Wir haben bereits eine Familienstiftung, die sich für wohltätige Zwecke einsetzt, und vermutlich könnte ich dort vermehrt mitarbeiten. Es würde meinem Leben einen Sinn geben. »Ich werde darüber nachdenken«, sage ich. Ich will über Estellas Vorschlag nicht allzu begeistert scheinen, auch wenn es ein guter Vorschlag ist.

»Vielleicht könntest du gefallenen Frauen helfen«, meint Estella zuckersüß. »All den Mandys dieser Welt, die sich prostituieren müssen, um überleben zu können. Du könnte ihnen eine neue Chance geben.«

Ich schaue sie mit versteinertem Gesichtsausdruck an, frage mich, warum sie so etwas Seltsames sagt.

»Oder …«, fährt sie mit merkwürdigem Lächeln fort, »… du könntest das Nashorn retten.«

»Wofür auch immer du dich entscheidest, ich bin sicher, es wird für einen hervorragenden Zweck sein«, sagt mein Vater. »Aber jetzt … Estella, meine Liebe, soll ich die Küche bitten, dir einen schlichten, gedämpften Fisch zu bereiten? Ich weiß doch, den magst du.«

Später in dieser Nacht liege ich in meinem riesigen Bett und bin mir mehr denn je bewusst, wie viel Platz um mich herum noch ist. War es wirklich erst heute Morgen, dass ich in den Armen von Miles aufgewacht bin? Es scheint eine Ewigkeit her. Ich schließe die Augen und versuche, mich an das Gefühl seiner Arme und seines warmen Körpers an meinem zu erinnern, aber es gelingt mir nicht. Ich bringe es nicht fertig, dass es sich real anfühlt.

Ich stöhne vor Verlangen. *O Miles, wann werde ich dich wiedersehen?*

In diesem Moment signalisiert mein Handy eine neue Textnachricht. Ich nehme es zur Hand.

Winter, ich bin wieder da. Ich bin unten in meinem alten Zimmer und denke an dich. Kuss.

Alles in mir jubelt vor Entzücken. Er ist hier! Und er denkt an mich!

Ich denke auch an dich, Miles.

Plötzlich fühle ich mich getröstet, und einen Augenblick lang erinnere ich mich voller Klarheit, wie es war, seine Arme um mich zu spüren. Eine Welle des Glücks durchströmt mich.

Morgen sehe ich ihn vielleicht.

Ich stelle mir vor, wie es sein wird: Wir beide werden so tun, als sei nichts gewesen, als seien wir einfach Arbeitgeberin und Angestellter. Vielleicht wird Miles für den Fahrdienst eingeteilt. Vielleicht fährt er mit mir an einen abgelegenen Ort und vögelt mich auf dem Rücksitz des Mercedes. Der Gedanke erregt mich, und ich denke beim Einschlafen verträumt daran.

Aber nichts von meinen Träumen wird sich verwirklichen.

Am nächsten Tag bricht die Hölle los.

19. Kapitel

Ich genieße gerade allein im Esszimmer ein ausgiebiges Frühstück und frage mich, was Miles macht und ob ich ihn heute sehen werde, als Jane-Elizabeth den Raum betritt. Sie sieht auf den ersten Blick aus wie immer, in ihren schwarzen Jeans, den lila Slippern und der übergroßen, schwarzen Tunika, aber ihr Gesicht ist blass und angespannt, ihre braunen Augen blicken besorgt.

»Da bist du ja, Freya«, sagt sie atemlos, als sie mich sieht. »Ich war eben in deinem Zimmer.«

»Tja, ich bin hier.« Ich nehme einen Schluck Kaffee. »Was ist los?«

»Oh, du Liebe.«

Ihr Blick macht mich plötzlich nervös, und ich stelle die Tasse mit lautem Klicken auf die Untertasse. Etwas Kaffee schwappt über. »Was ist los? Sag es mir.«

»Freya …« Zu meinem Erstaunen wirkt sie nicht nur besorgt, sondern auch gekränkt. »Wie konntest du nur?«

»Wie konnte ich was?« Jetzt bin auch ich besorgt.

Sie beantwortet meine Frage nicht, sagt nur: »Dein Vater will dich sehen. Jetzt sofort. Er ist in seinem Arbeitszimmer.«

»Jane-Elizabeth!« Ich stehe auf. Mir wird übel. »Sag mir, worum es geht.«

Aber sie schüttelt nur traurig den Kopf. »Sofort, Freya. Geh zu ihm.«

Ich eile durch den Flur, mein Herz pocht, und in meinem Magen macht sich ein schrecklich ungutes Gefühl breit. Ich will das jetzt nur einfach hinter mich bringen und herausfinden, was Jane-Elizabeth so entsetzt hat. Werde ich schon wieder erpresst? Erhebt diese widerwärtige Angelegenheit mit Jacob wieder ihr hässliches Haupt?

Meine Hände zittern leicht, als ich vor der Tür des Arbeitszimmers stehe und anklopfe.

»Herein!«, ruft mein Vater.

Ich drücke die Tür auf. Ich sehe meinen Vater an seinem Schreibtisch auf der anderen Seite des Raumes. Er schaut mich mit strengem Ausdruck und kalten Augen an. Dann sehe ich, dass sich noch zwei Männer mit ihm im Raum befinden. Einer ist Pierre, der in seinem dunklen Anzug, die massigen Schultern nach hinten gedrückt, so bedrohlich aussieht wie immer. Er dreht sich mit kaltem Gesichtsausdruck zu mir um. Ich ziehe abrupt die Luft ein. Der andere Mann ist Miles.

Unterschiedliche Emotionen überschwemmen mich: die Freude, ihn zu sehen, und der köstliche Purzelbaum, den mein Magen immer schlägt, wenn ich Miles nach einer Trennung wiedersehe. Aber auch eine Art Entsetzen. Warum wurde ich so zu meinem Vater gerufen und treffe dann hier auf Miles? Nach allem, was er mir erzählte, kann es sich nicht um eine gute Nachricht handeln. Das ist unmöglich. Ich wende sofort den Blick ab, weiß, dass ich mich nicht verraten darf.

»Ah, Freya.« Ich merke, dass mein Vater meine Reaktion aufmerksam beobachtet. »Da bist du ja. Gut. Du wirst mir etwas erklären müssen, mein Mädchen.«

»Was meinst du?«, frage ich so kühn ich nur kann. Während ich den Raum durchquere, versuche ich, das Zittern meiner Hände zu verbergen. Ich muss cool bleiben, bis ich mehr herausgefunden habe. *Unschuldig bis zum Beweis des Gegenteils, nicht wahr?*

Mein Vater nimmt eine der Zeitungen auf seinem Schreibtisch zur Hand und wirft sie mir zu. »Ich meine – *das hier.*«

Die Zeitung landet auf dem Boden zu meinen Füßen, und

ich schaue hinunter. Auf dem Titelblatt prangt ein großes Foto – ein Paar auf einem schneebedeckten Abhang in Skikleidung. Sie küssen sich leidenschaftlich, und in großen Buchstaben steht darüber LE KISS! In kleinerer Schrift heißt es *Die Erbin und der Leibwächter – ihr geheimes Verhältnis*. Ich sehe noch weitere Fotos des Paares, wie es lacht, einander in die Augen schaut, sich umarmt und wieder Fotos vom Kuss. Und natürlich sind wir es, Miles und ich, gemeinsam auf einem Hang in der Nähe von Klosters. Die Fotos müssen vor zwei Tagen aufgenommen worden sein.

Ich starre die Titelseite mit offenem Mund an, weiß nicht, was ich sagen soll. Ich hatte geplant, alles zu leugnen, notfalls zu lügen, bis sich die Balken biegen, nur um das Geheimnis zwischen Miles und mir zu wahren. Aber ich kann ja wohl kaum lügen, wenn der Beweis auf der Titelseite zu finden ist.

»Das ist noch nicht alles«, erklärt mein Vater finster. »Es hat sich wie ein Lauffeuer verbreitet. Dieses Schmierblatt hat zwar die Exklusivrechte an den besten Fotos – aber ähnliche Aufnahmen finden sich überall, auch im Netz.«

Unwillkürlich wandert mein Blick zu Miles. Er schaut mit versteinerter Miene aus dem Fenster, völlig reglos. Ich sehe wieder zu Dad, und ich weiß, dass mein Blick jetzt alles andere als trotzig ist. Alles Blut ist aus meinem Gesicht gewichen, und meine Augen sind weit aufgerissen und ängstlich. Wenn ich mir die schlimmstmögliche Art und Weise hätte aussuchen können, wie mein Vater das von Miles und mir erfährt, dann wäre es dieses Szenario hier geworden. Ich blinzele, als ob ich dadurch die Fotos auf der Titelseite der Zeitung auslöschen könnte, aber als ich wieder hinsehe, sind sie immer noch da.

Le Kiss! Le Kiss! Le …

»Freya!« Vaters Stimme klirrt eisig. »Erkläre mir das bitte. Murray weigert sich, auch nur eine Silbe zu sagen.«

»Ich … ich …«

Pierre starrt mich an, und ich meine, in der Art, wie er seine Lippen verzieht, ein Hohnlächeln zu erkennen.

»Spuck es aus!«, brüllt mein Vater plötzlich und springt auf die Beine. »Was zum Teufel hast du da abgezogen? Ein netter Kurzurlaub mit Lola? Du hast mich *angelogen*, Freya! Du warst mit *ihm* zusammen.« Er schaut Miles hasserfüllt an. Miles erwidert den Blick, immer noch hart wie Granit.

»Ich … ja, ich war mit ihm zusammen!«

»Wie konntest du mich nur anlügen?«, brüllt mein Vater. »Wie konntest du nur?«

»Dad …« Ich spüre, wie sich mein Zorn aufbaut. Meine Angst wandelt sich in Rage, während ich mich frage, warum ich das Gefühl hatte, meinen Vater anlügen zu müssen. Die Antwort schießt mir durch den Kopf. Plötzlich strömen die Worte nur so aus mir heraus: »Siehst du das nicht, Dad? Genau deswegen! Weil du mich wie eine Kriminelle behandelst, nur weil ich mein Leben lebe! Ich habe nichts Falsches getan. Du zwingst mich, dich anzulügen, allein aufgrund der Art und Weise, wie du mich behandelst! Ich lebe nicht in einem Zuhause, ich lebe in einer Festung! Und das geht schon so lange so, dass ich gar nicht mehr weiß, wie es ist, nicht andauernd unter Beobachtung zu stehen! Du fragst dich, warum wir quer über den Globus fliegen, immer in Bewegung, ohne jemals zur Ruhe zu kommen? Ich sage dir, warum! Es liegt daran, dass wir kein Zuhause haben – kein richtiges, wo wir ganz wir selbst sein können. Und wir wollen deiner ständigen Kontrolle entkommen, denn du willst nichts weiter, als dass wir unser Leben gemäß deinen Bedingungen führen. Warum soll ich nicht mit einem Mann zusammen sein, den ich mag? Warum soll es in meinem Leben nicht etwas Spaß und Liebe und Lachen geben? Ich bin jung! Ich will leben, nicht einfach nur in diesem entsetzlichen Haus existieren, weggesperrt auf einem Berggipfel!«

Mir geht die Luft aus, deshalb muss ich innehalten. Ich atme schwer, meine Augen blitzen.

Mein Vater wirkt wütend. Meine Tirade hat sichtlich nichts bewirkt – er hat mir nicht zugehört, hat nichts begriffen. »Du undankbares Gör!«, brüllt er. »Du hast so unendlich viel und bist doch unglücklich! Ich bin mit nichts aufgewachsen, du dagegen hast alles!«

»Nein!«, brülle ich zurück. »Du hattest deine Freiheit! Begreifst du das nicht? Das ist das Einzige, was du mich nicht haben lässt!«

»Freiheit?«, schnauzt Dad. Seine Augen sind jetzt schmale Schlitze, funkeln wutentbrannt. »Du hast deine Freiheit! Ich will nichts weiter, als dich zu beschützen, dir Sicherheit zu geben!«

»Warum bist du dann so wütend, wenn ich mit Miles zusammen bin? Er ist Leibwächter! Bei ihm bin ich sicherer als sonst irgendwo!«

»Weil …!«, zischelt Dad. »Weil …!« Er wirft einen weiteren giftigen Blick auf Miles, der die Szene ausdruckslos beobachtet. »Weil man ihm nicht trauen kann!«

»Das ist doch lächerlich«, kontere ich. »Natürlich kann man ihm vertrauen! Du und Pierre, ihr habt ihn eingestellt, ihr müsst ihm vertraut haben.«

»Das war vor deinem Unfall«, sagt mein Vater und betont das Wort ›Unfall‹, als ob es das genaue Gegenteil bedeutet.

Plötzlich ergreift Pierre das Wort. Seine raue Stimme knistert durch die Luft. »Wir haben Murray seit dem Vorfall einer genaueren Prüfung unterzogen«, sagt er mit seinem starken französischen Akzent. »Es sind noch andere Dinge ans Licht gekommen. Dinge, die uns fragen lassen, ob unser ursprüngliches Vertrauen in ihn wirklich gerechtfertigt war.«

»Was für Dinge?«, verlange ich zu wissen.

Pierre sieht zu Miles und sagt nichts. Miles dreht sich langsam um und betrachtet Pierre mit dem Ausdruck größter Verachtung.

»Was für Dinge?«, verlange ich lauter.

»Überlegen Sie es sich gut, bevor Sie Ihre haltlosen Anschuldigungen wiederholen«, sagt Miles mit eisiger Stimme.

Ich starre die beiden an, völlig verwirrt. Dann sagt mein Vater: »Du verstehst das nicht, Freya. Ich bin wütend auf dich, weil du gelogen hast, weil du dich zur Zielscheibe der Paparazzi gemacht hast. Natürlich willst du dein eigenes Leben führen – es kränkt mich, dass du denkst, ich wolle dich oder deine Schwestern davon abhalten.«

»Aber du *hältst* uns davon ab!« Meine Stimme klingt jetzt flehentlich. »Siehst du das nicht?«

»Ich sorge für eure Sicherheit«, widerspricht Dad hartnäckig. »Wie es jeder liebevolle Vater tut.«

»Du nimmst uns die Luft zum Atmen.«

Wir starren einander an, Unverständnis und Qual in den Augen. Dann schaut mein Vater Miles an und sagt: »Dieser Mann hat das Vertrauen missbraucht, das ich in ihn gesetzt habe. Er hat dich verführt, während er in meinen Diensten stand. Das ist unverzeihlich. Es ist ein grobes Versäumnis seiner Pflichten, und ich werde dafür sorgen, dass er nie wieder für eine angesehene Familie arbeiten kann. Er wird außerdem fristlos entlassen.«

»Warum?«, rufe ich, erneut wütend. »Was hat er getan?«

Auch mein Vater schaut jetzt wieder wütend. »Was er getan hat? Freya, er hat dich für seine Zwecke missbraucht!«

»Das stimmt doch gar nicht!«, rufe ich. »Du hast doch keine Ahnung, was passiert ist!«

»Wir können es uns nur allzu gut vorstellen!«, versetzt mein Vater scharf. »Ein älterer Mann und eine junge, *reiche* Frau? O bitte! Es liegt auf der Hand, dass er dich manipuliert hat. Und du hast dich in ihn verliebt.«

»Und was ist mit einem älteren, reichen Mann und einer jungen, *armen* Frau?«, schieße ich zurück. »Du erwartest von uns, dass wir Estellas Gefühle für dich nicht in Zweifel ziehen. Warum bezweifelst du Miles' Gefühle für mich?«

Der Gesichtsausdruck meines Vaters wird eisig. »Wie bitte?«, zischelt er. »Was hast du gesagt?«

»Du hast mich gehört!«

»Wie kannst du es wagen, meine süße Estella mit diesem Mann zu vergleichen?«

Ich bin sprachlos. Ich weiß gar nicht, wo ich anfangen soll. Mir fehlen die Worte, so wütend bin ich. Mein Vater macht sich meine Sprachlosigkeit zunutze.

»Du bist eine undankbare Tochter!«, brüllt er. Sein Gesicht läuft puterrot an. »Du hast mich über deinen Aufenthaltsort angelogen, und du hast dich von diesem Mann zur Närrin machen lassen. Und nicht nur ich halte dich für eine Närrin – die ganze Welt tut das!« Er schnappt sich noch eine Zeitung und hält sie hoch.

Mit einer raschen Bewegung springt Miles auf die Beine. Seine Fäuste sind geballt, aber ansonsten wirkt er absolut ruhig, als er mit bedrohlicher Stimme leise sagt: »Mr Hammond, wenn Sie diese Zeitung nach Freya werfen, schwöre ich, dass ich Sie niederschlage.«

Pierre springt ebenfalls auf. »Murray, setzen Sie sich! Sonst werden Sie es bereuen.«

Miles dreht sich zu ihm, kein Muskel rührt sich in seinem Gesicht. »Sie irren sich, wenn Sie glauben, ich würde jemals irgendetwas bereuen, was Sie mir antun könnten!«

»Sie sind gefeuert!«, brüllt mein Vater. Vor Wut spuckt er beinahe. »Verlassen Sie sofort mein Grundstück, und setzen Sie nie wieder einen Fuß darauf! Wenn Sie sich meiner Tochter auf mehr als einhundert Meter nähern, verklage ich Sie! Ich lasse Sie einbuchten! Und wenn Sie glauben, dass Sie in diesem Land jemals einen anderen Job finden, dann haben Sie sich geirrt!«

»Ich hatte den Eindruck, ich sei bereits gefeuert«, sagt Miles, und ein Lächeln umspielt seine Lippen. »Na schön, ist gut. Ich habe nichts weiter getan, als mich um Freya zu kümmern und sie zu beschützen. Sie irren sich, was mich betrifft, und ich glaube, tief in Ihrem Innern ist Ihnen das auch bewusst.«

»Mir ist nichts dergleichen bewusst«, bellt Dad. »Und jetzt raus!«

»Ist gut.« Miles hebt die Hände in beruhigender Geste. »Ich gehe. Ich verlange nur, dass Sie das jetzt nicht an Freya auslassen.«

»Sie sind nicht in der Position, irgendetwas zu verlangen, Murray. Und kommen Sie meiner Tochter ja nie wieder zu nahe!«

»Ehrlich gesagt, liegt die Entscheidung darüber allein bei Freya«, sagt Miles freundlich. Er dreht sich um und geht zur Tür. Neben mir bleibt er stehen, und unsere Blicke treffen sich. Sein Blick bringt mich zum Schmelzen. Mit zärtlicher Stimme sagt er: »Lass dich von ihm nicht auf die Palme bringen, mein Engel. Lebe dein Leben nach deinen Vorstellungen, nicht nach seinen.«

»*Bitte* geh nicht …«, flüstere ich. Meine Stimme ist durchdrungen vor Sehnsucht.«

»Ich muss, das siehst du doch ein, nicht wahr? Aber sei nicht traurig. Du stehst das durch.« Er lächelt mich an, dieses umwerfende, schiefe Lächeln, das ich so sehr liebe. Ich will zu ihm laufen, ihn küssen, ihn umarmen, seine starken Arme um mich spüren. Aber ich kann mich nicht bewegen. »Leb wohl, mein Engel.«

Miles geht zur Tür, öffnet sie und verlässt den Raum. Ich habe das Gefühl, dass mir bei lebendigem Leib das Herz herausgerissen wird.

Mein Vater sagt mit eisiger Stimme: »Freya, du wirst ihn niemals wiedersehen, hast du verstanden?«

Ich kann nicht sprechen. Ich schaue zur Tür, durch die Miles eben gegangen ist.

»Du wirst ihn niemals wiedersehen«, wiederholt mein Vater. »Er ist ein Verräter und ein Lügner. Begreifst du das denn nicht, Freya?«

Aber ich kann ihm nicht antworten. Mein Hals ist wie zugeschnürt, und meine Augen schwimmen in Tränen. Die Aussicht auf ein Leben ohne Miles ist mir unerträglich.

»Wenn doch, dann kannst du dieses Haus gleich verlassen und brauchst niemals wiederzukommen«, fährt mein Vater fort, mit einer Stimme, die ich noch nie an ihm gehört habe. »Hast du verstanden, Freya? Entweder dieser Mann oder deine Familie, die Entscheidung liegt bei dir.«

Ich habe das Gefühl, dass mir das Herz entzweibricht.

Miles, ich brauche dich! Bitte … bitte … verlass mich nicht.

20. Kapitel

Ich weiß ehrlich nicht, ob ich das ertragen kann.

Meine Gefühle befinden sich schon so lange – auf die eine oder andere Weise – in einem hochaktiven Zustand, dass ich jetzt ausgelaugt bin. Die Ereignisse der letzten Tage haben mich zutiefst erschöpft, und obwohl ich völlig überdreht bin, wollen einfach keine Tränen kommen.

Miles ist an diesem Morgen aus dem Büro meines Vaters und aus meinem Leben marschiert. Unwillkürlich habe ich mich gefragt, ob er froh war, dass mein Vater ihn entlassen hat: Er war ohnehin nur zurückgekehrt, weil ich ihn angefleht hatte, und irgendwie war mir immer klar gewesen, dass er nicht lange bleiben würde. Ich habe gelernt, dass Miles ein stolzer Mann ist, ein Mann von Prinzipien und Integrität. Niemals würde er weiter für meinen Vater und Pierre tätig sein, wenn die beiden ihm scheinheiliges Verhalten vorwarfen.

Doch was mich jetzt wie erstarrt und trauernd auf dem Bett liegen lässt, ist die Angst, dass Miles nichts für mich empfinden könnte.

Ich vergrabe mein Gesicht im Kissen und denke an unsere Momente der Zärtlichkeit: das vertraute Kuscheln vor dem Kaminfeuer, das Frühstück, das er für mich zubereitet hat, wie er meine Hand während der Kutschfahrt unter der Felldecke hielt. All das hätte er nicht tun müssen. Er wollte es tun – wir wollten es beide. Wir haben zusammen gegessen und getrunken und gelacht; wir haben uns geliebt und sind danach eng an eng eingeschlafen; wir sind mit einem glücklichen Lächeln, trägen Küssen und warmen Körpern aufgewacht.

Wie ein Paar. Ein ganz normales Paar.

Aber vielleicht will er sich gefühlsmäßig nicht auf mich einlassen, weil er glaubt, es sei unmöglich, dass er und ich jemals glücklich zusammen sein können, jemals eine gemeinsame Zukunft haben können.

»Miles, du irrst dich«, flüstere ich in mein Kissen. »Wir haben eine gemeinsame Zukunft – weil ich mir mein Leben nicht ohne dich vorstellen kann. Ich kann nicht zu dem zurückkehren, was war, weil mein früheres Leben mich nicht glücklich gemacht hat. Ich werde alles tun, was nötig ist, um dir zu zeigen, dass es mir ernst ist.«

Aber wo ist Miles? Sein Handy ist ausgeschaltet, und er antwortet nicht auf Textnachrichten. Soweit es mich angeht, ist er einfach spurlos verschwunden.

Die Erschöpfung holt mich irgendwann ein, und der Schlaf übermannt mich. Als ich nach ein paar Stunden aufwache, habe ich einen schweren Kopf. Es ist früher Nachmittag, und mein Handy blinkt wie verrückt unter dem Ansturm eingegangener Nachrichten. Ich scrolle mich durch alle hindurch, in der verzweifelten Hoffnung, eine davon könne von Miles stammen.

Aber keine ist von ihm. Sie sind alle von Freunden, die wissen wollen, ob die Klatschgeschichten über meine Liebesaffäre wahr sind, und von Journalisten und Bloggern, die dasselbe wissen wollen (als ob ich meine Geheimnisse vor ihnen ausbreiten würde!), und einfach das übliche verrückte Zeug von Leuten, die irgendwie an meine E-Mailadresse gekommen sind und denken, das allein mache uns schon zu Seelenverwandten.

Es gibt auch eine Nachricht von Flora:

O mein Gott, du stilles Wasser! Dann hattest du also die ganze Zeit ein Verhältnis mit diesem stattlichen Bodyguard! Und hast das für dich behalten! Tut mir leid, dass die Presse so über dich herfällt. Wenn du dem entfliehen willst, dann komm nach Paris … Umarmung!

Es gibt auch eine Nachricht von Summer, die etwas knapper ausfällt:

Ich Dussel dachte, du hasst ihn! Umarmung!

Ich stöhne bei der Lektüre der Textnachrichten. *Le Kiss!* Es scheint kein Entweichen zu geben. Wohin immer ich gehe, stehe ich unter Beobachtung. Aber wer um alles in der Welt hat mich erkannt und war schnell genug, um gestochen scharfe Schnappschüsse zu machen, als Miles und ich uns küssten? Paparazzi haben ein außergewöhnliches Gespür dafür, Fotos zu schießen, die Geld bringen, so viel steht fest.

Und meine Privatsphäre löst sich hiermit in Luft auf.

Gestern noch war mein Aufenthaltsort ein Geheimnis, und nur zwei Menschen wussten, dass ich mit Miles in Klosters war – Beth und Dominic. Und jetzt weiß es jeder, der eine Zeitung zur Hand nehmen und lesen kann. Die Presse wird sich zweifellos in wilden Spekulationen ergehen, was das über den Unfall und die Zukunft meines Liebeslebens aussagt. Ich muss das alles ausblenden und mich auf das konzentrieren, was ich als Nächstes tun soll.

Ich gebe der Küche Bescheid, dass man mir das Mittagessen auf mein Zimmer bringen soll – ich halte es nicht aus, mich Jane-Elizabeth und ihrer Enttäuschung über meine Lügen zu stellen. Während ich esse, beantworte ich die Mails meiner Freunde, für gewöhnlich nur mit ein paar Worten in dem Tenor, wie tief die Welt gesunken sein muss, wenn ich es auf die Titelseiten schaffe. Ich versuche, Miles zu erreichen, aber sein Handy bleibt ausgeschaltet, und er antwortet auf keine der Textnachrichten, die ich ihm schicke. Ich will doch nur wissen, wo er ist. Ich weiß so wenig über ihn. Ich kann nicht einmal ansatzweise erraten, wohin er gegangen sein könnte, nachdem er dieses Haus verlassen hat.

Ich starre auf mein Handy, zwinge es telepathisch, mit einer Nachricht von Miles aufzuleuchten, und fühle mich absolut machtlos. Dann kommt mir ein Gedanke.

Ich springe auf und laufe zur Tür. Das Handy fest in der Hand marschiere ich zum Aufzug und drücke auf den Rufknopf. Ich fahre in den zweiten Stock, und als sich die Türen mit ihrem leisen Klingelton öffnen, trete ich hinaus. Es ist mir völlig egal, ob mich die Kameras erfassen oder nicht. Das letzte Mal habe ich mich heimlich hierher geschlichen, aber dieses Mal bin ich unbekümmert. Verdammt, warum soll ich in meinem eigenen Heim wie ein Einbrecher herumschleichen? Ich gehe an dem Überwachungszimmer mit den Monitoren vorbei, auf denen alle Aktivitäten im und um das Haus zu sehen sind, und dann vorbei an der Küche, in der die Vorbereitungen für das Abendessen getroffen werden, wenn man nach den Kochdüften gehen darf, und schließlich gelange ich an das Ess- und Wohnzimmer des Personals, in dem ein Fernsehgerät läuft. Die Atmosphäre ist lebhafter als bei meinem letzten Besuch, aber es ist trotzdem noch ziemlich ruhig. Ein Mann in einem Sessel liest eine Zeitung, ein anderer liegt auf dem Sofa und schaut sich eine Gameshow im Fernsehen an.

Ich trete ein und sage: »Hallo.«

Beide Männer drehen sich um und schauen mich fragend an, dann springen sie auf, als sie sehen, wer es ist. Einen von ihnen erkenne ich – es ist Thierry, Leibwächter und Chauffeur. Den anderen kenne ich nicht.

»Hallo, Miss«, murmelt Thierry. Der andere starrt nur auf seine Füße.

»Es tut mir leid, wenn ich störe«, sage ich fröhlich, »ich habe nur rasch eine Frage. Weiß einer von Ihnen, wo ich Miles Murray finde? Wissen Sie, wohin er gegangen ist?«

Der Blick des zweiten Mannes wandert zu der Zeitung, die er gelesen hat und die nun auf dem Boden liegt, wo er sie fallen gelassen hat. Mit dem Foto von mir und Miles, wie wir uns auf der Skipiste küssen. Der Mann schaut mit aufgerissenen Augen wieder zu mir und schüttelt den Kopf.

»Was ist mit Ihnen, Thierry? Leibwächter unter sich erzählen sich doch sicher einiges.«

Thierry schüttelt ebenfalls den Kopf. »Sorry, Miss. Ich habe ihn heute Morgen gesehen, aber er hat nichts über seine Pläne erzählt.«

»Sie haben ihn gesehen?«

»Ja. Er kam mit einem Gesichtsausdruck herunter, den ich noch nie an ihm gesehen habe. Er ging in sein Zimmer, und wenige Minuten später verließ er es wieder mit seinem Koffer. Ich weiß nicht, wohin er gegangen ist.« Thierry zuckt hilflos mit den Schultern. »Es tut mir leid.«

Sein Zimmer. Aber natürlich. Dort werde ich nachsehen.

»Ist gut, danke. Entschuldigung, dass ich gestört habe. Schauen Sie jetzt ruhig weiter Ihre Fernsehshow an.« Ich lächele den beiden zu und schreite zügig aus dem Zimmer und den Flur entlang. Thierry tut nicht, wie geheißen, sondern folgt mir zur Tür und ruft mir nach: »Miss, wo gehen Sie denn hin?«

»Nirgendwohin«, sage ich und gehe schneller. Dank meines Ausflugs von neulich Nacht weiß ich genau, wo sich das Zimmer von Miles befindet.

»Dort dürfen Sie nicht hin!«, protestiert Thierry, während ich immer weitergehe, durch die Halle mit den Postfächern der Angestellten und dann den Flur entlang bis zu Zimmer 21. »Miss, stehenbleiben!«

Ich drehe mich um und schaue Thierry an, der mir mit besorgtem Gesichtsausdruck nachgelaufen ist. »Thierry – auf wessen Seite stehen Sie eigentlich?«, frage ich freundlich. »Auf der von Miles und mir – oder auf der meines Vaters?«

Thierry bleibt abrupt im Gang stehen und starrt mich an. Der Blick seiner braunen Augen ist verwirrt, aber er sagt nichts. Ich kann seine Gedanken lesen. Er will zwar Miles und mir helfen, aber mein Vater bezahlt sein Gehalt. Wenn er diesen dreisten Akt unterstützt, wird er seinen Job verlieren – das ist es ihm nicht wert. »Tut mir leid«, sagt Thierry, »ich muss der Hausdame mitteilen, was Sie tun.«

»Gut.« Ich fahre herum und stehe vor der Tür zu Zimmer 21, noch bevor er etwas tun kann, um mich aufzuhalten. Die Tür ist nur angelehnt, also stoße ich sie auf und knalle sie hinter mir zu. Ich weiß, es wird nicht lange dauern, bis Thierry mit der Hausdame kommt, die einen Generalschlüssel besitzt, folglich bleiben mir nur wenige Minuten. Hektisch fange ich mit meiner Suche an. Ich weiß nicht einmal, wonach ich suche, ich weiß nur, dass es hier irgendeinen Hinweis darauf geben muss, wo Miles sich jetzt aufhält. Das Zimmer wirkt fast völlig unbewohnt, und es gibt nur wenig Anzeichen, dass sich hier noch vor kurzem jemand aufhielt. Das Laken auf dem Bett ist zerknittert – ich sehne mich danach, den Duft von Miles einzuatmen, aber dafür habe ich jetzt keine Zeit –, und die Kissen sind eingedellt. Auf dem Nachttisch steht ein halb leeres Glas Wasser. In dem winzigen Badezimmer hängt ein Handtuch über der Duschstange, und ein Stück Seife liegt in dem Seifenteller neben dem Waschbecken.

Abgesehen davon scheint es hier nichts zu geben. Ich schaue im Kleiderschrank nach und ziehe alle Schubladen der Kommode auf, aber sie sind allesamt leer. Keine fünf Minuten später höre ich Schritte im Flur, und eine Hand zerrt von draußen am Türknauf.

»Hallo, machen Sie die Tür auf!«, ruft eine Frau. Sie klingt verstimmt.

Ich trete in die Raumesmitte und sehe mich um. Es muss doch irgendetwas geben, das mich wissen lässt, wohin Miles gegangen ist!

»Ich habe einen Schlüssel und werde ihn benutzen«, ruft die Stimme, und ich höre, wie ein Schlüssel ins Schloss gesteckt wird.

Da sehe ich plötzlich ein Taschenbuch auf dem Regal neben dem Fernsehgerät. Es ist ein Spionageroman. Vielleicht gehört er Miles, oder vielleicht hat ihn ein anderer Bewohner dieses Zimmers zurückgelassen. Aber es ist das Einzige, was ich sehe, also nehme ich das Buch zur Hand und blättere rasch die Seiten durch. Im letzten Drittel finde ich einen Zettel, der wohl eine Lesestelle markiert. Auf dem Zettel sind Buchstaben und Zahlen notiert. Ich falte ihn rasch und lasse ihn in meine Jackentasche gleiten. Gleich darauf dreht sich der Türknauf, und die Tür geht auf. Die Hausdame steht wütend und mit hochrotem Gesicht vor mir, Thierry direkt hinter ihr.

»Was machen Sie hier, Miss?«, fragt die Hausdame und versucht, ihre sichtliche Verärgerung durch Höflichkeit abzumildern. »Sie dürfen gar nicht hier sein.«

»Ich sehe mich nur um«, erwidere ich sorglos. »Ich habe das hier gefunden – es wurde zurückgelassen.« Ich werfe das Taschenbuch auf den Tisch. »Sie sollten es lesen, es ist sehr gut. Tja, dann lasse ich Sie jetzt wieder allein. Tut mir leid, dass ich Sie gestört habe.«

Ich spaziere an der Hausdame vorbei und werfe Thierry im Vorübergehen einen Blick zu. Ich weiß, ich konnte nicht erwarten, dass er für mich seinen Job riskiert, aber trotzdem – er hat auch nicht versucht, seinem Freund zu helfen. Die beiden sehen mir stirnrunzelnd nach, fragen sich, was um alles in der Welt ich hier zu suchen hatte, aber das ist mir egal. Ich weiß nicht, ob der Zettel, den ich gefunden habe, mir helfen wird, ich weiß nur, dass er alles ist, was ich im Moment habe.

Allein in meinem Zimmer, ziehe ich den Zettel aus meiner Jackentasche und falte ihn auf. Es wurde mit Bleistift darauf gekritzelt, als ob der Schreiber das Erstbeste zur Hand genommen hätte, was er fand, während er am Telefon war. Auf dem Zettel steht: *D – neu*. Dann eine Reihe von Zahlen, die ich für eine Mobilfunknummer halte, mit dem britischen Ländercode vorweg.

Ich kenne nur einen Freund von Miles, und das ist Dominic. Könnte es sich bei dem *D* um ihn handeln?

Ich wünschte, ich könnte Dominic etwas genauer unter die Lupe nehmen, aber ich weiß nicht, wo ich anfangen soll. Ich kenne nicht einmal seinen Nachnamen oder die Adresse des Chalets, in dem wir übernachtet haben. Ich frage mich, ob er sich noch im Schloss Marika aufhält, aber ich bin sicher, das ist eine Sackgasse. Er und Beth wollten dort nur kurz bleiben.

Ich starre den Zettel an und die Zahlen, die darauf stehen.

Was soll's, was kann schlimmstenfalls schon passieren?

Aus einem Impuls heraus schnappe ich mir mein Handy und tippe die Nummer ein. Es dauert ein paar Sekunden, bevor die Verbindung steht, und ich merke, wie mein Herz pocht. Dann klingelt es, und nach quälenden Sekunden des Wartens nimmt jemand ab.

»Hallo?«, sagt eine Männerstimme.

»Hallo – wer ist da?«, frage ich.

»Wer spricht?«, erwidert die Stimme.

Die Frage ist gerechtfertigt, aber ich will mich noch nicht offenbaren, für den Fall, dass es sich um die Nummer eines Fremden handelt. Ich bemühe mich, die Stimme zu erkennen, aber es gelingt mir nicht. »Spreche ich mit … Dominic?«

»Wer will das wissen?«, feuert die Stimme zurück.

Vermutlich kann ich nichts anderes erwarten, aber ich weiß nicht, wie lange ich dieses Katz-und-Maus-Spiel noch durchhalte. »Hören Sie, ich weiß nicht, wer Sie sind, aber ich habe Ihre Rufnummer gefunden, und ich denke, Sie sind der Freund eines Freundes von mir. Mein Freund heißt Miles. Kennen Sie jemanden mit diesem Namen?«

Es tritt eine lange Pause ein, dann sagt die Stimme in einem anderen Tonfall: »Freya, bist du das?«

Ich hole vor Erleichterung tief Luft und muss lachen. »Ja, ich bin's – bist du Dominic?«

»Ja.« Seine Stimme am anderen Ende der Leitung klingt erstaunt. »Wie bist du an diese Nummer gekommen? Kaum jemand kennt sie. Sie ist ganz neu.«

»Miles hat sie sich auf einem Zettel notiert, den ich gefunden habe.«

»Ist alles in Ordnung? Warum rufst du an? Geht es dir gut?«

»Ja, alles okay, aber ...« Ich erröte, obwohl Dominic mich nicht sehen kann. »Hast du schon die Zeitungen gelesen?«

»Äh ... jetzt, wo du es erwähnst ... Beth hat mich darauf aufmerksam gemacht. Es tut mir leid für euch beide. Was für ein Pech, dass euch ein Fotograf in Klosters erwischt hat. Unglaublich.«

»Weißt du schon, dass Miles gekündigt hat? Er ist gleich heute morgen gegangen, nachdem er und mein Vater sich ein Kräftemessen geliefert haben.«

Am anderen Ende der Leitung tritt Stille ein.

»Dominic, weißt du, wo Miles ist?«

Er sagt immer noch nichts, und ich rufe nervös: »Du weißt es, nicht wahr? Bitte, Dominic – er antwortet nicht auf meine Anrufe und Textnachrichten, aber ich muss ihn unbedingt sprechen.«

Schließlich sagt Dominic: »Es tut mir leid, Beth. Ich weiß,

wo sich Miles aufhält, aber ich kann es dir nicht sagen. Ich habe es ihm versprochen. Er braucht etwas Zeit für sich, um sich von diesem Wahnsinn zu erholen.«

»Bitte!« Es quält mich, dass ich dem Ergebnis meiner Suche so nahe bin, Dominic sich nun aber weigert, mir den Ball zuzuspielen.

Seine Stimme klingt entschlossen. »Es tut mir leid – aber ich kann nicht.«

»Dann übermittle ihm wenigstens eine Nachricht von mir!«, rufe ich, voller Furcht, er könne einfach auflegen und ich hätte meine letzte Chance verloren.

Nach einem Moment sagt er: »Ist gut. Das kann ja nicht schaden.«

»Danke«, sage ich atemlos, dann frage ich mich, welche Botschaft Dominic für mich übermitteln soll.

»Und?«, drängt er.

»Sag ihm – sag ihm, dass wir diesen Sturm gemeinsam durchstehen können – wenn er nur will. Sag ihm, er soll mich anrufen. Ich … ich *muss* mit ihm reden.«

»Ist gut.« Dominic klingt mitfühlend, aber ich weiß, dass er unerschütterlich bleiben wird. »Ach, Freya?«

»Ja?«

»Es tut mir leid. Wirklich.«

Ich weiß, dass ich bald das Zimmer verlassen und mich der Welt stellen muss. Ich kann mich nicht für immer verstecken, neben meinem Handy Trübsal blasen und mich fragen, ob Miles jemals anrufen wird. Aber was soll ich tun?

Mein Vater ist wütend auf mich. Meine Schwestern sind weit weg. Ich hatte vor, Jimmy in Los Angeles zu besuchen. Vielleicht sollte ich das jetzt tun – diesem schrecklichen Winter entfliehen und irgendwohin reisen, wo es warm und sonnig ist. Aber die Vorstellung, in die Ferne zu reisen, reizt mich gerade so gar nicht, und Los Angeles ohne Miles scheint mir öde. Ich beschließe, Flora in Paris zu besuchen. Ich liebe diese Stadt, und vielleicht kann ich die Presse für eine Weile von meiner Fährte abbringen. Ganz sicher warten die Paparazzi nur darauf, was als Nächstes geschieht, und womöglich ist es meine beste Option, mich eine Weile unsichtbar zu machen, bis etwas des Weges kommt, das die Medien ablenkt.

Es ist schon spät, als ich mein Zimmer verlasse, um nachzusehen, ob sich die Familie zum Abendessen versammelt hat. Jane-Elizabeth nippt im Salon an einem Gin Tonic und liest eine Zeitschrift. Als sie mich sieht, zuckt sie zusammen.

»Ist alles in Ordnung mit dir, Schätzchen?«, fragt sie besorgt, und mir fällt wieder ein, warum ich Jane-Elizabeth so liebe. Sie trägt nichts nach, und sie stellt unser Wohlbefinden immer über alles andere.

Ich nicke. »Es tut mir leid, dass ich unaufrichtig war und geflunkert habe, ich wäre mit Lola unterwegs. Ich wollte einfach nicht, dass du meinen Vater anlügen musst.«

Sie lächelt. »Ist schon gut. Ich kann ja verstehen, warum du dich so verhalten hast. Du hast wirklich sehr viel besser ausgesehen, als du zurückgekommen bist, also hattest du offensichtlich eine schöne Zeit mit ihm. Warum auch nicht?«

Ich bringe ein schiefes Lächeln zustande. Jane-Elizabeths Einfühlsamkeit bringt meinen Zorn zum Schmelzen. »Es war herrlich. *Er* ist herrlich. Er ist ganz anders, als alle denken, ehrlich!«

»Ich bin sicher, dass er das ist. Du hast es nicht leicht«, meint sie verständnisvoll. »Dein Vater hat mir einiges erzählt, und natürlich versteht er nicht, warum du dich so aufregst. Er begreift es nicht. Aber jetzt mixe ich dir erst einmal einen Gin Tonic.«

Sie hantiert geschäftig an der Bar, und ich sage: »Dad glaubt, dass Miles mich einer Gehirnwäsche unterzogen hat. Was er einfach nicht begreift, ist, dass ich mein Leben nach meinen Vorstellungen führen muss.«

Jane-Elizabeth nickt, während sie Eiswürfel in ein Glas gibt. »Du weißt doch, warum er dich so sehr beschützen will und warum er niemandem vertraut. Er hat schreckliche Angst, dich zu verlieren.«

»Er kann mich nicht den Rest meines Lebens unter einer Glaskugel halten! Ich muss Risiken eingehen und Fehler machen dürfen und vielleicht auch verletzt werden.«

Jane-Elizabeth schenkt den Gin ein, gießt darüber etwas perlenden Tonic und dazu ein paar Tropfen Zitrone, dann bringt sie mir das Glas. »Das weiß ich, Freya, meine Liebe, aber dein Vater hat das Gefühl, dass er dir schon in der Angelegenheit mit Jacob deine Freiheit gelassen hat, und schau, was daraus wurde.«

»Das war nicht meine Schuld – es ist sein verdammtes Geld, das mich so angreifbar macht! Darum werde ich in aller Welt verfolgt und ohne Erlaubnis fotografiert und sogar erpresst!«

»Und genau aus diesem Grund vertraut er Miles nicht«, hält Jane-Elizabeth sanft dagegen. »Du weißt sehr wohl, dass Geld auch Vorteile mit sich bringt. Dein Vater hat mir erzählt, dass du dir überlegst, für die Stiftung tätig zu werden.«

Ich nicke. Angesichts der jüngsten Ereignisse habe ich das ganz vergessen, aber es ist immer noch eine gute Idee.

»Ich finde es ausgezeichnet, wenn du dich damit gründlich beschäftigen willst. Wenn du in ein paar Monaten immer noch dieselben Gefühle für Miles hegst, dann wird dein Vater vielleicht nachgeben.«

»So lange kann ich nicht warten!« Allein die Vorstellung quält mich. »Ich brauche ihn jetzt!«

Jane-Elizabeth betrachtet mich nachdenklich. »Wenn es dir wirklich ernst damit ist, dann musst du bereit sein, womöglich darauf zu warten, Freya. Dein Vater wird seine Meinung nicht binnen weniger Tage ändern. Ich habe ihn noch nie so wütend erlebt – es ist ein Zeichen seiner Angst, nicht seiner Liebe für dich, aber er ist wütend. Er hält Miles für respektlos.«

»Das stimmt gar nicht!«, platzt es aus mir heraus. »Im Gegenteil, Dad hat Miles keinerlei Respekt entgegengebracht! Du hättest hören sollen, wie er mit Miles sprach und was er sagte! Miles hat sich durch und durch ehrenhaft verhalten!«

Jane-Elizabeth hält beide Hände hoch. »Ist schon gut, ich bin sicher, du hast recht. Tatsache ist aber, dass Miles momentan der letzte Mann auf Erden ist, den dein Vater für dich will. Und das wird sich nicht von heute auf morgen ändern.«

Die Stimmung beim Abendessen ist eisig. Mein Vater blickt steinern und spricht kaum mit mir, während Jane-Elizabeth elend dreinschaut, während sie uns das Essen vorlegt. Nur Estella scheint putzmunter. Genauer gesagt, schwelgt sie förmlich in der Situation. Ich frage mich, was mein Vater mir sagen wird – denn sicher wird er mich nach dem Abendessen zur Seite nehmen und sich erkundigen, zu welchem Entschluss ich gekommen bin. Ich will keine weiteren Streitigkeiten auslösen und ihn auch nicht noch wütender machen, aber ich kann ihn auch nicht anlügen. Von Lügen habe ich genug. Von nun an werde ich offen und ehrlich sein. Nicht mehr und nicht weniger.

Wir hören Estella beim Plappern zu. Sie erzählt, es hätten ganze Heerscharen von Pressefotografen vor den Toren des Anwesens herumgelungert, als sie an diesem Morgen das Haus verließ, als ob wir alle an den Umstand erinnert werden müssten. Plötzlich vibriert das Handy in meiner Jackentasche. Es herrscht eine strikte Kein-Handy-bei-Tisch-Regel, darum habe ich es stumm gestellt, aber ignorieren kann ich es nicht. Was, wenn es Miles ist?

»Entschuldigt mich«, sage ich, stehe auf und eile aus dem Esszimmer. Im Gehen ziehe ich das Handy aus der Tasche. Die Nummer auf dem Display erkenne ich nicht, aber sobald ich weit genug vom Esszimmer entfernt bin, damit mich niemand hören kann, nehme ich das Gespräch an. »Hallo?«

»Hallo, Freya«, sagt eine Stimme, die ich nicht zuordnen kann. »Ich hoffe, es macht dir nichts aus, wenn ich anrufe. Ich bin es, Beth.«

Beth? Einen Moment lang bin ich verwirrt, dann gleißt die Erkenntnis in mir auf. »Beth! Wie geht es dir?« Mein Pulsschlag beschleunigt sich, und ich spüre das Zittern in meinen Fingerspitzen.

»Hör zu, Dominic hat mir erzählt, dass du wissen willst, wo Miles ist.«

»Ja, stimmt!« Ich bin atemlos. »Er wollte es mir nicht sagen.«

»Ich weiß. Er fühlt sich durch freundschaftliche Solidarität zum Schweigen verpflichtet. So ein Männerding. Er weiß, dass Miles unbedingt eine Zeit lang abtauchen will, bis sich der Sturm gelegt hat, aber …«

»Ja?«

»Ich ahne, was du gerade durchmachst, weil du von ihm getrennt wurdest, und ich weiß doch, wie verrückt du nach ihm bist. Das verstehe ich auch – ich kenne Miles nicht sehr gut, aber er scheint mir ein phantastischer Kerl zu sein. Und sehr attraktiv.«

»Ja.« Angesichts der Erinnerung an ihn durchbohrt mich ein Stich des Verlangens. »Weißt du, wo er ist?«

»Ich weiß nicht, wo er sich in genau diesem Moment aufhält«, erwidert sie, und mir sinkt der Mut. »Aber ich weiß, dass er demnächst zu uns kommt.«

»Echt?« Sofort bin ich wieder fröhlich. Endlich kann ich herausfinden, wo sich Miles aufhalten wird.

»Er wohnt bei uns, während er seine Angelegenheiten regelt.«

»Wo seid ihr gerade? Im Chalet?«

»Nein«, sagt Beth, »in Paris.«

»Ich bin morgen da«, erkläre ich.

Beth lacht. »Ich habe mir schon gedacht, dass du das sagst. Ist gut – ruf mich an, sobald du hier bist, dann überlegen wir uns etwas.«

»Mache ich.« Plötzlich ist mein Herz ganz leicht und voller Glück. »Bis morgen dann.«

»Bis morgen. Und Freya … das bleibt vorerst unter uns, ja? Aber vermutlich bin ich einfach eine hartgesottene Romantikerin …«

21. Kapitel

Meine Neuigkeiten bringen gleich darauf die frostige Atmosphäre am Abendbrottisch zum Schmelzen. Mein Vater freut sich, dass ich zu Flora nach Paris will. Er hat nur eine Bedingung: Ich muss Thierry als Begleitschutz mitnehmen.

»Dad, ich brauche keinen Leibwächter«, sage ich verärgert.

»Sei nicht albern, natürlich brauchst du einen. Jetzt, wo du es auf die Titelseiten gebracht hast, mehr denn je. Ich bin nicht glücklich, wenn ich nicht weiß, dass jemand auf dich aufpasst.«

Wohl eher überwacht, denke ich bei mir, aber es hat keinen Zweck, meinen Vater darauf hinzuweisen. Es läuft gerade schlecht genug zwischen uns, und ich bin froh, dass sich seine Stimmung hebt, als ich ihm von meinen Plänen erzähle.

»Ich muss Abstand gewinnen zu dem, was passiert ist«, erkläre ich. »Ich will mit meinem Leben fortfahren.«

»Gut«, sagt mein Vater.

»Da sich das Hauptquartier der Stiftung in Paris befindet, werde ich dort vorbeischauen und sehen, wie genau ich mich einbringen könnte«, improvisiere ich.

»Noch besser«, sagt mein Vater.

»Wirst du bei Flora wohnen?«, wirft Estella ein, die aufmerksam zugehört hat. Ihre gute Laune ist ein wenig gedämpft, weil mein Vater mir gegenüber einlenkt.

»Ja, vorübergehend«, erkläre ich leichthin. »Das hängt davon ab, wie lange ich letzten Endes in Paris bleibe.«

Estella nickt.

»Soll ich alle Vorkehrungen treffen?«, fragt Jane-Elizabeth. »Wann möchtest du abreisen?«

»Gleich morgen früh.«

»Ist gut. Ich leite alles in die Wege«, sagt sie, ohne mit der Wimper zu zucken. In meiner Familie verreisen wir ständig impulsiv.

»Danke, Jane-Elizabeth.« Ich lächele dankbar und stehe auf. »Wenn ihr mich jetzt entschuldigen würdet, ich gehe zu Bett. Ich will morgen früh frisch und fit für meinen Flug sein.«

Thierry sagt nichts, aber aus der Art und Weise, wie er ständig über seine Schulter zu mir auf den Rücksitz schaut, schließe ich, dass er ein besonders wachsames Auge auf mich werfen soll.

Ein weiterer Leibwächter fährt uns zum Flughafen. Thierry trägt meine Koffer vom Wagen zu dem kleinen Privatflugzeug, das mich zum Flughafen Charles de Gaulle in Paris bringt. An Bord setzt sich Thierry nach hinten, während ich mich in einem der cremefarbenen Ledersessel entspanne, den Champagner, den man mir anbietet, jedoch ablehne.

Ich bin aufgedreht und angespannt und freue mich bei der Aussicht, Miles vielleicht schon sehr bald wiederzusehen. Wie wird er reagieren, wenn er mich sieht? Ich stelle mir vor, wie wir einander in die Arme fallen, wie er mich in seine Arme reißt und lachend vor Glück hochhebt und herumwirbelt und unter Küssen schwört, dass wir nie wieder getrennt sein werden. Bald schon führt mich meine Phantasie an fiebrige Orte, und so sehr ich es auch versuche, ich kann nicht aufhören, mir vorzustellen, wie wir einander mit all dem Begehren lieben, das sich in den letzten Tagen aufgebaut hat.

Jemand von der Kabinencrew kommt zu mir und sagt höflich: »Darf ich Ihnen eine Zeitung anbieten, Madame?«

»Danke«, sage ich, als sie die Zeitung vor mir auf den Tisch legt. »Könnte ich bitte auch noch etwas Wasser bekommen?«

»Sehr gern«, erwidert sie mit einem Lächeln. »Wir heben in ungefähr zehn Minuten ab.«

Ich höre sie kaum. Ich starre auf die Titelseite der Zeitung. Zu meinem Entsetzen sehe ich ein großes Foto von mir und neben mir – nicht Miles, wie ich es erwartet habe, sondern ein Foto von Jacob, meinem Ex. Die Schlagzeile schreit: *Freund von Freya im HIV-Schock!!!*

Ich schnappe nach Luft, bin völlig verwirrt, während ich versuche, es zu begreifen, aber mir verschwimmt alles vor den Augen.

HIV? Was … wie?

Ich zwinge mich, ruhig zu bleiben und den dazugehörigen Artikel zu lesen. Und da steht sie, in kalten Druckbuchstaben: die ganze Geschichte von Jacobs Affären mit Prostituierten, die Tatsache, dass er dabei gefilmt wurde und dass ich mit diesem Film erpresst wurde, um die Angelegenheit zu vertuschen. Der Hinweis auf HIV entspringt dem Umstand, dass ich mich auf alle bekannten Geschlechtskrankheiten habe testen lassen, sobald wir herausfanden, was Jacob getrieben hatte. Zu meiner übergroßen Erleichterung behauptet der Artikel nicht, dass Jacob mit HIV infiziert sei und mich damit angesteckt habe – obwohl die wilde Schlagzeile das eindeutig impliziert –, sondern lässt nur durchblicken, dass dies theoretisch möglich sein könnte. Dennoch schwelgt der Artikel genüsslich in der Beschreibung von Jacobs Vorlieben und listet in allen Einzelheiten auf, was Jacob für sein Geld von den Frauen erwartete.

Mir wird klar, dass meine Hände zittern, als die Stewardess eine Flasche Wasser und ein Glas neben mir abstellt und so tut, als bemerke sie nicht, wie ich auf die Titelseite der Zeitung starre. Nachdem sie gegangen ist, sacke ich in meinem Sitz zusammen. Das Flugzeug rollt unterdessen in Richtung Startbahn, aber mir wird das kaum bewusst. Ich bin fassungslos. Wie konnte das passieren? Wer um alles in der Welt hat ausgerechnet diese Katze aus dem Sack gelassen? Ganz sicher nicht Jacob, der hat dadurch nichts zu gewinnen … im Gegenteil, sein Vater, ein äußerst strenger und moralisch konservativ eingestellter Mann, wird über diesen Skandal entsetzt sein, da bin ich mir ganz sicher. Plötzlich tut Jacob mir leid – ein Gefühl, mit dem ich nicht gerechnet habe. Aber das muss alles extrem demütigend für ihn sein.

Ich ziehe mein Handy heraus und will ihm eine SMS schicken, dann stecke ich das Handy wieder weg. Vermutlich bin ich der letzte Mensch auf Erden, von dem er jetzt hören möchte.

In diesem Moment hat das kleine Flugzeug seine Startposition erreicht, und gleich darauf donnern wir über die Rollbahn und heben ab in Richtung Paris.

Als wir eine gute Stunde später ankommen, sind massenweise Nachrichten auf meinem Handy eingetrudelt. Mein Leben hat sich in eine unterhaltsame Seifenoper für meine Freunde verwandelt – so fühlt es sich zumindest an. Allgemein herrscht Erstaunen bei denen, die von nichts wussten und die plötzlich verstehen, warum Jacob und ich uns getrennt haben. Diejenigen, die Bescheid wussten und denen klar war, warum wir darüber nie etwas bekannt machten, überschütten mich mit Mitgefühl. Lola will wissen, ob ich so gut sein könnte, ihr den Knaller der morgigen Zeitungen vorab mitzuteilen, damit sie nicht wieder beim Frühstück ihren Kaffee verschüttet, wie an diesem Morgen. Darüber muss ich wenigstens lachen, wenn auch kläglich.

All das wird das Interesse der Medien nur noch weiter aufheizen und es mir schwerer machen, unbeobachtet meiner Wege zu gehen. Mir fällt wieder ein, dass Jacobs Eltern ihren Hauptwohnsitz in Paris haben, und plötzlich frage ich mich, ob es eine gute Idee war, hierher zu kommen.

Aber ich konnte ja nicht ahnen, wie heikel es werden würde, als ich gestern Abend mit Beth telefonierte.

Jetzt ist es ohnehin zu spät, denke ich, als wir sanft auf dem Flughafen Charles de Gaulle aufsetzen. Thierry führt mich vom Flugzeug zu einer wartenden Limousine. Paparazzi mit Hochleistungskameras haben das Flugzeug im Visier ihrer Objektive und schießen sofort los, als ich aus der Kabine trete.

Woher zum Teufel wissen sie, dass ich hier bin? Wenn ich nicht zu alt und gleichzeitig zu modern für solche Geschichten wäre, würde ich an Hexerei glauben, so wie sie jeden meiner Schritte vorausahnen.

Rasch sitze ich im Wagen, und wir machen uns auf den Weg vom Flughafen zum Stadtzentrum.

»Das ist doch verrückt!«, sage ich zu Thierry, der vorn neben dem Chauffeur sitzt.

»Ich weiß«, meint er finster. »Der pure Wahnsinn.«

Eine Weile sind noch einige Paparazzi hinter uns her, die auf ihren kleinen Mopeds die Verfolgung aufgenommen haben, aber wir schütteln sie bald schon ab. Ich weiß, das wird nicht viel helfen. Sie werden ihre Kontakte in Paris anrufen, ihnen mitteilen, dass wir unterwegs sind und welche Straße wir genommen haben. Man wird uns in der Innenstadt in Empfang nehmen und sich an unsere Fersen heften, bis sie herausgefunden haben, wo ich wohne. Ich rufe Flora an.

»Hallo«, sagt sie und klingt noch ein wenig verschlafen. »Bist du schon da?«

»Flora, es ist beinahe neun Uhr. Liegst du noch im Bett? Wir haben gerade den Flughafen verlassen. Die Sache ist die, ich habe es heute schon wieder auf die Titelseiten geschafft.«

»Weswegen dieses Mal? Noch mehr Klatsch über den Leibwächter?«

»Nein, dieses Mal geht es um Jacob. Ich erkläre es dir, sobald wir uns sehen, aber ich werde von Paparazzi verfolgt und will sie nicht schnurstracks zu dir führen. Ich komme, sobald ich kann, aber vielleicht muss ich ein paar Umwege fahren.«

»Keine Eile«, sagt Flora. »Ich bin sowieso noch nicht aufgestanden.«

»Ihr Studentinnen! Hast du nicht schon längst Unterricht?«

»Heute fällt der Unterricht aus«, sagt Flora lachend. »Ruf mich an, wenn du da bist.«

»Mach ich.«

Ich klicke die Verbindung weg. »Thierry, wir können diese Leute nicht zum Haus meiner Schwester führen. Wir brauchen eine Ablenkung. Sie müssen mich irgendwo absetzen, wo es die Paparazzi nicht mitbekommen.«

»Das denke ich nicht«, meint Thierry unsicher. »Das sieht der Plan nicht vor.«

»Thierry, es ist viel schlimmer, die Presse direkt zur Wohnung meiner Schwester zu führen. Hören Sie zu, ich steige aus und fahre mit öffentlichen Verkehrsmitteln zu Flora. Sie fahren mit dem Wagen zum Ritz. Ich rufe dort an und reserviere ein Zimmer. Fahren Sie zum Hintereingang, als ob wir uns einschleichen wollten. Möglicherweise kriegen sie mit, dass ich nicht im Wagen sitze, aber bis dahin habe ich sie längst abgehängt. Okay?«

»Meine Befehle lauten, ständig in Ihrer Nähe zu bleiben ...«

»Ihre Befehle wurden soeben geändert«, erkläre ich forsch. Wir haben schon die Außenbezirke der Stadt erreicht, mir bleibt nicht mehr viel Zeit. Ich sehe, wie wir uns einer roten Ampel nähern und der Wagen zum Halten kommt. Das ist meine Chance. Als die Ampel auf Grün schaltet, und der Fahrer aufs Gas treten will, öffne ich die Tür und springe hinaus. »Bleiben Sie im Ritz. Ich melde mich bei Ihnen«, rufe ich und schlage die Tür zu. Der Wagen muss weiterfahren. Ich schlängele mich rasch durch die anfahrenden Fahrzeuge, damit ich nicht unter die Räder komme. Mit entschuldigenden Gesten in Richtung des Hupkonzerts schaffe ich es gerade noch rechtzeitig auf den Bürgersteig, um zu sehen, wie Thierry und meine Limousine in Richtung Innenstadt davonbrausen.

Ich bin frei!

Ich werde zu Flora fahren, aber nicht jetzt sofort. Thierry kennt ihre Adresse, dort bin ich zu leicht zu finden. Ich werde meine Freiheit nutzen, solange ich sie habe.

Zwei Stunden später schlendere ich in ein gemütliches Café im Marais-Viertel. Es ist eine angesagte Location, die eher einem eleganten Wohnzimmer als einem Kaffeehaus ähnelt, mit Bücherregalen an den Wänden und Sofas mit Samtbezug.

Ich habe dank meines Smartphones mühelos einen Vorortbahnhof gefunden, und während der Zug mich in die Stadt brachte, habe ich Beth angerufen und ein Treffen vereinbart. Vom Bahnhof aus habe ich die Metro genommen, kam aber sehr früh an, so dass ich noch einen Spaziergang durch Paris machen konnte, eine Stadt, die ich immer schon geliebt habe. Es ist kalt, aber sonnig, und ich bin in meinen flachen Biker-Stiefeln, den Jeans und der Steppjacke mit dem Gürtel und der Kapuze mit Fellbesatz perfekt angezogen. Ich habe nur eine Schultertasche dabei – mein Gepäck ist im Wagen bei Thierry, und ich habe das Gefühl, als könnte ich überall hin, als könnte ich einfach irgendjemand sein. Mit Ausnahme der Augenblicke, an denen ich an einem Zeitungskiosk vorbeikomme und mein Gesicht und das von Jacob auf allen Titelseiten sehe. Dann bin ich froh um meine Kaschmirmütze und die große, dunkle Sonnenbrille, die ich trage.

Ich entdecke Beth sofort, als ich in die Wärme des Cafés trete. Sie ist ganz vertieft in etwas auf ihrem Tablet, ihr blonder Kopf ist tief nach unten gebeugt. Eine Welle der Zuneigung durchströmt mich bei ihrem Anblick, als ob ich mich mit einer alten Freundin treffe, was seltsam ist, weil wir uns ja erst ein einziges Mal begegnet sind.

»Hallo«, sage ich und setze mich an ihren Tisch.

Sie schaut auf und strahlt mich an. »Freya, du hast es geschafft. Wie schön, dich zu sehen.«

Wir küssen uns zur Begrüßung auf die Wangen, und Beth bestellt einen Kaffee für mich.

»Du schienst sehr beschäftigt«, sage ich und nicke in Richtung des Tablet.

Beth errötet glücklich. »Hochzeitspläne«, sagt sie. »Die Zeit vergeht wie im Flug, wenn man sich all die unterschiedlichen Optionen betrachtet. Aber ich habe klare Vorstellungen davon, was wir wollen, darum ist es nur noch eine Frage des Ortes.«

»Ihr verschwendet wirklich keine Zeit«, sage ich und lächle.

»Nein – das wollen wir auch nicht. Wir wollen schnellstmöglich heiraten, jetzt wo wir uns dazu entschlossen haben.«

»Sehr romantisch – aber eine Hochzeit ist doch eine Menge Aufwand. Könnt ihr wirklich alles so schnell planen?« Ich muss an die riesigen Partys denken, die mein Vater veranstaltet hat, und an andere Festlichkeiten in aller Welt, an denen ich teilgenommen habe. Alle erforderten monatelange Planungen. »Was ist mit deinem Kleid? Das kann doch unmöglich rasch fertig werden, oder?«

Beth lacht fröhlich. »Dein Gesichtsausdruck ist zu komisch! Du scheinst dir wirklich Sorgen zu machen! Ich habe nicht vor, ein Haute-Couture-Modell zu tragen, das in einem Atelier in der Rue Cambon entstand. Mir reicht etwas Schönes, das ich irgendwo in einer skurrilen Boutique entdecke. Und wenn es sein müsste, könnte ich die Hochzeit schon nächste Woche auf die Beine stellen – wir wollen nichts Großes, nur unsere engsten Freunde und Familienangehörigen.« Beth wirkt nachdenklich. »Darum ist es vielleicht am besten, wenn wir hier in Paris heiraten.«

»Könnt ihr das einfach so beschließen?«

»Nun ja, man muss eine Weile im Land gewohnt haben, aber da Dominic hier eine Wohnung hat, ist das kein Problem. Wir müssen ein paar offizielle Dokumente vorlegen – Gesundheitsatteste, Geburtsurkunden und eine eidesstattliche Erklärung, aber nichts, was sich nicht bald erledigen ließe.«

Ich mustere sie beeindruckt. Sie scheint völlig gefasst angesichts der Aussicht, ohne großen Vorlauf in einer Stadt, die sie nicht gut kennt, zu heiraten. »Sag Bescheid, wenn du Hilfe brauchst«, sage ich.

»Vielleicht können wir zusammen das Hochzeitskleid aussuchen«, schlägt sie lächelnd vor, als der Kellner meinen Kaffee bringt.

»Klingt toll«, sage ich und meine es auch so. »Sehr gern.«

Beth nimmt einen Schluck Kaffee, dann sagt sie: »Aber deswegen bist du nicht hier, nicht wahr?«

Jetzt ist es an mir, zu erröten. Die Frage brennt mir unter den Nägeln. »Ist Miles schon in Paris?«

»Er kommt heute noch in unsere Wohnung.« Ich sehe das Mitgefühl in ihren Augen: Sie muss wissen, wie es ist, wenn man sich so fühlt wie ich im Moment – verrückt nach jemandem, aber unfähig, mit ihm zusammen zu sein.

»Wo ist er gewesen?«

»Ich habe keine Ahnung. Ich weiß, dass er ein paar Jahre frei und ungebunden lebte, in denen er sich als Leibwächter verdingt hat. Laut Dominic ist er seit seiner Rückkehr aus Afghanistan und seinem Abschied von der Armee nie zur Ruhe gekommen. Ich glaube, er hat irgendwo eine Wohnung, aber da ist er nie.«

Ich beuge mich zu ihr, will alles erfahren, was es über Miles zu wissen gibt. Wir haben eine solche unglaubliche Intimität miteinander erlebt, und doch weiß ich so wenig über ihn. »Was ist in Afghanistan passiert? Dominic deutete an, dass es dort einen Vorfall gab.«

»Es tut mir leid, darüber weiß ich auch nicht Bescheid«, entschuldigt sich Beth. »Miles ist ein alter Freund von Dominic, aber er hat nie viel über ihn geredet, und wir haben uns zu dritt kaum getroffen. Aber jetzt, wo du es erwähnst, fällt mir ein, dass ich Dominic einmal etwas sagen hörte …«

»Was?« Ich starre sie an, zwinge sie förmlich mit meinem Blick, sich zu erinnern. Sie überlegt, aber ihr Gesicht bleibt ausdruckslos.

»Es tut mir leid – es fällt mir nicht mehr ein. Ich kann Dominic fragen, wenn du möchtest, aber ich habe das Gefühl, dass er es mir nicht erzählen wird.« Sie sieht mich aus den Augenwinkeln an. »Du und Miles – ihr steht noch ganz am Anfang, oder?«

Ich nicke. »Es ist verrückt, die Art, wie wir zueinander fanden.«

Beth lehnt sich vor, ihre Augen strahlen. »Erzähl mir alles. Ich liebe romantische Geschichten!«

Eine Stunde später bin ich fertig. In der Zwischenzeit haben wir noch je eine Tasse Kaffee getrunken. Ich habe Beth mein Herz geöffnet und ihr die ganze Geschichte unseres Unfalls, unseres Aufenthalts im Chalet und aller Ereignisse seitdem erzählt.

Beth hat mit gespannter Aufmerksamkeit zugehört, gelegentlich eine Frage gestellt, und nun schüttelt sie den Kopf. »Meine Güte, höchst erstaunlich. Ihr zwei habt schon so viel durchgemacht – was für ein wilder Start!«

»Ich fürchte, dass alles schon wieder vorbei sein könnte«, sage ich niedergeschlagen. »Ich habe nicht die leiseste Ahnung, welche Gefühle Miles für mich hegt oder ob er sich mit der Tatsache abfinden kann, dass ich eine Hammond bin. Die Tochter eines Mannes, den er nun verachtet.«

»Ich bin sicher, er verachtet deinen Vater nicht«, versichert Beth mir. »Er weiß, dass dein Dad nur das Beste für dich will. Für mich klingt das so, als ob dein Vater auch von anderen beeinflusst wird – dieser Pierre scheint zum Beispiel nicht besonders hilfreich.«

Ich nicke. »Er verstärkt Dads Paranoia – das sichert ihm schließlich seinen Job.«

»Mir war gar nicht klar, dass du eine von den Hammond-Mädchen bist«, sagt Beth und rührt den Schaum in ihrem Kaffee um. »Das macht die Dinge natürlich etwas komplizierter für dich. Die Presse beobachtet jeden deiner Schritte, nicht wahr?«

»Ja!«, rufe ich. »Es ist ein Albtraum! Und irgendwie landet mein Privatleben immer dort, wo alle alles darüber nachlesen können. Die neueste Klatschgeschichte betrifft meinen Ex und mich – sie steht auf allen Titelseiten! Intime Details meines Lebens werden wie Appetithappen aus einer realen Seifenoper präsentiert.«

»Das muss schrecklich sein«, meint Beth aufrichtig. »Es tut mir wirklich leid.«

»Kein Wunder, dass Miles keinen Anteil daran haben will«, sage ich mit hängenden Schultern.

»Mach dir darüber keine Gedanken – Miles ist charakterfest. Er würde sich von so etwas nicht von dem abhalten lassen, was er wirklich will.«

Ich schaue zu ihr, mein Blick ist flehentlich. »Warum ist er dann einfach so aus meinem Leben spaziert?«

»Du solltest ihn nicht unter Druck setzen«, rät Beth sanft. »Ich weiß, du wünscht dir alles und zwar sofort, aber die ganze Sache ist sehr plötzlich gekommen. Ihr braucht beide Zeit, um euch daran zu gewöhnen. Er hat seinen Job erst gestern gekündigt – da geht ihm bestimmt eine Menge durch den Kopf.«

Ich komme mir selbstsüchtig und dumm vor. »Natürlich, du hast recht. Ich habe alles nur von meiner Warte aus gesehen.« Ich schließe die Augen und seufze. »Ich habe das Gefühl, dass ich alles vermassle. Das habe ich wirklich.«

Beth nimmt meine Hand und drückt sie tröstlich. »Das wirst du schon nicht. Aber du musst dich beruhigen und darfst die Dinge nicht übereilen.«

»Beth …« Ich zögere, bin nicht sicher, wie ich nach dem fragen soll, was ich wissen will. »Miles hat mir erzählt, dass es eine Frau in seiner Vergangenheit gab … eine Frau, die gestorben ist. Weißt du etwas darüber?«

Sie schaut mich aus ihren großen, grauen Augen an. »Nein, das ist ja schrecklich. Dominic hat nie etwas darüber gesagt. Ich werde ihn fragen, und wenn ich etwas herausfinde, lasse ich es dich wissen.«

Ich schaue auf meine Armbanduhr. »Ich sollte jetzt gehen. Meine Schwester wartet auf mich, und mein Bodyguard wird schon in Panik ausgebrochen sein.« Ich seufze. »Ich sollte mich besser zeigen, damit ich von meinen Bewachern registriert und abgehakt werden kann.«

»Wirklich seltsam, dass du nicht einfach hingehen kannst, wohin du möchtest.« Beth schüttelt den Kopf. »Das kann ich mir gar nicht vorstellen.«

Ich lächle sie an. »Deshalb ist es ja so toll, hier bei dir zu sein, frei und unbeobachtet. Einfach so etwas Normales tun wie Kaffee zu trinken und zu plaudern.«

Beth scheint entsetzt. »Großer Gott, das ist ja furchtbar! Du kannst nicht einmal ins Café gehen, ohne unter Beobachtung zu stehen?«

»Für gewöhnlich nicht. Wenn mein Vater im Umgang mit unseren Sicherheitsvorkehrungen etwas entspannter wäre und uns mehr in Anonymität versinken lassen würde, dann wären die Dinge vielleicht einfacher. Aber er hält die Risiken für zu groß. Außerdem …« Ich zucke mit den Schultern. »Die Presse wird das Interesse an uns so schnell nicht verlieren. Ich weiß, dass ich damit leben muss.«

Plötzlich schaut Beth fest entschlossen. »Das ist einfach grausam! Wenn ich dir helfen kann, dann werde ich das tun. Wir finden einen Weg, das verspreche ich.«

Beths Worte stimmen mich fröhlicher, und als wir uns verabschieden und sie mir zusagt, sich so bald als möglich bei mir zu melden, ist mir schon viel leichter ums Herz. Sie hat recht, ich darf Miles nicht unter Druck setzen, wenn er noch nicht so weit ist. Wir haben schließlich beide einiges zu verarbeiten. Dennoch wünsche ich mir nichts sehnlicher, als ihn so bald als möglich wiederzusehen.

Ich schicke Flora eine SMS, um ihr mitzuteilen, dass ich binnen einer Stunde bei ihr bin, dann wandere ich durch die Straßen von Paris, beobachte die Menschen in ihrem Alltagsleben, spaziere in Richtung von Floras Wohnung im Marais. Als ich auf mein Handy schaue, ist eine Nachricht von Lola eingetroffen.

Freya, ich habe eben mit Jacob telefoniert. Er will wissen, wo du bist. Wegen dieser Sache in den Zeitungen ist er in ganz schrecklicher Verfassung. Ich habe ihm gesagt, dass ich es nicht weiß. Hat er versucht, dich anzurufen? Möglicherweise wird er Kontakt mit dir aufnehmen. Lass uns bald telefonieren. Kuss, L

Es gibt auch eine Nachricht von Jane-Elizabeth:

Ich hoffe, du hattest eine gute Anreise nach Paris. Wir waren heute angesichts der Schlagzeilen alle entsetzt. Dein Vater untersucht gerade, wer gegenüber der Presse geredet hat, und ist um Schadensbegrenzung bemüht. Jacob hat angerufen und wollte wissen, wo du bist. Ich sagte ihm, du seist in Paris, und hoffe, das ist in Ordnung. Er will Kontakt mit dir aufnehmen. Lass mich wissen, wenn ich irgendwie helfen kann. Alles Liebe, J-E

Ich lese die Nachrichten zwei Mal und frage mich, warum Jacob nicht gleich bei mir angerufen hat. Er weiß, dass ich so wenig wie möglich in den Zeitungen über mich lesen will, aber nun ist es passiert, und wer weiß, wie? Es fällt schwer, noch irgendjemandem zu vertrauen – vielleicht hat jemand aus der Anwaltskanzlei geplaudert oder eine der involvierten Nutten hat beschlossen, aus ihrer Verbindung zu der Angelegenheit etwas Geld zu schlagen. Obwohl Jacob mich so übel hintergangen hat, tut er mir jetzt leid. Er wurde öffentlich gedemütigt, und ich denke nicht, dass er das verdient hat, auch wenn er ein egozentrischer Playboy ist. Darüber hinaus werden seine Eltern zutiefst verletzt sein, und das haben sie ebenfalls nicht verdient.

Ich frage mich gerade, ob ich Jacob anrufen soll, da klingelt mein Handy. Ich erkenne die Rufnummer nicht, und als ich das Gespräch annehme, meldet sich ein panischer Thierry, der wissen will, wo ich bin.

»Es geht mir gut!«, beruhige ich ihn. »Ich bin auf dem Weg zu Flora. Alles in Ordnung. Ich lasse es Sie wissen, sobald ich dort eingetroffen bin. Lehnen Sie sich zurück und genießen Sie das Ritz.«

»Von wegen«, sagt er. »Mein Job ist es, in Ihrer Nähe zu bleiben.«

»Entspannen Sie sich, Thierry. Sie werden sehen, ich tauche schon bald wieder auf Ihrem Radar auf, ehrlich. Ich rufe an, sobald ich bei Flora bin.«

»Ich begebe mich sofort dorthin und warte dort auf Sie.«

»Nein – dazu besteht keine Veranlassung. Flora hat ihre eigenen Sicherheitsleute. Es ist wirklich nicht nötig, dass Sie kommen. Auf Wiederhören, Thierry!«

Als ich das Gespräch beende, denke ich kurz nach und rufe einem Impuls folgend Jacobs Nummer an. Er geht jedoch nicht an den Apparat, und ich hinterlasse keine Nachricht auf seiner Voicemail. Wenn er etwas von mir will, soll er mich anrufen. Wir haben uns ohnehin nichts mehr zu sagen.

Ich stecke mein Handy weg und marschiere zügig zu Floras Wohnung.

22. Kapitel

Als ich in Floras Straße biege, bleibe ich abrupt stehen. Vor ihrem Haus lungern Fotografen, rauchen und plaudern, jeder von ihnen trägt eine riesige, schwarze Kamera um den Hals. Der Anblick verursacht mir Übelkeit, mein Hände schwitzen. Ich schieße in einen Hauseingang und rufe Flora an.

»Vor deiner Wohnung treiben sich haufenweise Paparazzi herum!«

»Ich weiß«, sagt sie entschuldigend, »sie sind heute Morgen aufgetaucht. Keine Ahnung, warum.«

»Weil ich wieder auf den Titelseiten gelandet bin, deshalb!«

»Oh, ich habe noch keine Zeitung gelesen. Ja und? Ist das wichtig?«

»Woher wissen die, wo du wohnst?«

»Wer weiß?« Flora klingt, als ob sie ziemlich genervt sei. »Ich hab's aufgegeben, mir darüber Gedanken zu machen. Komm einfach hoch.«

Ich merke, wie ich zittere. »Das geht nicht. Ich kann mich der Presse jetzt nicht stellen.«

»Marschiere einfach an ihnen vorbei und schau sie nicht an! Du weißt doch, wie es geht.«

»Flora, es ist mir ernst – ich kann das jetzt nicht!«

Es entsteht eine Pause, und ich spüre ihre Erbitterung. »Was willst du stattdessen tun?«

»Ich weiß es nicht, ich überlege mir etwas.«

»Du brauchst deinen Bodyguard, um an ihnen vorbeizukommen. Es war dumm von dir, ihm einfach so zu entwischen.«

»Ich muss einfach mal leben, Flora! Gerade du musst das

doch verstehen können! Ich will einfach wie ein normaler Mensch leben.«

»Natürlich verstehe ich das. Aber wir wissen beide, dass das nie passieren wird.«

»Ich melde mich später wieder bei dir«, sage ich, verlasse den Schutz des Hauseingangs und marschiere in die entgegengesetzte Richtung, weg von Floras Wohnung. »Sobald ich weiß, was ich machen werde.«

Ich weiß nicht, wohin ich gehe. Ich weiß nur, dass ich der Pressemeute entkommen muss. Mit denen kann ich es im Moment einfach nicht aufnehmen. Wenn sie ein Foto von mir schießen, bin ich morgen schon wieder auf den Titelseiten, Objekt wilder Spekulationen darüber, was ich in Paris zu suchen habe und in welchem Zustand sich mein Liebesleben befindet.

Ich brauche einfach etwas Zeit und Raum, um wieder klar denken zu können! Mit dieser Art mikroskopischer Beobachtung rund um die Uhr kann ich schlicht und ergreifend nicht leben.

Ein wildes Verlangen nach Miles erfüllt mich. Ich sehne mich nach der Sicherheit seiner Anwesenheit, nach dem tiefen, inneren Gefühl des Beschütztseins, das ich in seiner Gegenwart immer habe.

Wo bist du, Miles? Was denkst du gerade? Denkst du an mich? Ich bin sicher, wenn er wüsste, wie es mir gerade geht, wäre er sofort bei mir, würde mich in seine starken Arme nehmen und mir versichern, dass ich mir keinerlei Sorgen zu machen brauche.

Aber er weiß auch, dass ich allein zurechtkomme. Er weiß, wie stark ich bin, wenn ich es sein muss.

Als mir dieser Gedanke durch den Kopf schießt, fühle ich mich gleich zuversichtlicher. Ich ziehe mein Handy heraus und rufe Beth an.

»Hallo, Freya.«

»Beth …«

»Alles in Ordnung?« Sie hat die Angst in meiner Stimme sofort herausgehört. »Wo bist du? Hast du es bis zu deiner Schwester geschafft?«

»Die Presse lauert vor ihrer Haustür auf mich. Ich ertrage es nicht, dass die Medien erfahren, wo ich bin – dann habe ich überhaupt keine Aussicht mehr auf ein wenig Privatsphäre.«

Es entsteht eine winzige Pause, dann sagt Beth entschlossen: »Komm zu uns.«

Mein Herz schlägt einen Purzelbaum. »Ist Miles da?«

»Noch nicht. Dominic ist auch nicht da. Komm sofort, ich bestehe darauf.«

»Ja, gern, sehr gern.« Ich bin dankbar für die Zuflucht. Sie nennt mir die Adresse einer Wohnung im schicken Wohnviertel St. Germain. »Ich komme, so schnell ich kann.«

Es ist nur eine kurze Fahrt zur Rive Gauche und dem herrlichen, eleganten Viertel, in dem sich die Wohnung von Beth und Dominic befindet. Das Taxi bleibt vor einem Gebäude mit schlichter Fassade und einer glänzenden, schwarzen Holztür stehen. Ich klopfe an die Tür, und ein Concierge öffnet, ein alter Mann in grauer Uniform.

»Oui, Madame?«, fragt er und mustert mich durchdringend.

»Je voudrais visiter l'apartement C, s'il vous plaît.«

»Vous êtes …?«

»Mademoiselle Hammond.«

Mein Name scheint ihm nichts zu sagen, aber er kehrt in sein kleines Büro gleich hinter der Eingangstür zurück und sieht auf einer Liste nach. Ich stehe offenbar darauf, denn er kommt wieder heraus und winkt mich ins Haus. Hinter der Eingangstür befindet sich ein luxuriöser Innenhof, das Gebäude um den Hof selbst ist fünfstöckig. Jede Wohnung nimmt ein Stockwerk ein. Der Concierge zeigt auf einen breiten Gang auf der Seite, an dessen Ende eine alte, sehr breite

Holztreppe mit unebenen Stufen nach oben führt. »*Le deuxième étage*«, sagt er, und ich steige die uralten Stufen hoch. Ich liebe es, dass es in Paris diese versteckten, wunderschönen Orte gibt, diese Oasen der Ruhe und Schönheit, so nahe an den geschäftigen Pariser Straßen.

Im zweiten Stock klopfe ich mit dem Messingklopfer an die elegante Mahagonitür. Gleich darauf wird sie geöffnet, und Beth steht vor mir und strahlt mich an.

»Du hast es geschafft! Und du bist allein … keine Presse?«

Ich schüttele den Kopf. »Die Mission war erfolgreich. Niemand ahnt, wo ich mich aufhalte.«

»Komm herein. Möchtest du einen Tee? Ich wollte mir gerade selbst einen brühen.«

»Englischen Tee?«

»Natürlich.«

»Ja bitte. Ich liebe englischen Tee.«

Ich folge ihr durch das stilvolle Apartment. Es ist hell und geräumig, mit klassischen Raumproportionen und überall Hinweisen auf sein ehrwürdiges Alter: der Kamin aus Marmor, die verschnörkelten Stuckarbeiten und die alten Holzfensterläden. Die Innenausstattung ist jedoch in einem unterkühlten, modernen Stil, der Frische und Ruhe ausstrahlt. In der Küche lehne ich mich an die Marmortheke, während Beth den Tee aufbrüht.

»Ich nehme an, du hast nicht mit der Presse gerechnet, als du zur Wohnung deiner Schwester gegangen bist«, sagt sie und holt die Tassen heraus.

Ich schüttele den Kopf. »Nein. Ich habe keine Ahnung, wie das herauskommen konnte.«

Beth runzelt die Stirn. »Hast du irgendjemandem gesagt, dass du hier sein würdest?«

»Niemandem. Nur Freunde und Familienangehörige wissen, dass ich in Paris bin, aber nicht, wo dort.«

»So solltest du es unbedingt auch weiter halten. Offenbar sickert irgendwo etwas durch.«

Ich zermartere mir das Hirn, versuche mir zu überlegen, welcher meine Freunde Informationen über mich an die Presse weiterleitet. Möglich, dass einer meiner zahlreichen Bekannten sich damit amüsiert – und nebenbei auch noch Geld verdient –, indem er intime Dinge über mein Leben ausplaudert. Aber nur meine engsten Freunde wissen um die neuesten Geschehnisse, und ihnen vertraue ich, weil sie unter der Aufmerksamkeit der Medien beinahe ebenso leiden wie ich. Warum sollte einer von ihnen mich plötzlich auf diese Weise hintergehen? Ich weiß wirklich nicht, wer es sein könnte. Niemand, der über meine Privatangelegenheiten Bescheid weiß, würde das alles ausplaudern.

Beth wärmt die Kanne vor und sagt: »Heute morgen hast du also herausgefunden, dass vertrauliche Informationen über dich und deinen Ex in allen Zeitungen stehen. Wer wusste davon?«

»Nur ich und mein Vater und einige unserer Anwälte und unser Sicherheitschef … und natürlich Jacob und alle, denen er davon erzählt hat.«

»Ich verstehe.« Beth zieht eine Schnute. »Knifflig. Es könnte wirklich jeder sein. Wenn die Zeitungen für diese Information zahlen, dann kommt wirklich jeder in Frage.«

»Selbst, wenn sie die Informationen nicht von sich aus besitzen, wissen sie, wie sie drankommen können«, sage ich. »Ein Fotograf hat mich in Klosters aufgespürt, obwohl niemand wusste, wo ich war. Nicht einmal meine Familie oder meine engsten Freunde.«

»Das ist merkwürdig«, sagt Beth und runzelt die Stirn.

»Miles gestern, Jacob heute. Das heizt den Appetit auf Informationen über mich nur an.« Ich nehme die gefüllte Tasse, die Beth mir reicht, und folge ihr durch den Flur zum Wohnzimmer. »Du kannst dir ja vorstellen, welche Schwierigkeiten das mit sich bringt – ich habe mich mit meinem Vater wegen Miles heftig gestritten, und mein Ex versucht jetzt, Kontakt zu mir aufzunehmen, um über den Skandal zu reden. Er mag ein selbstsüchtiger Playboy sein, aber das hat er nicht verdient. Und ich auch nicht.«

»Dann ist die Angelegenheit also nur deshalb so aus dem Ruder gelaufen, weil ihr in der Zeitung gelandet seid – woraufhin Miles seinen Job kündigte und das alles.«

Wir sitzen einander auf weißen Sofas gegenüber. Ich nicke und seufze. »Es ist echt furchtbar.«

»Ich hoffe nur, dass ihr beiden das für euch klären könnt, mehr nicht«, sagt Beth. »Leider kann ich dir nichts Neues berichten. Dominic war schon gegangen, als ich vorhin zurückkam, und ich weiß nicht, wann er wieder hier sein wird. Möglicherweise trifft er sich jetzt gerade mit Miles.«

Ich spüre, wie meine Haut zu prickeln beginnt angesichts der Aussicht, dass Miles jede Sekunde durch die Tür kommen könnte.

Leise sage ich: »Ich hoffe nur, es ist noch nicht so weit gekommen, dass Miles mich nicht mehr sehen möchte.«

»So ist er nicht!«, erklärt Beth leidenschaftlich. »Da bin ich mir sicher. Wart's nur ab.« Plötzlich wirkt sie nachdenklich. »Mir kommt da gerade eine Idee. Momentan weiß niemand, dass du gerade hier bist. Warum schreibst du nicht drei oder vier unterschiedliche Textnachrichten. In jeder nennst du eine andere Adresse. Schick diese Nachrichten den Menschen, die dir am nächsten stehen, und warte ab, was passiert. Wenn die Presse an einem dieser Orte auftaucht, dann weiß du, wer geplaudert hat.«

Ich hole tief Luft. »Das ist eine geniale Idee! Aber wem soll ich die Nachrichten schicken?«

»Zuerst der Person, der du am meisten vertraust. Die

kannst du dann abhaken. Und dann gehst du quer durch dein Adressbuch, bist du den Verräter gefunden hast!« Beth lächelt triumphierend.

»Ist gut«, sage ich. »Lass es uns tun.«

Wir entwerfen eine Textnachricht mit folgendem Inhalt:

Hallo, Floras Wohnung hier in Paris wird von der Presse belagert, darum tauche ich jetzt heimlich im … unter. Ich bin sicher, dort finden sie mich nicht. Melde mich bald wieder. Alles Liebe, Freya

Wir fügen die Namen von sechs verschiedenen Hotels ein und senden die Nachricht dann an: Jane-Elizabeth zu Hause, an Summer, (leicht abgeändert) an Flora und an meine drei engsten Freundinnen Lola, Eugenie und Stephanie.

Nachdem ich die Textnachrichten verschickt habe, lehne ich mich zurück. »Was glaubst du, wie lange es dauern wird?«

Beth zuckt mit den Schultern. »Keine Ahnung. Hoffentlich bleibt die Pressemeute, wo sie ist, oder zieht ihres Weges und taucht an keinem unserer Hotels auf. Dann weißt du, dass du dem inneren Kreis absolut vertrauen kannst.«

Wir trinken noch mehr Tee. Ich bekomme ein paar kurze Antworten auf meine Nachrichten. Beth und ich reden über Miles und Dominic und die anstehende Hochzeit. Sie erzählt mir ein wenig von ihrer eigenen Liebesgeschichte, von dem schwierigen Anfang und wie ihr gemeinsames Leben jetzt in etwas ruhigeren Bahnen verläuft, auch wenn sie wegen Dominics Arbeit ständig auf Reisen sind.

»Ich habe Wege gefunden, wie ich meinem Beruf auch unterwegs nachgehen kann. Und wenn es sein muss, bleibe ich eine Weile allein in London oder New York. Aber wir hassen es beide, wenn wir zu lange voneinander getrennt sind. Wir brauchen einander«, erklärt sie schlicht.

Ich nicke, fühle mich verstanden, auch wenn meine Gefühle für Miles noch relativ frisch sind. Wenn sich deine Welt um einen anderen Menschen dreht, was hat es dann für einen Sinn, von ihm getrennt zu sein?

Plötzlich klingelt das Telefon, und wir zucken beide zusammen. Beth nimmt den Hörer ab, und es ist gleich klar, dass sie mit Dominic spricht.

»Ja, ist gut … ich verstehe. Das ist prima. Wir sehen uns dann später, Schatz. Bis dann.« Sie legt den Hörer auf, dreht sich zu mir um und sagt: »Er ist gerade mit Miles zusammen.«

Schmetterlinge fliegen in meinem Bauch auf. Miles! »Kommen sie bald her?«

Beth schüttelt den Kopf. »Ich denke nicht. Dominic sagt, sie wollen noch etwas essen, bevor sie herkommen. Ich habe den Eindruck, dass sie unter sich bleiben wollen, um zu reden.«

Aus meiner freudigen Erregung wird Furcht. »Worüber?«

»Vermutlich muss sich Miles Gedanken über seine Zukunft machen«, erwidert Beth.

Ich sage nichts, aber ich spüre, wie sich ein Schleier der Unsicherheit über mich senkt. Mir behagt die Vorstellung nicht, dass er womöglich gerade eine Zukunft ohne mich plant – und womöglich gerade mit Dominic darüber spricht. Beth kann meinen Gesichtsausdruck deuten und tröstet mich. »Keine Sorge – du nimmst schon das Schlimmste an. Aber das muss nicht heißen, dass dieser Fall auch eintritt. Warte es doch einfach ab.«

In diesem Moment klingelt mein Handy. Floras Nummer erscheint auf dem Display, also nehme ich das Gespräch an: »Hallo, Flora, was gibt's Neues?«

»Na ja …«, Flora klingt etwas verwirrt. »Ich weiß, du hast dich entschlossen, woanders unterzukommen, aber falls du deine Meinung änderst, kannst du gern zu mir. Die Fotografen sind eben alle abgezogen.«

»Ehrlich? Die Presseleute sind weg?« Ich sehe Beth an und hebe die Augenbrauen. »Was glaubst du, wohin sie sind?«

»Keine Ahnung, vielleicht ins George V – da bist du doch gerade, oder?«

»Äh … ja. Hör zu, vielleicht komme ich doch zu dir. Aber es kann noch etwas dauern, okay?«

Flora seufzt. »Dieses ganze Hin und Her ist sehr verwirrend, Schwesterherz. Du kannst von Glück sagen, dass ich heute ohnehin zu Hause bleiben wollte. Komm einfach vorbei, wenn dir danach ist.«

Ich stecke das Handy weg und schaue zu Beth, die meinen Blick mit großen Augen erwidert. »Hast du das gehört? Die Pressemeute ist von Floras Wohnung abgezogen.«

»Wo sind sie hin?«, fragt Beth atemlos. »Das müssen wir herausfinden. Dann wissen wir, wer es geplaudert hat.«

Ich bin gespannt, aber auch niedergeschlagen. Über meinen fiktiven Aufenthaltsort habe ich nur meine engsten Kontakte informiert, einschließlich meiner Schwestern. Es sieht so aus, als sei einer von ihnen der Verräter. Beth und ich öffnen eine Karte von Paris auf ihrem Tablet und markieren, wo sich die Hotels befinden, die ich als mögliche Aufenthaltsorte genannt habe.

»Wir müssen so schnell als möglich zu jedem dieser Hotels«, sagt Beth. »Wir müssen herausfinden, wo sich die Meute versammelt hat.«

»Sollen wir uns aufteilen? Ich nehme das George V, das Meurice und das Bristol – die liegen alle ziemlich nah beieinander. Du klapperst die anderen ab, und die Erste, die die Presse entdeckt, ruft die andere an. Ich glaube, das wird nicht lange dauern.«

Beth nickt. »So geht es am schnellsten. Du kannst dir einen Hut von mir borgen, dann bist du nicht so leicht zu erkennen. Und jetzt los, auf geht's.«

Zehn Minuten später schlendere ich auf der Avenue George V auf das Hôtel George V zu. Beths Hut verändert mich ziemlich effektiv, und meine Sonnenbrille maskiert mich noch weiter. Als ich das beeindruckende Äußere des riesigen Hotels mit der grauen Fassade und den unzähligen Fenstern erreiche, bin ich erleichtert. Vor dem Hotel ist niemand zu sehen – zumindest keine schäbigen Fotografen mit ihren allgegenwärtigen Mopeds. Flora ist entlastet. Das war mir von Anfang an klar. In diesem Moment bekomme ich eine SMS von Beth.

Hier ist niemand, Summer ist nicht die Quelle. Mache mich jetzt zum nächsten Hotel auf.

Ich biege nach rechts und mache mich auf den Weg zum Hôtel Le Bristol an der Rue de Faubourg Sainte Honoré, ein prachtvolles Haus im klassischen Pariser Stil, erbaut aus schlichten, grauen Steinquadern, das Dach von Fenstern unterbrochen. Ich brauche nur etwa zehn Minuten von der Avenue George V, dann sehe ich es schon in der Ferne. Das Tageslicht wird immer schwächer, und ich muss die Brille abnehmen, um sehen zu können, wohin ich gehe. Neben dem Eingang scheint sich etwas abzuspielen, und ich blinzele im Abendlicht, um besser sehen zu können. In diesem Moment kommt eine SMS von Beth:

Deine Freundin Stephanie hat der Presse nichts gesagt – immer noch kein Anzeichen von Presse. Zwei abgehakt, eines noch offen.

Ich klicke ihre Nachricht weg, denn was ich sehe, stimmt mich traurig. Der Türsteher vor dem Hotel versucht, einige Pressefotografen abzuwimmeln. Zwei von ihnen erkenne ich vom Vormittag wieder. Ich komme so nahe, wie ich mich traue, und beobachte die Szene mit dem vertrauten Unwohlsein in meinen Eingeweiden. Ich greife nach meinem Handy. Beth nimmt nach dem zweiten Klingeln ab.

»Freya?«

»Sie sind hier, ich habe sie gefunden«, sage ich mit trockenen Lippen.

»O nein, o mein Gott. Wo bist du?«

»Ich stehe vor dem Bristol.«

Es tritt eine Pause ein, dann hat Beth verstanden. »Das heißt, dass …«

»Ja, es ist Jane-Elizabeth. Sie gibt die Informationen an die Presse weiter. Kein Wunder, dass mir die Paparazzi so schnell auf die Schliche gekommen sind. Sie weiß alles, wirklich alles über mich.« Meine Hände zittern, und jetzt ist mir richtig übel, als ob ich gleich auf den Bürgersteig erbrechen müsste.

»O Gott, Freya, es tut mir so leid.«

»Mach dir keine Sorgen«, sage ich hoffnungslos. Ich habe das Gefühl, dass meine Welt soeben auf den Kopf gestellt wurde. Jane-Elizabeth ist fast wie eine Mutter für mich. Wie kann sie mich so hintergehen? Ich bin zu geschockt und entsetzt, um zu weinen.

»Wir treffen uns gleich in der Wohnung«, sagt Beth, »falls du überhaupt noch zu uns kommen willst? Oder möchtest du lieber zu deiner Schwester?«

Ich öffne den Mund, um etwas zu sagen, aber ich kann nicht. Ich werde von hinten gepackt, ein stumpfer Gegenstand wird in mein Kreuz gedrückt, und eine Stimme zischelt in mein Ohr: »Da bist du ja, du Schlampe. Ich wusste, du würdest kommen.«

»Was?«, rufe ich erschrocken. »Wer sind Sie?«

»Schnauze«, befiehlt die Stimme. »Mach ja den Mund nicht noch mal auf.«

Ich höre von fern die Stimme von Beth aus meinem Handy, aber da werde ich auch schon in einen parkenden Wagen gestoßen, und ich kann das Handy nicht an mein Ohr heben. Gleich darauf drückt man mich auf den Rücksitz, die Tür wird zugestoßen, und wir fahren los.

23. Kapitel

Angst steigt in mir auf. Ich habe keine Ahnung, wohin man mich bringt, und ich bin wie erstarrt und kann den Mann zu meiner Linken einfach nicht ansehen. Aus seinem heftigem Atem und seinen hektischen Bewegungen zu schließen, befindet er sich im Zustand höchster Erregung. Während meine Erstarrung langsam nachlässt, wird mir klar, dass ich den Mann kenne. Er kommt mir vertraut vor. Ich mustere aus den Augenwinkeln sein Profil, das sich im Wagenfenster spiegelt.

»Jacob?«, sage ich erstaunt.

Er dreht sich zu mir, seine Augen funkeln gefährlich. »Halt die Klappe.«

»Wo bringst du mich hin? Was ist hier los?« Meine Angst schwindet etwas, als mir klar wird, dass der Mann, der mich in sein Auto gezwungen hat, mein Ex-Freund ist. Sicher hat er nicht vor, mich zu verletzen. Aber Jacob stößt mir brutal den stumpfen Gegenstand, was immer es ist, in die Seite. »Aua! Das tut weh!«

»Du hast mich doch gehört! Ich sagte, halt die Klappe!«, kreischt er. »Versuch ja nicht, mit mir zu reden – das wirst du definitiv bereuen, das verspreche ich.«

Der Schmerz, den er mir so unerwartet zugefügt hat, bestürzt mich. So habe ich Jacob noch nie gesehen. Er wirkt völlig verändert – der wilde Blick, die bleiche, schweißnasse Haut. Er ist nicht mehr der aalglatte Playboy, der lässig in seinen Designerklamotten herumstolziert und seine Kreditkarten schwenkt und mit seinen schnellen Autos angibt. Ganz und gar nicht.

Ich schaue auf mein Handy. Das Display ist dunkel, mein

Gespräch mit Beth wurde in der Rangelei vor dem Auto irgendwie unterbrochen. Ich glaube nicht, dass ich mit jemandem Kontakt aufnehmen kann, ohne dass er es mitbekommt. Ich sollte es besser verstecken, falls es klingelt und Jacob es mir wegnehmen will. Ich schiebe das Handy unter mein Bein in der Hoffnung, dass es den Klingelton erfolgreich dämpfen wird. Wenn ich es nur auf stumm schalten könnte, dann wäre ich sehr viel beruhigter, aber das traue ich mich nicht.

Ich will Jacob fragen, wohin wir fahren und warum ich ihn begleiten soll, aber der wilde Ausdruck in seiner Stimme rät mir, seine Anweisung, nicht zu sprechen, besser ernst zu nehmen. Stattdessen versuche ich mir zusammenzureimen, wohin die Fahrt geht, aber aufgrund der Dunkelheit verliere ich rasch die Orientierung und muss mich sehr anstrengen, um irgendwelche Wahrzeichen zu erkennen, die mir Anhaltspunkte geben könnten. Ich frage mich, ob ich aus dem Wagen springen kann, wenn er an einer roten Ampel hält, aber ich habe das Gefühl, dass die Türen zentral verriegelt sind, und ich will es nicht versuchen, dann aber scheitern.

Ich spüre, wie mein Handy vibriert, noch bevor es klingelt, aber ich kann nichts tun, um das zu unterbinden. Als Jacob den Klingelton hört, erstarrt er. Er streckt die Hand aus. Einen solchen Gesichtsausdruck wie den, den er jetzt hat, habe ich noch nie an ihm gesehen. »Geh nicht ran! Gib mir dein Handy!«, bellt er.

Ich ziehe mein Handy hervor. Auf dem Display sehe ich Beths Namen. »Jacob, es ist meine Freundin, sie wird sich Sorgen machen. Lass mich ihr nur rasch sagen, dass es mir gutgeht …«

»Das kümmert mich einen Dreck!«, brüllt Jacob und reißt mir das Handy aus der Hand. So rasch ich kann, drücke ich noch auf die Verbindungstaste und rufe: »Beth, ich bin bei Jacob, er hat mich entführt!«

Ich weiß nicht, wie viel sie davon hören konnte, wenn überhaupt. Jacob schlägt mir mit der einen Hand fest ins Gesicht und schnappt sich mit der anderen mein Handy.

Ich hole tief Luft, vor Schmerz und vor Schock. Der Abdruck seiner Handfläche brennt auf meiner Wange. Ich starre ihn an. Sein Gesicht ist eine Mischung aus Wut und Angst, als ob er selbst kaum glauben könne, was er eben getan hat.

»Jacob!«, sage ich erstaunt. »Was tust du? Was denkst du dir dabei?«

Einen Moment lang wirkt er wie ein ängstlicher Junge, dann wird seine Miene wieder zornig und entschlossen. »Wage es nicht, so mit mir zu sprechen«, zischelt er. »Du bist schuld an dieser ganzen Misere! Du hast mein Leben ruiniert und wirst verdammt nochmal dafür bezahlen!«

»Wovon sprichst du denn?«, frage ich, jetzt selbst wütend. »Inwiefern habe ich dein Leben ruiniert? Ich habe dich schließlich nicht gezwungen, mit Prostituierten zu schlafen!«

Er schaut zornig, und einen Moment lang frage ich mich, ob er mich wieder schlagen wird. Dann lehnt er sich zurück. »Du sagst jetzt kein verdammtes Wort mehr, Freya. Es ist mir ernst.«

Ich beschließe, zumindest vorerst stumm zu bleiben. Jacob befindet sich eindeutig in einem labilen Zustand, und ich will meine Lage nicht noch verschlimmern. Erst einmal muss ich herausfinden, was ihn zu dieser Aktion getrieben hat und warum er denkt, ich hätte sein Leben ruiniert.

Ich schaue aus dem Fenster und frage mich, wohin unsere Fahrt geht. Ich wollte Miles nahe sein, aber stattdessen werde ich jetzt immer weiter von ihm weggebracht. Sieht so unsere Zukunft aus? Wird die Welt immer versuchen, uns getrennt zu halten? Miles weiß noch nicht einmal, dass ich in Paris bin. Was wird Beth jetzt, da ich verschwunden bin, tun? Sie hat keine Nummern, mit denen sie meine Familie kontaktieren könnte. Dann fällt mir in einer neuen Welle der Verzweiflung wieder ein, dass ich Jane-Elizabeth nicht trauen kann. Ein Stück des Puzzles ist mir jetzt klar – woher hätte Jacob wissen sollen, wie er mich findet, wenn ihm nicht die einzige Person, die dachte, ich sei im Hôtel le Bristol, davon erzählt hätte? Und dieser Mensch ist Jane-Elizabeth.

Der Schlag, den Jacob mir ins Gesicht versetzt hat, schmerzt überhaupt nicht im Vergleich zu diesem entsetzlichen Schlag.

Der Wagen bleibt plötzlich vor einer Reihe von Garagen in einer Nebenstraße stehen. Ich frage mich, wo um alles in der Welt wir hier sind. Gleich darauf ist Jacob um das Auto gelaufen, öffnet die Tür auf meiner Seite und zerrt mich heraus.

»Was machst du da?«, kreische ich. »Lass mich los!«

Er packt meinen Arm, und ich merke, dass der Fahrer ausgestiegen ist und eine der Garagen geöffnet hat. Jacob schubst mich in die Dunkelheit der Garage.

»Jacob!«, rufe ich. »Lass das! Nein!«

Doch er hört nicht auf mich, und er ist auch viel zu stark für mich. Gegen meinen Willen werde ich in die sauer riechende Dunkelheit halb gestoßen, halb gezerrt. Dann versetzt er mir einen solchen Stoß, dass ich hart auf dem kalten Betonboden zu fallen komme. Er geht zurück und knallt die Tür der Garage zu. »Nein!«, rufe ich ein letztes Mal, bevor sie lautstark zufällt und ich ganz allein in völliger Dunkelheit zurückbleibe.

Ich verharre einige Minuten lang auf dem eiskalten Boden, versuche zu begreifen, was gerade passiert ist. Alles hat sich so unglaublich schnell ereignet. Noch vor einer Stunde habe ich mit Beth in einer luxuriösen Wohnung in St. Germain Tee getrunken. Jetzt bin ich allein in der Dunkelheit einer eiskalten Garage, Gott weiß wo, ohne Handy und ohne Fluchtmöglichkeit. Ich bin gleichermaßen verängstigt wie verwirrt. Ich kann nicht glauben, dass Jacob mir wirklich weh tun wollte, und doch hat er mir einen kräftigen Schlag ins Gesicht versetzt. Warum nur ist er so wütend? Ich zittere trotz meiner warmen Jacke und des Hutes. Die Dunkelheit bedrückt mich zunehmend, und schlimme Gefühle kommen wieder in mir hoch. Ich bin allein. Dieses furchtbare Gefühl kenne ich von früher, aber irgendwie wird meine Angst durch die Schwärze, die mich umgibt, und durch die völlige Isolation noch verstärkt. Ich zittere am ganzen Körper, stehe am Rand einer Hysterie und totaler Panik.

Bleib ruhig, bleib ruhig! Ich hole tief Luft und stoße sie zitternd wieder aus. Das wiederhole ich mehrmals. Ich höre eine Stimme in meinem Kopf.

Winter, du bist tapfer und stark. Hab keine Angst. Lass nicht zu, dass sie dich brechen.

»Miles?«, flüstere ich. »Miles?«

Es kommt keine Antwort aus der stummen Dunkelheit, aber ich spüre mich irgendwie getröstet, als ob Miles gerade an mich denkt und mir Kraft schickt. Ich weiß, ich kann das ertragen, wenn ich muss, weil Miles glaubt, dass ich es kann.

Wie lange ich allein in der Dunkelheit ausharre, weiß ich nicht. Irgendwann stehe ich auf und taste mich zur Wand, umrunde einmal die ganze Garage, um vielleicht einen Lichtschalter zu finden. Aber meine Suche bleibt ergebnislos. Ich lasse mich wieder zu Boden sinken und warte, vertreibe mir die Zeit, indem ich an Miles denke und mir jeden Moment in Erinnerung rufe, den wir seit dem Tag, als wir zusammen in den Abgrund stürzten, gemeinsam verbracht haben.

Bleib zuversichtlich, sagte Miles zu mir, als er mich gestern Morgen verließ, und genau daran werde ich mich halten. Wir können jetzt gerade nicht zusammen sein, aber ich kann mir trotzdem Kraft von ihm schenken lassen.

Ich werde zuversichtlich bleiben. Ich werde mich nicht erneut brechen lassen.

Ein Motorengeräusch bringt mich in die Gegenwart zurück. Sofort bin ich wachsam. Ich habe lange gegrübelt, aus welchem Grund Jacob mich auf diese Weise gefangen hält, aber ich bin zu keinem Ergebnis gekommen. Vor allem muss ich jetzt dafür sorgen, dass er ruhig bleibt – ich habe das Gefühl, dass er kurz davor steht, aus Rache für das, was ich ihm seiner Meinung nach angetan habe, etwas sehr Dummes zu tun.

Ich höre ein Krachen, dann öffnet sich die Garagentür, und ich sehe den dunklen Umriss eines Mannes. Ich blinzele, versuche zu erkennen, ob es Jacob ist.

»Aufstehen«, sagt eine barsche Stimme. Es ist nicht die von Jacob. Gehorsam erhebe ich mich, und der Mann sagt: »Herkommen. Einsteigen.«

Ich bin steif vor Kälte durch das lange Sitzen auf dem Betonboden und stolpere zum Wagen. Der Mann packt meinen Arm und zerrt grob an mir. Dann stößt er mich auf den Rücksitz. Der Mann wirft die Wagentür zu, klettert auf den Fahrersitz, und wir fahren los, in eine völlig andere Richtung.

Ich bin mittlerweile unglaublich müde. Es war ein sehr langer Tag, und die Kälte und der Schock, den ich erlitten habe, haben mich ausgelaugt. Das Schnurren des Motors wirkt beruhigend, und mich überkommt das Verlangen nach Schlaf, aber ich weiß, dass ich dagegen ankämpfen muss. Es ist wichtig, dass ich wachsam bleibe. Ich weiß, das hätte Miles mir geraten.

Bleib wachsam, Winter. Wohin bringt man dich und warum?

Wir fahren jetzt wieder durch belebtere Straßen. Ich sehe überall helle Schaufenster und Menschen. Wohin geht die Fahrt nur?

Ich denke noch mal über alles nach. Will Jacob mir wirklich weh tun? Er ist eitel und überheblich, aber im Grunde ist er ein schwacher Charakter. Irgendwie glaube ich nicht, dass er mir wirklich schaden will. *Vielleicht hat er sich geändert. Vielleicht haben sich brutale Typen wegen seines Geldes mit ihm angefreundet. Vielleicht hängt er mit irgendeiner Gang ab. Nimm nichts für selbstverständlich, Winter, hast du verstanden?*

Jacob ist wütend auf mich. Er gibt offenbar mir die Schuld daran, dass die Geschichte ans Licht kam. Aber was nützt es ihm, mir jetzt zu schaden? Alle Welt weiß Bescheid. Wir müssen uns beide dieser Tatsache stellen und Gras über die Sache wachsen lassen, ohne es zu kommentieren. Der Wagen bleibt stehen, dieses Mal vor einem Ort, den ich erkenne, nur dass wir nicht vor dem Haupteingang halten, sondern hinter dem Gebäude. Ich werde aus dem Wagen und durch einen Seiteneingang gezerrt, dann weiter in einen Frachtaufzug, wo mein neuer Freund den Knopf für das Penthouse drückt. Der Aufzug gleitet nach oben zum Dach des Gebäudes.

Wo bist du, Winter?
Ich bin auf dem Weg zu Jacobs Apartment. Ich kenne dieses Haus.
Bleib wachsam, verstanden?
Ja, verstanden.

Die Unterhaltung, die ich in meinem Kopf mit Miles führe, lässt mich ruhig bleiben. Der Aufzug bleibt stehen, und der grobe Kerl stößt mich in den Flur. Wir gehen zügig, und ich merke, dass er nervös ist und fürchtet, wir könnten gesehen werden. Plötzlich muss ich an Thierry denken. Er geht sicher gerade durch die Hölle. Aus irgendeinem Grund möchte ich angesichts dieses Gedankens beinahe lachen. Von dem Moment an, als ich aus dem Wagen gesprungen und allein losgezogen bin, muss er ständig vor Angst geschwitzt haben. Und jetzt ist sein schlimmster Albtraum wahr geworden. Während seiner Schicht wurde die Tochter des Chefs entführt.

Ich frage mich auch, was Beth jetzt denkt und wie viel sie von meinen zuletzt gerufenen Worten gehört hat. Aber was sollte das nützen? Möglicherweise hat sie die Polizei verständigt. Hoffentlich nicht. Das würde innerhalb einer Stunde über alle Newsticker dieser Welt laufen, aber bringen würde es nichts.

Dann stehen wir vor der Penthousetür. Der Mann klopft leise, dabei sieht er nach links und rechts den Flur entlang. Gleich darauf wird die Tür geöffnet: noch ein kantiger Schlägertyp, dieses Mal in einem schwarzen Anzug.

O Gott, du hattest recht, Miles, Jacob hat sich mit knallharten Kerlen eingelassen. Was denkt er sich nur dabei? So ist er nicht, wirklich nicht. Er ist noch ein kleiner Junge.
Und jetzt ist er ein kleiner Junge, der völlig überfordert ist, Winter. Er wird es mit der Angst zu tun bekommen, und das wird ihn gefährlich machen. Bleib ganz ruhig, hast du verstanden?

»Hier entlang«, grunzt der Mann im Anzug und führt mich eine Treppe hinauf. Unnötig, denn ich kenne mich in diesem Apartment aus. Ich war hier auf zahllosen Partys mit unzähligen verwöhnten, reichen Erben, bei dröhnender Musik, wo der Alkohol in Strömen floss und jeder Glastisch voll war mit Drogen. Drogen sind nicht mein Ding, aber ich habe viele gesehen, die sie nahmen und high wurden, während sie durch die deckenhohen Fenster den spektakulären Ausblick auf Paris genossen. Ich war hier auch schon allein mit Jacob, habe auf dem kinoleinwandgroßen Fernsehbildschirm Filme mit ihm angeschaut, während das Hausmädchen uns gekühltes Bier oder frisches Popcorn brachte oder was immer wir wollten. Wie viele geistlose Stunden haben wir hier sinnlos verschwendet.

Und nun bin ich wieder hier. Und da ist auch Jacob. Er sitzt in seinem großen, schwarzen Sessel, den er immer seinen Bond-Bösewicht-Stuhl nannte, ein Bein über das andere geschlagen. Trotz seiner Sonnenbräune wirkt sein Gesicht blass, seine Haut ist schweißnass, und seine Pupillen sind vergrößert. Das hellbraune Haar klebt ihm am Kopf, und er zappelt nervös. Er sieht ganz und gar nicht gesund aus.

Die beiden Schlägertypen, die mich eskortiert haben, positionieren mich direkt vor Jacob, auf dem weißen Teppich aus mongolischem Ziegenhaar. Draußen funkelt Paris in Blau und Gold und Neontönen, eine schimmernde Decke, die vor uns ausgebreitet liegt. Ich sehe mich und Jacob und die beiden massigen Kerle, wie wir uns in den schwarzen Fensterscheiben spiegeln.

Das fühlt sich surreal an. Vielleicht bin ich deswegen so ruhig.

Jacob starrt mich an, eine Aura gehetzter Unruhe um sich. »Hallo, Freya«, sagt er schließlich.

»Hallo.« Ich lächle ihn an. Ich werde ihm keinen Vorwand liefern, wütend auf mich zu werden. Mir wird jetzt allerdings klar, dass ich es nicht nur mit Jacob zu tun habe, sondern auch mit seinen beiden Freunden, die aussehen, als würden sie ihren Lebensunterhalt damit verdienen, Menschen weh zu tun.

Jacob hustet. Er wendet den Blick ab, als ob er mir nicht in die Augen schauen kann. »Willst du irgendwas? Wasser? Kaffee?«

»Wasser wäre nett, danke.«

Jacob sieht einen der Schläger an, der daraufhin wortlos verschwindet. Dann schaut er wieder zu mir und hustet erneut, während ich ihn aufmerksam betrachte und nach Hinweisen auf seinen Gemütszustand suche. »Ich … ich denke, du fragst dich, was du hier machst«, sagt er langsam.

»Ja.« Ich lächle wieder. »Hier ist es allerdings schöner als in der Garage.«

Er schaut mich kurz an, dann wendet er seinen Blick wieder ab. Ich spüre, dass er darüber nicht nachdenken will.

Warum war ich dort?

Wachsam bleiben, Winter. Er weiß noch nicht recht, was er mit dir tun will. Er ist nicht bei Sinnen. Sei vorsichtig.

Plötzlich steht Jacob auf und geht zum Fenster. Ich habe den Eindruck, dass er sich irgendwie hochputscht, und als er sich umdreht, ist sein Gesicht wutverzerrt. »Du hast das verdient!«, brüllt er. »Ein paar Stunden in dieser Garage, um darüber nachzudenken, was du mir angetan hast!«

»Was habe ich denn getan?«, frage ich sanft. »Du weißt, dass ich dir niemals weh tun würde, Jacob. Du warst mein Freund. Ich habe dich geliebt.«

»Komm mir nicht so!«, schreit er. Ich zucke zusammen, habe das Gefühl, einen Fehler begangen und seine Wut nur noch weiter geschürt zu haben, wo ich doch das Gegenteil bewirken wollte. »Komm mir nicht mit diesem Scheiß! Du hasst mich, seit ich mit diesen Mädchen geschlafen habe, Mandy und die anderen. Du hast mir nie vergeben, stimmt's nicht? Du brauchtest einfach deine Rache und hast es deshalb allen Zeitungen erzählt.«

»Das ist nicht wahr, Jacob«, erkläre ich mit fester Stimme. »Ja, ich war gekränkt. Aber mir war ebenso sehr wie dir daran gelegen, dass die Presse davon niemals Wind bekommt. Und das weißt du auch. Woher willst du wissen, ob es nicht eins deiner Mädchen war?«

»Nein«, sagt er abschätzig. »Ich habe denen viel Geld bezahlt, und sie wissen, was passieren würde, wenn sie es jemals ausplauderten. Sie hatten keinen Grund.«

»Dann vielleicht deine Anwälte? Jemand aus deren Kanzlei?«

Jacob schüttelt verächtlich den Kopf. »Ich weiß ja nicht, mit welchen Anwälten dein Vater zusammenarbeitet, aber die Anwälte von meinem Dad pflegen die Verschwiegenheitspflicht gegenüber ihren Mandanten nicht zu brechen. Nie.«

»Ist ja gut, schon gut.« Ich versuche, ihn zu beruhigen, aber ich merke, wie sehr er zittert und schwitzt. Der zweite Schläger kehrt mit einem Glas Wasser für mich zurück. Ich trinke dankbar, während ich Jacob beobachte. Er schaut wieder aus dem Fenster, fährt sich mit einer Hand durch das Haar, zerzaust es, bis es steil nach oben steht. Während er das tut, rutscht sein Ärmel hoch und zeigt die Tätowierung eines Nashorns, die er auf seinem linken Oberarm stechen ließ. Ich hatte sie bis eben ganz vergessen, aber jetzt, wo ich sie sehe, erinnere ich mich unwillkürlich an das letzte Mal, als ich sie sah. Es war auf dem Videoband, jenem Band, das Jacob dabei zeigte, wie er von seinen Callgirls verwöhnt wurde. Am meisten hatte mich der Anblick der Tätowierung auf seinem Schenkel gepackt, das winzige Vorhängeschloss mit dem ›F‹ darin, das er für mich hatte stechen lassen, um mir seine Hingabe zu beweisen. In dem Moment hatte ich zweifelsfrei gewusst, dass der Mann, den ich auf dem Band sah, mein Freund war. Aber ich hatte auch das ziemlich schlecht ausgeführte, kleine Nashorn-Tattoo gesehen, als die Kamera in Nahaufnahme zoomte und für einen kurzen Moment Jacobs Arm zu sehen war.

In diesem Moment höre ich eine Stimme in meinem Kopf, aber ich kann sie nicht erkennen und auch nicht verstehen, was sie sagt. Jacob dreht sich zu mir um. »Nein, Freya, ich habe mir die Sache genau überlegt, und nur du konntest mit den Zeitungen geredet haben.«

»Warum sollte ich das tun?«, frage ich und stelle das Glas auf den gläsernen Beistelltisch. Plötzlich bemerke ich mein

Handy – es liegt auf dem Tisch, neben einer geschnitzten Holzschale.

»Ich habe verdammt nochmal keine Ahnung!«, brüllt er und vergräbt den Kopf in den Händen. Während er gerade nicht hinsieht, lasse ich mein Handy in meine Jackentasche gleiten. Auch die Wachen haben offenbar nichts bemerkt, weil sie zu dem brüllenden Jacob schauen. »Warum sagst du mir nicht einfach, warum du es getan hast?«, schreit er.

»Ich habe es nicht getan, Jacob, das schwöre ich.« Ich starre ihn verwirrt an. »Aber ist das wirklich wichtig? Ich weiß, es ist schlimm und demütigend, aber bald schon erinnert sich niemand mehr daran. Warum ist es *das hier* wert?« Ich zeige auf die beiden Schläger, die stumm neben uns stehen und uns beobachten.

Jacob geht an mir vorbei zu seinem Sessel, in den er sich schwer hineinfallen lässt. Beinahe zwanghaft reibt er sich mit der Hand über den Kopf. Dann schaut er zu mir auf, und ich entdecke etwas Schreckliches in seinen Augen. Es ist abgrundtiefe Angst. Er lehnt sich zu mir und flüstert: »Freya, mein Dad wusste über dieses Videoband nicht Bescheid. Auch meine Mutter nicht. Aber jetzt schon. Und … na ja, du weißt doch, wie sie sind. Sie sind sehr konservativ, sehr religiös. Ich habe ihnen immer geschworen, dass ich mich anständig benehme, keine Drogen nehme. Aber jetzt haben sie die Zeitungen gesehen. Mein Dad hat sich eine Kopie der Videoaufnahme von den Anwälten besorgt und sie angeschaut. Er weiß, wie viel ich den Mädchen bezahlt habe, damit sie den Mund halten. Er ist …« Jacobs Gesicht verzerrt sich, und als er mich ansieht, habe ich den Eindruck, dass er gleich zusammenbrechen und haltlos weinen wird. »Dad hat gesagt, es sei aus und vorbei, Freya. Er sperrt meine Konten, nimmt mir meine Wohnung, meine Autos … alles. Er hat gesagt, dass ich es von nun an allein schaffen muss. Ich soll ihm beweisen, dass ich mich ändere und mein Leben auch ohne ihn hinbekomme.«

Ich nicke. Jetzt ist mir alles klar. Die Exklusivberichte in den Zeitungen haben Jacob nicht nur gedemütigt, sie haben auch die angenehme, beschützte Existenz vernichtet, die er bis zu diesem Tag genießen durfte. All sein Geld, futsch. Alles, was er immer für selbstverständlich und als sein gutes Recht erachtete, futsch. Die ganze überhebliche Arroganz ist auf einen Schlag zerstört. Er geht ihm jetzt genauso wie normalen Menschen, nur dass er völlig peilungslos ist, weil er bisher nie einen Finger rühren musste, um sich das Geld zu verdienen, das er ausgab.

Und ich? Bin ich auch so? Wäre ich ohne das Geld meines Vaters ebenso am Boden zerstört?

Die Frage trifft mich bis ins Mark. Ich weiß es nicht, ich hoffe nicht. Ich hoffe, ich schaffe es auf mich allein gestellt. Dann wird mir klar, dass ich bereits dieses Risiko eingegangen bin, indem ich Miles gegen die Anweisungen meines Vaters gefolgt bin. Plötzlich erfüllt mich eine Art Euphorie. *Ich habe meine Wahl getroffen, und ich habe mich für mein Herz entschieden. Ich werde niemals so zerstört werden können wie Jacob.*

Ich schaue Jacob fest an. »Du schaffst das!«, sage ich mit entschlossener Stimme. »Das kann deine Chance sein, etwas Eigenes zu tun. Zeig deinem Dad, dass du das Potential hast, Karriere zu machen.«

Jacob wird totenbleich. Er flüstert immer noch, als ob er nicht will, dass die Schläger hören, was er sagt. »Du kapierst das nicht. Mir darf der Geldhahn nicht einfach so zugedreht werden. Ich habe Verpflichtungen. Es gibt Außenstände, die ich zu begleichen habe.« Fast unmerklich nickt er in Richtung der beiden Männer.

O Gott. O Jacob. Was hast du getan?

»Ich muss irgendwo Geld auftreiben«, sagt Jacob mit leiser, eindringlicher Stimme und beugt sich noch weiter in meine Richtung. »Viel Geld. Und zwar rasch.«

»Worin bist du verwickelt?«, frage ich flüsternd. Meine Stimme klingt ängstlich.

Er ignoriert meine Frage. »Du bist meine einzige Hoffnung. Verstehst du das? Ich brauche dringend Geld. Du hast mehr davon, als du brauchst. Dein Dad ist noch reicher als meiner. Und du schuldest mir was, Freya.«

»Ich *schulde* dir etwas?«

»Wer immer da geplaudert hat, stammt nicht von meiner Seite, sondern von deiner. Du bist der Grund, warum ich in dieser verdammten Zwickmühle stecke, also hast du mich da gefälligst herauszuholen. Und wenn du es nicht tust …« Er beugt sich vor, seine Lider flattern. Ich spüre, wie groß seine Verzweiflung ist. »… dann wird dir das leidtun. Das ist mein Ernst, Freya. Leg dich nicht mit uns an. Diese Männer schütten dir Säure ins Gesicht, bevor du weißt, wie dir geschieht.«

Es durchfährt mich eiskalt. Das ist eine schreckliche Drohung. Eine Sekunde lang frage ich mich, was aus dem süßen Jacob geworden ist, in den ich mich verliebt habe. Dann begreife ich voller Schrecken: Er hat sich in der kalten Welt aus Drogen und Verbrechen und Gier und Geld verloren. Dahinter muss eine dunkle Geschichte aus Dummheit und Hybris stecken, die ich nicht kenne, die ich aber erraten kann. Dadurch ist Jacob sogar bereit, mir mit Verstümmelung zu drohen, wenn ich ihm nicht das Geld gebe, das ich ihm seiner Überzeugung nach schulde.

»Ich will dir ja helfen, Jacob«, sage ich mit zitternder Stimme. »Aber ich habe keinen Zugang zu großen Summen. Du weißt doch, wie es ist – ich bekomme ein Taschengeld.«

»Ich brauche alles, was du mir sofort geben kannst. Und du

bittest deinen Vater besser um den Rest. Dir wird schon etwas einfallen, wie du ihn überzeugen kannst.« Jacob spricht mit stumpfer, flacher Stimme, als ob es etwas sei, das passieren müsse, er aber nicht mit den Einzelheiten belästigt werden dürfe. »Am einfachsten ist es sicher, wenn du ihm sagst, wir seien wieder ein Paar. Du hast mir vergeben, und du lebst jetzt bei mir.«

»Wie bitte?« Ich starre ihn mit dem Ausdruck völliger Verblüffung an. »Das kann nicht dein Ernst sein, Jacob. Wir sollen wieder ein Paar sein? Und zusammen leben? Bist du verrückt?«

»So ist es am besten«, sagt er achselzuckend. »Kapierst du das nicht? Vielleicht sollten wir sogar heiraten.« Ein kleines Funkeln blitzt in seinen Augen auf, zum ersten Mal an diesem Abend. »He, das ist gar keine schlechte Idee. Meinem Dad würde das gefallen. Ich wette, er vergibt mir, wenn ich ihm sage, dass wir heiraten.«

Ich starre ihn mit offenem Mund an, kann nicht fassen, dass er es wirklich ernst meint. Plötzlich höre ich hinter mir eine Stimme.

»Ich bedaure wirklich, diesen rührenden Heiratsantrag zu unterbrechen, aber ich fürchte, Freya ist bereits anderweitig vergeben.«

Ich wirbele gerade noch rechtzeitig herum, um zu sehen, wie die beiden Schläger sich ebenfalls umdrehen, um den Neuankömmling zu konfrontieren. Mein Herz rast, und explosionsartig breitet sich Freude in mir aus.

Noch bevor ich ihn sehe, weiß ich, wer er ist.

24. Kapitel

Obwohl ich seit Kindesbeinen von Leibwächtern umgeben war, habe ich noch nie einen gesehen, der tatsächlich eine Waffe in der Hand hält. Manchmal sah ich, wie sich unter dem Anzug etwas ausbeulte, oder erhaschte den Blick auf ein schwarzes Lederholster und kalt funkelndes Metall, aber das war schon alles. Als wir damals in Italien entführt wurden, bekam ich nie eine Waffe zu Gesicht. Ich glaube, sie wussten, dass ein kleines Mädchen und eine kranke Frau hilflos genug waren, auch ohne dass man sie mit Schusswaffen oder Messern bedrohte. Die Leute, die uns gerettet haben, müssen bewaffnet gewesen sein, aber in der Dunkelheit und dem Chaos habe ich davon nichts mitbekommen.

Miles steht in der Tür und richtet seine Waffe direkt auf Jacobs Stirn.

Aus Jacobs Gesicht ist alle Farbe gewichen, seine Augen sind weit aufgerissen, seine Hände verkrallen sich in die Sessellehnen. Er sitzt da wie festgefroren.

Obwohl Miles seine Waffe auf Jacob gerichtet hat, weiß ich, dass seine Aufmerksamkeit ganz den beiden Schlägern gilt, die beide in Habachtstellung verharren, bereit, nach den Waffen zu greifen, die sie versteckt bei sich tragen.

»Wenn ihr auch nur mit einem Muskel zuckt«, erklärt Miles kalt lächelnd, »dann war's das für eure goldene Gans hier. Wir werden ja sehen, was er euch dann noch einbringt.«

Die Schläger rühren sich nicht.

Miles schaut mich an. »Freya, öffne die Tür zur Dachterrasse.«

Ich gehorche sofort, fühle mich merkwürdig ruhig, obwohl

mein Herz rasend schnell pocht. Meine Finger zittern, aber ich bringe es fertig, den Griff der Glastür umzulegen und sie aufzuschieben. Eisige Luft schlägt mir entgegen.

»Gut«, sagt Miles. »Jetzt komm her, stell dich hinter mich.«

Rasch durchquere ich den Raum. Ich lächle ihn an, aber sein Gesicht bleibt ausdruckslos. Nur ein Flackern in seinen blauen Augen und das winzige Heben seiner Augenbrauen lassen mich wissen, wie froh er ist, mich zu sehen.

»Also gut, Jungs – raus mit euch.« Miles schwenkt den Lauf der Waffe, um ihnen zu bedeuten, dass sie alle drei auf die Terrasse gehen sollen. Ich glaube nicht, dass die Schläger ihm folgen werden, aber da höre ich ein schwirrendes Geräusch, und eine Kugel bohrt sich in den weißen Ziegenhaarteppich. Jetzt setzen sie sich in Bewegung. Jacob springt aus dem Sessel auf, als ob ihm ein elektrischer Schock versetzt worden wäre. Gleich darauf stehen sie draußen auf der Terrasse. Miles schiebt die Glastür zu und verriegelt sie.

Er dreht sich zu mir. »Ich glaube nicht, dass sie bewaffnet sind, aber wir wollen kein Risiko eingehen. Verlass das Apartment, so schnell du kannst. Nimm den Personenaufzug. Ich bin direkt hinter dir.« Er hält die Waffe auf die Männer auf der Terrasse gerichtet, die zu uns herein starren. Durch das Glas, das von innen beleuchtet wird, wirkt es unheimlich. »Los.«

Ich eile die Treppe hinunter und aus der Wohnungstür hinaus, laufe so schnell ich kann zum Aufzug. Ich drücke auf den Knopf, um den Aufzug zu rufen, und warte, plötzlich im Rausch des Adrenalins. Ich keuche heftig und zittere vom Kopf bis zu den Zehen. Dann sehe ich, wie Miles aus der Wohnung kommt, gerade als der Aufzug anschlägt und sich die Türen öffnen. Ich trete ein und halte die Türen auf, während er durch den Flur auf mich zukommt.

Als sich die Türen schließen, starren wir einander an, dann schlingt er die Arme um mich, und ich verliere mich in der

Wärme seiner Umarmung. Ich lege den Kopf in den Nacken, und sein Mund senkt sich auf meinen. Er küsst mich leidenschaftlich, und ich erwidere den Kuss mit aller Kraft. Meine Nervenenden prickeln unter dem Ansturm der verzögerten Reaktion auf die Situation und die herrliche Empfindung dieses Kusses, nach dem ich mich so sehr gesehnt habe. Eine Welle der Freude erfüllt mich ganz und gar. Endlich sind wir zusammen, und es fühlt sich an, als sei ich nach Hause gekommen.

Als wir uns voneinander lösen, sage ich: »Ich wusste, dass du mich finden würdest. Ich hatte die ganze Zeit das Gefühl, dass du bei mir bist.«

Er schaut auf mich herab, sein Gesichtsausdruck ist gleichzeitig ernst und liebevoll. »Ich musste dich einfach suchen. Seit Beth mir sagte, dass du in Gefahr bist, konnte ich an nichts anderes denken.«

»Was ist da oben passiert?«, frage ich ihn mit großen Augen. »Hast du sie umgebracht?«

Er lächelt. »Ich habe es mir zur Regel gemacht, niemanden umzubringen. Die werden eine Weile da draußen festsitzen, aber vermutlich nicht allzu lange. Einer von denen hat sicher ein Handy. Darum müssen wir hier auch so schnell wie möglich weg.«

Ich seufze vor Glück, weil ich ihm so nahe bin. Wenn ich mit Miles zusammen bin, habe ich das Gefühl, dass mit der Welt alles in Ordnung ist. Seine Lippen berühren wieder die meinen, dann bleibt der Aufzug stehen, und die Türen öffnen sich. Er nimmt meine Hand.

»Komm.«

»Wohin gehen wir?«

»Wo wir unter uns sind.«

Rasch verlassen wir Jacobs Wohnhaus und treten auf den hell erleuchteten Boulevard. Miles hebt den Arm, und ein Taxi schert aus dem Verkehrsstrom und hält neben uns. Er öffnet die Tür, und als ich einsteige, sagt er zum Fahrer: »*Le Meurice, s'il vous plaît.*«

»Das ist komisch, dorthin wäre ich heute beinahe gegangen«, sage ich, während Miles neben mir Platz nimmt.

»Ja, das habe ich gehört. Ich habe mir von Beth genau erzählen lassen, wir ihr beide heute getan habt, darum konnte ich mir ausrechnen, was geschehen sein musste.« Er legt den Arm um mich. Das Taxi braust los, und wir werden aneinandergepresst. »Jacob hat dich im Bristol gefunden, nicht wahr? Beth hörte etwas in der Art am Handy, und dann konntest du ihr noch zurufen, dass er bei dir ist.«

»Kluge Beth«, sage ich dankbar. »Und mit diesen Informationen konntest du mich finden?«

»So schwer war das nicht. Jacob ist kein kriminelles Meisterhirn. Dass er dich in seine Wohnung verschleppte, machte es mir leicht. Außerdem habe ich Kontakte, vergiss das nicht. Ich zog ein paar Erkundigungen ein und bekam rasch Antworten. Jacob macht sich gerade einen Namen, aber nicht auf die Art und Weise, wie er das gern hätte.«

»Der arme Jacob«, sage ich und lehne mich zu Miles.

Er lacht, und ich höre es tief in seiner Brust. Es ist herrlich. Seine Wärme und der frische, saubere, maskuline Duft seiner Haut sind köstlich. »Der arme Jacob«, wiederholt er. »Er hat sich dir gegenüber wie ein totaler Mistkerl verhalten, aber trotzdem tut er dir noch leid. Freya, du bist umwerfend.« Er küsst mich erneut, sanft und zärtlich.

Mein Herz wird vor Liebe und Glück ganz groß und weit. »Weil ich weiß, dass er hoffnungslos daran scheitern wird, ein kriminelles Meisterhirn zu werden oder was immer er plant. Allein die Vorstellung, dass ich ihm Bargeld geben oder mit ihm zusammenziehen könnte … oder ihn sogar heirate!« Ich starre Miles verwundert an. »Das ist hirnrissig. Das muss er doch sicher begreifen?«

Miles wirkt plötzlich ernst. »Er scheint mir völlig überfordert. Und er ist wohl nicht mehr in der Lage, zwischen Wunsch und Realität zu unterscheiden. Ich hoffe nur, dass die Strolche, auf die er sich eingelassen hat, begreifen, was für eine jämmerliche Gestalt er ist, und ebenfalls Mitleid mit ihm haben. Das arme Kind. Ein weiteres Beispiel dafür, was zu viel Geld anrichten kann.«

»Ich hoffe, sie tun ihm nicht weh!«, sage ich, plötzlich entsetzt bei dem Gedanken, dass all dies in echte Gewalttätigkeit ausarten könnte. Die Szene in Jacobs Apartment schien wie ein Spiel oder ein Theaterstück. Durch Miles wird mir klar, dass es furchtbar real ist. So kommen Menschen zu Tode.

Er umarmt mich. »Das hoffe ich auch, Süße. Aber im Moment gehst du vor.«

Die Fahrt zum Meurice dauert nicht lange. Wir gehen ganz ineinander auf, küssen und berühren uns, schwelgen in unserem Wiedersehen und der Schönheit des Beisammenseins.

Der Fahrer muss laut husten, als er vor dem Hotel anhält, um unsere Aufmerksamkeit auf sich zu lenken. Der Empfangsportier öffnet die Wagentür und hilft mir heraus, während Miles den Taxifahrer bezahlt. Gemeinsam betreten wir das Hotel. Ich habe wieder meine Sonnenbrille aufgesetzt und halte den Kopf gesenkt, aber niemand scheint sich für uns zu interessieren. Vermutlich warten die Paparazzi noch vor dem Bristol in der Hoffnung, dass ich dort auftauche. Wenn sie wüssten, dass die Erbin und der Bodyguard nur wenige hundert Meter entfernt in einem Hotel einchecken!

Sollen sie sich doch vor dem Bristol den Hintern abfrieren.

Meine Euphorie löst sich augenblicklich in Luft auf, als mir wieder einfällt, woher die Presse wusste, wo ich zu finden sei. Es war Jane-Elizabeth, die das Ganze ins Rollen brachte. Sie ist die Einzige, die Zugang zu den Informationen über das Video mit Jacob hatte. In einem hatte er recht – das Leck, das ihn in den Abgrund riss, befindet sich auf meiner Seite. Ich kann jedoch beim besten Willen nicht verstehen, warum sich Jane-Elizabeth auf diese Weise gegen mich gewendet hat: Warum will sie meine Beziehung zu meinem Vater zerstören und mich sogar in Gefahr bringen, indem sie meinen Aufenthaltsort an die Medien und an Jacob weiterleitet?

Das ergibt doch keinen Sinn!

»Komm schon, Süße.« Miles nimmt mich am Arm. Wir folgen einem Pagen, der uns zu einem Aufzug bringt, mit dem wir in den zweiten Stock fahren. Einige Augenblick später öffnet der Page die Tür zu einer wunderschönen Suite, klassisch elegant, mit Bezügen aus Samt und Seide und Blick auf den Jardin des Tuileries. Eine Flasche Champagner kühlt in einem Eiskübel, und zu meinem Erstaunen steht mein Gepäck, das ich seit diesem Morgen nicht mehr gesehen habe, auf dem Boden. Ebenso eine schwarze Reisetasche.

Miles gibt dem Pagen ein Trinkgeld, dann dreht er sich um und sieht meinen Gesichtsausdruck. Er lacht, während er die Tür schließt. »Überraschung!«, ruft er.

»Du hast recht, das ist eine Überraschung.« Ich gehe zu den Koffern, um mich zu vergewissern, ob es auch wirklich meine sind. »Wie kommt mein Gepäck hierher?«

»Alles von langer Hand geplant.« Miles zuckt lässig mit den Schultern.

»Dann warst du also ziemlich sicher, dass du mich finden würdest?« Ich muss lächeln.

»Winter, ohne dich wäre ich nicht zurückgekommen«, sagt er und nimmt mich wieder in die Arme. »Ich stellte fest, dass Thierry dein Leibwächter war. Ich spürte ihn im Ritz auf – wohin du ihn offenbar geschickt hast und wo er wie auf Kohlen herumsaß. Er war erleichtert, als ich ihm sagte, es sei alles unter Kontrolle.«

Ein Gedanke schießt mir durch den Kopf. »Ich muss Flora wissen lassen, wo ich bin! Sie muss krank sein vor Sorge.«

»Beth hat Kontakt mit ihr aufgenommen. Flora weiß, dass es dir gutgeht und dass du bei mir bist. Aber niemand weiß, wo genau wir uns aufhalten.«

»Herrlich«, sage ich seufzend. »Allmählich begreife ich, dass ich am glücklichsten bin, wenn ich mit dir zusammen bin, aber niemand auf der Welt davon weiß.« Plötzlich füllen sich meine Augen mit Tränen, und meine Unterlippe zittert.

»He, he – alles in Ordnung? Was ist los?« Miles schaut mich besorgt an.

»Oh, Miles! Ich ... ich habe herausgefunden, wer mich hintergeht. Durch wen die Presse erfahren hat, wo sie mich finden kann.«

»Ich weiß. Beth hat es mir erzählt. Es tut mir leid, meine Süße.«

Ich versuche, ein aufkeimendes Schluchzen zu unterdrücken. »Weil so viel passiert ist, konnte ich noch gar nicht darüber nachdenken. Aber ich kann einfach nicht glauben, dass Jane-Elizabeth mir das antun würde!«

»Bist du ganz sicher, dass sie es ist?«, fragt Miles. »Mir kommt das auch komisch vor. Soweit ich Jane-Elizabeth kenne, ist sie eurer Familie zutiefst verbunden. Ohne jeden Zweifel loyal.«

»Ich weiß.« Jetzt schluchze ich doch, weil mich das Gefühl, hintergangen worden zu sein, von neuem überkommt. »Ich weiß nicht, wem auf dieser Welt ich noch vertrauen soll, wenn ich nicht einmal ihr mehr vertrauen kann.«

Miles umarmt mich noch fester und schaukelt mich mit sanften Bewegungen, um mich zu beruhigen. »Wir gehen der Sache schon noch auf den Grund. Alles wird gut.«

Ich fühle mich ein wenig getröstet. Was immer auch passiert sein mag, ich bin jetzt mit Miles zusammen, und nur das zählt. »Miles …« Mit tränennassen Augen schaue ich zu ihm auf.

»Ja?« Er sieht mich zärtlich an.

»Gibt es die Möglichkeit, dass wir etwas zu essen bekommen? Ich habe den ganzen Tag noch nichts gehabt, und ich sterbe vor Hunger.«

Er lächelt mich an. »Das wäre mein nächster Vorschlag gewesen. Wir werden hier essen.«

Ich nehme ein Bad, während Miles das Essen bestellt. Kurz darauf deckt das Hotelpersonal in unserer Suite den Tisch.

Als ich in den Salon unserer Suite trete und nichts weiter trage als ein schlichtes, marineblaues Seidenkleid, flackern Kerzen auf dem Tisch vor den Balkontüren mit Blick auf die Tuilerien. Zwei Gläser, in denen Champagner prickelt, stehen schon bereit. Miles genießt die Aussicht. Er trägt jetzt eine dunkle Hose und ein frisches Hemd und sieht umwerfend aus mit seinen breiten, starken Schultern. Unter der Baumwolle des Hemdes kann man gerade so seine Muskeln erahnen. Als er sich umdreht, verschlägt es mir beim Anblick seines attraktiven Gesichts und seiner geschwungenen Lippen beinahe den Atem. Er lächelt mich an, und mein ganzer Körper reagiert auf ihn.

»Du bist wunderschön«, sagt er.

»Danke.« Ich schüttele den Kopf. »Als ich heute Morgen nach Paris aufbrach, habe ich mir genau das hier vorgestellt. Aber ich hatte ja keine Ahnung, was alles passieren würde, bevor wir hier landen.«

Miles nimmt die beiden Gläser mit Champagner, kommt auf mich zu und reicht mir eines. »Ich wusste heute Morgen nicht einmal, dass du nach Paris fliegst. Aber ich wusste, dass ich mit mir selbst ins Reine kommen musste. Ich musste mir klarwerden, was ich für dich empfinde und wie unsere Zukunft aussehen könnte.«

»Zu welchem Schluss bist du gekommen?«, frage ich ein wenig ängstlich, als sich unsere Gläser berühren.

»Alles hat sich in dem Moment entschieden, als Beth mir erzählte, dass du in Schwierigkeiten steckst. Ich hatte das Gefühl … als sei mir der Boden unter den Füßen weggerissen worden. Die Vorstellung, ich könnte dich verlieren, war so schrecklich, dass … tja … es kristallisierte sich das heraus, was ich schon vermutet hatte.«

»Und was war das?«, frage ich und schaue ihn an. »Freya, ich weiß jetzt, dass ich dich liebe.«

»Jetzt erst?«

»Ich liebe dich.«

»Du liebst mich«, seufze ich glücklich. Ich habe das Gefühl, dass ein fehlendes Stück in meinem Leben soeben an seinen Platz gefallen und das Bild nun vollständig ist.

Er presst sein Gesicht in meine Haare und murmelt noch einmal: »Ich liebe dich.«

Ich schließe die Augen und spüre, wie seine Fingerspitzen über meinen Arm streichen. Jedes einzelne Härchen richtet sich vor Erregung auf. Ich atme tief aus. Seine Nähe macht mich wild. Ich will ihn hier und jetzt.

Da klopft es an die Tür.

»Ah«, sagt Miles und löst sich von mir mit schelmischem Blick. »Ich denke, das ist das Abendessen.«

Wir genießen ein herrliches Festmahl, das uns auf riesigen Tellern unter silbernen Abdeckhauben serviert wird, die, als die Zimmerkellner sie anheben, herrliche Gerichte offenbaren. Ich habe einen Bärenhunger, und jeder Bissen schmeckt herrlich. Das Vergnügen wird noch dadurch erhöht, dass ich Miles gegenübersitze. Hin und wieder fallen mir seine gemurmelten Worte wieder ein, und ich seufze glücklich.

Während des Essens reden wir über Jacob, über meine

Beziehung zu ihm und wie sie endete. Miles erzählt mir von seinen beruflichen Zukunftsplänen, jetzt da er nicht länger für meinen Vater arbeitet. Ihm gehört eine kleine Insel vor der Küste vor Schottland, und er träumt davon, dort ein paar Jahre zu leben und Kurse für ein spezielles Überlebenstraining anzubieten, um das weiterzugeben, was er bei den Spezialkräften gelernt hat.

»Ich will dem ständigen Konkurrenzkampf eine Weile entfliehen«, sagt er lächelnd. »Nicht andauernd auf Reisen sein. Fernab von Luxusanwesen und Penthousewohnungen und schicken Hotels. Man kann durchaus davon genug bekommen. Es lässt einen abstumpfen. Verstehst du, was ich meine?«

Ich nicke und denke, dass für mich überall dort, wo Miles ist, der Himmel auf Erden sein wird.

»Was wirst du tun, Freya?«, fragt er.

Angst überfällt mich. »Wie meinst du das?« Ich hatte angenommen, dass wir von nun an zusammen sein werden. »Willst du mich etwa zurücklassen?«

Er lächelt mich an. »Es wird nicht leicht werden, Süße. Darum war mir wichtig, dass du erst einmal bei deinem Vater geblieben bist – damit du dir klarwerden kannst, was du wirklich willst. Du weißt, was es bedeutet, wenn wir beschließen, zusammen zu sein. Deinem Vater wird das nicht gefallen. Möglicherweise wird es dir wie Jacob ergehen, und er wird dir den Geldhahn abdrehen.«

»Das macht mir nichts«, erkläre ich leidenschaftlich. »Ich habe über mein altes Leben nachgedacht – es war sehr leer und tat mir nicht gut. Mit dir fühlt sich dagegen alles richtig an. Zu meinem bisherigen Alltag will ich nicht zurückkehren. Es mag luxuriös gewesen sein, aber gleichzeitig auch grell und bedeutungslos. Ich war nicht glücklich. Es ist mir ernst, Miles, ich möchte mein Leben ändern!« Ich schaue ihn ernsthaft an, will unbedingt, dass er versteht, wie viel mir das bedeutet. »Nimm mich mit, egal wohin du gehst.«

Er schaut mich nachdenklich an. Dann nimmt er einen Schluck Wein und sagt: »Wenn es dir ernst ist und du dir der Konsequenzen wirklich bewusst bist … dann wäre es eine gute Idee, wenn du eine Zeit lang untertauchst. Diese ganze Sache mit Jacob ist wirklich übel. Es muss erst Gras darüber wachsen, und du darfst da nicht mit hineingezogen werden. Es hat mir gar nicht gefallen, was da heute passiert ist.«

»Du meinst … ich soll dich begleiten?« Vor Erregung stockt mir der Atem. Doch dann erlischt meine Begeisterung auch sofort wieder. »Man wird mich finden. Ich muss meinem Vater sagen, dass ich in Sicherheit bin. Jane-Elizabeth wird das erfahren, und dann … dann wird die Welt keine fünf Minuten später ebenfalls Bescheid wissen. Wie soll ich diesem Kreislauf jemals entrinnen?«

»Überlass das mir. Wir lassen uns etwas einfallen. Es gibt immer eine Lösung.«

Ich fühle mich wieder getröstet und will alle trüben Gedanken verscheuchen. Ich beuge mich zu ihm, schiebe die Reste meines Puddings zur Seite. »Von einem Lehrer habe ich auch nichts anderes erwartet. Vermutlich weißt du die Antwort auf alles, nicht wahr?«

Er lächelt mich an, seine Augen füllen sich mit Verlangen, gemischt mit Zärtlichkeit, und dieser Blick bringt meinen Puls zum Rasen. »Ich habe womöglich nicht die Antwort auf alle Fragen, Freya, aber ich kenne die Antwort auf die Frage, die du mir gleich stellen wirst.«

»Ach ja?«, frage ich leise. »Beweise es.«

Er steht auf, tritt auf mich zu, zieht mich in einer geschmeidigen, kraftvollen Bewegung auf die Beine und an seine Brust. »Du solltest jetzt mitkommen«, sagt er. »Die nächste Lektion ist praktischer Anschauungsunterricht.«

26. Kapitel

Hotelsuiten sind für die Liebe gemacht. Das Bett ist riesig, die Bettwäsche luxuriös, und wir genießen absolute Privatsphäre. Auf dem Weg ins Schlafzimmer küssen wir uns hungrig und reißen uns die Kleider vom Leib, die wir einfach zu Boden fallen lassen. Wir bewegen uns eng umschlungen, wollen auch nicht für eine Sekunde unsere Lippen voneinander lösen, während wir Reißverschlüsse aufzerren, Knöpfe aufknöpfen, uns gegenseitig hastig aus unserer Kleidung schälen. Miles' Hemd landet auf dem Sofa mit dem Damastbezug, mein marineblaues Kleid bildet eine Seidenpfütze auf dem hellen Teppichboden. Jedes Mal, wenn ein neues Stück Haut entblößt wird, will ich ihm meine Verehrung erweisen: der Kurve seiner Schulter, dem festen Fleisch seines Bizeps, den dunklen Brustwarzen in dem Nest aus dunklem Brusthaar, dem durchtrainierten Oberkörper. Er stöhnt voller Vergnügen beim Anblick meiner Brüste, die sich aus dem schwarzen Satin-BH erheben, und fährt mit den Händen über die Rundungen meiner Hüften. Seine Zunge erforscht meinen Mund, und ich heiße sie willkommen, schwelge in seinem Geschmack und der Leidenschaft, mit der er alles an mir erforscht. Meine Hände fahren über seinen breiten Rücken, als wir das Schlafzimmer erreichen. Ich trage jetzt nur noch meine Unterwäsche, meine Schuhe liegen im Türrahmen. Miles hat noch seine Hose an, aber das werde ich nicht mehr lange zulassen. Meine Hände beschäftigen sich mit seinem Gürtel und seinem Reißverschluss. Meine Fingerspitzen streifen über die Schwellung in seinen Boxershorts, und eine Welle heißer Erregung erfasst mich.

O Gott, ich habe mich so sehr danach gesehnt.

Ich zittere vor Begehren, während ich seine Hose nach unten streife. Ich kann den Beweis seines Verlangens jetzt deutlich sehen, die gewaltige Erektion, die die weiche Baumwolle seiner Shorts ausbeult. Mein Geschlecht pulsiert beim Anblick von Miles' massiver Größe, der eisenharten Rute, die ich hoffentlich bald in mir spüre.

Er zieht mich an sich, presst seine heiße Lust an meinen Bauch. Sie scheint von meinem Venushügel bis über meinen Bauchnabel zu reichen, und vor wildem Begehren kann ich nur noch abgehackt atmen. Seine starken Arme umfangen mich, sein Mund nimmt grob Besitz von mir.

Er hebt mich hoch, und ich schlinge die Arme um ihn, dann trägt er mich mit Leichtigkeit zum Bett, wobei er mich ununterbrochen küsst, und legt mich auf das Laken. Zögernd trennen sich unsere Lippen. Ich schaue keuchend zu ihm auf. Ich bin jetzt schon für ihn bereit, möchte aber diesen herrlichen Augenblick nicht übereilen, in dem wir beide vor Verlangen brennen.

Miles greift nach zwei Kissen und schiebt sie unter meinen Hintern, so dass sich ihm mein Geschlecht, immer noch in schwarzen Satin gehüllt, gierig entgegenreckt. Dann kniet er auf das Bett, seine Hände liebkosen meine Schenkel und spreizen sie langsam. Er bedeckt die weiche Haut mit Küssen. Seine Zunge leckt mich. Er küsst meine Knie und knabbert anschließend mit herrlich kitzelnden Bissen am Fleisch meiner Innenschenkel.

Ich keuche vor Vergnügen, biege meinen Rücken durch, während die hauchzarten Schmetterlingsbisse und Küsse sich meine Beine hocharbeiten und seine Hände über meine Waden streichen, meine Füße massieren und meine Zehen liebkosen. Das fühlt sich so herrlich an. Mit einer Hand spiele ich mit seinem dunklen Haar, während sein Kopf sich bewegt und sein Mund meine Haut schmeckt, mit der anderen fahre ich die Rundung meines Busens nach, kneife die steifen Brustwarzen unter dem Satin, dann wandere ich mit den Fingerspitzen über meinen Hals nach oben und stecke sie in meinen Mund, spüre, wie meine Zunge mit ihnen spielt. Ich will Miles überall gleichzeitig, will seine Lippen und Finger an jedem meiner erogenen Punkte. Aber er quält mich aufs Köstlichste, reibt sein Gesicht an meinen Schenkeln, saugt an meiner Haut, knabbert mit seinen Zähnen daran. Er ist der Stelle, an der meine heißen Säfte quellen und mich für ihn bereit machen, so nah, dass ich vor Verlangen zucke. Meine kleine Knospe will ebenfalls etwas von der Aufmerksamkeit abbekommen, die Miles gerade meinen Beinen zuteil werden lässt. Er kneift meine Zehen und kratzt leicht über meine Fußsohlen. Meine Klitoris schwillt an und schaudert unter dem Wunsch, ebenso behandelt zu werden. Jetzt kommt sein Mund ihr näher. Ich spreize meine Schenkel noch weiter, damit er mich mühelos erreicht. Er murmelt etwas, während seine Lippen über meinen Innenschenkel wandern.

»O Winter, du bist köstlich. Ich habe dich so sehr vermisst. Ich muss dich wieder schmecken.«

Sein Mund ist meinen Schamlippen jetzt ganz nah, seine Nase presst sich an meinen Venushügel, sein Atem streicht verführerisch über meinen Eingang und bläst sanft gegen meine Knospe, die sich ihm begierig auf Berührung entgegenstreckt.

Miles' Zungenspitze berührt mich sanft, sendet elektrische Stromstöße durch all meine Nervenenden. Er macht mich mit seiner Zunge ganz scharf, leckt mich in federleichten Bewegungen von meiner Klitoris bis zu meinem Eingang. Ich will mich an sein Gesicht pressen, aber stattdessen kontrolliere ich meinen Atem, lecke mir über die Lippen, beiße mir vor Verlangen in die Unterlippe. Jetzt bewegt er sich wieder in Richtung Klitoris.

Nimm mich in den Mund, Miles, küss und leck mich, bitte …!

Sein Mund liegt jetzt auf meiner Klit, und ich stöhne laut, als seine Zunge sie endlich berührt. Eine Explosion des Entzückens erfasst mich, breitet sich von meinem innersten Kern nach außen. Er übt mehr Druck auf meine Knospe aus, leckt und küsst sie. Nun spüre ich auch seine Finger, die meine Schenkel hinauf bis zu meinem Eingang wandern, der heiß und schlüpfrig ist und auf ihn wartet. Während er an meiner Knospe saugt und knabbert, spielen seine Finger mit meinem Eingang. Verführerisch presst er erst eine Fingerspitze, dann eine weitere in meine Scheide. Ich muss tief Luft holen, als er gleich darauf drei Finger tief in mich presst.

»Miles! Das ist … o Gott! Das ist wundervoll!«, stöhne ich keuchend.

Er löst sich von mir, und einen Augenblick später spüre ich seinen feuchten Mund auf meinem Mund. Seine Zunge, bedeckt mit meinen Säften, stößt tief in meine Mundhöhle, spielt mit meiner Zunge. Ich kann mich auf ihr schmecken.

Jetzt ist er zwischen meinen Schenkeln, seine heiße Erektion presst sich an mich. Miles löst seine Lippen von meinem Mund, presst stattdessen seine Finger zwischen meine Lippen. Auch sie sind feucht, reif mit dem Geschmack meines Verlangens. Ich sauge eifrig daran, wickele meine Zunge um sie, liebkose sie, während ich mit der Hand nach unten zu dem harten Glied greife, das sich an mich presst. Ich ziehe es durch den Eingriff der Boxershorts, wickele meine Finger um seine heiße Lanze. Mit der Handfläche massiere ich seinen Schwanz, bewege die Haut auf und ab, über die Eichel hinweg, bringe ihn vor Lust zum Stöhnen. Er zieht seine Finger aus meinem Mund und steckt sie wieder zwischen meine Beine, wo seine Fingerspitzen mich reiben und meine Klit streicheln und dann zu meinem Eingang gleiten, wo sie in die Honigsäfte tauchen und dann mit feuchten Fingern mit mir spielen.

Ich massiere immer noch seinen Schwanz, während unsere Zungen sich ineinander verschlingen, aber ich weiß nicht, wie lange ich noch auf ihn warten kann. Ich bin bereit, unter dem unerträglich köstlichen Fingerspiel an meiner Klit zu kommen. Plötzlich stößt er seine Finger in meine Tiefen. Ich zerre an seinen Baumwollshorts, die er immer noch trägt, und befreie ihn ganz davon. Jetzt kann ich sein Fleisch spüren, die Härte seiner Muskeln, seine festen Oberschenkel und Hinterbacken.

»Miles …« Ich löse mich von seinem Mund und starre zu seinen dunkelblauen Augen auf, die sich in meine brennen. »Ich kann nicht länger warten. Bitte … fick mich …«

»Freya«, stöhnt er, »ich will dich so sehr. Dein herrlicher Körper …« Er kniet jetzt zwischen meinen Schenkel am Rand des Bettes. Ich bin immer noch auf die Kissen gestützt, die Hüften ihm entgegengehoben. Er schaut auf mich herab, genießt sichtlich den Anblick meines offenen Geschlechts. Er legt eine Hand auf meine Taille, als ob er mich stabilisieren will, mit der anderen nimmt er seinen Schwanz und drückt ihn nach unten, so dass er an meinem nach oben gerichteten Eingang zum Liegen kommt. Ich schnappe nach Luft, als ich seine heiße, samtige Schwanzspitze spüre.

»Ja, jetzt, bitte …«, flehe ich.

Er gibt ein leises Geräusch von sich, fast wie ein Knurren, während er langsam in mich stößt, seinen Schwanz in mir versenkt mit dieser herrlichen Kontrolle, die mich jeden Zentimeter davon spüren lässt. Ich weite und dehne mich um seine Härte, und er füllt mich an bis an meinen Bauch. Er dringt so tief in mich, wie er kann, bis ich seine Eier an mir spüre. Mein Atem kommt in kurzen, flachen Stößen, als ob sein Schwanz alle Luft aus mir drängt, so tief steckt er in mir.

Wir sind jetzt vollkommen eins, sind uns so nah, wie es nur geht. Ich bin erfüllt von ihm. Lange Zeit bleiben wir so, sehen einander tief in die Augen, schwelgen in dem herrlichen

Gefühl meines Körpers um seinen Körper, seines Schwanzes in mir. Wenn wir ewig so verharren könnten, dann würde ich das tun. Ist das der Himmel? Kommen wir der Seligkeit nie näher wie in diesem Moment?

Aber wir können nicht allzu lange so bleiben, unsere Körper lassen das nicht zu. Sein Schwanz zuckt in mir, und wir folgen dem Ruf dieses uralten Rhythmus, bei dem er in unablässig in mich stößt, während ich meine Hüften an ihn presse, meine Klit an seinem Körper reibe und prickelnde Lust aus dieser Reibung ziehe.

Wir zögern es so lange hinaus, wie es nur geht, bewegen uns so langsam, wie es unsere Körper gerade noch zulassen, bis das Verlangen füreinander ein unwiderstehliches Crescendo erreicht. Die Kissen unter mir erlauben ihm, so unendlich weit in mich zu dringen, dass ich das Gefühl habe, er habe neue Tiefen in mir entdeckt. Während wir an Tempo zulegen, packt er meine Hüften und bewegt mich im Takt zu seinen Stößen. Er vögelt mich immer heftiger, ich stöhne immer lauter. Meine Arme sind jetzt ausgestreckt, ich klammere mich mit der Kraft des Entzückens, das ich empfinde, in das Laken.

Miles lässt meine Hüften los und zieht mich mit einem Arm eng an sich, mit dem anderen stützt er sich auf dem Bett ab. Er stöhnt laut.

»O Gott, ich komme, Freya«, keucht er. »Du bringst mich dazu, Süße, ich kann jetzt nicht aufhören.«

Seine Worte lassen eine Welle der Euphorie durch mich laufen, und meine eigene Erregung steigt noch eine Stufe höher. Wellen der Lust perlen jetzt aus meinem innersten Kern, zielen auf jedes Nervenende in meinem Körper. Ich weiß, dass ich gleich komme. Es erfasst mich stufenweise, als ob ich eine Treppe zur Verzückung hinaufsteige. Mein ganzer Körper wird plötzlich von Zuckungen erfasst, jede davon hüllt mich in eine Welle höchster Ekstase. Ich werfe den Kopf in den Nacken und schreie jedes Mal auf, wenn eine neue Welle mich erfasst und mich in ihrem Griff hin und her wirft. Mein Orgasmus ist so ekstatisch, dass er beinahe unerträglich ist. Er erfasst mich völlig, während ich gleichzeitig Miles' Schwanz in mir pochen fühle, wie er sich unter seinem Höhepunkt in mich ergießt.

Ich schluchze beinahe, als die Wellen abebben und mich keuchend und erschöpft zurück lassen. Miles senkt sich auf mich, er atmet laut in mein Ohr.

Ich fahre mit der Hand über seinen breiten Rücken; er ist immer noch hart in mir. Als wir wieder sprechen können, sage ich: »Das war herrlich, danke.«

»Du bist wunderschön.« Er dreht sein Gesicht zu mir und küsst mich zärtlich. »Ich danke *dir.*« Er lächelt. »Ich fürchte, das war dieses Mal eine eher schlichte Lektion. Aber sie kam von Herzen.«

Ich erwidere sein Lächeln. »Weißt du, was? Womöglich bin ich ein schlichter Charakter. Denn das war meine Lieblingslektion.«

Miles rollt sich von mir, und gemeinsam bleiben wir noch lange und stumm liegen. Ich lausche seinem Herzschlag und fahre mit den Fingern über die Wärme seiner Brust. Seine Hand hält meine freie Hand, und gelegentlich hebt er sie an die Lippen und küsst meine Fingerspitzen.

»Miles?« Ich weiß nicht, ob das der richtige Zeitpunkt ist, aber ich muss die Wahrheit wissen, bevor wir eine echte Entscheidung über unsere Zukunft fällen.

»Hm?«

»Es gibt etwas, was ich dich fragen will ... über deine andere Freundin.«

Er erstarrt. »Meine andere Freundin?«, fragt er verständnislos.

»Ja – die, von der du mir erzählt hast. Die gestorben ist.«

Er dreht sich stirnrunzelnd zu mir. »Meine Freundin, die gestorben ist …«

»Ja. Du hast mir im Chalet in Klosters von ihr erzählt. Ich habe dich gefragt, ob du vor einer Frau davonrennst, und du sagtest ja, aber sie sei tot.«

Er nickt bedächtig. »O ja, ich erinnere mich. Aber was bringt dich auf die Idee, dass sie meine Freundin war?«

»War sie das nicht?«, frage ich überrascht. »Ich habe das einfach angenommen …«

Miles seufzt und schließt einen Moment lang die Augen. »Nein, sie war nicht meine Freundin. Ich habe sie nie getroffen – nicht richtig, jedenfalls.«

Es tritt eine Pause ein, während ich das verdaue. »Du hast sie nie *getroffen*?« Fast halte ich den Atem an, während ich auf seine Antwort warte.

»Ich bin aus der Armee ausgetreten, weil ich sie enttäuscht habe. Sie hieß Emma Trent, und sie war eine von den Guten. In einer stabilen, glücklichen Familie aufgewachsen, mit guter Ausbildung, mit allem, was man sich nur wünschen kann … und sie beschloss, etwas von dem Guten, das sie erfahren hatte, zurückzugeben. Emma studierte an einer der besten Universitäten Medizin und hätte ein angenehmes Leben und eine steile Karriere haben können. Aber sie gab all das auf, um nach Afghanistan zu gehen und den Menschen dort zu helfen. Sie arbeitete unentgeltlich und riskierte ihr Leben für andere.«

Ich höre sehr still und sehr aufmerksam zu.

»Sie hat drei Jahre lang Leben gerettet, den Kranken und Verwundeten geholfen und sich um Frauen und Kinder gekümmert. Eines Tages wurden sie und drei andere Helfer von einer Einheit Rebellenkämpfer gefangen genommen, wahrscheinlich Taliban. Man sperrte sie in ein Lager, und es wurden Spezialkräfte angefordert, um ihre Befreiung zu koordinieren.

Sie durfte ein paarmal mit uns telefonieren, fungierte als Dolmetscherin. Ich sagte ihr, sie solle sich keine Sorgen machen, wir würden sie da rausholen. Sie vertraute mir. Dann erging der Befehl, das Lager zu stürmen und die Geiseln zu befreien, aber die Sache ging schief. Die Rebellen gerieten in Panik und erschossen alle Geiseln. Sie waren schon tot, bevor wir eintrafen. Wir fanden nur noch einen Haufen Leichen vor, darunter Emma Trent, mit all ihrer Güte, ihren Hoffnungen und Träumen und ihrer Überzeugung, dass ich sie befreien würde.«

Ich beiße mir auf die Lippen, habe Tränen in den Augen. »Es tut mir so leid«, flüstere ich.

»Nicht halb so leid wie mir. Danach konnte ich einfach nicht weitermachen. Irgendwie hatte ich meinen Mut verloren. Man muss an sich selbst glauben, wenn man bei den verrückten Missionen, auf die man uns schickte, Erfolg haben will, und nach Emmas Tod tat ich das nicht mehr. Ich sah nur noch Hoffnungslosigkeit. Menschen schlachten sich grundlos gegenseitig ab. Es war mir unmöglich, daran noch länger teilzuhaben. Also bin ich gegangen.« Er schaut mich mit einem lakonischen Lächeln an. »Ich dachte, wenn ich mich um verwöhnte, reiche Mädchen kümmere, wäre ich so weit wie nur möglich von Emma Trent weg.«

Ich habe das Gefühl, den schmerzhaften Stich, den mir diese Bemerkung verursacht, verdient zu haben. Er hat recht. Eine einzige Emma Trent ist zehn von meiner Sorte wert. Mich überkommt das tiefe Verlangen, seiner Liebe wert zu werden, mir seine Bewunderung zu verdienen.

»Aber mir war nicht klar, dass du mich ebenso sehr brauchst wie sie«, fährt er fort. »Mir war nicht klar, dass reiche Mädchen unglücklich sein können und dass die Herausforderungen deines Lebens anders sind, aber auch schwierig. Vermutlich leidet jeder im Leben, und wer darf schon über den Wert unseres Leidens richten?«

»Du hast mein Leben gerettet«, sage ich aufrichtig, »nicht nur an jenem Tag in den Bergen oder in Jacobs Wohnung. Du hast mir Hoffnung und Liebe gegeben.«

Miles dreht sich zu mir. Jetzt liegen wir uns gegenüber, unsere Lippen nah beieinander, unsere Wangen berühren sich beinahe. Wir sehen uns tief in die Augen. »Das hast du mir auch gegeben«, murmelt er. »Hoffnung und Liebe. Liebe und Hoffnung.«

»Ich glaube, das heißt, dass wir zusammenbleiben müssen«, sage ich zärtlich. In meinem Herzen wallt die Liebe zu ihm auf.

»Weiß du, was?« Er küsst meine Nasenspitze. »Das denke ich auch. Ich glaube, wir müssen das jetzt durchziehen, Winter …«

Ich seufze glücklich. »Sieht so aus, als hätte ich meinen Abschluss doch noch nicht geschafft!«

»Machst du Witze? Du bist noch ein Erstsemester. Wir haben noch viele Lektionen durchzugehen.«

»Hauptsache, wir sind zusammen. Mit dir lerne ich gern bis an mein Lebensende.« Ich küsse ihn auf die Lippen. Unsere Zungen treffen sich, und wir öffnen den Mund zu einem tiefen Kuss.

Plötzlich löse ich mich von ihm, setze mich auf und sage laut: »Nashorn!«

»Wie bitte?« Miles setzte sich ebenfalls auf, lachend. »Was meinst du damit? Nashorn?«

»Und Mandy!«, sage ich, stottere beinahe vor Erregung. »Natürlich Mandy!«

»Wovon redest du?« Er schaut mich verwirrt an.

Ich erkläre hitzig: »Es ist nicht Jane-Elizabeth, sie hat mich nicht verraten. Sie hat der Presse kein Wort gesagt. Es war Estella.«

Miles starrt mich an. »Wie kommst du darauf?«

»Weil sie es mir selbst gesagt hat! Vermutlich hielt sie sich dabei noch für sehr clever.« Ich muss angesichts der Erinnerung lachen. »Sie hat mit mir darüber geredet, dass ich mir etwas suchen solle, um mich zu beschäftigen, und wir sprachen über Wohltätigkeitsorganisationen, und sie meinte, ich solle Mandy und anderen gefallenen Frauen helfen – *oder das Nashorn retten!*« Ich starre Miles an, meine Augen funkeln.

Er schüttelt den Kopf, immer noch verwirrt. »Ich fürchte, ich verstehe es immer noch nicht.«

»Estella muss das Videoband von Jacob gesehen haben. Irgendwie hat sie es in die Finger bekommen. Er wurde dabei gefilmt, wie er Sex mit Prostituierten hatte, und eine von ihnen hieß Mandy! Sie wird auf dem Band erwähnt. Daher kennt Estella den Namen. Und Jacob hat ein Nashorn auf dem Arm tätowiert, die Kamera hat dieses Bild eingefangen. Estella hat auf diese Weise angedeutet, dass sie das Band gesehen hat. Sie nahm an, dass ich es nicht erraten würde, und hat sich königlich darüber amüsiert.« Ich muss blinzeln, als die Erinnerung zurückkommt. »Ich wette, Jane-Elizabeth hat keine Ahnung, dass Estella ihr Mailkonto gehackt hat. Ich muss sie warnen.« Ich will aus dem Bett steigen, aber Miles hält mich zurück, nimmt mich wieder in seine starken Arme.

»He«, sagt er, »immer mit der Ruhe. Zum einen ist es schon spät, und zum anderen müssen wir gut darüber nachdenken. Wenn du recht hast, wird jede Nachricht, die du Jane-Elizabeth zukommen lässt, auch von Estella gelesen. Du musst dir Zeit lassen und dir eine Strategie überlegen.«

»Du hast recht.« Ich entspanne mich wieder. »Ich war schon wieder zu ungeduldig.« Ich kuschele mich an seine Schulter. »Niemand weiß, dass wir hier sind. Wir sind sicher. Wir werden uns gemeinsam einen Plan überlegen, ja?«

»Absolut. Und irgendetwas sagt mir, dass wir ein tolles Team sein werden.« Er küsst mich zärtlich.

Ich seufze. »Ich bin so erleichtert! Wie gut, dass Jane-Elizabeth es doch nicht war. Es war furchtbar, sie verdächtigen zu müssen.« Ich reibe meine Wange an ihm. Plötzlich hüllt mich Müdigkeit in wohlige Schwere. Ich gähne.

»Du bist müde, Freya. Zeit zu schlafen. Morgen früh nach dem Aufwachen schmieden wir zusammen Pläne.«

Meine Augen fallen mir zu. »Aber wir wachen zusammen auf, nicht wahr? Du wirst mich nicht verlassen?«

»Wir wachen zusammen auf, Freya, das verspreche ich. Ich verlasse dich nicht.«

Ich schlafe in seinen Armen ein und weiß, dass keine Albträume mehr kommen werden. Ich bin wieder sicher. Die starken Arme von Miles schützen mich vor dem Sturm. Aber der Sturm wird kommen, das spüre ich.

Und so geht es weiter …

Der zweite Teil der ›Season‹-Serie:
Liebe und Leidenschaft in Paris,
der Stadt der Lust

Sadie Matthews

Season of Desire – Band 2

Momente der Lust

Roman

Aus dem Englischen von
Tatjana Kruse

Flora Hammond will endlich dem goldenen Käfig entkommen, mit dem ihr schwerreicher Vater sie umgibt. Als Studentin in Paris begegnet sie dem geheimnisvollen Russen Andrei, und sofort schlägt seine Ausstrahlung sie in Bann. Ihre Schwester Freya warnt sie zwar vor Andrei, aber Flora kann der gefährlichen Faszination, die von ihm ausgeht, nicht widerstehen. Ganz von ihrer neuen Leidenschaft erfüllt, ignoriert sie die Intrigen, die drohen, sie und ihre Schwestern auf immer zu entzweien. Welchen Preis wird sie für die Momente der Lust zahlen müssen?

Der zweite Band erscheint im Winter 2014, der dritte Band ›Season of Desire – Momente der Liebe‹ folgt im Frühjahr 2015.